三千风雪 —— 著

长江出版社
CHANGJIANG PRESS

图书在版编目（CIP）数据

沉眠 / 三千风雪著 . —武汉：长江出版社，2023.11
ISBN 978-7-5492-8933-2

Ⅰ.①沉… Ⅱ.①三… Ⅲ.①长篇小说－中国－当代
Ⅳ.①I247.5

中国国家版本馆CIP数据核字（2023）第112956号

沉眠 / 三千风雪 著
CHEN MIAN

出　　版	长江出版社	
	（武汉市解放大道1863号　邮政编码：430010）	
市场发行	长江出版社发行部	
网　　址	http://www.cjpress.com.cn	
责任编辑	李剑月	
印　　刷	北京盛通印刷股份有限公司	
	（地址：北京市大兴区亦庄经济技术开发区经海三路18号）	
版　　次	2023年11月第1版	
印　　次	2023年11月第1次印刷	
开　　本	880mm×1230mm　1/32	
印　　张	12.5	
字　　数	397 千	
书　　号	ISBN 978-7-5492-8933-2	
定　　价	45.00元	

眠眠，别为我哭泣。

汗风雪

目 录

第一章

那年的夏天比以往更闷热一些。

天空是深蓝色的，香樟树是绿色的，幼儿园的栏杆是沉闷的黑色。

蝉鸣声时长时短，办公室的吊扇慢悠悠地转着，驱散着空气中的热度。

"王老师，眠眠虽然智力有些问题，但是很乖的，你就让他上幼儿园吧。他能自己穿衣服吃饭。"林敏芝局促地站着，苦苦哀求道。

王老师伸手摸了摸季眠那肉乎乎的脸蛋，遗憾地说道："眠眠妈，幼儿园有规定，我们不能收智力有问题的孩子。要不然，您去特殊幼儿园看看？"

办公室里，两个新来的实习老师讨论着：

"这孩子是谁啊？看着怪可爱的，怎么不说话？"

"敏芝家的小儿子，人长得可爱，可惜智力有问题，没法儿跟人交流。"

"呀，真可惜，难怪人看着呆呆的。"

"你知道敏芝家最近不好过，她老公出轨了……"

"呀……这还有两个孩子呢。"

"她的大儿子也不中用，不读书就在社会上混，丢死人了……"

林敏芝擦了把脸，抓着衣角："王老师，我家孩子不能去那儿。眠眠，来，求求王老师，你想在这里交朋友吗？"

王老师叹气："眠眠妈，你明知道眠眠不会说话……"

孩子的奶音响起："想。"

林敏芝和王老师都瞪大眼睛看着季眠。

季眠说完之后，低下了头。

林敏芝惊喜地说道："王老师，你看！眠眠，你再说一句。"

季眠脸蛋红红的，散发着热度。林敏芝慌了，伸手摸了一把季眠的额头："呀，这么烫！什么时候烧上的？"

刚才那个"想"字，就像两个人的幻听。

林敏芝眉头紧皱，家里一半的钱都被出轨的季卫国带走了，她身上只有五元钱，略显窘迫。

"王老师，我去给眠眠买药，您让他在办公室睡会儿，行吗？"

"放心，我看着眠眠，没事的。"

林敏芝步履急促地走出办公室，撞到了一个炮仗似的冲进来的孩子。

孩子尖叫道："王老师，傅沉俞在幼儿园打人！他把人打出血了！"

傅沉俞……

季眠被烧得晕乎乎的，听到这个名字，大脑里却条件反射地浮现一堆词语：天才少年、天生人格缺陷、情感障碍、冷血无情的恶魔。

二十年后，他创建的网络，将会给整个世界带来动荡与不安。

他是小说《陌路柔情》中的最大反派傅沉俞！

季眠的记忆就像被打开了闸门，疯狂地涌入脑海中。

在印象中，他前脚还在出警，下一秒，竟然就到了这本女同事推荐给他看的小说中。

《陌路柔情》是一本经典的双男主商战小说，季眠只听队里的女警讨论过剧情，没来得及认真看小说。

季眠艰难地从小床上爬下来，支撑着自己的身体，趁王老师不注意，偷偷地拿起纸笔，把自己的记忆记录下来。

他明显感觉到，因为记忆融合，许多属于自己的记忆已经变得模糊。

圆乎乎的手，一笔一画地在纸上写着：

我，季眠，来这里前曾是建京公安局实习警察，母亲早逝，父亲因公殉职。

傅沉俞，《陌路柔情》反派，将来杀我的人……切记远离傅沉俞，远离傅沉俞，远离傅沉俞！

写完这两行字，季眠已经用完了所有的力气。

他将纸条藏在自己的衣服最里面的口袋里，蜷缩着昏昏沉沉地睡了过去。

"呸！劳改犯的儿子也是劳改犯！"

"你爸爸杀人！你也是杀人犯！"

"野孩子！你是野孩子！"

"没有爸爸，真丢人！"

园内，孩子们围成圈，被孤立的一个男孩站在最中间，衣服上都是泥巴，额角青肿，头发上还残留着泥沙。

男孩只有五岁，双眼通红，拳头握得紧紧的，反驳道："我不是杀人犯。"

"你是，你是，你就是！"

"你是个杀人犯！我们全都知道！"

"你爸爸杀了人，你将来也会杀人！"

"我不是杀人犯！"男孩重复着吼了一句，和喊得最响亮的小孩扭打在一起。

王老师急急忙忙地跑来，扯开了两个孩子："徐才、傅沉俞，不准打架！"

徐才举手告状："老师，傅沉俞刚才想杀了我！"

傅沉俞如同被逼入绝境的小兽，表情凶狠地盯着徐才。

"好了！"王老师沉下了脸。

幼儿园的周老师上来领走了徐才，让两个打架的小朋友分开。

王老师拿出帕子给傅沉俞擦干净脸，轻声道："以后不准在幼儿园打架，知道吗？"

傅沉俞红着眼，似乎想解释什么，但最终紧紧抿着双唇，什么都没说。

王老师："唉……"

这孩子也可怜。

临县不大，外来人口少，因此家家户户有一点小事，都能传得尽人皆知。

傅沉俞的爸爸傅勇是个乡镇企业家，妈妈宁倩是个大美人。

去年，宁倩在回家的路上被一伙喝醉的流氓给强暴了，傅勇知道后，提刀找到流氓，争斗中失手杀了其中两个人，被判了无期徒刑。

傅勇进去后，宁倩一蹶不振，今年开始和某公司领导交往，再也没回家。

每天幼儿园放学的时候，来接傅沉俞的都是他们家的保姆。

一直以来聪颖的傅沉俞就像换了一个人一样，阴沉沉的不说话，永远站在角落中，内心激愤。

王老师走后，角落里跑出一个粉嫩的团子，眼角下有一颗黑色的小痣。

如果季眠看见他，立刻就能认出来，这团子就是《陌路柔情》里的另一个重要角色，苏珞瑜。

苏珞瑜手中拿着帕子，主动握起傅沉俞的手，轻柔地给他擦拭着："阿沉，你没事吧？你别听他们的，我永远陪着你。"

傅沉俞咬着字："永远……"

苏珞瑜眼睛亮亮的，用力地点了点头："嗯！因为我们以前是好朋友啊，我不会抛弃你的！"

傅沉俞漠然质问："你刚才为什么不陪着我？"

他被打、被骂、被羞辱的时候，他的好朋友为什么不陪着他呢？

苏珞瑜愣了一下，贝齿咬着下唇，双眼中陡然冒出泪水："刚才我……我……"

傅沉俞猛地拍开他的手，雪白的帕子落在地上。男孩沉默着转过身，一瘸一拐地走了。

王老师回到办公室里，看到林敏芝抱着季眠，轻轻地拍打着他，低声哄着。

女人已经不年轻，身材臃肿，大儿子不中用，好不容易盼来小儿子，小儿子却先天智力不足。

所以，她的丈夫才会卷走家里的钱跟着"小三"跑了。

她一个三十多岁的女人，不知道嫁了个什么男人，什么都指望不上。

同为女人，王老师不忍心再赶林敏芝出门。

"眠眠妈，眠眠退烧了，就来幼儿园报名吧。"

林敏芝喜出望外，哭着连连谢谢王老师。

王老师看着季眠，又想起了班上的另一个孩子傅沉俞，马上，这个班又要出现一个"问题"学生……王老师忽然倍感压力。

"我从山中来，带着兰花草，种在小园中，希望花开早……"

幼儿园的放学铃声响起，林敏芝喂季眠吃了药，抱着季眠就往卫生所赶。

季眠被颠簸了一下，在林敏芝壮实的怀中清醒了过来。

林敏芝给他买了门口五分钱一个的小风车，风车扎得松，季眠拿到手里没玩多久，它就自行解体，随风而去。

季眠眯着眼，看着幼儿园的孩子们乳燕归巢般欢笑着投入父母的怀抱中。

成双成对的身影中，只有傅沉俞形单影只。

他抱着黑色的书包，沉默地坐在幼儿园的凳子上。

来往的家长带着孩子，都避开他行走，窃窃私语，脸上流露出或惊讶、或不齿、或同情的表情。

世界在傅沉俞眼中如同一幅静默的、讨人厌的画。

画面里突兀地飘来一只白色的风车，给他黑色的世界中增添了颜色。

傅沉俞仰着小脸，眼神随着风车飘忽不定的行踪而动，看到了来接他的保姆陈姨。

陈姨一巴掌拍掉了飞到眼前的风车，不耐烦地说道："赶紧走了，我一会儿还要去接我儿子呢。真是个小拖油瓶……干脆在幼儿园全托管算了，还得天天来接，麻烦人吗不是？……"

白色的风车落到地上，陈姨上前一步踩住了风车，夺过傅沉俞的书包，扯得他幼小的身体晃了晃。

傅沉俞的世界又成了令他憎恶的黑色。

他听着耳旁孩子们对父母的倾诉，父母对孩子们的关心，觉得很聒噪。

陈姨没有问他的腿怎么了，他一瘸一拐地跟在陈姨后面，踩过白色风车，小小的背影透出与年纪不符的决绝。

幼儿园外，有卖盐水冰棍、老式爆米花的，小黄车、二八大杠自行车丁零零地响。

远处的音像店里传来的音乐，盘旋在初夏的天空中。

那年的夏天，傅沉俞明白了一件事。

白色那么美好单纯的词语，是他不配染指的。

五岁的孩子，大脑发育不够完整，难以承载一个成年男性的记忆。

季眠发了一场高烧，记忆不断融合，烧了一天一夜才好转。

林敏芝见他身体好些了，像往常一样收了家中尖锐的刀具，封死窗户和门，把季眠锁在小小的卧室中，出去摆早摊做煎饼赚钱。

她早上在工地上摆摊，晚上就去工厂夜市附近摆，生意好一天能赚七八块，一个月有两百多块钱的收入。

季眠等她走后，拿出怀中的纸条，上面写着自己的来历，以及三排触目惊心的字：

远离傅沉俞！
远离傅沉俞！
远离傅沉俞！

傅沉俞。

这个名字如同一根杠杆，将季眠的记忆撬动。

他吃力地叹了一口气，勾勒出《陌路柔情》的故事大纲。

原著中，季眠是和他同名同姓的"炮灰"。看过自己的脸，他发现自己的长相都跟"炮灰"一样。

原主作为苏珞瑜的替代品，空有长相，没有脑子，是一个草包，心甘情愿地成为男主角厉决的棋子。

原主最后带着厉决所有的秘密跳海身亡。

结局中提到，原主跳海身亡，是大反派傅沉俞一手安排的。

也就是说，傅沉俞才是杀他的罪魁祸首，而厉决跟苏珞瑜是帮凶。

季眠感觉太阳穴疼。

不过，原主是真的先天智力不足，只读到高中就外出打工，性情温顺，胆小怯懦，单纯天真，任人拿捏。

正因为如此，他才会被厉决看中，成为一颗听话好用的棋子。

他天真地以为厉决有恩于他，所以为厉决倾尽所有，赴汤蹈火，义无反顾。

六年的付出，换来一个死无全尸的下场，他到死都不知道，自己只是苏珞瑜的替身。

季眠叹了口气，把自己想起的内容都记录在纸上。

小孩的手娇嫩，握笔困难，没写一会儿拇指就泛红了。

季眠提醒自己：厉决、傅沉俞，两个人在《陌路柔情》中都不是什么好东西。

一个是吃人不吐骨头的野兽，一个是狡诈没有人性的老狐狸。

他一定要远离这两个人渣。

写完这些，季眠将纸条藏在了柜子深处。

倦意袭来，季眠没有抵抗住，又昏昏沉沉地睡去。

晚上，林敏芝回到家中时，季眠的烧已经退了。

今天工地上人多，她的煎饼卖得好，一天下来她赚了十块钱，在这个年代，这是不错的日收入。

想到季眠能上幼儿园，林敏芝心情大好，晚上去工厂附近摆摊的时候带上了季眠。

季眠智力不足，林敏芝很少带他出来，一怕季眠在陌生环境中出现应激反应，二怕街坊邻居笑话。

她住这条街，房租便宜，居民楼和苍蝇馆子在一起，人多口就杂。

一到晚上，大家就都出来乘凉，说闲话。

"眠眠坐在凳子上，乖乖的，妈妈给你摊煎饼吃。"

季眠乖巧地坐在塑料凳子上，表现出了一个五岁孩子的好奇样子。

在不了解剧情和时代的情况下，季眠决定按兵不动，先观察一段时间，适应自己孩子的身份。

他不敢表现得太聪慧，以免被林敏芝识破自己鸠占鹊巢。

季眠看着林敏芝忙碌的背影，心刺痛了一下，他与原主的记忆融合，对林敏芝有着本能的依恋感。

林敏芝给他做的煎饼鼓鼓囊囊的，塞满了料，抹了厚厚的甜酱。

季眠不喜欢吃甜的东西，但是小孩喜欢。

他能感觉到，书中有无形的力量压制着他，让他无法抗拒这个年纪的小孩喜欢的一切东西。

这难道是书中世界的意志吗？

下一秒，季眠的心情沉重起来。

他下决心要摆脱束缚，否则按照剧情发展，他一定会死在傅沉俞手上。

季眠咬了一口煎饼，甜酱的味道在口腔里蔓延，好吃得让他眯起了眼睛。

林敏芝爱怜地看着季眠，有了力量，摊煎饼的速度都快很多。

她算着家中的钱，就剩下两百块了。

季眠上幼儿园的学费、买菜、买米……一笔笔开销，让她渐渐皱起眉头。

九点，附近工厂下班，工人们陆续走出，林敏芝的生意迎来了高峰期。

林敏芝周边多了许多地摊，卖衣服的、卖鞋的、卖炸鸡架的、卖烧烤的……热闹起来。

三三两两的服装厂女工挽着手走来，熟稔地说道："敏芝，我的跟昨天一样。"

"我不加葱、蒜。"

"给我多加个鸡蛋，今天可累死我了。哎，杨组，你吃什么？我请！"

"就给我拿个一样的吧。"

林敏芝一一应下。

女工们看到小凳子上坐着一个雪白如玉、乖巧精致的小孩子，顿时好奇地打量起来。

"敏芝，这是你儿子吧？"

"哎,是的。"

"呀,长得真是好看,跟你一点儿都不像,听说就是脑子不好使。唉,可惜了。咯咯咯,敏芝,我这人说话就是直,你别往心里去!"

林敏芝尴尬地笑了笑,摊煎饼的动作没停。

这样的奚落话语,她听了太多,已经习惯。

她一个女人,没一份正式工作,又是外地人,一直被工厂的女工瞧不起。

被女工称为杨组的女人忽然开口:"对了,再打包一个,珞瑜一个人在家,我晚上就不回去做饭了。"

女工话题一转,奉承道:"哎呀,要我说,长得好看有什么用啊,人家电视上都说这叫作花瓶,中看不中用!还是我们杨组的儿子聪明,这么小就能一个人待在家,成绩也好,杨组真是有福气,不但嫁得好,还生了个好儿子。"

季眠抬起头,视线落在"杨组"身上,脑海中瞬间展开了和这个女人相关的剧情。

杨超英,《陌路柔情》中男主角苏珞瑜的母亲,年轻时在一家服装厂当小组质检员,管理着一个小组。她丈夫苏建刚在一家锅炉厂打工,是个小经理,在现在这个时代,两个人的职业都很体面,收入也不错,虽是外地人,却很得本地人的认可。

只不过好景不长,后来苏建刚家里出现变故,双手残废。而杨超英也因为服装厂倒闭,成了无业游民。

看着现在风光得意的杨超英,季眠心中漠然。

杨超英蹲下身,意图摸一摸季眠的脑袋,季眠却狠狠地扭过头,让她的手尴尬地僵在半空中。

林敏芝见状,心中隐隐有些高兴,虽然儿子的智力不行,但他知道心疼妈妈,让她很感动。

回到家,林敏芝把季眠哄睡,对着路灯灯光开始算钱。

在家里,她为了省电费,舍不得开灯。

加上今天赚的钱,她身上一共有三百块多点。季眠上幼儿园的学费却要四百块,她孤身在同城打工,无依无靠,唯一的依仗就是季卫国。

如今季卫国已经跟"小三"跑了，在"小三"家里住着。

林敏芝沉默地数了好几遍，才把皱巴巴、油腻腻的钱放在铁盒子里。

季眠翻了个身，打断了她的思路："妈妈……"

林敏芝大喜，热泪盈眶，紧紧地抱着他："眠眠，你会喊人了？"

季眠将头埋在女人厚实的胸脯中，鼻尖发酸。

他母亲早逝，因此从来没感受过母爱。

原来，这就是母亲的怀抱，有一股油腻的菜味儿，并不好闻，却是世界上最坚不可摧的港湾。

林敏芝看着季眠，一下子什么勇气都有了。

季卫国可以不管她的死活，但是绝不能不管他的儿子。

他们的大儿子季尧就是他们婚姻的受害者，她不能让季眠重蹈覆辙。

林敏芝心想：季卫国敢不给学费，我就敢在他面前一头撞死。

她是农村来的女人，没有依靠，只能拼命。

她也想和城里人一样体面，但在生活面前，体面根本不值钱。

季眠拽着林敏芝粗糙的长发不松手。他依稀记得，林敏芝就是有晚上不开灯算钱的坏习惯，到了四十三岁就得了白内障。

后来得知季眠的死讯，她活生生地把眼睛哭瞎了。

既然自己现在成了她的儿子，季眠就决不允许这样的剧情发生。

隔天，林敏芝打听到了季卫国现在的住处，抱着季眠心情复杂地敲开了"小三"家的门。

季卫国的对象是他在迪厅当保安时结识的本地女孩，叫红霞。

红霞家里有套房，也有车，还是独生女，比林敏芝的条件不知道好到哪里去。

红霞打开门，看到林敏芝，立刻皱起眉头："你有完没完？卫国已经要跟我结婚了，你还来缠着他干什么？"

林敏芝看着面前时尚靓丽的年轻女人，心中畏缩不已，但看到季眠稚嫩的小脸，顿时鼓起勇气："我这次来是为了他的儿子，你让他出来见我一面。"

季卫国听见动静就出来了，林敏芝看着高大的男人，心里止不住地泛酸。

这就是她爱了十七年的男人，她付出了所有的青春和美貌为他生孩子，人老珠黄后就落得这个下场。

是她瞎了眼，嫁的不是人。

季卫国不耐烦地说道："你来干什么？我不是说了，除了离婚的事，其他事你别来烦我！"

林敏芝冷静地说道："你儿子的事情你管不管？"

季卫国看着季眠，心中一瞬间有些不忍，但是想到这个儿子智力不足，那点儿不忍瞬间消失，连带着看林敏芝都厌恶起来。

林敏芝说："眠眠上幼儿园要四百块钱，你再多给我六百块，是他的生活费，一共一千块钱。"

季卫国一听，勃然大怒："你想钱想疯了？不可能！"

虽然早就料到季卫国的反应，但真的听到这话时，林敏芝还是忍不住泪流满面："他是你儿子！季卫国，我为你牺牲了这么多，你离婚了想一分钱都不给我吗！"

红霞见状，翻了个白眼讽刺道："我说林敏芝，你嫁到季家这么多年，是给卫国生了两个儿子，但两个都不正常，你还好意思说牺牲啊。你都把老季家给弄绝户了吧！"

林敏芝瞬间脸色惨白，差点儿跌坐在地上。

红霞啐了一口："他智力不足上什么幼儿园！浪费钱。"

红霞从抽屉里翻出一个时髦的玫红色皮夹，数了几张一块、五块和十块的纸钞，然后抓了一把几角钱的零钱，泄愤似的扔在地上。

硬币骨碌碌地滚到林敏芝面前。

"一千块钱没有，就这点儿，拿去给你儿子买点儿吃的。"

季卫国于心不忍，但被红霞瞪了一眼，顿时忍住了想要扶林敏芝的双手。

林敏芝看着地上的钱，屈辱、痛苦、辛酸，种种情绪在心中交织，让她身体微微颤抖，眼里浮现滚烫的泪水。

半响，林敏芝哭出声，最后几个字的音调都碎成了一片一片的："季卫国，我这辈子就是眼瞎，才看上你这个混账！"

季卫国被骂得脸上挂不住："够了，敏芝！"

季眠松开林敏芝的手，缓缓地蹲了下去。

这一变故让林敏芝惊了，她看着季眠的小手一点点地捡着地上的钱。

一瞬间，她的眼泪夺眶而出，她抱住季眠："眠眠，这钱我们不要！听话！我们有尊严……"

季眠置若罔闻，固执地把地上所有的钱捡了起来，纸币、硬币都攥在小小的拳头里。

下一刻，他骤然发力，将地上的钱全都砸到了季卫国跟红霞身上。

红霞发出尖叫声，眼角被硬币砸出红印。

季卫国震怒，猛地跟季眠的视线对上，然后被孩子与年龄不符的带着仇恨的凶狠眼神给镇住。

季眠就像一头正在成长，但尚不能构成威胁的小兽，在绝境中拼死保护着自己的母亲。

季卫国心里一惊：季眠是不是已经恢复正常了？

当年季眠被检查出智力不足的时候，医生确实说过他可以康复。

但几十万的就诊费用，让夫妻俩都在医院门口止步。

季卫国也因为季眠的智力问题，对林敏芝彻底失望了。

他年纪比林敏芝小，还有大好前途，不能一辈子指望两个这样的儿子。

红霞……红霞虽然不能生育，但是同城本地人，有车有房，还能给他一份稳定的工作，无疑是他奔向大好前程最好的跳板。

但刚才那一瞬间，他还是有些动心。

如果季眠的智力真的恢复正常，那他一定会竭力帮助季眠成长。

毕竟这是他的儿子，季家可不能绝后！

林敏芝不知道自己是怎么走回家的。

她趴在床上痛哭了一场，泪眼蒙眬地看着儿子。

季眠用手擦掉了林敏芝的眼泪，心中酸涩不已，有千万句话也无法说出口："妈妈……"

林敏芝身体猛地一顿，死死抱住季眠，哽咽着道："眠眠，是妈妈没用！妈妈不争气，没有钱。妈妈眼瞎，嫁了一个畜生……"

她哭着，看着镜子里憔悴的自己，手慢慢地抚上自己的脸。

才三十二岁的自己，看着就像四十二岁。

她多久不曾照过镜子了？

蜡黄的脸色、枯燥的头发、臃肿的身材，这还是她吗？

年轻时，林敏芝是十里八乡的一朵花。

如今这朵花被男人攀折之后，断了根，早早地死去。

季眠短短的小手抱住林敏芝的脖子："妈妈，有我。"

林敏芝抚摩着他的头发，看着儿子，一股勇气油然而生。

她还有儿子，还有自己，要吃饭，要看着儿子长大，生活还要继续。

林敏芝下定决心，带着季眠敲开了一间单元房的门。

"咚咚"两声后，林敏芝紧紧抱着季眠，紧张地开口："张大哥，在家吗？"

屋内传来凳子拖地的声音，男人的脚步渐渐靠近，门被打开了。

林敏芝说道："张大哥，打扰您真不好意思，我有点儿事想请您帮忙。"

张大哥是林敏芝摆夜摊时认识的水泥工，全名叫张先祯，沉默寡言的一位大哥，经常买林敏芝的煎饼吃。

有一回林敏芝被工地上一帮流氓调戏，就是张先祯帮她把那些人赶走的。

林敏芝听老街的人提起过，张先祯以前在外地当警察，后来跟匪徒缠斗，被打断了腿，现在腿还是跛的。

后来，张先祯辞职回来后，发现老婆带着儿子改嫁了，别的工作也没找到，他就托朋友在工地上找了份活儿干。

张先祯以前是警察，人仗义。

林敏芝走投无路了，只好来找他。

"张大哥，我想向您借点儿钱。"林敏芝站在门口，头都抬不起来，"借一百块，我下个月就还。"

家里还有三百多块钱，季眠上幼儿园要四百，她借一百，剩下的十几块钱就做家用。

只是……一百块钱，在当年也不是一个小数目。

这个年代，大部分人的工资只有两三百块钱，如果张先祯不肯借……林敏芝也没抱太大的希望。

"好。"谁知，张先祯竟然一口答应了。

他没问林敏芝借一百块钱去干什么，闷头闷脑地转过身，从枕头底下摸出一个铁皮盒子，一张一张地数着钞票。

一块、五块、十块的，他数了整整一百块钱给林敏芝。

林敏芝喜出望外，连忙说道："张大哥，我给您打借条，下个月我就能还上！"

她已经决定去黎明工地上摆摊，多跑几个工地，虽然累点儿，但是钱挣得多。

张先祯一个人住，林敏芝为了避嫌就没进屋，站在门口把借条给写好了。

走之前，她含着泪给张先祯鞠了几个躬，雪中送炭的恩情，林敏芝记住了。

季眠也记住了。

回家后，林敏芝把季眠放在屋子里，匆忙地开始准备晚上摆摊的食物。

她卖的煎饼，一张蛋饼里面夹点儿菜叶、火腿肠。

林敏芝的手艺好，煎饼卖得也多。

季眠坐在小凳子上看着，心里有了许多想法。

《陌路柔情》这本小说以现实为原型，小说里很多城市的地名都能跟现实对应上。

比如同城，对应的就是南方小镇。

而煎饼馃子在这会儿还没有火到大街小巷都有的程度，南方人吃的煎饼，其实只算得上是鸡蛋饼，软软的，口感一般。

如果林敏芝在煎饼里面加上脆饼，应该会比现在做的饼更好吃，卖得也更好。

林敏芝擀面团的时候，季眠就在一边看着。

林敏芝看着儿子，心生爱怜之意，扯了一小块面团做成小兔子的模样给季眠，哄道："眠眠，自己玩儿。"

季眠捏着小兔子，心里一动，低下头慢慢地将小兔子揉开、按平。

林敏芝在心里叹了一口气：如果眠眠的智力没有缺陷……

"你的孩子智力有缺陷，在行为、语言、感知、记忆、思维等方面都会有一定的障碍，学习能力差，不愿与人交流，如果要治疗，费用在二十万左右。"

医生的话在耳边响起，林敏芝至今回想起来，心里都如刀割一般痛。

季眠长得可爱，凡是见过他的人，就没有说不好看的。

上天给了他一副完美的皮囊，却剥夺了他做健全人的权利。

林敏芝想着，眼泪大颗大颗地落下。

她一时不察，就让季眠到了烧烫的油锅边上，"刺啦"一声，林敏芝吓得身体一抖："眠眠！"

她放下面团抱着孩子，看到季眠只是把手里的面片扔到油锅里，没被油溅到，松了一口气。

被季眠压得扁平的面片在油锅里迅速膨胀起来，被炸得金黄焦脆，散发着阵阵香味。

林敏芝有些惊讶，连忙把面片捞起来。

季眠举起手："妈妈，吃。"

林敏芝咬了一口面片，脆脆的，口有余香。

她"呀"了一声，头脑活络地转了起来，顿时就有了主意。

林敏芝又仿照季眠做的面皮的模样，擀了几张，将面片扔进锅里炸得香香脆脆的。

然后，她依照平时的做法摊了一个煎饼，将脆饼夹进去，一口咬下去，松软适宜，油炸面片的香味儿在嘴里蔓延开，满口生香，回味无穷，比之前的煎饼不知道好吃到哪里去。

林敏芝高兴地狠狠亲了季眠一口："眠眠，你真是帮了妈妈大忙了！"

季眠不好意思地低垂着头，五岁孩子的身体限制着他的部分思维，书中的规则压制着他，让他不由自主地像个被夸的小孩那样害羞了。

晚上，林敏芝照常锁了门窗，将家里尖锐的厨具收起来，留季眠在家，她出去摆摊。

临走前，她还给了季眠一本学前拼音书。

季眠虽然智力有缺陷，但林敏芝从没放弃过拯救他。

季眠摸着拼音书，心里才茫然起来。

至今他都没能好好静下心来想一想自己的未来。

他翻出藏在柜子里的纸条，巴掌大的地方被写得密密麻麻的。

自己现在五岁，也就是说，再过十二年，他就会遇到厉决。

季眠叹气，闭上了眼。

不知何时，窗外下起了小雨。

迷迷糊糊间，季眠听到了楼道中的对话。

刚下班的女工们讨论着：

"你说楼道里那个小孩子啊？"

"对啊，也挺可怜的，他娘不管他，老子不能管他，把他扔给保姆管，现在被保姆带着儿子霸占了房间，保姆把他赶出来了。"

"造孽哦……外面下着雨，还那么黑，今晚还有台风呢。"

"你别说，看着怪吓人的，孩子哭也不哭一声，就冷冰冰地站着……"

季眠听着，爬下床，隔着栅栏和窗户，看见对面楼道口坐着一个男孩。

男孩穿得单薄，在台风天里被冻得嘴唇发紫，双手抱臂，将自己缩成了小小的一团取暖。

怪可怜的……季眠心想。

楼梯是感应灯，有人走过灯便亮了。

没人走过，男孩的世界便是黑暗的。

他眼里是不甘之色。

风"呼呼"地刮在他身上，陈姨扇的耳刮子火辣辣地痛，他的半张脸都肿着。

"你老子和娘都快烦死你了，除了我没人愿意照顾你！

"你怎么不干脆一起去死了算了？耽误你老子和娘去享清福！你还不知道吧，你妈现在都给你找了个新爹啦。

"小拖油瓶……"

陈姨的辱骂声不断在耳边回响。

他不敢去找宁倩，害怕再给宁倩添麻烦，让她更加烦自己。

所以不管是被打还是被骂，他都一直忍着，抱着仅有的一点儿希望卑微地想：是不是只要他乖一点儿，妈妈就会回来看他？

傅沉俞死死咬着唇告诉自己：不能哭，哭了就让别人看笑话，让别人得逞了。

可眼泪还是落了下来，砸在黑色的夜里。

或许保姆说得对，他被抛弃了，没有人爱他，也没有人要他。

他是世界上多余的杂草。

他万念俱灰时，楼道的灯忽然亮了起来。

脆生生的声音从二楼的一扇散发着黄光的窗户中传出，有人一字一顿地大声朗诵着：

"小鱼碰到 j、q、x 擦掉眼泪不哭泣……

"小鱼碰到 j、q、x 擦掉眼泪笑嘻嘻……"

稚嫩的声音在夜里回响，点亮了傅沉俞头顶的感应灯。

明亮的灯光洒下来，驱散了黑暗，落在他的身上。

傅沉俞擦掉眼泪愣愣地听着汉语拼音歌。

他头上的声控感应灯再也没有熄灭过。

第二章

季眠被困在孩子的身体中，作息也被强制同步了。

他足足睡到了八点钟才醒，林敏芝已经收了早餐摊回来，送季眠上学。

她的心情肉眼可见地变好了。

她在煎饼里加了脆饼之后，生意火爆了一番，一晚上赚了足足二十块钱！

不少工人吃了一个煎饼不够，又返回来买了两个。

照这样下去，她很快就能还钱。

在工地上，她见到张先祯，送张先祯煎饼吃，本不想收钱，以报答张先祯，张先祯却执意要给钱。

林敏芝转念一想，就明白张先祯是为她考虑。

季卫国出轨，她一人在家。

街坊邻居闲言碎语多，如果她再送男人免费的饼子，恐怕要被唾沫星子淹死。

林敏芝的生活虽然穷困潦倒，但房间被布置得干净温馨，充满了一股新的生命力。

季眠的吃穿用度也是最好的。

她自己舍不得买十块钱一双的鞋子，却愿意给季眠买五十块钱一双的，还送他上临县最好的幼儿园，从学前班开始就学英语。

学费也贵，但是季眠是她唯一的指望。

季眠从没想过自己还有上幼儿园的一天，内心哭笑不得。

林敏芝送他到王老师跟前，眼泪汪汪的，季眠没哭，她舍不得地哭了。

"眠眠在幼儿园里好好的，妈妈下午就来接你，饿了你就喊王老师，知道吗？"

"知道。"季眠认真点头。

季眠已经能简单地说一些词语，林敏芝很欣慰。她不知道为什么自己的儿子忽然就能开口说话了，或许是老天爷也看不下去，才给她一点儿生活的盼头。

她离开季卫国之后，生活并没有她想象的那样一团糟。

从小被灌输"以夫为天"思想的林敏芝，心里生出了一个大胆的念头：或许，男人也没那么重要。

季眠五岁，读的是中班。

班里的小朋友看到新来的同学，鸦雀无声，一双双眼睛打量着他，眼里有掩饰不住的惊艳。

小孩到这个年纪，已经分得清美丑了。

季眠长得比动画片里的小帅哥还好看，比苏珞瑜更好看。

王老师介绍了季眠，把他安排在了自己伸手就能够到的位置。考虑到季眠智力不足，性格自闭，王老师给了他一辆小汽车，让他一个人先熟悉环境。

早操结束，老师不在，班里热闹起来。

苏珞瑜从小书包里拿出一袋巧克力分给同学。

出门时，杨超英特地嘱咐过他，要跟同学说这是德国买来的巧克力。

果然，小朋友一听是外国的巧克力，瞬间眼睛发光，看苏珞瑜的眼神都带着崇拜之意。

苏珞瑜挨个分下来，给了季眠一颗巧克力，以示友好。

季眠看着他眼角的小痣，觉得有点儿眼熟。

苏珞瑜对他笑了笑，接着走到教室的角落，分了一颗巧克力给那个一直没出声的男孩。

"阿沉，这是我妈妈从德国买的巧克力，以前你们家也有的，你肯定喜欢吃。"

傅沉俞没说话，沉默地盯着他。

突然，他冷着脸，直接把苏珞瑜递过来的巧克力往地上扔去。

是的，他家有，以前的家。

苏珞瑜没有预料到是这个结果，嘴巴微张。

过了一会儿，他愣愣地蹲下身把巧克力捡起来，执着地放在傅沉俞面前："阿沉，你吃。"

他一遍又一遍地说着。

傅沉俞盯着桌上的巧克力。

在他眼里，巧克力十分刺眼，代表着讽刺以及多余的同情心。

傅沉俞感到一阵恶心，忽然推开苏珞瑜，把巧克力抓在手里，然后狠狠地扔到了教室后的垃圾桶里。巧克力砸在垃圾桶上，发出巨大的声音。

苏珞瑜吓得抖了一下，"哇"的一声号啕大哭起来。

徐才想帮苏珞瑜，跟傅沉俞新仇旧恨一起算，立刻冲过来用圆滚滚的脑袋顶住了傅沉俞的胸口，用力地把他顶到了地上。

傅沉俞连人带椅子翻了。

变故陡生，王老师呵斥道："怎么回事？徐才、傅沉俞，怎么又是你们在打架！"

两个人在地上扭打着，王老师奋力扯开一个，徐才的脸已经被傅沉俞抓破了，流着血，徐才也哭得震天响。

反观傅沉俞，一滴眼泪都没掉，阴恻恻地盯着徐才，就像狩猎的小狼崽，准备出其不意地发动第二次攻击。

半晌，徐才止住哭泣，率先喊道："王老师，傅沉俞先欺负苏苏的。"

傅沉俞被另一个老师搂着哄着，一言不发，表情冷冷的。

围观了全程的季眠内心翻江倒海。

苏苏——苏珞瑜的小名！

他就说这人眼角下的那颗痣为什么如此眼熟。

季眠的目光落在苏珞瑜雪白的脸蛋上——他是苏珞瑜？

紧接着，季眠的目光落在傅沉俞的脸上——那是昨晚坐在楼道里哭的男孩。

阿沉……

那他就是傅沉俞？

反派"大佬"？

季眠没想到，自己竟然无意间帮了仇人。

他更没想到，原著中的季眠和反派"大佬"竟然也算得上是发小儿！

这……这反派"大佬"还真是无情……对发小儿也不念旧情……

想到这里，季眠瞠目结舌，同时心中要远离傅沉俞的想法更强烈了。

王老师看着季眠，怕季眠产生应激反应。

意外的是，季眠反而是所有小朋友中最镇定的，表现优秀得超出了这个年纪的小朋友应该有的反应。

王老师心里一惊，下意识地想：听说有些孩子迟迟不肯开口说话，不一定是智力不足，而是……天才？

徐才的父母很快赶到幼儿园，王老师来不及阻止，徐才的爸爸就狠狠地打了傅沉俞一耳光，表情像是要吃人。

"小杂种！"

徐才出了气，得意扬扬地看着傅沉俞，像是在说：我有爸爸出头，你没有！

他爸爸杀了人，要坐一辈子的牢。

傅沉俞目光死寂，听到徐才的爸爸冲着王老师发火："我告诉你们，我要上教育局告你们！杀人犯的儿子你们也敢让他来上幼儿园，老鼠的儿子会打洞，杀人犯的儿子也会是杀人犯，他就是有杀人犯的基因！小疯子、小坏蛋……啊！我儿子要是出事了怎么办？这小疯子就该跟他老子一起坐牢！"

孩子说的话，都是大人教的。

辱骂声十分刺耳，傅沉俞却仿佛已经习惯了，一声不吭地任打任骂，但眼里就像冰山下藏着岩浆，充满了滚烫、愤怒的情绪。

季眠下意识地打了个寒战。

他万万没想到，反派傅沉俞小时候竟然过得这么凄惨。

难怪傅沉俞长大后会对苏珞瑜那么好，恐怕就是因为……在他小时候唯一对他好的人只有苏珞瑜吧。

季眠一瞬间觉得傅沉俞可怜。

呸呸呸，自己千万别可怜仇人。

傅沉俞小时候是得到了苏珞瑜的关怀，但长大之后就来"关怀"自己了——把自己"关怀"走了，名副其实的是临终关怀。

闹剧结束后，傅沉俞安静地坐在角落里，脸上新伤加旧伤，青青紫紫看起来很可怕。

季眠想起昨晚的他，小小的身躯蜷缩在黑暗中，孤独地抵抗着周围人对他的恶意。

他才五岁……怪可怜的，季眠想着。

下午，幼儿园发盐水冰棍降温。

傅沉俞没吃，而是把冰棍贴在脸上，给肿胀的伤口降温。

他年纪虽然小，但经历了太多事，为自己疗伤的动作熟练得让人心疼。

季眠食之无味，时不时看一下傅沉俞。

没想到，二十年后呼风唤雨的大魔王"Fox"，现在脆弱得好像轻轻一折就会断。

放学后，林敏芝心急如焚地到了幼儿园，看到安静地坐在教室里等待的儿子，她松了一口气。

王老师体贴地说道："眠眠很乖，也爱吃饭，中午吃了一碗半，下午吃了一个小面包。"

林敏芝抱着季眠，心中柔软。

王老师心里一动，问道："眠眠妈，咱们园里过几天要举行才艺表演，眠眠愿意参加吗？"

林敏芝略显窘迫地说："他……还小呢，什么都不会。"

学什么都要钱，大家都希望孩子赢在起跑线上，但是林敏芝哪里有钱让孩子去赢在起跑线上？

小朋友讨论少年宫的学习计划，处处透着优越感，季眠却孤零零地插不上话。

家长们陆陆续续地来。

杨超英抱起苏珞瑜，听儿子脆生生地说："妈妈！幼儿园要举行才艺表演，王老师让我弹钢琴！你和爸爸到时候能来看我的演出吗？"

"嗯。你爸爸给你买的钢琴马上就到了，周末记得继续去少年宫练习。"

杨超英的声音挺大的，家长们都听见了，窃窃私语起来。

几千块的钢琴说买就买，老苏家有钱呀，蛮时髦。老苏有本事，孩子也争气。

杨超英挺直了背。

苏珞瑜用力地点头："嗯！妈妈，我能跟阿沉一起去少年宫吗？"

杨超英脸色一变，压低声音说："苏苏，以后不要跟他玩了。"

苏珞瑜不明白，露出疑惑的眼神："但是以前妈妈都让我多跟阿沉玩。"

以前傅勇是大老板，宁倩是阔太太。

今时不同往日，傅家没了，傅沉俞还有什么好认识的。

杨超英抱紧了儿子，低声警告道："小孩子别问这么多，听话就是了！"

苏珞瑜迟疑地点了点头。

林敏芝低下头问季眠："眠眠，你想学钢琴吗？"

别人有的东西，她儿子也要有，哪怕她再辛苦，也不能让儿子被瞧不起。

读书才有出路，这辈子儿子千万不能像她过得这么苦。

季眠摇头："不学。"

看过原著的他心里很清楚，原来的季眠就是因为羡慕苏珞瑜，事事都模仿苏珞瑜，才会造成悲剧结局。

这一次，他不会重蹈覆辙。

他不但不学钢琴，为了保护林敏芝，为了今后拳打反派，脚踹男主角，还打算学散打。

季眠仰着小脸，稚嫩的声音很坚定："我要保护妈妈，要学打架。"

五岁的孩子，说出来的话让人啼笑皆非。

他还不知道什么是散打，但知道如何爱她。

林敏芝听了这话，愣愣的，紧紧地抱着季眠，咽下眼泪说道："好，听眠眠的。"

王老师送走季眠母子，直起身看着墙面。

幼儿园的照片墙上，有傅沉俞去年的照片。

四岁的傅沉俞，肩膀上放着小提琴，小提琴上坠着小狐狸挂件，雪白的脸上洋溢着笑容。宁倩半蹲着，白色长裙一尘不染。

王老师蹲下身，跟傅沉俞平视："小俞，今年的才艺表演，你想参加吗？"

傅沉俞一言不发。

王老师抚摩着他的头发，微笑着说："老师告诉妈妈，让妈妈来看小俞的表演好吗？"

傅沉俞黑色的瞳仁颤动了一下。

他没说参加，也没说不参加，心里泛起一丝涟漪。

季眠回到家中，冷静下来。

他一下看见《陌路柔情》的两大主角，说情绪没有波动是假的。

原著中提到，在傅沉俞的童年里，苏珞瑜占据了最重要的一席之地。

傅沉俞受伤，苏珞瑜安慰他。

傅沉俞被欺负，苏珞瑜为他出头。

傅沉俞没饭吃，苏珞瑜也帮他。

季眠嘴角一抽，想到二十年后——

自己成了苏珞瑜生活中的绊脚石，所以傅沉俞才会替苏珞瑜出手。

这就是"炮灰"的最终归宿吗？

也不知道他们现在感情进展如何，苏珞瑜现在成为傅沉俞最好的朋友了吗？

看今天傅沉俞扔巧克力的架势，估计没有。

现在他们不是好朋友，不过以后会是，时间过得很快，自己的死期也随着时间流逝而将近。

季眠捂住胸口，想要吐血：我感觉我还可以再挣扎一下。

季眠正苦恼着，耳旁忽然传来小提琴悠扬的声音。

天空腾起层层叠叠的火烧云，音乐声在风中飘荡着，季眠一时间忘却了烦恼，情不自禁地被音乐吸引，浮躁的心渐渐平静下来。

跳跃的音符，透露着演奏者小心翼翼的爱与喜悦之情，仿佛偷来了片刻希望，很快，音乐骤停，那片刻的希望也消失殆尽。

季眠叹了口气，想通了，算了，兵来将挡，水来土掩。

只要他远离傅沉俞，将来未必会死。

筒子楼下出现了一个男孩的身影。

他端着脸盆，步伐急促地走向洗衣池。

盆子里是一件白色的衬衫，那是宁倩在去年幼儿园晚会的时候买给他的衣服，他珍而重之。

五岁的小孩，洗衣服洗得很吃力，不会打肥皂，泡沫也冲不干净，但他依旧认真地洗着，目光专注，将衣服翻来覆去地洗，不放过任何一个角落。

他紧紧抿着嘴唇，脸上也没有表情，但五岁的孩子隐藏不住自己的情绪，双眼亮晶晶的带着期盼。

片刻后，男孩出现在天台上，胸前洇着带泡沫的水渍，踩着凳子，踮着脚把小小的白色衬衫挂起来。

那是他的演出服，去年妈妈为他买的。

他心里重复地想着。

白色的衬衫在老旧的小区中随风飘荡，像照片里宁倩扬起的白色裙摆。

傅沉俞坐在凳子上，期待地看着衣服，一坐就是一下午。

男孩想，如果他在演出时表现得好，妈妈……会来看他的演出吧。

他要告诉妈妈，他已经会自己洗衣服、晾衣服了，还会自己去幼儿园。

他已经长大，成了一个男子汉，就算没有爸爸，也能努力养活妈妈。

他吃得很少——他真的……真的不会让大人觉得麻烦的。

傅沉俞低下头，眼里滚落下大颗大颗的眼泪，怎么擦也擦不干净。

季眠收回视线，心情复杂。

宁倩长久地住在情人家中，十天半个月不回来一趟，除了打钱，对儿子基本不闻不问。

渐渐地，保姆陈姨的胆子越来越大，她带着自己的儿子鸠占鹊巢，把傅沉俞赶了出来。

难怪傅沉俞的衣服看上去有些脏，有些旧，还很不合身。

陈姨把他的衣服拿给亲儿子穿，把亲儿子的衣服丢给了傅沉俞。

季眠想到这里，心里涌起一丝愤怒。

纵然傅沉俞以后会发生变化，但这一切还没发生，小孩何其无辜。

只是……

季眠摇了摇头，还是别多管闲事了。

或许是和原主记忆融合的缘故，他闭上眼总能感觉死前的痛。二十年后傅沉俞残忍且冷漠的表情，还有坠入冰冷海里的窒息感，让季眠一次又一次地重复感受着死亡的绝望。

《陌路柔情》的小说走向注定傅沉俞将会是个性格扭曲的人，连他最重要的好朋友苏珞瑜都没能成功感化他，季眠就更没把握了。

转眼间，幼儿园才艺演出的时间到了。

一大早，林敏芝就给季眠穿上了新衣服，给他擦了面霜，让季眠变得香喷喷的。

季眠牵着林敏芝的手出门，正好看见陈姨和她儿子，傅沉俞站在他们对面，红着眼眶，浑身颤抖，表情看上去要杀人。

地上是他洗得雪白的衬衫，上面已经被陈姨的儿子踩了无数个脚印。

衬衫掉在脏水沟里，混着泥巴，再也不能穿了。

始作俑者趾高气扬地说："你这个杀人犯的儿子，还敢偷我的衣服穿！"

季眠下意识愣愣地想：不是的……那是傅沉俞的衣服，是他洗干净了……期待了好久的衣服。

林敏芝高高兴兴地抱着季眠，去幼儿园之前，带他去文具店买了小兔子橡皮擦。

一辆气派的桑塔纳停在了文具店门口，车门打开，跳下来一个穿着西装的小男孩，七八岁的模样。

中年男人和美貌的女人一起下车，季眠身体一顿，诧异地盯着女人。

宁倩！傅沉俞的母亲。

他的目光落在宁倩身边的男人脸上，《陌路柔情》的剧情缓缓展开。

男人是临县分公司的经理，不久后就要升迁，到同城公司去做副经理。

宁倩如今是他的情妇，马上就要和他领证，前途一片大好。

男孩扑到宁倩的怀里撒着娇。

中年男人笑着开口："小希，不要往你阿姨怀里扑，小心碰坏你妹妹。"

小希甜滋滋地问道："阿姨，妹妹什么时候出生呀？我好想见她！"

宁倩不好意思地说："这就喊上妹妹啦，万一是个弟弟呢？"

她心里一紧，害怕肚子里的孩子真的被林希喊成妹妹。要想在这个家待下去，她必须给男人生个儿子。

中年男人扶着她："小希喜欢妹妹，我也喜欢女儿。小希，今天你生日，喜欢什么自己挑，爸爸付钱。"

小希一跃而起："最喜欢爸爸了！"

林希走进文具店，看到了林敏芝怀中的季眠，季眠手里握着一块小兔子橡皮。

季眠猫儿似的双眼，糯米团子般的小脸，白如嫩藕的手臂，又软又蓬松的黑色头发，剪的发型使他的样子显得很乖，穿着一件白色的兜帽衣服，帽子上还有兔子耳朵，人也像兔子一样可爱。

林希眼里的惊艳之色一闪而过，他傻乎乎地盯着季眠看，和兔子一样可爱的小孩，深深地刻印在了他的脑海中。

林敏芝"呀"了一声，也看到了宁倩。

周围响起窃窃私语声，女人们看着宁倩，脸上有妒忌、羡慕的神色，说她命好，前夫是有能力的人，只可惜坐牢去了，现在她又勾搭上一个有能力的男人。

一家三口其乐融融，画面温馨得刺眼。

季眠紧紧抓着林敏芝的手，心中腾起一丝愤怒情绪。

宁倩知不知道，她儿子在幼儿园里面等她？

她给别人的儿子过生日，她自己的儿子却连一件衣服都穿不起。

"啊，好的，知道了。"王老师挂断公共电话。

傅沉俞仰头看着她，王老师准备了一下措辞，蹲下身："小俞……你妈妈有点儿事，今天可能来不了了。"

傅沉俞沉默片刻，身体克制不住一般微微颤抖起来："可是我和妈妈说过。"

王老师爱怜地摸着他的耳垂："小俞，刚才妈妈和老师打电话了……说……"

傅沉俞茫然地说："她答应过我。"

男孩手足无措地站着，双手揪着自己的衣摆，衣服是旧的、皱的，不够体面。

白色的衬衫已被陈姨的儿子踩得稀烂。

王老师叹了一口气："小俞……"

傅沉俞低着头，刘海遮住了双眼："王老师，你可以帮我借一件白衣服吗？"

王老师几度哽咽："小俞，你听老师说，不是因为你没有穿好看的衣服……"

她忽然说不下去了。

傅沉俞用手臂狠狠地擦了一下脸，用力地擦掉眼泪。

他眼中有血丝，颤抖着嘴唇开口："王老师，你可以帮我借一件白衣服吗？"

王老师拥着傅沉俞，心里想：可怜呀……

谁不知道，今天是临县分公司经理那儿子的生日？

路上，一双双眼睛看着宁倩上了桑塔纳，小轿车绝尘而去，驶出临县。

她再也不会过来。

他被妈妈抛弃了。

幼儿园张灯结彩，喜气洋洋。

苏珞瑜的一首钢琴曲惊艳了大家，杨超英夫妻站在台下，享受着众人的注视和奉承。

季眠坐在林敏芝怀中，时不时地在人群中寻找傅沉俞的影子。

他想，至少在傅沉俞演出的时候要为傅沉俞鼓掌。

可惜，整整一天，他都没找到人。

表演结束，林敏芝带着儿子去老街采购食物。

她打算多摆一个烧汤的摊子，天气一冷，生意就会好起来。

林敏芝在店里买东西，季眠就乖乖地坐在小板凳上。

人来人往，不少人驻足观看，打量他这个神仙似的小团子。

季眠昏昏欲睡时，耳边又响起了熟悉的小提琴曲。

他记得，这是傅沉俞练习了足足一个星期的表演曲目。

两家住得近，傅沉俞练习了无数遍，每一个音符，季眠都记得。

他往前走了几步，林敏芝抱起他："眠眠？"

季眠急切地开口："妈妈……"

林敏芝心有所感，抱着季眠寻着音乐走去。

两个人穿过老街，后面是一个废弃的火车站，野草长到了腰部，金灿灿一片。

夕阳倾泻而下，废弃的火车站台上坐着一个男孩。

他歪着头，指尖在琴弦上跳跃，哀婉的音乐与风缠绵。

被人遗弃的破旧玩偶散落在山野中，成为唯一的听众。

季眠愣愣地听着。

洗得一尘不染的白衬衫、男孩一遍又一遍地练习……一幕幕场景在季眠的脑海中闪过。

傅沉俞所有小心翼翼的期待，等来了宁倩的一句"很忙没空"。

他的夜空，没有一颗星星。

一曲结束，傅沉俞发着呆。

半响，季眠看到他抬起手擦脸，越来越用力，却也止不住豆大的泪珠滑落。

男孩坐在被人遗忘的火车站站台上号啕大哭。

林敏芝沉默地抱着季眠，在心中叹了口气。

傅勇那件事在临县传得沸沸扬扬，傅沉俞也是可怜……

傅沉俞哭得声嘶力竭，哭够了，擦干眼泪，收拾好小提琴，一言不发地离开。

"吧嗒"一声，季眠看到他的狐狸挂件掉落在地上。

等傅沉俞走后，季眠从林敏芝怀里跳了下来。

他回头看着林敏芝，林敏芝神色温柔地看着他，鼓励着他。

季眠从铁轨边上摘下了几朵白色的小花。

风吹日晒，依旧没摧毁它们的生命力。

它们从泥泞中开出了花，艰难而不被人知地活下去。

风吹过野草，四下无声。

傅沉俞焦急地折返，步履匆匆，一路上低着头，到处找狐狸挂件。

挂件丢在哪里了？他心急如焚。

那是宁倩送给他的为数不多的东西。

一直找到火车站台，傅沉俞看到小狐狸完好无损地坐在地上，心里才松了口气。

他弯腰正准备将挂件捡起来，却忽然愣住。

小狐狸的怀中，捧着几朵白色的小花。

小花洁白得像他的白色衬衫，像宁倩的白色裙摆，像——白色的风车。

傅沉俞想起在幼儿园里看见的——白色风车的主人。

他笑起来眼睛弯弯的，眼里似有璀璨的星星。

他好像叫……眠眠。

没到一个月，林敏芝就把欠的一百块钱还上了。

加了脆饼的煎饼卖得好，老远的工地上的工人都愿意绕远路来买。

不过好景不长。

林敏芝煎饼加脆饼的做法，很快就被同行给抄了去。

这几天，学着她做煎饼的早餐摊越来越多，分走了不少客流量。

林敏芝也不生气，毕竟人来人往，也不是难做的步骤，谁看了也能学会的。

人家抄走了方法，她就想办法变得更好。

人无我有，人有我优嘛。

还上了张先祯的钱，林敏芝心中最大的心愿就是给季眠报一个兴趣班。

她原本以为季眠只是说说要学"打架"，谁知道去少年宫那天，她儿子真的什么都不学。

钢琴他不喜欢，小提琴也不喜欢。

林敏芝哭笑不得，想着干脆直接帮季眠报个钢琴班得了。

可临到要报名了，林敏芝忽然察觉一丝不妥。

她是不是应该听听季眠是怎么想的？

季眠想学"打架"这事，不知道怎么传到了姚阿婆的耳朵里，她年纪有六十三，儿女都死了，没抱上孙子，孤寡老人一个。

闲得慌，她就特爱操心老街上的小孩子的事。

季眠长得乖巧，虽然笨，但是乖，姚阿婆最喜欢他。

姚阿婆把这件事包揽了下来，隔了几天，就领着张先祯上门。

林敏芝打开门，姚阿婆就解释："小张以前是警察，眠眠要是想锻炼身体，可以找他呀！"

在姚阿婆的张罗下，季眠还真的跟张先祯学起了散打。

当然，季眠年纪太小，张先祯现在只是带着季眠跑跑步。

老街的街坊邻居听说林敏芝家那个脑子有问题的儿子跟着小张警察跑步呢，纷纷看起热闹。

嘲笑的人有，讽刺的人有，说林敏芝瞎折腾的人也有。

看别人的苦难生活，是老百姓打发时间的一种方式。

每天早上，张先祯都带着五岁的季眠跑过老街。

穿着兔子连帽衫的季眠气喘吁吁地迈着小短腿跑着，虽然慢，但是步伐坚定，从不喊苦。

洗菜的店老板见了，乐道："哎哟，我们小兔子警察来啦，能坚持多久哇？"

这人取笑他呢，真是气死人。

季眠偏要争这一口气！

直到他整整坚持了一个月，再也没有人敢小看他了。

看热闹的邻居从嘲讽到沉默，最后到拎着自家不争气的儿子骂："林敏芝家的儿子都比你努力！"

林敏芝也觉得诧异，她这个儿子虽然智商不如别人，但是在毅力方面让同龄人望尘莫及。

听说，有些智商方面有缺陷的孩子，在另一个领域会比普通人更专注，眠眠会是这样吗？

季眠的灵魂和记忆虽然跟一个五岁小孩融合了，但他毕竟不是真的只有五岁，在耐力和毅力方面，要远远超出正常小孩。

一转眼，他在黎明幼儿园读完了一个学期。

季眠的智力有问题这件事，在临县不是秘密，家长嘴碎，老师瞒得再好孩子们也知道。

在黎明幼儿园读书的都是本地人的小孩，本身就排斥外地人，加上季眠智商的问题，大家对他的排斥尤为明显。

他们不跟季眠说话，季眠也懒得跟五岁的小孩打交道。

记忆融合之后，他现在的智商起码比得上十岁小孩。

新年前夕，王老师把大家都聚在一起，分桂花饼吃。

桂花饼是幼儿园最受欢迎的零食，谁表现得好就可以先吃，大家都坐得笔直。

徐才跟苏珞瑜最先拿到桂花饼，徐才就是那个喜欢挑衅傅沉俞的人，但每次都没得到什么好处，还被傅沉俞揍过好几次。

他还喜欢带头孤立季眠，挑衅了季眠几次，被季眠无视了，气得他歪鼻子瞪眼。

苏珞瑜作为小说《陌路柔情》的主角，从小就有主角光环，整个幼儿园的小朋友都喜欢他。

剩下的小孩，季眠都叫不出名字，暂时编号为路人甲乙丙丁。

而傅沉俞……

季眠心情沉重地望向教室的角落。

他牢牢记着自己在小纸条上写的剧情，整整一个学期，没有跟傅沉俞说过一句话，离傅沉俞远远的。

只是季眠到底狠不下心看着小孩受折磨。他能力有限，这半年只能在同学欺负傅沉俞的时候，一次次偷偷地跑去向王老师告状，阻止事情往最坏的方向发展；或者吃早饭时多拿一个鸡蛋，悄悄放在傅沉俞的桌洞里，但每次鸡蛋都被傅沉俞扔进了垃圾桶里——他不需要这些可怜。

季眠已经尽自己最大的努力，克服对死亡的恐惧，做到自己能做的一切事情了。

有他"从中作梗"，傅沉俞在幼儿园的生活过得比之前好了一些，至少没人再欺负他。徐才找了一个学期是谁在打小报告，都没把季眠的小兔子尾巴揪出来，气得满脸通红——他已经因为欺负同学被王老师批评好几次了。

只是回到家里，傅沉俞又要面对陈姨的打骂。

季眠的这些帮助对傅沉俞来说是杯水车薪。

他身上的伤口依旧一天比一天多，旧的还没有结痂，新的就覆盖上去。

苏珞瑜自从被杨超英警告过不准跟傅沉俞来往之后，就很少主动找傅沉俞。

季眠满头雾水。

怎么回事？

说好的最好的朋友呢？

傅沉俞过得这么惨，苏珞瑜怎么也不安慰他一下？

这和自己想的剧情不一样啊……

按照季眠想的，苏珞瑜现在就该乖乖巧巧地坐在傅沉俞身边，对傅沉俞嘘寒问暖。

哪会像现在，"大佬"吃不饱、穿不暖，吃块饼干还狼吞虎咽……

傅沉俞抬起手，季眠看到他的手臂上有一道新的伤口。

季眠看得揪心：这也太可怜了。

要是苏珞瑜按照原著剧情关怀傅沉俞，季眠还不会觉得傅沉俞可怜。

可怜就可怜在，现在的傅沉俞什么都没做，还过得这么惨。

季眠就算知道他未来的结局，如今也有点儿于心不忍。

傅沉俞就像没有痛觉一般，麻木地嚼着饼干。

昨晚上陈姨故意把放馊了的饭给他吃，他吃了一口就吐了。

到现在为止，傅沉俞什么都没吃，肚子早就饿得绞痛，与之相比，手上伤口的疼痛都不算什么。

马上就要过年了，傅沉俞数着教室里的日历，每过一天，他的期盼就多一些。

王老师说，过年是家人团聚的日子，妈妈一定会回来的。

宁倩对他的不闻不问，傅沉俞都为之找好了借口。

他在一次次的绝望中，一次次重新燃起了希望。

二月份，家家户户都贴上了"福"字，挂起了红灯笼。

林敏芝给季眠买了一套新衣服，红色的小棉袄把他的肤色衬托得更加雪白。

这几个月他被林敏芝喂得白白胖胖的，出门几乎人见人爱，但也免不了被幸灾乐祸地加一句："敏芝啊，你儿子哪里都好，就可惜智商有问题。"

林敏芝又气又难受，偏偏反驳不了。

除此之外，林敏芝还买了一套少年的衣服，一直放在家中，直到过完年，也没有人回来把它带走。

季眠知道，那是林敏芝买给哥哥的。

季尧虽然没回来，但是给林敏芝打了电话报了平安。

季眠听见他们吵了一架，林敏芝躲在走廊里哭，问她大儿子为什么要这么对她。

依稀间，季眠听到了什么病、什么治疗之类的话语。

新的一年已经来临。

林敏芝以为自己的大儿子病了，只有小学文化水平的女人，不知道该怎么"治"好他。

季眠装作什么也没听到，乖乖地坐在饭桌前吃鸡蛋。

他喜欢吃蛋白，不喜欢吃蛋黄，蛋黄太干了，林敏芝为了哄他吃完一整个鸡蛋，通常会放一杯牛奶。

昨天晚上下了一场大雪，窗外银装素裹，楼下的小孩呼朋结伴，正在打雪仗，尖叫声和嬉闹声充斥着整条老街。

林敏芝偷偷擦干了眼泪，看了眼窗外，摸着季眠的脑袋问："眠眠是不是也想和小朋友一起玩打雪仗啊？"

季眠：并不想。

他不为所动，林敏芝却理解成了另外的意思。

季眠因为先天缺陷，没有小朋友愿意和他玩。

看着季眠懂事的模样，林敏芝心里一痛。

于是，等季眠吃完饭，她洗了碗，给季眠穿上厚厚的棉绒外套，将他裹成了一个团子，抱着他下楼走走。

天空中又下起了小雪，孩子们大呼小叫着：

"又下雪啦！"

"我妈妈说晚上会下得更大！"

"雪是什么味道的呀？"

…………

林敏芝抱着季眠："眠眠，那些都是你的同学，你要上去打招呼吗？"

季眠转过脸，把脸埋在帽子里，表示拒绝：不，并不想。

林敏芝哭笑不得，逗他："眠眠这么害羞呀。"

季眠默默地想：不，是他们玩的游戏太幼稚了。

一群孩子里，有徐才、苏珞瑜，还有王峰、小胖和周莲，都是黎明幼儿园中班的孩子。

老街就一个幼儿园，小朋友家都连成一片，他们住在一起，玩也在一起玩。

让季眠感到意外的是，傅沉俞竟然也在院中。

只是他一个人默默地站在树下，刘海长过眉毛，遮住了一半眼睛，表情阴沉沉的，没人理会他。

大冬天的，他还穿着秋天的衣服。

小胖看到季眠，季眠胳膊腿都短短的，穿着红色的小棉袄、圆乎乎的虎头鞋，帽子上还有老虎耳朵，漂亮得像个女孩子。

小胖红着脸开口："徐才，我们去找季眠一起玩吧。"

徐才看了季眠一眼，别扭地说道："我才不跟他一起玩，他是小哑巴。"

小胖憋了半天，蹦出一句："可是你在幼儿园老是看他啊……"

徐才涨红了脸："谁看他了？你找打！我打死你！"

小朋友们打打闹闹地滚在了一起。

过了一会儿，傅沉俞家的保姆陈姨收拾着行李箱出门，跟他儿子上了公交车，准备回乡下。

大门被"咔"一声锁死，可房子的主人傅沉俞还在院中。

陈姨包上的钥匙一晃一晃的，三把俱在，她没有给傅沉俞留下一把钥匙。

季眠心里一跳，突然觉得眼前的这个场景十分眼熟。

瞬间，《陌路柔情》的一部分剧情在他的脑海中展开。

原著中，有过傅沉俞的这段幼年回忆。

1998 年的除夕夜，他被关在门外整整一个晚上，没有等来宁倩，没有等到一家团圆。

等待他的只有永无天日的寒冷雪夜，以及差点儿死亡的……绝望。

第三章

　　季眠发现，自己虽然没有看完《陌路柔情》，但是随着记忆的融合，书中的剧情会直接在他的脑海中铺开。

　　季眠内心十分复杂。

　　但不得不说，提前知道剧情，确实能帮助他渡过不少难关。

　　原著中，傅沉俞虽然被关在门外一夜，但是后来苏珞瑜犹如天降神兵一般出现，将他带回家，驱寒送温暖，照顾得无微不至。

　　也正因为如此，傅沉俞才幸免于被冻死。

　　否则，那么大的雪，他又穿着那么单薄的衣服，被冻一夜，必死无疑。

　　到了晚上八点，老街的筒子楼里果然传来了敲门的声音。

　　傅沉俞站在门口，小小的身影几乎与黑暗融为一体。

　　到底只有五岁，他敲了半天门，发现大门紧闭之后，那双漂亮的眼睛里浮现一丝惶恐之色。

　　傅沉俞的肤色本来就白，如今更是白得像张纸。

　　他似乎有所预感，得到了自己最不想要的结果。

　　"开门，开门！"傅沉俞用力地敲着门。

　　"砰砰！"

　　"砰砰砰！"

"开门……开门！"

随着房间内长时间无人应答，傅沉俞的声音慢慢带上了惊恐的哭腔。

他越喊越大声，最后几乎成了嘶吼。

老旧斑驳的墙壁簌簌地落下墙灰，墙灰掉进他的眼睛里，他的眼眶一片通红。

敲门声越来越响，渐渐地，周围响起邻居的咒骂声。

"要死啦！谁半夜三更敲门啊？神经病！还过不过年了！"

"晦气！"

"烦死人了。"

"他妈怎么没带他去过年？"

"哎哟，他妈都半年没回来了，他一直跟着保姆过呢。今早不是看见他家保姆回老家了吗？"

傅沉俞的双眼瞪得越来越大，积蓄的泪水越来越多。

他难以置信，保姆真的这么恨他，把所有的钥匙都带走，让他一个人面对寒冷的冬夜。

漫长的寒夜，他无依无靠，无亲无故，吃什么，住哪里？

他会死的！

傅沉俞从来没有离死亡这么近过。

拍门声越来越响，他稚嫩的手掌拍得通红，甚至砸出了血丝。

但他完全顾不上疼痛，对于死亡的恐惧笼罩在一个五岁孩子的心里。

季眠听到隔壁楼的咒骂声、敲门声，心里情绪起伏不已。

他要不要出去看一下啊……

他艰难地爬到窗口，两只小手扒拉着栏杆，圆乎乎的小脸挤在栏杆之间，脸上印了两道红印。

敲门声渐渐弱下来，傅沉俞似乎已经放弃希望。

季眠焦急地望着窗外，不知不觉间，除夕夜已经下起了大雪，家家户户亮着橙黄温暖的光。

万家灯火，没有一盏属于傅沉俞。

季眠悄悄拉开抽屉，拿出写满剧情的纸条。

他握了握小拳头，警告自己：傅沉俞可是你的仇人！

季眠的包子脸皱成了一团。

自己救了傅沉俞，以后死的就是自己，毕竟那可是《陌路柔情》里最大的反派，灰网的建立者 Fox，在剧情里干的坏事可真的不少。

但未来的一切剧情都没有发生，傅沉俞也仅仅是个五岁的小孩。

作为唯一知道剧情的人，季眠扪心自问，自己能做到见死不救吗？

算了……

季眠叹了一口气，他纠结什么，傅沉俞今晚不会真死，过不了多久，苏珞瑜就会出现在他面前，将他带回家。

原著中，他整整一个春节都住在苏珞瑜家，两个人也因此结下了深厚的情谊，苏珞瑜更成了傅沉俞心中最重要的朋友。

季眠记得，原著中，有苏珞瑜这个小天使帮助"大佬"，应该不会有事的。

《陌路柔情》是一本结局已经注定的小说，傅沉俞的结局就是成为大反派，季眠只能改变自己的命运，没有把握去改变别人的命运。

林敏芝温柔的呵护浮现在心中，与十几年后母亲哭瞎双眼、声嘶力竭、无人送终的下场交替出现，季眠心中狠狠一颤。前世经历过双亲身亡的他紧紧握着双手，不想再一次失去挚亲了。

蝴蝶振翅，或许会带来他无法接受的结局。

这一年，城市中还没有禁止燃放烟花。

除夕夜零点，每家每户都点燃了鞭炮，"噼里啪啦"的声音响彻云霄。

林敏芝牵着季眠来到院里，在雪地上，母子俩一起抬头看着夜空中的烟花。

平时尖酸刻薄的街坊邻居在这一刻也放下了对林敏芝的嘲讽，纷纷热情地送了糖给季眠，还夸他争气、有毅力，长得可爱。

季眠收了糖果之后，不像其他小孩子一样没礼貌地一哄而散，而是认认真真地跟每一个人说了"谢谢"。

四十岁的他叫姐姐，五十岁的叫阿姨，哄得一帮妇女笑得牙都没了。被小帅哥喊姐姐，不管年纪多大的女人都心肝儿乱颤。

夸季眠的声音变得真诚起来，一丝阴阳怪气都没了。

几个平时碎嘴的婆子频频望向季眠，十分惊讶。

"敏芝家的小孩儿真的智力有问题吗？我怎么看着挺乖的？"

"是呀，比我们家云宝争气多了，每天都跟着小张跑步，身体也好了。"

"都没看见他像以前一样经常摔跤啦。"

"哎呀，还不是人家敏芝教得好，看看，多有礼貌……"

"呸，教得好又怎么样？林敏芝还不是个没男人要的赔钱货！"

"要我说，一个女人要这么能干做什么，还是得要个男人啊……"

窃窃私语的声音传到林敏芝的耳朵里，林敏芝一笑置之。

放在几个月前，她或许会被这些话重伤。

但如今她的生意正在一步一步地变好，眠眠也能开口说话，金钱给了她底气，林敏芝倒觉得这些碎嘴的人可怜。

女人靠男人，靠得住吗？

放完鞭炮，外面的雪越来越大，待不住人，街坊邻居打过招呼后就各回各家了。

季眠从刚开始就一直急匆匆地在玩耍的小孩中寻找苏珞瑜，想着自己或许可以早一点儿提醒苏珞瑜，让他去找傅沉俞，这样一来傅沉俞也能少受点儿苦。

结果他找了一圈，看到了徐才他们，愣是没看见苏珞瑜。

季眠有点儿困惑。

林敏芝蹲下身："眠眠，我们也回家好不好？你在找什么呢？"

季眠摇摇头，过了一会儿，轻声细语地开口："妈妈，苏珞瑜呢？"

林敏芝顿了一下，没想到季眠现在还能记住同学的名字了。

这是不是说明……季眠自闭的情况又好了一些？他不但能开口说话，还能认识同学？

他是不是想要交朋友了？

心底的惊喜情绪一闪而过，林敏芝连忙说道："眠眠想找小朋友玩吗？过完年好吗？苏苏他们家的人今早去走亲戚了，要后天才回来。"

话音刚落，季眠猫儿一样的眼睛瞪得滚圆。

林敏芝还没明白她儿子怎么有这么大的反应，季眠就已经挣脱她的手，转身就跑。

这突如其来的举动吓坏了林敏芝，她慌张地喊道："眠眠！"

季眠都不知道自己的两条腿是怎么迈开的。

他跑到傅沉俞家门口，前前后后看了一圈，心凉了。

傅沉俞家住在老街比较好的房子里，走廊空空荡荡的，季眠一眼就望到了底。

走廊上果然空无一人。

季眠找遍了各个角落，没找到傅沉俞。

他又着急忙慌地从筒子楼里跑出来，凛冽的风雪刮了他一身。

这么大的雪，傅沉俞能跑到哪里去？

季眠此刻甚至忘记傅沉俞是他未来的仇人，满脑子都是一个凄惨无依的五岁小孩的身影。

这一刻他无比自责，毕竟自己明明知道傅沉俞今晚要受许多折磨，但当时依旧选择放任不管，选择让苏珞瑜来救傅沉俞。

结果苏珞瑜今晚竟然不在老街。

人命关天的事情，他怎么能不在呢！

季眠咬了咬牙，转身就往外面冲，结果撞到了跟在他后面跑来的林敏芝。

林敏芝一摸他，衣服上全是雪水，湿透了。

他的胸口、裤脚到处都脏兮兮的，沾着雪泥，估计是跑得太急摔了一跤。

林敏芝一眼望下来，心疼坏了！

季眠毫无知觉，着急地扯着林敏芝的袖子："妈妈，找人。"

林敏芝正准备发火，却在看到季眠焦急的样子和惨白的脸色时，表情凝重起来。

儿子找人？找谁？他用得着这么着急？

没等林敏芝想明白，母子俩就在公共电话亭旁边看见了一个小小的身影蜷缩在地上。

他浑身都被冰雪覆盖了，冻得已经失去了知觉。

林敏芝瞳孔微缩，"呀"了一声，连忙放下季眠。

季眠的心怦怦跳，凭直觉他就知道倒在雪地里的人是傅沉俞。

于是，他一得自由，就迈开小短腿往前狂奔。

林敏芝急忙喊道："眠眠！"

这一声唤得傅沉俞清醒片刻。

他手里握着的写着宁倩的电话号码的小纸条已经不翼而飞。

傅沉俞记得自己想到公共电话亭给妈妈打电话，可是雪太大了，他又冷又饿，眼皮重得根本就睁不开。

明明下着大雪，他却觉得自己浑身滚烫。

他拨打了一遍又一遍电话，都无人接听。

后来，视线渐渐变得模糊，他缓缓地蜷缩着身体，靠在电话亭的玻璃上。

好冷，好饿……谁来救救他。

他好像就要死了。

除夕夜家家户户都亮着灯，透过窗户，温馨的默片在他面前上演着。

在这个家家团聚的夜里，没有人发现，有个被遗弃的小孩即将死在新年伊始。

傅沉俞的眼泪一落下来，就成了冰碴。

他好想问宁倩，既然她要抛弃他，为什么又要生下他？

绝望和痛苦的情绪在这一瞬间笼罩住了他，死亡的恐惧让他本能地颤抖起来。

起初他还能哭，后来气息越来越微弱，呼吸声渐不可闻。

他的意识正在一点点地消失，他甚至已经感觉不到寒冷。

就在他绝望得无以复加时，他好像听见了女人的呼唤声。

傅沉俞艰难地睁开眼。

茫茫大雪中，有人奋不顾身地向他奔来。

傅沉俞只记得他看见了一双清澈的眼睛，对方的瞳孔中映着他狼狈的模样。

他把这双眼里的担忧与自责之色，深深地记了一辈子。

失去意识的最后一秒，他听到一个奶音仓皇地喊着他的名字：

"傅沉俞！"

季眠用了这辈子最快的速度把傅沉俞从雪地里扒拉出来。

但他受这具五岁身体的限制，力气有限。

尽管想象中的自己应该是英姿飒爽的，但实际上，在林敏芝的眼中，她儿子像个咬牙切齿的小兔子使劲儿蹬着腿，全身上下每个细胞都在用力，拔着雪地里的小萝卜。

"小萝卜"傅沉俞昏昏沉沉的，软绵绵地被季眠抱着，上半身被搂住，下半身还拖在地上。

林敏芝又急又好笑，连忙把两个孩子都抱了起来。

她自己有个儿子，所以见不得小孩子遭罪。

一摸到傅沉俞的衣服，冰碴似的，她就变了脸色。

林敏芝经验十足地将脸蛋往傅沉俞的额头上贴，也不嫌弃孩子脏不脏。滚烫的热度传递过来，她吓了一跳，连忙起身，抱着傅沉俞就往他家走去。

这孩子，怎么这么大的雪还在外面，家里人都不管吗？

步履匆匆地走到一半，林敏芝一拍脑袋想起来了！

傅沉俞家中早就人去楼空，早上的时候，她似乎看见陈姨带着儿子走了。

林敏芝脚步一顿，难以置信地想着：难不成，陈姨把一个五岁的小孩扔在家里？

这……这人怎么干得出这样畜生不如的事情！

看到傅沉俞的现状，林敏芝立刻想通了前因后果。

刹那间，她心中有些愤怒。

傅沉俞家里的情况不是秘密，半年前林敏芝就有所耳闻，宁倩不怎么管她儿子。

但林敏芝想着，至少傅家还有个保姆管着，小孩子也惨不到什么地方去。

哪里知道这保姆竟然畜生不如！

傅沉俞烧糊涂了，有气出没气进，时间紧迫，林敏芝无暇多想，第一时间就是要把孩子送到医院去。

她抱着两个孩子火急火燎地回到家中，翻了两套衣服出来，想先把季眠的湿衣服给换了。

让她没想到的是，季眠十分懂事，自己就已经笨手笨脚地换起了衣服，帮了林敏芝不少忙。

林敏芝连忙把傅沉俞的衣服都脱下来，换上干燥的衣服。

衣服都是用炉子烤过的，到了晚上还散发着暖烘烘的热度。

她从枕头底下的盒子里翻出了三百块钱。

好在这段时间生意好，她攒了不少积蓄，否则遇到这种事，还真就要手足无措了。

三百块钱，对她来说不是一笔小数目。

可人命关天，林敏芝虽然心疼，但也迅速地把钱一卷，将两个孩子一抱，搂进了三轮车里。

三轮车是林敏芝卖早餐用的，擦得干干净净的。

上车前，林敏芝还灌了一个热水袋，让季眠抱在怀里。

车上有个小凳子，是平时季眠的专属座位，如今小凳子变成了厚厚的毯子，季眠用力地搂着傅沉俞，小小的热水袋挤在他们的怀里，让两个孩子分享寒冷冬夜中唯一的暖意。

除夕夜还在下大雪，一把破旧的大伞堪堪遮在两人的头顶。

去医院的路很长，路上阵阵颠簸把傅沉俞颠簸醒了。

他很安静，脑子里仍是一团糨糊，视线模糊，看不清任何东西。

但是……他感觉好温暖。

他……得救了吗？

"冷……"傅沉俞鼻子一酸，明明已经得救了，却比刚才在雪地里时更委屈。

季眠听见弱弱的声音，想要回复他，结果死无全尸的下场、葬身大海的结局、傅沉俞嘴角凉薄的笑容、不带情感的双眼，如同恐怖片一样飞快地在他的脑海中闪过。

他因为惊惧瞬间瞳孔收缩，搂着傅沉俞的手也瞬间僵硬了。

好半晌，季眠因为恐惧而加速的心跳慢慢趋于平静。

他没说话，只是默默地将热水袋全部塞到傅沉俞的怀中。

雪还在下，去医院的路白茫茫的，漫长无比。

可是，傅沉俞再也没有感到寒冷。

"还好送来得早，再晚一点儿，孩子可能就没了。"医生说道，"先挂点滴退烧，你先去交费用吧。"

林敏芝听到这个结果，松了一口气，悬在嗓子眼儿的心也落回原位。

折腾了大半个晚上，林敏芝的肚子早就"咕咕"叫了。

她是大人，扛饿，季眠就不行了，他饿得前胸贴后背，虽然肚子叫得震天响，却乖巧地坐在输液室的凳子上，一言未发。

林敏芝可舍不得自己儿子挨饿，向医院的护士借了个小厨房，又向她们买了点儿米，给季眠煮了一碗粥。

由于食材有限，她只能在白粥里放了点儿细碎的肉末以及切好的小葱和姜末，打了一个鸡蛋进去，慢慢地熬着。

不一会儿，白粥就变得极为浓稠，香味在小小的输液室里飘散开。

林敏芝吹了吹粥，让季眠等粥凉了再吃，自己则先去给傅沉俞缴费。

季眠捧着粥小口小口地吃着，不一会儿，粥的香味唤醒了饥肠辘辘的傅沉俞，他"嗯"了一声，慢慢地睁开双眼。

医院白色的天花板映入双眼，然后是输液瓶，傅沉俞转过头，看着让自己醒来的人——床边坐着喝粥的季眠。

空气忽然沉默下来，两个人相对无言，傅沉俞优秀的记忆力一下让他想起眼前的人是谁。

这是和他在同一个班，不会说话的"小哑巴"，好像叫……眠眠。

是他救了自己吗？

傅沉俞记得那双眼睛，在他晕过去的瞬间，那双眼里盛满了自责和担忧的情绪。

普通的五岁小孩不会想太多，但天资聪颖的傅沉俞心有疑惑。他和季眠毫无交集，为何季眠会自责？

而现在……为何季眠的眼里，有一丝不易察觉的恐惧之色？

他害怕自己？

"咕咕——"

傅沉俞肚子的叫声打破了沉默气氛。

到底只是个孩子，他虽然想得多，却抵挡不住饥饿感。

只是，他的自尊不允许自己开口讨食。

于是，傅沉俞渐渐侧过脸，只留给季眠被刘海遮住的侧脸。

季眠看见眼前这一幕场景，心里默默吐槽：不愧是"大佬"……对待救命恩人竟然如此无情。

不过，这情况不在季眠的意料之外。

原著就提到过，傅沉俞就是一只养不熟的白眼狼。

就连他的好朋友苏珞瑜，一开始企图温暖他的时候，也被傅沉俞拒绝、奚落、嘲讽了无数次。

最后，在苏珞瑜坚持不懈的努力下，傅沉俞终于意识到苏珞瑜不是可怜自己，而是真的想要对自己好，这才解开心结，接受了苏珞瑜。

季眠心中却庆幸，这样也好。

自己已经冒险救了他，如今两个人有了交集，让季眠又怕又担心。

那可是会杀了自己的人！

如果傅沉俞能够对他不屑一顾，"忘恩负义"，把他忘得一干二净，那就再好不过了。

"咕咕咕咕——"

傅沉俞的肚子响得更厉害了，侧过去的半张脸上，头发下露出的耳尖微微发红。

季眠："……"

"我叫季眠。"最后，季眠开口，脆脆的声音打破了沉默的气氛，"你肚子饿了吗？"

傅沉俞没说话，季眠知道，"大佬"是不可能主动示弱的。

自己如果像苏珞瑜一样给他东西吃，估计傅沉俞会当场掀了桌子。

如今敏感自卑的"大佬"，恐怕会把一切关心都当作施舍与可怜。

苏珞瑜的巧克力都被扔到了垃圾桶里，自己的粥就更别提了。

季眠锲而不舍，认真地开口："我的粥可以分给你吃，但不是白给你吃的。"

傅沉俞听到这里，睫毛微微颤动。

季眠用了一百分的演技，才勉强镇定地开口："你要帮我写寒假算术作业。"

黎明幼儿园的中班孩子已经有寒假作业了，是十以内的加减法，足足有五十道题。

对只有五岁的小孩来说，这是不小的困难。

对"智商不足"的季眠来说，这无疑是天书。

因此，这个理由傅沉俞没有怀疑。

他终于转过头，季眠在看到他阴沉的眼神的瞬间，下意识地想要远离他，像小动物本能地逃避野兽。

季眠拼命说服自己不要紧张，不要害怕，"大佬"现在只有五岁。

但他在记忆与原主融合之后，被原主的性格影响不少，又受到书中剧情压制，说不害怕自己的仇人是不可能的。

傅沉俞的右手插着针，左手被冻伤了，他低垂着眼睫，盯着医院白色的被单，似乎要把被单盯出一个洞。

季眠发现了他的窘状，鼓起勇气拖着小凳子往前挪了一点儿，慢吞吞地舀了一勺粥，放在嘴边呼呼吹了两下。

将粥递到傅沉俞的嘴边时，他谨慎地维持着人设，"不舍"地"纠结"着说道："你一定要给我写作业啊。"

仿佛下了很大的决心，他多舍不得这口粥似的……

傅沉俞抿着唇，静默得就像是一幅画。

季眠吃力地举着手，勺子拿得颤颤巍巍的，但没有退后一步。

过了很久，寂静的输液室里，传来了傅沉俞闷闷的声音："我叫傅沉俞。"

然后，季眠的手微微一顿。

傅沉俞咬住了勺子，吞下了白粥。

肉香伴随着米香在傅沉俞的口腔中蔓延开，让他这年吃到了第一口正常的食物。

"吧嗒"一声，季眠愣愣地看着自己的手背，一滴滚烫的泪珠砸在上面。

除夕夜的输液室里人少得可怜。

孤零零的大厅里，只有放在橱柜上的彩色电视机重播着春节联欢晚会，歌声悠悠地回响着，迎接新年的到来。

林敏芝推开输液室的门时，两个孩子都已经累得睡着了。

窗外一轮银月散发着淡淡的光，照着桌上空荡荡的粥碗。

季眠第二天醒来，想起自己昨晚给傅沉俞喂粥的场景，傻眼了。

原著中，给傅沉俞喂饭的明明是苏珞瑜，现在阴差阳错地，变成了自己。

季眠捂着胸口，顿觉胸闷气短。

就凭他跟傅沉俞在原著中的关系，这碗粥应该被叫作"要你命三千粥"。

不过，傅沉俞昨晚吃了粥就睡了，早上也沉默寡言的，似乎没有和他搭话的意思。

这就对了，在原著中，傅沉俞就不是一个轻易能被搞定的角色。

苏珞瑜在温暖傅沉俞的过程中，也吃了不少闭门羹。

季眠悄悄松了一口气，反派"大佬"的绝情让他暗自庆幸。

林敏芝等傅沉俞退烧了，带着傅沉俞回家，给他做了一顿中午饭。

傅沉俞默默地打量着不大的房间，屋子比他们家小很多很多，甚至比他的房间还要小。

但是这里整洁干净，温馨暖和，让他想起爸爸没坐牢的时候，他也曾拥有这样一个家。

两个小孩一边坐一个，谁也没开口。

季眠捧着自己的大白碗埋头吃米饭。

林敏芝会给季眠夹菜，偶尔也给傅沉俞夹一筷子菜，让他吃，轻声细语的，眼里没半分奚落和嘲讽的神色。

傅沉俞小小的心里有一杆秤，他告诉自己，这个阿姨是好人，好得……让他有点儿嫉妒季眠了。

为什么这么好的妈妈，不是他的妈妈？

林敏芝则悄悄观察着傅沉俞。

昨晚给他脱衣服时她就发现，这孩子身上有不少大大小小的瘀青。

这总不能是他自己撞的，唯一的可能就是那个黑心保姆给打的。

可怜呀……

女人在心里打着小小的算盘。

像季眠这么大的同龄人，多少都有玩伴。

因为自闭，季眠始终不肯开口说长句。

昨晚，林敏芝还是第一次看见季眠这么着急的模样。

在她看来，自家孩子挺喜欢傅沉俞的，说不定两个人能成为好朋友。

医生说过，与其让大人去打开小孩的心扉，不如让小孩去和小孩沟通，或许会更有效果。

作为母亲，她希望眠眠能有自己的好朋友，从而不那么内向。

等他们吃完饭，林敏芝收拾了碗。

谁知一个不速之客来了，季卫国出现在他们家门口。

林敏芝见到他，瞬间变了脸色。

她放下碗，黑着脸二话不说就把门关上了。

季卫国喊道："敏芝！我们谈谈！"

林敏芝还记得半年前自己是怎么去找他，又是怎么被他羞辱的。

如今再看到季卫国，她心里泛不起一点儿爱意，只剩下无穷无尽的恨意。

只可惜，女人的动作还是慢些。

林敏芝一时不察，让季卫国挤了进来。

季卫国看到傅沉俞跟季眠坐在一张桌前，又惊又怒，转头指责林敏芝："你怎么把杀人犯的儿子带回家来，还让他跟我儿子一起吃饭？"

傅沉俞家的事情，季卫国也知道的。

桌前的傅沉俞嘴唇颤了颤，面色惨白，他望着林敏芝，似乎已经认命了，知道任何温暖都是短暂的，是他偷来的，迟早要被上天收回去。

可下一秒，林敏芝提高声音反驳道："在我看来为自己的女人出头的男人都不是坏人，只是做了错事，不像有些窝囊废！"

傅沉俞愣了一下。

一直以来，爸爸都被临县的人喊杀人犯，而他随之成了杀人犯的儿子。

这是第一次，有人说他爸爸不是坏人。

季卫国愣了一下，意外地看着强势的林敏芝，就像看着一个陌生人，嘟囔道："随便你，'死'字怎么写的都不知道。我来不是跟你吵架的，有正事找你。"

他这次来，是为了两件事。

一是离婚的事情，红霞那边已经催得厉害，他们要结婚了。

他跟林敏芝还没去办离婚证，等过完年是一定要离的。

二是季卫国从街坊邻居那儿听到季眠竟然能上幼儿园了，现在还能每天早上坚持跑步，走路也不摔跤，一下就动了心思。季眠毕竟是老季家的种，如果真的好转了，自己是不能让季眠跟着林敏芝的。

按法律判，季眠多半也是会被判给他的，他是男人嘛，林敏芝哪有什么能力养小孩？

季卫国讲了离婚，林敏芝没犹豫就同意了。

随后，季卫国又讲要带走季眠，这下林敏芝的眼眶瞬间被逼得通红，她猛地吼道："你敢！"

季卫国莫名其妙地说："我有什么不敢？季眠是我的儿子，我不能带走他吗？"

林敏芝站在季眠面前："季卫国，你别想带走我儿子。"

两个人吵架的动静引起了同楼层居民的注意。

不一会儿门口就围满了人，一群人站着、靠着，看好戏似的看着别人的家庭矛盾。

季卫国好面子，脸上挂不住，觉得林敏芝又给他丢人了。

看戏的人不嫌事大，冷嘲热讽地出着主意："我说你们夫妻俩要不问问小孩得了，看他乐意跟谁。"

"是啊……"

"哎，季卫国不是出轨嘛，又讨了个老婆，对方容得下前妻的儿子吗？"

"要我说还不是女人自己没用，要是能管好男人，男人能出轨吗。"

"我说敏芝啊，你干脆就把儿子给你老公算啦，你一个女人带孩子多不容易。"

季眠猛地被推到了舆论中心，林敏芝红了眼："关小孩什么事！你们别吓着他。眠眠，乖，去帘子后面睡觉，睡醒了就没事了。"

季卫国倒觉得这法子好，蹲下身，从口袋里拿出一把糖递给季眠，微笑着道："眠眠，到爸爸这儿来。来，告诉爸爸，你是想跟妈妈住小房子，还是想跟爸爸住大房子？"

季眠看了看他手中的糖，又看了看季卫国的脸。

傅沉俞看着眼前的一出闹剧，目光扫过一个个邻居漫不经心或麻木的脸，心中是怨恨的。

这一幕场景与一年前何其相似。一年前，爸爸失手误杀了玷污妈妈的坏人，坐了牢，坏人的家属闹上门要妈妈偿命。

街坊邻居们也是这样围成一圈，事不关己或幸灾乐祸地看着。

"苍蝇不叮无缝的蛋。"

"一天到晚穿得那么招摇，不是你倒霉谁倒霉？"

"还不是她太显摆了，有几个钱了不起？"

…………

宁倩无助绝望的身影，和眼前林敏芝的背影渐渐重合。

傅沉俞双手微微发抖，竟然有一瞬间认为这是自己的错。

就像那些人骂的那样，因为自己是扫把星，所以才会害得身边的人没有好下场。

季卫国的惨叫声突然穿破屋顶。

季眠不知什么时候窜过去，狠狠地咬住了季卫国的胳膊，一口下去瞬间就见血了。

他死死地咬着季卫国，季卫国吼了一声，一巴掌就拍到了季眠的头顶，季眠疼得眼睛里都是白茫茫的雪花，却依旧不肯松口。

林敏芝尖叫着跟季卫国厮打在一起，众人这才惊觉不对，纷纷上前劝架。

季卫国破口大骂，骂林敏芝教坏了自己的儿子，是她教季眠咬自己的，边说着，边抄起桌上的烧水壶对着林敏芝的额头砸下来。

林敏芝绝望地闭上眼，死死护住季眠，等了很久都没等到剧痛。

她慢慢地睁开眼，看见不知什么时候回来的张先祯抓住了季卫国的胳膊。

季卫国是个小白脸，只有相貌，力气比不上曾经做过刑警的张先祯，愣了一下，忽然想到什么，继而破口大骂："好哇！我说你怎么立马就答应跟我离婚了，原来是跟你这个野男人混在一起了！"

林敏芝脸色惨白："季卫国，你真是个畜生……你给张大哥道歉！"

季卫国惧怕张先祯的本事，猛地甩开张先祯的手，却不敢继续闹事了。

他在原地转了两圈，接着狠狠地瞪了林敏芝一眼，灰溜溜地跑了。

剩下的看热闹的人也散了，屋里只剩下两个大人、两个小孩。

林敏芝低声啜泣，觉得丢人，给张先祯道了歉后一时无话，半晌才说了一句："让张大哥看笑话了。"

林敏芝沉默着把季眠抱过来，看着他头顶被季卫国打出来的包，心疼得无以复加。

她边哭边恨自己没用，季眠笨手笨脚地整理着她凌乱的发丝，努力把多余的头发别在林敏芝的耳后。

林敏芝给季眠头上抹了药，缓了一会儿，想到季卫国不是第一次打她，但是这一次是她第一次还手。

她并不觉得害怕，只恨自己刚才没再用力一些。

她重新绑好头发，去洗碗池把碗洗了。

林敏芝背对着两个孩子，肩膀一抽一抽的，偶尔用手抹一把脸，泣不成声。

她意识到自己还不够强大，总有一天，她要靠自己摆脱季卫国，摆脱这些邻居，带眠眠去看更大的世界。

季眠的脑袋涂着黄色的药水，乖乖地坐着。

和"大佬"待在同一间屋子里，季眠争取把自己的存在感降到最低。

傅沉俞忽然觉得房间里沉默得可怕，他这个多余的外人，一时不知道该走还是该留。

目光无处可放，他只好盯着季眠的额头看。

季眠比他矮一点儿、圆一点儿，洁白饱满的额头红肿了一块，看上去十分可怕。

傅沉俞不知怎么心中生出了一个想法：原来他和我一样可怜。

季卫国疯狂可怕的模样浮现在傅沉俞的脑海中。

季眠有这样的爸爸，还不如没有呢。

想起昨晚的场景，傅沉俞下定决心地站起身。

季眠正努力把自己的存在感降到最低，冷不丁就被傅沉俞抓住了手。

傅沉俞抓这一下可比季卫国打他那一下更让他害怕。

季眠差点儿跳起来，然后被傅沉俞带到了二楼的露台上。

季眠愣愣地被拉着，就看见傅沉俞蹲下身，把双手往干净的雪地里一插，下一秒，冰冷的小手就贴在他的额头上，那灼热的伤口似乎就不疼了。

季眠过了好久才意识到"大佬"可能是在给他疗伤。

毕竟夏天在幼儿园的时候，他就看到傅沉俞用盐水冰棍给伤口降温。

也就是说……"大佬"在关心他？

季眠被吓得魂飞魄散，差点儿以为季卫国刚才那一巴掌已经把他打晕了，否则他怎么会大白天就开始做这种离谱又诡异的梦。

傅沉俞的手不冰了，他又准备把手插进雪堆里去，如法炮制。

季眠却不敢让"大佬"给自己疗伤，简直折寿，他还想多活几年。

傅沉俞的双手被冻得通红，季眠连忙阻止他。

憋了半天，他奶声奶气地说道："我不疼。"

为了使自己这句话听起来不像是关心傅沉俞，季眠连忙加上："你的手被冻坏了，就不能帮我写作业了。"

傅沉俞记得他们之间的交易，严肃地点了点头。

除此之外，他似乎跟季眠无话可说。

他想起，季眠脑袋不太聪明。

傅沉俞又看了一眼季眠，从口袋里摸出一颗大白兔奶糖，掰开季眠的手，将糖放在他的手心里。

他记得，刚才季卫国给季眠糖的时候，季眠没要。

但季眠分明是喜欢吃糖的。

季眠战战兢兢地收下"大佬"的糖，没明白他是什么意思。

难道他是给一颗糖再打一棍子？

当然，季眠好奇也不敢问，只能默默地收下傅沉俞的善意。

林敏芝洗好碗，看到季眠和傅沉俞从门外回来。

她心里"呀"了一声，以为两个小孩出去玩了，刚才的坏心情一扫而空。

看来，自家儿子还真的挺喜欢傅沉俞的，有了玩伴，或许自闭症会好得快一些。

傅沉俞的家就在隔壁楼，房间被保姆锁得死死的，林敏芝没有钥匙，也不能拆锁，只好暂时把傅沉俞留在家里。

她擦干净手蹲下身，询问了傅沉俞的意见："小沉，你们家的门被锁了，今年春节你愿意在阿姨家过吗？眠眠也在家里，让他陪你玩好不好？"

林敏芝心里是可怜这个小孩的。

傅沉俞才五岁，吃不了多少东西。

家里地方小，但孩子睡的地方也不大，林敏芝总不能让小孩继续睡在雪地里。

傅沉俞盯着林敏芝看，闷闷的，半天没有说话。

他在心里偷偷地计算自己一天能吃多少东西，要花掉林阿姨多少钱，巨大的负罪感笼罩着他。

寄人篱下，让傅沉俞幼小稚嫩的自尊心拧巴成一团。

林敏芝也不逼迫他，只是笑笑，又张罗晚饭去了。

下午，院里又热闹起来。

杨超英一家回来了，季眠听见动静，连忙警惕地竖起耳朵。

傅沉俞安静地坐在凳子上，季眠的动作引起了他的注意。

自从那件事发生之后，他第一次观察别的小朋友，季眠看上去呆呆笨笨的，像一只反应迟钝的兔子。

"超英呀，不是走亲戚去了吗？怎么今天你们就回来啦？"

杨超英笑了笑："嘿，昨晚半夜回来的，我老公厂里有事呀，一帮工人谁都不会处理，老板只能找他。"

"哎呀超英，你老公真是厉害！开车回来的啊？"

杨超英脸上的得意之情完全掩饰不住："幸好买了车，不然还不知道怎么办呢。"

"啧啧，小老板的做派咯。"

"还是你嫁人嫁得好！"

季眠听得愣了愣，心中惊讶：杨超英他们昨晚就回来了？

也就是说，苏珞瑜昨晚也回来了？

原著中，只提到过傅沉俞差点儿死在这一年除夕，具体是几点却没提过。

苏珞瑜昨晚就回来了，难道在原著中，苏珞瑜是凌晨救下"大佬"的吗？

季眠心里一惊，有了一个猜测。其实昨晚自己就算不去，傅沉俞再等一会儿，就能等到苏珞瑜了。

也就是说，自己不小心破坏了原著剧情！

他心情复杂，却不后悔。

毕竟医生说过，傅沉俞要是再晚送去一会儿，可能就没了，季眠无法眼睁睁地看着一条生命在自己面前消失。

比起破坏了剧情，他更害怕自己的所作所为会不会引起什么蝴蝶效应。

季眠担心傅沉俞过年要在自己家里住下来。

他躲傅沉俞都来不及，如今要与他朝夕相处，一时间不知道该怎么面对傅沉俞。

他是怕傅沉俞的，但也不忍心再让傅沉俞独自面对寒冬。

好在到了第二天，事情出现了转机——宁倩回来了。

听到这个消息的傅沉俞正坐在季眠的对面吃早饭，愣了一下，随后那无神的双眼里泛起了一点点的光。

但宁倩不是一个人回来的，她的小腹已经微微凸起，已有四个月的身孕。

和她一起回来的还有季眠上次在文具店看到的男孩，听说那是宁倩的新丈夫的儿子，叫作林希。

季眠松了一口气，目送着傅沉俞离开。

傅沉俞急切地跑下楼，恨不得立刻跑到宁倩身边。

可当他看到宁倩亲昵地牵着林希时，眼中的光瞬间熄灭了。

他脸上喜悦的神情都来不及收回，整个人就这么缓缓地停下脚步，茫然地看着宁倩。

"妈妈……"傅沉俞喃喃自语。

宁倩丝毫没注意到儿子的异常，温和地介绍道："沉沉，这是林希，以后就是你哥哥了。"

傅沉俞给宁倩找了许多她抛弃他的理由，唯独没有想过这个：宁倩有了新的家庭、新的丈夫、新的儿子。

甚至，她的肚子里孕育了一个新的生命。

她的世界，已经没有他的立足之地。

在他被陈姨折磨得死去活来时，宁倩是他唯一的念想。

他盼望着妈妈回来拯救他，然后盼到了妈妈有新家庭的结果。

他们其乐融融，温馨和睦，快要刺瞎他的双眼。

院里的邻居好奇地打量着宁倩。

在院里玩雪的孩子也探头探脑地盯着林希。

林希穿着黑色的高领毛衣，约莫七岁，气质斐然，看着就十分矜贵。

没有人注意到角落里的傅沉俞脸色有多苍白、多可怕。

他太小了，因此还不明白宁倩为什么要回来，为什么给了他希望又让他如此绝望。

倒是林希，和和气气地叫了傅沉俞一声"弟弟"。

谁知道傅沉俞就跟要杀人似的，狠狠地推开他，吓了他一跳。

宁倩轻声呵斥："沉沉，你是怎么对哥哥的？"

她知道傅沉俞可能一时半会儿无法接受有新哥哥，但她再嫁也是为了母子俩能够更好地生活，否则去指望在牢里蹲一辈子的傅勇吗？

傅沉俞浑身发抖，挤出一句话："我没有哥哥。"

宁倩："沉沉……"

林希带着糖来的，一来就把糖给院里的小孩分了，这是他的社交手段。

徐才、苏珞瑜和小胖他们都在玩雪，拿了林希的糖，心里顿时觉得林希是个好人。

苏珞瑜倒是有点儿担心傅沉俞，看着脸色惨白的傅沉俞，再回头看了看林希递过来的糖，纠结了一下。

"阿沉看起来好像不喜欢林希，我还是不要拿林希的糖吧。"苏珞瑜闷闷不乐地想着，"可是妈妈要我以后不要跟阿沉玩……"

最后，小孩的天性打败了理智。

苏珞瑜还是没忍住拿了林希的糖，忧心忡忡地吃着。

林敏芝带着季眠下楼时，正好看到傅沉俞孤零零的背影。

她看了一眼宁倩和她的继子，心里一颤，猜出了原因，幽幽地叹了口气。

别人的家事，她一个外人也不好说什么。

季眠知道傅沉俞小时候惨，但是没想到事情一件接一件地来，根本不让他喘气。

林希给所有的小朋友分了糖，唯独没有给傅沉俞。

他到底也只是一个七岁的小孩，刚才明明礼貌地喊了傅沉俞"弟弟"，他这位"弟弟"却没给他好脸色，还狠狠地推了他一把。

这人阴沉沉的，真讨厌！

林希撇着嘴，故意把糖咬得"嘎巴"响。

他一转眼就看到了站在林敏芝身边的季眠，眼睛一亮，立刻认出季眠就是他在文具店看到的"小兔子"。

林希忍不住指着季眠问道："他是谁？"

徐才吃人嘴软，别扭地说道："他是我们班的同学，叫季眠。"

林希揣着糖，一步一步走向季眠。

一直以来没有动静的傅沉俞忽然眨了一下眼睛，僵硬地扭过头，看着林希的背影。

林希把糖拿出来，笑盈盈地递给季眠："弟弟你好，我叫林希，这是我从家里带来的糖，给你吃。"

季眠看了一眼他手里的糖，愣了一会儿，坚定地摇了摇头："我不要。"

林希愣了一下："很好吃的，我不要你的钱。"

季眠还是摇头，声音脆脆的："我不要。"

他刚才看到了，林希手上的糖很多，可林希给了所有人，唯独没有给傅沉俞。

傅沉俞骄傲且敏感，被林希如此刻意地羞辱，心里指不定多难受。

季眠想起傅沉俞昨天把手冻得通红，给他的伤口降温的善意，心里稍稍动摇：或许……反派"大佬"也并非天生就是反派。

他不想傅沉俞成为唯一一个没有糖果的小朋友，所以他也不要。

季眠慢吞吞地从口袋里摸出一颗大白兔奶糖。

傅沉俞的瞳孔不着痕迹地收缩了一下——那是他给季眠的奶糖。

他看见季眠认认真真地剥开糖纸，把奶糖塞进嘴里，含混不清地回复林希："我有糖，不要你的糖。"

宁倩回家没多久，就在傅沉俞身上发现了大大小小的瘀青。

她的脸色由红变白，最后她震惊地看着傅沉俞："沉沉，伤口是怎么回事？"

傅沉俞鼻尖一酸，眼泪就要往下掉。

宁倩的心都快揪在一起了，巨大的自责感笼罩着她，她又气又急，眼泪哗啦啦地掉："沉沉，告诉妈妈，是不是在幼儿园被欺负了？"

傅沉俞沉默地摇头。

宁倩手忙脚乱地脱了傅沉俞的外衣，发现这衣服不是自己儿子的。

但她顾不上那么多，脱了儿子最里面的保暖内衣，儿子的锁骨、胸口都有瘀青。

这哪里是小孩子打架能打出来的瘀青，有几道痕迹分明是掐痕！

宁倩两眼一黑，险些晕过去。

傅沉俞反而懂事地开口："我不疼了。"

宁倩的眼泪止不住地掉，她拥着傅沉俞："怪妈妈，都怪妈妈……"

心中本怀有怨恨的傅沉俞在宁倩的眼泪中变得无所适从起来。他才五岁，心中对妈妈的爱意要远远超过恨意。

他渴望一个人爱他，渴求汹涌的爱意。

在宁倩的询问下，傅沉俞终于给出了答案。

宁倩在知道是保姆陈姨干的事情之后，整个人都因为愤怒而颤抖起来。

可是她颤抖着，又无力地垂下手臂。

当初她跟林建一在一起的时候，林建一主动推荐了他嫂子的表姐照顾傅沉俞，好让宁倩放心和他去同城。

结果陈梅就是这么照顾傅沉俞的！

宁倩知道林建一的亲戚们都不太看得起自己，背地里曾说过很难听的话。

可她没想到，陈梅会对一个只有五岁的小孩如此狠毒。

宁倩紧紧地闭上眼睛，脸上是难以言喻的痛苦神色。

林建一最近正在升职的要紧关头，有无数人盯着他，企图找出他的错误。

为此，宁倩跟林建一的婚礼都没有办，两个人只是领了证就算在一起了。

她知道自己出身不好，前夫是杀人犯坐了牢，自己又带着一个儿子，如果现在跟陈梅闹出事情来，势必会影响林建一的升迁。

宁倩咬咬牙，为了未来美好的生活，血泪只能往肚子里咽。

傅沉俞说完这件事之后，偷偷地抬眼望着宁倩，内心希望宁倩可以为他报仇。

他实在是太恨陈姨了。

傅沉俞等了很久，没等到宁倩的答案。

他期待的心情渐渐平静下来，直到成为一潭死水。

宁倩的沉默就是最好的答案。

"沉沉……"宁倩抬起手抚摩着傅沉俞的脸，"陈梅是林叔叔的亲戚……"

傅沉俞的心沉入海底。

宁倩抹了把眼泪，边哭边给傅沉俞上药，其间傅沉俞一言不发，如同死水一般的眼神盯着地面，仿佛要把地面盯出一个洞来。

上完药，宁倩主动岔开话题："沉沉，你想去看看爸爸吗？"

傅沉俞抬了一下眼皮，宁倩又说："明天我们去看看爸爸。"

这是宁倩此次回来的主要目的。

已经过去一年多了，她还是没有勇气走进监狱去看傅勇。

一年前那种天塌下来的感觉压得她几乎喘不过气来，朋友的指责、邻居的奚落、男人不怀好意的目光，令她走到每一个地方，都感觉自己像是被扒光了衣服，自尊和体面都被踩在脚底。

黑暗的小巷中，羞辱她、殴打她、魔鬼一样的男人无时无刻不在梦里纠缠着她，宁倩快要崩溃了。

如今她已经要开始新的生活。

林建一的承诺给了她几分勇气，让她能够回到临县面对不堪的过去。

"哎哟，还真有脸回来啊。"

"看她穿的那身衣服，好几百块钱吧。"

"上梁不正下梁歪，我看他儿子也不是什么好东西！"

院里几个嘴碎的婆子又凑到一起，对着回到家中的宁倩指指点点，发表自己的评论。

林敏芝连忙捂住季眠的耳朵，以免小孩听到什么不好的词。

季眠刚才吃糖吃得费劲儿，半天才咽下去。

他其实听到了院里的女人讲的闲言碎语，低着头闷闷不乐地走着。

林敏芝看出自己儿子情绪不高，蹲下身问道："眠眠怎么了？"

季眠开口："妈妈，她们为什么骂宁阿姨？"

林敏芝微微一愣，没说话，只是摸了摸季眠的脸，问道："眠眠觉得呢？你觉得宁阿姨有错吗？"

季眠毫不犹豫地点了点头，林敏芝心里一惊，谁知季眠说的不是她想的那意思："宁阿姨不该丢下傅沉俞。"

林敏芝听完松了一口气。她还以为季眠受了那些女人的影响，认为宁倩是活该被侮辱的。

"听好了，眠眠。"她轻声细语道，"宁阿姨是被坏人欺负了，在这件事上她没有错。她喜欢穿漂亮的裙子没错，长得美丽也没错，错的是对她动了心思的坏人。"

季眠若有所思地点了点头。

林敏芝连忙补充道："但她把沉沉扔下，就是错了。"

季眠仰着小脸问："妈妈会扔下眠眠吗？"

林敏芝哭笑不得："怎么会！"

季眠今天格外愿意开口说话，过了一会儿又问她："那傅叔叔有错吗？"

林敏芝思考了一会儿："在妈妈看来，傅叔叔心疼妻子没有错，但他触犯法律却是错了的。"

季眠的脑海中又浮现二十年后傅沉俞的未来样子，恶魔、冷血无情是他身上的标签。

过了一会儿，二十年后的傅沉俞又在他的脑海里消失，变成了五岁的傅沉俞，在无人的火车站号啕大哭，在冰冷的雪地里奄奄一息……

季眠迈着小短腿吃力地走着，低头看着雪，小声问道："妈妈，坏人是天生的吗？"

人之初性本善，还是人之初性本恶，一直以来没有人能给出解答，季眠的双眼充满着迷茫。

林敏芝把他抱了起来："世界上没有天生的坏人。"

季眠瞪大眼睛看着林敏芝，林敏芝点了点他的鼻尖："眠眠，你要记住，好人永远比坏人多，你以后要做一个善良、正直的好人。别人对你好，你要记住；别人对你坏，你就不理他。"

季眠扭过头，遥遥地望着傅沉俞家的方向。

林敏芝说的话不停地在他的脑海里重复：那是不是说明，傅沉俞也有可能变成好人？

他突然发现，自己思考问题的方向不对。他一直想着远离傅沉俞，可这决定治标不治本。

傅沉俞将来依旧会变成大反派，依旧会害死无数人，搞不好依旧能杀了自己。

如果傅沉俞将来不变坏，那自己是不是也能逃过一劫？

如果是那样，不但自己能逃过一劫，而且很多人都能逃过一劫。

季眠想到这里，发现新的麻烦又来了。

他怎么才能让傅沉俞变成一个"五讲四美三热爱"的好青年？

这可比远离傅沉俞难多了！

"嗷……"季眠哀叹一声，猛地把脑袋扎到林敏芝的怀中。

唉，反派大魔王何苦为难"炮灰"啊！

同城监狱就在临县九号大街，建在一片田野后面。

前面是一条国道，挖了条小水沟，斜坡下面是孤零零的几个坟堆。

宁倩拉着傅沉俞的手走进监狱。

傅沉俞仰着脸看着天空，傅勇进去的那一天，天也是这样阴沉沉的。

监狱的墙很高，墙上还有密密麻麻的铁丝网，都通了电，威严肃穆，让人心生敬畏。

宁倩出示证件之后，被一个警察带到了窗户口。

长长的一排窗户，已经有很多家属隔着玻璃给犯人打电话，有神情麻木的，也有抱头痛哭的。

过了一会儿，傅勇在窗户的另一边出现，和宁倩隔着玻璃凝视了很久，谁都没有出声。

随后傅勇坐下，对着傅沉俞笑了笑，伸手想摸摸傅沉俞的脑袋，却被厚厚的玻璃隔开。

宁倩嘴唇颤抖，对着电话开口："你还好吗？"

傅勇点头，宁倩又说："我要结婚了，跟林建一，你认识的。"

傅勇愣了一下，表情没变："老林啊，是个好男人，他对你好吗？"

宁倩眼中热泪滚烫，但始终没落下来："对我挺好的。"

过了一会儿，傅勇说："我对不起你。"

宁倩听到这句话之后就闭上眼，捂着脸痛哭起来，牙齿紧紧咬着下唇，没发出一丝声音，只有肩膀不停地抽搐。

傅勇在里面说了些什么，跟认识的狱警打了个招呼，狱警从抽屉里翻出了一个珍珠发卡递给宁倩。傅勇说："那天要送给你的。"

那天，就是宁倩遭遇不幸的夜晚。

傅勇生意上有个饭局，喝多了，就没开车去接宁倩，让她自己回家。

这是他这辈子做的最后悔的决定。

宁倩哭得崩溃，傅勇的眼眶也红了一圈，他压抑着情绪说："我该去接你的。"

他不停地重复："我该去接你的，我该去接你的……"

探监的半个小时很快就到了，傅勇对她说："沉沉一直想要一台电脑。"

宁倩把珍珠发卡别在头发上，牵着傅沉俞的手，低头问："沉沉，想和爸爸说什么？"

傅沉俞小手攥紧了话筒，脑海中闪过林敏芝的话语——"在我看来，为自己的女人出头的男人不是坏人。"

一瞬间，同龄人的辱骂、邻居的嘲讽都飞速地远去，林敏芝的话牢牢地刻在小孩的脑海中。

傅沉俞声音稚嫩但坚定地说道："爸爸，你不是坏人，是我的好爸爸。"

傅勇愣在原地，半晌，眼泪夺眶而出。

第四章

这个年代，一台电脑大约要一万二千块钱，宁倩眼睛都没眨，就在电脑城里买下了一台。

她嫁给林建一之后收了不少彩礼，加之想要补偿傅沉俞的心情急切，于是电脑都照着最高配置买的。

服务员要去总部调货，十天左右才能把电脑送到。

宁倩合上包，匆匆走出来，看见傅沉俞正站在马路边上。

儿子面前是个卖花花草草的路边摊，大红色盆子里有金鱼、小乌龟，笼子里有小猫和兔子。

傅沉俞死死地盯着一只兔子吃草，目不转睛。

宁倩弯下腰问："沉沉喜欢吗？"

傅沉俞看着她，没说话，只是盯着兔子。

宁倩心里有数，手一挥说道："老板，帮我把这只小兔子装个笼子，我买了。"

一路上，傅沉俞都沉默地提着兔笼子。

如果不是他总低下头去观察小兔子，宁倩还以为自己猜错了儿子的心思。

再次回到院里，宁倩心里的不适感依旧很强烈。

院中正在玩闹的小孩看到傅沉俞手中的兔子，纷纷瞪着眼睛看着。

小孩嘛，哪有不喜欢小动物的。

苏珞瑜最先跑过来，宁倩认识他，以为傅沉俞要在楼下跟小朋友玩，就自己上了楼。

"阿沉，这是你的兔子啊？"苏珞瑜蹲下身，好奇地打量它，"它叫什么名字啊？"

傅沉俞没吭声，苏珞瑜受了冷落，有点儿委屈："阿沉……我能摸摸它吗？"

"唰"地一下，笼子被傅沉俞拿走了，意思是他不能摸。

"苏苏，你别和他讲话，我们才不稀罕他的兔子！"徐才气势汹汹地说，"我让我爸爸给我买一只小狗！咬死他的兔子！"

傅沉俞眼中血红一片："你敢。"

徐才被他的眼神吓了一跳，想起傅沉俞打架的狠劲，灰溜溜地走了。

小兔子被养在傅沉俞的房间里，傅沉俞打开了笼子将它放出来。

它一点儿也不怕人，蹦蹦跳跳地爬到了傅沉俞的手里。

傅沉俞捧着它，就像捧着一团雪白的棉花一样。

宁倩敲开门，放下刚煮好的面条，问道："沉沉给小兔子起名字了吗？"

傅沉俞宝贝地摸了兔子很久，看兔子白白的，好似棉花糖，才低声开口："叫棉棉。"

转眼间，黎明幼儿园的寒假就要过完了。

林敏芝这个冬天摆摊又想出了一个新法子，做煎饼的时候附赠一碗汤，滴在汤里的油是她自己做的，独门秘方，滴下去后，汤的香味儿变得浓郁，让人回味无穷。

许多人买煎饼，就是为了大冬天的喝口林敏芝做的汤。

这回同行抄不走她的做法了，他们调不出那油的味道，林敏芝一个人赚了不少钱。

季眠在寒假的最后几天遇到了傅沉俞。

"大佬"第一次主动来找他，吓得季眠腿都软了，两只小手扒拉着门把手，呆若木鸡。

傅沉俞见他呆呆笨笨的样子，想起季眠的智商有问题，继而想起季眠的寒假算术作业。

他想，对季眠而言，寒假作业写起来恐怕比登天还难。

傅沉俞站在门口，闷闷地说："你的作业。"

季眠总算知道傅沉俞来找自己的原因了。幼儿园算术作业对季眠来说非常简单，只是他一直记得要让傅沉俞给他写作业，因此谨慎地一个字都没动。

傅沉俞的性格非常偏执，他的自尊不会允许他白拿别人的好处。

季眠连忙迈着小短腿"噔噔噔"地跑到家里，翻出算术本给傅沉俞。

傅沉俞用了一晚上就写好了，季眠这次不敢再劳烦"大佬"亲自给他送作业本，于是主动走到傅沉俞家，敲开了傅沉俞家的门。

给季眠开门的是宁倩，她没有办法赶走陈梅，只好跟林建一说自己留下来照顾傅沉俞。

林建一虽然有些意见，但想到宁倩的身份也比较麻烦，会影响他升迁，只好同意宁倩的要求。

宁倩给季眠倒了一杯热乎乎的牛奶，让季眠稍等片刻。

过了一会儿，傅沉俞从外面回来了。

季眠见到他依旧有点儿条件反射地感到害怕，傻乎乎地站直了身体。

傅沉俞身上的伤口已经结痂，他穿上了新衣服，剪短了刘海，露出精致苍白的小脸，已经看不出他曾经过得有多凄惨。

作业本在傅沉俞的房间里，季眠小心翼翼地站在房间门口等，却不料脚上被毛茸茸的东西蹭了蹭，吓得他退后了一步。

他仔细一看，原来是一只小兔子。

傅沉俞走过来，沉默地抱起小兔子，顺便把作业本给他。

季眠翻开作业本，里面的字写得工工整整，题目全做对了。他脆生生地开口："现在我们谁也不欠谁了。"

傅沉俞点头："嗯。"

同时，他也有点儿懊恼。

季眠这话说得如释重负，好像生怕跟他有什么关系。

傅沉俞敏感地捕捉到了这一点，脸色瞬间就冷了。

季眠原本打算立刻就走，结果宁倩特别热情，笑着开口："眠眠想摸摸小兔子吗？"

季眠：并不想！

他只想立刻远离"大佬"！

季眠偷偷地看傅沉俞，结果看到傅沉俞冷冰冰的脸，心中警铃大作。

才短短几秒，"大佬"怎么突然就不高兴了？

难道他是不想让我摸他的兔子？

天地良心……我还没有摸啊……

"我就看看，阿姨，我不摸。"季眠乖巧地回答。

看到傅沉俞的这个反应，他哪儿敢摸啊！

原著中就提到过傅沉俞对自己的东西有近乎偏执病态的占有欲。

傅沉俞冷漠地蹲下身，抓起一把晒干的苜蓿草，放到棉棉兔的面前。

小兔子一口一口吃得香甜无比。

他故意不看季眠，只用余光觑着，小孩捧着作业本，欢天喜地地跑了。

雪白色的连帽衫帽子上有两只兔耳朵，随着季眠的走路姿势一晃一晃的。

傅沉俞抿着唇，转过头，一下一下摸着兔子棉棉的耳朵，软乎乎的。

来年开春，季眠满六岁了，也上了大班。

黎明幼儿园没有学前班，大班过后孩子们就去读小学，直升黎明小学，有分班考试。

大班开始，幼儿园就会接轨小学课程，小朋友们在幼儿园里做游戏的时间少了，考试的时间多了。

第一次考试是大班上学期期末，傅沉俞数学、语文和英语都考了满分，震惊了所有老师。

第二名是苏珞瑜，语文被扣了五分，英语被扣了两分，数学满分。

徐才毫无意外地考了倒数第一。

季眠考试的时候就算好了分数，考分不高不低，是班里的第十三名。

对一个曾经智力不足的小孩来说，这个成绩已经是一个奇迹。

实际上，季眠现在完全能做小学六年级的题目，大班的考试实在是太简单了。

如果不是他谨慎小心，害怕暴露自己真实的来历，他觉得自己可以跳级读初中。

寒来暑往，幼儿园轻松快乐的时光过得很快。

林敏芝终于跟季卫国离婚了，在季眠上小学的这一年，两个人分道扬镳。

季眠结束了大班最后一天的课程，回家时迎来了一个重要的消息——傅沉俞要搬家了。

季眠听到这个消息，久久不能回神。他没想到，他竟然不费吹灰之力就摆脱反派"大佬"了？

他仔细一想，原著中的确提到过，傅沉俞读小学的时候搬去了同城。

一大早，宁倩就在家里收拾东西，来帮忙搬家的是林建一的助手，开着辆气派的桑塔纳，车子停在院中。

这个年代，这样的小汽车还很少见，一开进来，街坊邻居都探出头来看。

宁倩忙里忙外，指挥着助手搬家。

傅沉俞在房间里整理衣服，门被"咚咚咚"敲响三声。

他扭过头，看见门口站着苏珞瑜跟杨超英。杨超英笑盈盈地跟宁倩打招呼，说自己儿子舍不得傅沉俞走，来送送他们——自从宁倩当上经理太太之后，杨超英又主动跟宁倩打起交道。

苏珞瑜手里拿着四驱赛车模型，当作搬家礼物送给傅沉俞，还附赠了一张贺卡，祝贺他马上就能成为一名光荣的小学生。

徐才他们也不情不愿地被父母赶过来，有些拿着苹果，有些拿着足球，纷纷送给傅沉俞。

傅沉俞冷眼看着他们，胃里翻江倒海。

宁倩替他收了礼物，整理起傅沉俞的衣服。

她拿起一件雪白色的羊毛小外套，惊讶地问道："沉沉，这件衣服你从哪儿来的？"

这衣服跟他儿子的尺寸不一样，似乎小一些。

傅沉俞扯过衣服，脑海中忽然浮现季眠的圆脸。

那年除夕，漫天的大雪中，盛满担忧的双眼、热腾腾的白粥，还有这件衣服给了他温暖。

他们搬家的动静那么大，傅沉俞不信季眠不知道。

到现在为止，季眠都没有出来送送他。

傅沉俞的嘴唇抿成了一条笔直的线，心里腾起一股愤怒的情绪——自己还帮他写作业了！

不懂得知恩图报的蠢兔子！

季眠第三次趴在窗口鬼鬼祟祟地往院子里看的时候，林敏芝终于忍不住了："眠眠，真的不去送送沉沉吗？"

季眠纠结的样子，坚定地摇了摇头："我不去。"

傅沉俞搬走，对他来说是天大的好事。

这说明他们将来不会再有交集了，季眠纠结的事情全都迎刃而解。

可是傅沉俞搬走，他又没有想象中那么开心。

他以后或许再也见不到傅沉俞了。

这是好事呀……

季眠闷闷不乐地想。

刚下过雨的天空水洗一般蓝，白云一朵一朵地飘在天空中，傅沉俞抱着小兔子坐在车里。

桑塔纳开出院子时，小汽车后面突然传来稚嫩的声音："傅沉俞！"

傅沉俞如同等待了很久一般，立刻喊道："停车！"

季眠气喘吁吁地迈着小短腿朝他奔来，一如那年的除夕夜。

傅沉俞跳下车。

季眠把准备好的贺卡递给傅沉俞，郑重地说道："傅沉俞，再见啦。"

他在心里默默补充：再也不见啦！"大佬"！以后要好好做人啊！

夏天，傅沉俞坐上了桑塔纳小汽车，离开了临县。

桑塔纳开出很远很远，傅沉俞一直趴在窗口，直到再也看不到院子里的小孩。

傅沉俞跟着宁倩到了同城的新家。

三室一厅的平层是公司分配的房子，漂亮宽敞，家具都是崭新的。

傅沉俞的房间靠南面，有着家中唯一一台电脑，让林希羡慕了好长时间。

傅沉俞第一次接触网络，就展现了非同寻常的计算机天赋。

这也是傅勇坚持要给傅沉俞买电脑的原因。

这一年，傅沉俞结束了幼儿园所有的课程。

这一年，宁倩给他生了一个妹妹，小脸红彤彤、皱巴巴的。

这一年，傅沉俞第一次加入互联网聊天室，注册了一个名叫"Fox"的账号。

这一年，季眠除了跟着张先祯学跑步，又额外加上了散打的基础训练。

这一年季眠站在红旗下，奶声奶气地告诉林敏芝，他要成为一名正义勇敢的警察。

…………

漫长的暑假终于过去，季眠如今已经是一个虚岁七岁的准小学生。

八月份，林敏芝为了方便季眠上学，带着两年的积蓄，在黎明小学附近盘下了一个小小的商铺，开了一个早餐店，搬家到此处。

黎明小学位于同城东区，比起临县，这里有高楼，有电影院，还有迪斯科厅，车水马龙，繁华热闹。

季眠在分班考试中成绩不错，被分到了一班。

和他同班的还有小胖和苏珞瑜。

欺负他的徐才因为成绩太差，被分到了三班。

看到小伙伴都在一班，他闷闷不乐很久。

林敏芝缴完学杂费就回去工作了，怕季眠饿，给季眠的小羊书包里准备了好几个奶味小面包。

季眠捧着一个小面包啃得津津有味。

他四处打量，白色的飘窗，干净的黑板，整洁的桌椅，到处都充满着新的希望。

季眠发自内心地感到一阵轻松，非常好，今天开始就做一个普通的小学生，远离主角，远离反派！

直到班里学生陆陆续续来齐，季眠看到傅沉俞穿着黎明小学的校服，冷淡地站在门口时，瞪圆了猫儿一样的眼睛。

傅沉俞一进来就看见季眠了，这么久不见，季眠的头发变短了，但看起来依旧很软，糯米团子一样的脸上是见鬼似的表情。

怎么，他看到自己也和其他人一样很不高兴吗？

傅沉俞心中微微恼怒，生气地转过头，也不再看季眠。

黎明校园一年级一班的班主任姓施，是个留着鬈发、胖胖的老师。

班里的同学都到齐之后，施老师开始给他们安排座位，矮个子的学生在前面，高个子的学生在后面。

一个暑假没有长高的季眠被安排在第二排的座位，他的脸微微发红，不再啃小面包，而是捧着牛奶杯喝了一大口，同时心里有点儿忧郁。

原著里的季眠将来只有一米七八的身高，可是自己是想长到一米八以上的。

傅沉俞在临县的悲惨遭遇并没有继续，因此他被分配到了一个小女孩边上的位置。

小女孩怯生生地看着他，打招呼道："你好啊，我叫陈萍。"

傅沉俞一言不发，冷冷地坐着。

他已经远离了临县，现在开始了新的生活。

在这里，没有人知道他的过去，他就和千千万万的普通小朋友一样。

没有人会用那种鄙视和憎恶的眼神看他，也不会有人无缘无故地讨厌他。

这说明，他可以开始新的生活了吗？

傅沉俞有一种活在美梦中的不真实感。

过了几天之后，徐才带着新认识的小伙伴来一班找苏珞瑜。

他看到陈萍跟傅沉俞坐在一起，瞪大了眼睛，立刻指着傅沉俞喊道："陈萍，你怎么跟杀人犯坐在一起！"

傅沉俞的眼神瞬间就沉了下去，连带着季眠的心都狠狠一惊。

徐才……怎么这么能作死。

徐才跟陈萍以前认识，他大声嚷嚷着傅沉俞是杀人犯。

傅沉俞放在桌上的手捏成了拳头，握得紧紧的，已经有些颤抖。

他的眼睛也因为愤怒泛起血丝，脸蛋毫无血色。

陈萍胆小，立马要求换座位，不敢跟傅沉俞坐。

她吓得哇哇大哭，不敢相信自己的新同桌是个杀人犯，哭声立刻惊动了老师。

小孩子之间认识需要新的话题，于是傅沉俞是"杀人犯"这件事没多久就传遍了一年级的三个班级。

甚至有隔壁班级的人来围观，站得远远的，就像围观动物园的猴子一样对傅沉俞指指点点，将他的自尊心踩在脚下。

傅沉俞羞愤交加，眼眶通红，仿佛又回到了最没有尊严的日子。他死死咬着嘴唇，愤怒的情绪几乎烧毁了他的大脑。

一个星期过去，班上没有人敢和他说话了。

一年级一班有个杀人犯的儿子的事情传开，这在老师和家长之中也造成了不好的影响，甚至有家长要求孩子换班。

傅沉俞的桌子上被人恶作剧地用粉笔写满了"杀人犯""恶心""恐怖"之类的词，还有用小刀刻上去的，怎么也擦不掉。

傅沉俞来到教室看到这画面，面若冰霜地站着。

他忽然明白，绝望从来没有远离他。

所有的一切，再一次印证了他的希望都是自己偷来的。

季眠把一切看在眼里，心里很不是滋味。

他和傅沉俞现在也不能说完全没有交集，至少称得上朋友。

而且他发现自己受了书中规则的压制，不管怎么跑都跑不掉，哪怕搬家都会遇到主角和反派。

如果真的无法躲掉的话，他是不是可以选择迎难而上，选择另一个办法：尽量把傅沉俞往正确的道路上指引。

可是傅沉俞哪里是他这个"炮灰"说感化就感化的？原著中，就连他真正的好朋友苏珞瑜都没能感化他。

季眠心乱如麻。

教室门口又站满了人，这次还有高年级的学生，在教室后门处窃窃私语。

"谁是杀人犯啊？"

"我看看，我看看。"

"就那个。"

"噫……好恐怖啊……"

季眠听不下去了，干脆站起身把前门跟后门关上。

何曦是他的新同桌，看着他问："季眠，你干吗啊？"

季眠闷声说道："我们要上课了，外面很吵，我关门。"

门一被关上，围观的学生就散了。

教室中，苏珞瑜主动把自己的桌子搬到了傅沉俞边上，做他的同桌，让他不再孤零零的。

傅沉俞冷冷地说"滚"，苏珞瑜红了眼眶，但依旧固执地坐着："我陪你。"

季眠看在眼里，松了一口气。

看来原著并没有因为他无心的插手行为改变剧情，苏珞瑜依旧会成为傅沉俞最重要的好朋友。

而且现在有小天使苏珞瑜温暖傅沉俞，傅沉俞应该过段时间就好了。

老师对破坏傅沉俞桌子的同学进行了批评教育，一切都在朝好的方向转变。

只是季眠的脸蛋又纠结成了一团，毕竟傅沉俞跟苏珞瑜的关系越好，他的小命就越悬。

他趴在桌上思考着。

造成原著中的季眠死亡最大的原因，其实和傅沉俞本人的关系不大。

主要是他硬要去当"炮灰"，不死他谁死。

季眠在短时间内迅速改变了保命计划。

既然他的死跟傅沉俞的关系不大，那他以后帮一帮傅沉俞应该也没事。

毕竟如果"大佬"小时候不过得这么惨，长大了也不一定变坏。

只是他要控制一下帮助的尺度，谨慎小心，保住性命，千万不能跟苏珞瑜抢风头。

毕竟"大佬"也算是原著中的男二号啊！

他跟主角抢戏份，还是死路一条的！

傍晚放学，季眠磨磨蹭蹭地不肯走，跟林敏芝撒谎说要做值日。由于他很少撒谎，所以说得磕磕巴巴的。

等教室的同学全都走了，季眠才从书包里翻出橡皮擦，跳到傅沉俞的座位前，用橡皮擦一点点地把傅沉俞桌面上难听的话给擦了。刻痕擦不掉，他就用小兔子贴纸全都贴起来遮住了。

五毛钱一张的贴纸，季眠用得心疼死了，一边贴一边眼泪汪汪的。

隔天一早，傅沉俞看到桌面上被贴得花里胡哨的，愣了两秒。

课桌被油漆刷成了绿色，原本上面用粉笔和水笔写的话全都被擦干净了，刻痕上则贴着几只手舞足蹈的兔子，把"杀人犯"三个字挡得严严实实的。

傅沉俞抬起头，前两排的座位上，季眠正心虚地大声朗读课文。

他桌面上的兔子橡皮，如今只剩下兔子脑袋，两只耳朵已经被擦没了，看上去可怜兮兮的。

明明昨天兔子耳朵还在……

傅沉俞捏紧了手，又松开。

他当人人都跟他一样傻吗？他以为自己不知道这事是谁干的吗？

贴得丑死了，蠢兔子。

虽然傅沉俞腹诽半天，但依旧舍不得这张桌子。

布满了贴纸的桌子一直陪伴他到小学三年级，每次换座位他都要连桌子一起带走，除了他谁也不能坐。

季眠成了班里第一批少先队员。

他的成绩稳定在全班前五名，这时候，已经没有人再记得季眠小时候是一个说话、走路都吃力的智力不足的孩子。

2001年的暑假过后，他就要成为黎明小学三年级的学生，如今也算是学长了。

林敏芝一大早就起来给他做早饭。这几年她的早餐店料足、味道好，生意十分火爆，在东区有着很好的口碑，甚至有大老远绕路来吃早饭的，隐隐有了后世网红店的雏形。

季眠现在已经能独立走路上学，穿过马路，黎明小学的小学生举着各式各样的雨伞，在灰蒙蒙的雨雾中，渐渐地往前会聚。

到了教室，季眠的外套湿了，他抖了抖，把外套挂在教室后的挂钩上。

看到边上那件熟悉的黑雨衣时，季眠的手顿了一下。

雨衣上写着：三（1）班傅沉俞。

没错，"大佬"如今也上三年级了。

比起季眠没长个儿的身高，傅沉俞小小年纪就已经高出他半个头。

随着年龄的增长，傅沉俞随了宁倩的那张优越的脸蛋也越发俊俏起来。

不少同学已经忘记了他爸爸是个杀人犯的事实。

三年级的女生已经会买杂志摊上的杂志，也会开始观察班级里长得好看的男生。

傅沉俞冷淡的性格、优秀到一骑绝尘的成绩、苍白俊美的脸蛋，无疑使他成了三（1）班女生讨论得最多的男生。

加上傅沉俞每年在晚会的时候，都会被施老师当作班里的门面，推他表演个人节目，在一众唱儿歌和诗词朗诵的节目中，傅沉俞忧郁孤独的小提琴独奏，简直要吸引黎明小学所有学生的目光。

季眠在内心默默地吐槽：对这个看脸的世界绝望了！

大家讨论得最多的除了傅沉俞，剩下的就是季眠和苏珞瑜。

苏珞瑜的成绩也十分优异，如今他是班级里的学习委员，有主角光环在身，很受大家欢迎。

季眠的受欢迎程度比起他来不遑多让，只是他漂亮得像女生一样精致的脸蛋，在女孩子的话题圈内不怎么吃香，反倒是男生更愿意和他做兄弟。

原因无他，季眠在张先祯的亲手教导下，已经参加过大大小小的散打比赛，获得了不少奖杯。

这让他在男生心目中的形象简直酷毙了。

季眠刚坐下，信息课代表康军就嚷嚷："下节课是信息课，老师让我们先排队！"

信息课就是电脑课，是小学生辅修课程，学生统一去黎明小学的总部天城总校上课，要穿过马路，走五分钟。

因此每次上信息课，同学们都要拿上课本先排队。

同学们一阵欢呼，争先恐后地排好队。

五分钟之后，众人来到了电脑教室。进教室前，每个学生都要穿上蓝色的鞋套，季眠蹲在地上穿了一会儿，进去时他的位子已经被人占了。

季眠皱眉："徐才，这是我的位置。"

电脑教室有限，所以信息课都是两个班级一起上，两个人或者三个人一起使用一台电脑。

这周的信息课轮到一班和三班上，徐才就在其中。

徐才如今渐渐长大，越来越像他那个在菜市场杀猪的老爸，一脸凶相。

他三年级就会逃课打架，在学生中凶名远播，有点儿小混混的样子，大家都怕他。

徐才嚣张地说道："上面写了你的名字了？你的座位？先到先得懂不懂？"

他一个人霸占着一台电脑，也没人敢说他。

多一事不如少一事，季眠也没有闲情去欺负小朋友。

随着时间的推移，前世的记忆和这具身体融合得越来越好，让他也越来越有前世的影子，有一种自己是小大人的感觉。

季眠抬头看了一眼电脑教室，几乎坐满了人。

女生和女生扎堆，男生们也勾肩搭背，平时和他玩得好的何曦今天生病了没来，季眠看来看去，只有傅沉俞是一个人坐着的。

他深吸一口气，拿着凳子慢慢地走了过去。

"我能跟你用一台电脑吗？"季眠小声问道。

傅沉俞抬眼看着他，没说话。

季眠心里有点儿紧张，自从说服自己不要再害怕傅沉俞之后，他对傅沉俞的逃避心理没有那么明显了，只是把对方当作普通同学。

不过，老实说跟傅沉俞在一起做同学三年了，他们俩的关系始终不咸不淡的。

毕竟傅沉俞一直跟苏珞瑜是同桌，季眠充其量就是个同学之一。

季眠也不知道傅沉俞还记不记得幼儿园时的情谊……

傅沉俞默默地把凳子往右边移了点儿，给季眠让出一个空位。

班里不少人看到这场景，纷纷倒吸一口冷气，窃窃私语。

"季眠怎么去找傅沉俞坐了啊？他胆子真大！"

"好厉害，他都不怕被冻死吗？"

"早知道傅沉俞这么好说话，我也跟他一起坐了……"

"嘤，我可不敢，傅沉俞太冷漠了！"

季眠翻开信息书，紧张极了，目不斜视地盯着电脑。

傅沉俞眼睫低垂，不知道在想什么。

老师还没到教室，大家都在玩最近流行起来的联机电脑游戏，操控着一个小人不停地往下挖矿，然后通关。

季眠上次去老师的办公室，看到施老师也在玩这个游戏。

"傅沉俞，你玩游戏吗？"季眠开口打破沉默气氛。

毕竟就这么干巴巴地坐着，他好无聊啊！

傅沉俞把鼠标扔给他，意思是：你想玩就自己玩。

季眠捧着鼠标，心里想道：不愧是"大佬"，惜字如金。

傅沉俞越长大，越不爱说话，是不是在扮酷啊？季眠天马行空地想着。

季眠拿起鼠标光速打开挖矿小游戏，加入淘金者大军中。

傅沉俞靠在椅子上眼睛一眨不眨地盯着他看，季眠玩得非常投入，以至忘记身后还坐着一个危险人物。

"这有什么好玩的？"傅沉俞开口。

"大佬"问话，季眠吓了一跳，毕竟他们平时除了收作业、交作业，很少交流。

季眠放下鼠标，认真回答："就……很好玩啊，可以一直挖下去。"

呃，他这么说出来好像真的挺无聊的。

季眠到底还是被小孩的思维限制着，没多想，一直努力地推销游戏："如果挖到胡萝卜，还可以变成兔子！"

傅沉俞冷笑了一下，看上去不感兴趣，顺带还鄙视了一下季眠的智商。

好吧……给"大佬"推销游戏也不是容易的事情。季眠自讨没趣，又转过头默默玩起游戏了。

傅沉俞想，他知不知道这个小游戏是自己做的？

十岁的傅沉俞对计算机编程已经了如指掌，只是做个小游戏并不难。不过他没想到自己在互联网公布了这个游戏之后，突然之间在全国就流行起来了。

他真想直接告诉季眠这是自己做的游戏，季眠一定会目瞪口呆地看着他。

但他的骄傲和自尊心不允许自己显摆，那样会让他看起来很幼稚。傅沉俞酷酷的，始终一言不发。

季眠就不能主动一点儿，好奇一点儿来问自己游戏是谁做的吗？

傅沉俞有点儿生气，觉得季眠真是个没有求知欲的笨蛋。

季眠玩得热火朝天，眼看就能挖到胡萝卜时，杨老师来了。

电脑瞬间就被杨老师控制，教室里发出一片哀号声。

杨老师乐呵呵地端着保温杯："我们这节课来学怎么用计算机画画。"

季眠看着被控制的电脑，闷闷不乐地低头翻书。

傅沉俞看了他一会儿，开口："你不喜欢画画？"

季眠骨子里对傅沉俞有所忌惮，因此对他的问话，季眠有问必答，条件反射地摇头："不是。"

他总不能说自己想玩游戏吧，好可惜，刚才他差点儿就通关了。

季眠还是想当一个好学生的，而且大家的电脑都被控制了，别人都没说什么。

傅沉俞坐直了身体，往前靠去。

季眠和他离得近，连忙警惕地挪开身体。

傅沉俞拿着鼠标，在电脑上打开了好几个季眠根本看不懂的东西。

密密麻麻的代码一排一排地滑下来，季眠看得眼花缭乱。

别说他现在只有小学生的智商，就算是换成前世的智商，也未必能看懂这些扭曲的代码。

傅沉俞不知道点了什么地方，十秒不到，季眠的电脑就被夺回控制权，恢复了游戏界面。

杨老师没有权限继续控制他的电脑了！

季眠瞪圆了眼睛，嘴巴也张成了"O"形。

他忽然想起，原著中傅沉俞就是一个计算机方面的超级天才。

季眠的手心微微发汗，他想起傅沉俞今后的凶残，情不自禁地咽了一口唾沫。

"大佬"这是什么意思？

季眠忽然想起一些凶狠的肉食动物，它们在猎杀猎物前，通常会展现实力进行威胁。

不能吧……季眠后背发毛，自己还没做什么让傅沉俞不开心的事情吧？是自己还不够谨慎吗？

傅沉俞冷着脸催促道："你不是想玩游戏吗？"

季眠蒙蒙地问："啊？"

他看了一眼全班其他同学的电脑，都被杨老师控制得死死的，只有他的电脑能玩游戏。

是错觉吧……他怎么有一种被"大佬"罩着的感觉？

第五章

季眠没享受多久，就被徐才给举报了。

白花花一片的电脑屏幕中忽然出现一个游戏界面，是挺明显的。

徐才本来就讨厌傅沉俞，季眠跟傅沉俞坐在一块儿，被他一起给针对上了。

杨老师"哟"一声，背着手走下来："小样儿，在老师的课堂上还敢搞小动作啊？你怎么把电脑断开的？是不是跟六年级那帮坏小子学的？"

杨老师知道，六年级那帮学生有个办法能让电脑与控制终端断开。

电脑是傅沉俞断开的，但玩游戏的是季眠。

季眠不愿意供出傅沉俞，摇了摇头："杨老师，我没有跟六年级的学生学。我知道错了。"

杨老师用手敲了一下季眠的脑袋，季眠平时乖巧，长得也很讨长辈喜欢，杨老师对他生不出气。

"知道错了就好，下次可不准了。"

杨老师俯身查看电脑，发现电脑并没有重启。

他微微一愣，又在后台程序中检查半天，什么也没检查出来。

奇怪了，这小子怎么断开控制终端的？

"好了，连上就是了。"杨老师没多想，只是让季眠重启电脑，跟着大家一起上课。

傅沉俞开口："为什么不说是我做的？"

季眠心想：我哪里敢得罪你啊"大佬"！

他拿起鼠标，不看傅沉俞，小声说道："是我自己想玩游戏的，和你没有关系。"

前排的徐佳佳转过头："季眠，你有企鹅号吗？我们加个好友吧。"

季眠家里没电脑，自然也没有企鹅号，最近大家都很流行加好友，季眠已经收到过好几次女孩的邀请了。

不过徐佳佳还是第一次邀请他，因为她是班上的音乐课代表，又是宣传委员，人又漂亮，大家都偷偷说她是"班花"，不轻易跟男生说话。

徐佳佳醉翁之意不在酒，问了季眠之后，又鼓起勇气问傅沉俞："傅沉俞，你有企鹅号吗？"

傅沉俞冷淡地说道："我不加不熟的人。"

徐佳佳尴尬地红了脸，"哦"了一声，转过头去，两只羊角辫差点儿甩到季眠的脸上。

信息课下课时，同学们要排队回去。

早上的阴雨绵绵变成大雨，季眠蹲下身脱了鞋套放进垃圾桶，顺便把地上散落的一些鞋套也扔了进去。

雨伞就像花朵一样，"砰、砰、砰"地撑开，红的蓝的，学生们挤挤挨挨地排好队，往外挪动。

季眠撑开伞，余光看到门口一动不动地站着的傅沉俞。

他手里是一把破伞，伞架已经坏了一半，撑开也挡不住雨。

季眠心里琢磨，想着傅沉俞总不至于带一把破伞来学校。

下一秒，他就看到徐才跟他的哥们儿勾肩搭背，对傅沉俞露出嘲讽的笑容。

季眠想起来了，徐才好像想加他们班的徐佳佳的企鹅号被拒绝了。

徐才肯定看到徐佳佳问傅沉俞要企鹅号了，弄坏傅沉俞的伞是一种忌妒。

季眠内心无语，天哪，这"炮灰"简直比他还能作死，竟然敢警告反派"大佬"，是嫌自己的盒饭热得还不够快吗？

要是放在往常，季眠肯定撑着伞就走了，毕竟有苏珞瑜在"大佬"

身边，轮不到他这个小"炮灰"去送温暖。

只是今天苏珞瑜请假没来上学，外面的雨又那么大，傅沉俞绝不是一个愿意低头跟别人共用一把伞的人。

季眠心里有事，脚步渐渐就慢了下来。

刚才傅沉俞上课的时候还帮他解除电脑控制，让他玩了游戏……

他还是帮帮傅沉俞吧，不让傅沉俞知道就行，不然"大佬"也太可怜了。

队伍在雨帘中慢慢前行，傅沉俞扔了那把破伞，淋着雨沉默地走在队伍最后。

班上同学窃窃私语，但谁也没有上前。

傅沉俞早就习惯了这些事情，比起小时候，他现在的忍耐力见长。

他只觉得恶心，胸中酝酿着一股恼怒。徐才折断他的伞，他就计划着折断徐才的伞。他知道怎么做可以不被人发现，也知道怎么做才会让徐才也感到他的羞愤。

雨雾中，男孩的双眼渐渐变红。

水珠落在他的睫毛上，一滴一滴，然后停住，接着再没有雨水落在他身上。

这一变故让傅沉俞抬起头，他发现灰蒙蒙的雨雾被一把白色的雨伞给阻隔了。傅沉俞扭过头，季眠正旁若无人地走在他身边。

长长的队伍，两个人一组。

傅沉俞怔了一下，眼中的红色瞬间消失。

康军看到季眠走在傅沉俞身边，心中疑惑，自己什么时候把季眠排到后面去了？

"季眠，你怎么到后面去了？"

季眠心虚极了，说话差点儿打结："我出教室晚了，你们都走了好久了，我跑上来的，就干脆在后面好了。"

康军点点头，季眠的理由无懈可击，他完全找不出问题。

季眠小心翼翼地挨着傅沉俞走，努力踮着脚把伞举高一点儿。

傅沉俞比他高半个头，季眠一直若无其事地举着伞，其实手酸得要死。

但是他不敢放下手，努力不着痕迹地慢慢把伞朝着傅沉俞的方向挪动，这样让他看起来像是不小心被傅沉俞"蹭"了雨伞。

谁也没有注意到季眠的小动作。

他穿着林敏芝给他准备的小雨靴，踩在水坑里发出"嘎吱、嘎吱"的响声。

季眠全神贯注地举着伞，又因为"心虚"，没有发现他的伞已经越来越倾向傅沉俞，自己的半个肩膀都被雨水打湿了。

直到他的手一空，季眠吓得差点儿跌坐在地上。

傅沉俞拿过他的雨伞，抿了抿嘴，然后问他："你举那么高不累吗？"

季眠的心脏怦怦跳：完了！被"大佬"发现了！

但是傅沉俞说完这句话之后，一路上都没有再跟季眠说话，只是那把白色的小伞被他紧紧握在手里，慢慢地朝着季眠的方向倾斜。

季眠回到家里，发现外婆从乡下来看他了。

外婆见到他进来就喜笑颜开地讲话："阿咩呀，回来了呀。"

外婆是南方人，说话的声音带着江南独有的软糯感，"眠"这个发音被带上口音，听起来就像是"咩"字。

季眠读一年级的时候因为像个白胖的糯米团子，因此还被外婆叫作"盘菜咩"，盘菜是一种又白又圆的甜菜。

季眠双手捧着瓷缸，"咕嘟咕嘟"喝完一大杯牛奶，喝得太急，呛得咳嗽起来。

林敏芝吓坏了，连忙拍拍他的胸口，让他慢点儿喝。

外婆坐在店门口边捡菜，边跟人闲聊，发出了感慨："哎呀，真不是人呀……"

季眠听了一耳朵，那几个妇女说："就是呀，我们也没想到的，就出轨了呀，还是一个厂子的人，你说杨超英的脸往哪儿搁啊？"

"这才买了房子呢，闹离婚闹得厉害。"

"她老公现在还躺在医院里，听说两只手都被砍断了，哎哟，超恐怖的啦。"

"还是小孩最可怜……"

听到这里，季眠微微瞪大了眼睛。

外婆谈论的这件事情他并不陌生，这是《陌路柔情》中的剧情，苏珞瑜小时候的家庭遭遇。

没想到这件事发生得这么快。原著中，苏珞瑜读小学时，他的爸爸出轨了，被人家的丈夫砍断了双手，他妈妈深受打击，精气神一下就没了，刚买的房子就要卖掉，导致他只能寄人篱下。

而苏珞瑜也在这场打击中性格大变，从善良温和逐渐变得高傲矜持。

难怪苏珞瑜这几天都没来上学，原来是家里出了这么大的事情。

季眠对苏珞瑜只能报以同情，并没有要多管闲事的意思。

苏珞瑜跟傅沉俞是不一样的。

作为反派"大佬"，傅沉俞受到的一切磨难都是为了突出他童年的惨状，为了烘托主角苏珞瑜的天使性格。

但苏珞瑜受到的一切磨难都是为了让他认识新的各界"大佬"罢了。他受伤，必然有一大帮人出现为他排解困难，压根儿轮不到季眠来可怜他。

季眠记得，似乎就是在这个事件中，《陌路柔情》的灵魂男主角登场了，那就是苏珞瑜心中地位无法撼动的人生导师，厉惟识。

不过这一切都跟季眠没关系。

他第二天一早照样去上学，到了班级教室里时，看到苏珞瑜空了好几天的座位上终于有人了。

小学三年级的苏珞瑜双眼哭得通红，小脸苍白无比。

换了位子之后，他跟苏珞瑜的座位就隔着一条过道。

季眠刚吃完早饭，拿出餐巾纸准备擦手，还没来得及擦就听见苏珞瑜小声说了一句："谢谢。"

季眠：啊？

下一秒，他手里的餐巾纸不翼而飞。

带着淡淡水果香味的餐巾纸被苏珞瑜拿走了，对方投以感激的目光。

季眠：我那不是给你……算了，给都给了，自己还能拿回来不成。

苏珞瑜闻着纸巾的香味，想起家里的情况，又想起刚才到教室时同学们看他的异样眼神。

只有季眠愿意理他，还给他餐巾纸擦眼泪，苏珞瑜一时伤心，趴在桌上"呜呜"地哭起来。

季眠有心同情他，但是想到苏珞瑜身边的各路"大佬"，立刻收起了同情心。

他打了一个激灵，谨慎地选择保命：我还是离主角远一点儿吧，免得被修罗场波及，到时候自己怎么死的都不知道。

结果他捧着书转身，刚抬头就看到傅沉俞阴郁的脸色，心里顿时抖了抖。

这修罗场来得也太快了吧！

季眠低下头，用橡皮努力擦着作业本，假装无事发生。

他不免一阵腹诽，心想"大佬"走路都是没有声音的吗？傅沉俞什么时候来的啊？

傅沉俞冷着脸坐回自己的位子上，季眠用完橡皮擦之后揉了一下眼睛。

上课铃响了，苏珞瑜擦干眼泪，正襟危坐地看着黑板。

第一节课是语文老师施老师的课，施老师也是他们三（1）班的班主任，将来要带他们到小学六年级。

施老师说："同学们，现在翻开《同步训练》，今天我们讲课内阅读——《拐弯处的回头》。同桌之间互相检查一下《同步训练》，没有写的人站起来听课。"

苏珞瑜这几天请假都没来，语文《同步训练》是昨天布置的回家作业，现在他的课本上一片空白。

一直都是好学生的他涨红了脸，支吾道："傅沉俞，你写了吗？"

傅沉俞的《同步训练》写得整整齐齐的，字也好看。

苏珞瑜开口请求道："我能跟你看一本吗？"

傅沉俞淡淡地瞥了他一眼，脑海中浮现季眠给他递纸的画面，想着自己的唯一好友可能被他抢走，心里又烦又气。苏珞瑜一开口，傅沉俞就把自己的《同步训练》往自己的方向扯，完全拒绝了他。

苏珞瑜的脸更红了，他没想到傅沉俞竟然如此干脆利落地拒绝了他。

他们都当了三年的同桌了！

可是傅沉俞依旧这样，冷冰冰的，谁也不理。

苏珞瑜委屈得眼睛都红了，想起季眠，还是觉得季眠更好。

秋天一到，窗外桂花飘香，大片大片的金色桂花在树上绽放。

季眠的位子靠窗，眼睛有点儿不舒服，他揉了揉，继续写作业。

施老师下课之前提醒班上同学要预防红眼病，听说二年级就有一个小孩得了红眼病，眼睛超恐怖。

对小学生来说，课间除了可以玩游戏，还可以挤在一起讲八卦。

红眼病的传说在黎明小学悄悄流传开来。

到了放学的时候，红眼病已经成了最恐怖的疾病之一。

何曦被吓得打了个激灵，扭头跟季眠分享消息："他们说只要被得红眼病的人看一眼就会被传染！好可怕啊……"

季眠嘟囔："哪有那么恐怖？"

他一点儿也不想理会没有常识的小学生。

何曦拍了拍胸口，惊恐地说道："二年级教室就在我们楼下，你说我下楼的时候会不会不小心跟那个得红眼病的人对视过啊？"

季眠写着口算训练，又揉了一下眼睛，窗外的桂花的花粉让他有点儿过敏。

"不会的。"季眠打了个喷嚏，"阿嚏！"

林敏芝以为季眠感冒了，等他回到家，给他喝了好几天的板蓝根，他依旧不见好。

同城东区大街小巷的桂花都盛开了，走在路上都能落下一片花雨，季眠的"感冒"也越来越严重。

直到有一天中午，午睡过后，季眠揉了揉眼睛迷迷糊糊地坐了起来。

陈萍正在挨个儿收作业，收到季眠这里，看到季眠的眼睛，忽然尖叫了一声："啊！"

女孩的声音尖锐，整个班的人都被她吵醒了。

"陈萍，你怎么了？"康军开口问道。

陈萍惊慌地指着季眠："季眠得了红眼病！"

她忽然意识到什么，猛地闭上眼睛："救命啊！我刚才跟季眠对视了！"

刚清醒的季眠一脸蒙，没等他反应过来，班里的人就炸开锅了。

"什么？！我看看，季眠的眼睛好红。"

"啊，你还看他的眼睛，红眼病会传染人的！"

"快，快，快，大家把眼睛闭上！"

"听我的，都离季眠远一点儿，大家都跑出去！"

一瞬间，所有人都从座位上站起来，慌慌张张地往外跑去。

苏珞瑜犹豫了一下，想起传说中的红眼病的恐怖，还是跟着班里的同学一起走出去了。

他暗暗下定决心，等季眠的病好了之后，他就跟季眠做好朋友。

众人对季眠的态度就像见了鬼一样，季眠目前也只有初中生的心智，面对全班同学的疏远，一下还无法适应，心里一阵委屈，加上眼睛过敏，被他用手揉得通红，一时间泪珠点点，他看上去怪可怜的。

"我没有红眼病……"季眠试图反驳，知道自己这症状肯定跟红眼病没关系。他正说着，眼睛又痒得可怕。

他将两只手都捏成了小拳头，用力地揉着眼睛，眼泪"哗啦啦"地掉。他不是因委屈而哭，而是因为眼睛痒所以流泪。

但这看在别人眼中，他就像被全班同学孤立之后，委屈地掉着眼泪。

季眠越揉眼睛越痒，越痒越停不下来，反而把眼睛弄得更红。

直到他被一双冰冷的手捏住了手腕，他的双手被硬生生地掰了下来。

泪眼蒙眬中，他看见傅沉俞一脸严肃地站在他面前。

空荡荡的教室里，人早就跑干净了，只有傅沉俞一个人留下来陪他。

两个人站得很近，自从那个雪夜之后，他们再没有站得这么近过。

虽然知道自己没有得红眼病，但是季眠怕傅沉俞不知道。

季眠连忙紧闭自己的眼睛，免得"大佬"以为自己身怀"绝症"还企图拉他一起倒霉。

他作为小"炮灰"，这点儿保命的自觉性还是有的。

结果傅沉俞不管不顾地摁住他的手，嘴里还冷酷无情地命令着，语气有些急切："睁眼。"

季眠的睫毛剧烈地颤动着，上面挂着的小泪珠不停地滑落。

傅沉俞重复道："睁眼，季眠！"

季眠死都不肯睁开眼睛，情急之下开口道："这是红眼病，会传染的。"

傅沉俞几乎在他话音刚落下的瞬间就急急地回答："我不怕。"

季眠愣了一下，睫毛不再颤动，缓缓地睁开眼，眼尾上挑，圆乎乎的眼睛与傅沉俞对视。

傅沉俞仔细看了一下，季眠只有眼眶被揉成了红色，眼里的血丝是发炎引起的，不是红眼病。他长长地松了一口气。

林敏芝接到消息急匆匆地赶来学校的时候，季眠已经在办公室里乖乖地坐着了。

后来到医院检查半天，才知道是虚惊一场，原来季眠对桂花过敏，秋天换季的时候过敏症状发作了。

接下来的几天，季眠都戴着小小的黑色墨镜，还有白色口罩，几乎全副武装。

但学校里还是有很多人盛传他得了红眼病，都不敢直视他。

季眠孤零零地坐在位子上等待放学，铃声一响，同学全都收拾好书包，到门口排队。

黎明小学每个班的学生在放学后都要先在教室门口排好队，到了校门口才能离开。

季眠今天有心事，所以走得很慢，一边走一边到处张望，还是没找到他想找的傅沉俞。

前几天傅沉俞留下来的举动让季眠心里有点儿感激，毕竟傅沉俞不知道他是不是得了红眼病，在这么"危险"的情况下还愿意留下来陪自己，说明"大佬"至少没忘记他们在幼儿园的情分。

季眠一向有恩必报，今天就想找傅沉俞说一声"谢谢"。

直到他走到距离学校两百米的小花坛边，才看到傅沉俞。

而且傅沉俞的状态很不好，他正在骂两个男孩，看上去应该是傅沉俞单方面在训斥别人。

那两个穿着校服的小学生被吓得"哇哇"乱叫，号啕大哭。

"本来就是红眼病！为什么不能说！"

"红眼病就是吓人！就是恶心！"

"又没说你！关你屁事！你为什么说我们？！"

"呜呜呜——你死定了，我要告诉老师！"

"嗷嗷——对不起！"

傅沉俞收了手，站起身后看到了季眠。

两个小孩趁他发愣一时不察，抱着自己的书包连滚带爬地跑了。

季眠张了张嘴，心里跟打鼓似的：完了，完了，看到"大佬"教育人了，我不会有什么连带责任吧？

傅沉俞没说话，闷闷地捡起地上的书包，拍了拍上面的灰尘。

季眠看到他的侧脸上有一道血口子，像是指甲抓出来的。

他一下就想到傅沉俞留下来陪他的举动，有些举棋不定地纠结着：也许，傅沉俞没有那么凶，也可能……没有那么讨厌他？好吧，傅沉俞一直对自己冷冷淡淡的，看不出讨不讨厌自己。

傅沉俞背上书包转身就走，季眠连忙迈开腿追上去，小奶音急急地喊道："傅沉俞！"

傅沉俞顿了一下，没停下，但是明显走得慢了很多。

季眠拽住他的手臂，真诚地开口道："傅沉俞，你的脸受伤了。"

傅沉俞没理他，季眠鼓起勇气，接着说："我有创可贴，给你贴上吧。"

最后的结果，就是傅沉俞没有表情、苍白俊秀的小酷哥脸蛋上，贴着一块白白的兔子创可贴。

季眠没忘记自己是来向傅沉俞道谢的，拿出零花钱站在蛋糕店前，脆生生地说道："阿姨，我要这个雨伞小蛋糕。"

季眠喜欢吃甜食，但他的零花钱有限，平时要省好几天才能省下钱买一个三块钱的小蛋糕。

今天为了表现自己的感激之情，他买了一直舍不得买的雨伞蛋糕杯，一个要五块钱。

"给你。"季眠把蛋糕递给傅沉俞，"谢谢你啊。"

傅沉俞淡淡地问道："谢我什么？"

季眠看着他，眼里似有璀璨的星星闪耀着："谢谢你那天留下来陪我。"

傅沉俞接过蛋糕，舀了一勺奶油放在嘴里。

傅沉俞沉默地走着，季眠心脏怦怦跳，就像是攻克了什么难关，他追上来小心翼翼地询问："傅沉俞，我们是朋友吗？"

过了好久，季眠才听到傅沉俞别扭地回答："嗯。"

季眠的夜空，星星全都亮了。

眼弯成了一道月牙，喜悦之情难以掩藏，他心中雀跃无比：天哪，原来他没自作多情，"大佬"真的愿意和他做朋友。

他仿佛看到自己的脖子上被挂上了一面金光闪闪的"免死金牌"！

他转过头，别扭地想：和他做朋友，有这么值得高兴吗？

随着黎明小学校门口的桃花盛开，三（1）班的同学们也渐渐抽条，成长为四年级的小学生。

四（1）班转走了几个同学，也转来几个同学，季眠又长高了几厘米。

春天，国内毫无预兆地爆发了一场流行病。

季眠换了新的文具和书皮，走在上学的路上，大街上弥漫着一股淡淡的酸味，家家户户都买了醋，稀释了洒在地上。

就连林敏芝早上起来也用醋拖了一遍家里的地板，味道大得快把季眠给熏晕了。不仅如此，季眠上学之前，还被林敏芝灌了两包板蓝根，到现在都感觉自己嘴里是苦的。

最近新闻和报纸上全都在报道这件事，距离高危地区有几千公里的同城也不敢懈怠。

学校如临大敌，一天三次用紫外线杀毒，中午的时候还给同学们发醋泡过的甜蒜，一人必须吃一个。

教室里也是酸酸的味道，季眠感觉自己的鼻子都快没用了。

他摘下口罩，看到傅沉俞，笑眼弯弯地打招呼："早上好啊。"

升上小学四年级后，季眠和傅沉俞的关系缓和不少。

他们的家住在两个方向，但傅沉俞有时候会陪季眠在放学路上走一段，在岔路口才分开。

久而久之，班上同学都觉得很稀奇。何曦还偷偷问过季眠："你怎么跟傅沉俞关系这么好啦？"

季眠说："有吗？还好吧。"

早读还没开始，同学都没到齐，季眠好无聊，于是拿着课本跟傅沉俞聊天："傅沉俞，你们家洒醋了吗？"

白醋、碘盐、板蓝根，可算是最近最热门的话题了。

季眠现在十岁，婴儿肥的包子脸上表情很忧愁，眉头皱在一起："你喝板蓝根了吗？"

傅沉俞回道："林建一出差了，我家里没人。"

每一次林建一出差，都会带着宁倩去。

季眠眼中浮现一丝羡慕之色："那真好呀，我觉得板蓝根好苦。我妈给我喝了两包，现在嘴巴都难受。"

"呸呸呸——"季眠咂了咂嘴。

傅沉俞默默地看着桌面，心想：蠢兔子，这有什么好羡慕的？

早操结束之后，季眠在操场上跳得热乎乎的，脸蛋红扑扑地进了教室。

他拿起桌上的保温壶，里面有林敏芝给他灌的板蓝根，这是中午要喝的分量。

季眠慢慢拧着盖子，想起傅沉俞没有喝药预防疾病，于是摁下保温壶开关，"咕噜噜"地倒了一杯盖热腾腾的药。

傅沉俞正在写作业，视线里忽然多出一个浅蓝色的杯盖。

季眠分了一半板蓝根给他："给你，这个可以预防感冒的。"

傅沉俞抬眼看着他，季眠心里一惊，想着："大佬"不会以为我怕苦才将药分给他喝吧。

还好傅沉俞什么都没说，端起杯盖就喝完了板蓝根。

季眠也皱着眉头、紧闭双眼地喝完保温壶里剩下的板蓝根，苦涩的味道在口腔里蔓延开来。

他收好杯子，去洗手池把杯子洗了。

回来的时候，桌子上多了两颗大白兔奶糖，他愣了一下，连忙去看傅沉俞。

傅沉俞低着头写着作业，一副若无其事的样子。

季眠剥了一颗糖塞进嘴里，甜滋滋的味道瞬间蔓延开来。

他一点儿也不拐弯抹角，坐在位子上，眼睛笑成了月牙："谢谢你啊，傅沉俞，好甜。"

下午放学，班主任施老师组织同学们排好队，测量过体温之后才能回家。

季眠在等测体温的时候，无聊地开口："傅沉俞，你饿吗？"

傅沉俞今天精神不佳，没吃几口中饭。于是季眠从书包里摸出一个小面包递给傅沉俞："我有面包，我们分着吃。"

"季眠，轮到你测体温了，赶紧的。"施老师在讲台上叫。

季眠把面包放在桌上，迈开腿跑向讲台。

他的体温是 36.7℃，很正常。

林敏芝焦心地在班级教室门口等待着，直到季眠出来，她才松了一口气，连忙把孩子搂在怀中。

现在人心惶惶，林敏芝实在不敢让季眠一个人回家。

季眠的书包被林敏芝拿走了，他想起什么，仰着脸说道："妈妈，我们送送傅沉俞吧。他爸爸妈妈都不在家。"

林敏芝知道季眠跟傅沉俞关系好，她骑着小电瓶车来的，多带一个小孩也行。

傅沉俞家的小区离他们家不远。

林敏芝拉着季眠的手走到教室门口，还没找到施老师，教室门口忽然乱了。

几个家长惊讶地讨论着什么，脸上出现了惶恐、震惊、避之不及等情绪。

林敏芝心里打了个突，本能地觉得出事了。

果然，下一秒施老师就表情严肃地从教室里走出来，立刻疏散了所有的家长和同学。

她沉重地宣布："我们班里有一个小孩发烧了。"

有孩子发烧了！

有人在这个节骨眼发烧，多么可怕！

林敏芝心慌，猛地抱紧季眠。季眠想起唯一没出来的傅沉俞，大脑一片空白。他在林敏芝怀里挣扎起来，努力地往教室跑去。

黎明小学的校长和副校长已经赶过来了，跟施老师确认了发烧同学的名字，季眠在他们口中听到了"傅沉俞"三个字。

他的猜测得到证实，心凉了半截。

怎么可能？！

季眠的心脏都快跳飞出来了，傅沉俞早上还没事的！

而且他根本不记得原著中有这段情节……

季眠趁着现场混乱，仗着人小，在人与人的缝隙中努力往前挤，终于挤到了窗口。

与此同时，他的心态也被自己迅速调整过来，从一开始的六神无主到现在的冷静理智。

傅沉俞现在一个人在教室里被隔离，只会比他更害怕，如果他都不能镇定下来，一会儿要怎么面对傅沉俞？

季眠不断地吸气，呼气，让自己的心跳渐渐放缓。

他强迫自己冷静地思考，傅沉俞每天上学、放学都是两点一线，没接触过任何外来人员。

更何况同城市距离高危地区那么远，目前没有发现任何一个病患，傅沉俞怎么可能被传染？

夜幕渐渐降临，傅沉俞从低烧慢慢变成高烧，一开始还能坐在凳子上保持清醒，现在已经只能趴在桌上了。

施老师和校长讲话的声音就像隔着一层雨幕传来。

校长问："联系孩子的家长了吗？"

施老师回答："联系了，家长还在省外，说是今晚连夜赶过来，但估计也要明天早上才能到了。"

校长说："孩子怎么办？需要隔离吗？叫救护车了吗？"

施老师回："叫了，车子马上就过来，咱们先把孩子隔离在教室里。"

傅沉俞睁开眼，窗外是没有月亮的夜晚，只有鬼魅般的树影"唰唰"地敲打着窗户。

教室里空无一人，他又是一个人了。

傅沉俞面对此情此景，熟练得几乎有些麻木。

他并不担心自己有没有被传染。傅沉俞比同龄人都聪明太多，也理智太多，只要稍微想想就知道，自己没接触过外人，怎么可能患病？

他多半是入秋的时候感冒了，可是再理智，面对这一幕场景时，心还是难受的，堵得慌。

"咚咚。"

"咚咚咚。"

寂静的教室里突然响起敲玻璃的声音。

傅沉俞晕乎乎地抬起头，听到角落里传来小孩的悄悄话："傅沉俞……傅沉俞……"

"咚咚咚咚。"

敲玻璃的声音越来越急促。

"傅沉俞……我是季眠，我在后门。"季眠扒拉着后门上锁的窗户，踮着脚伸着脖子，着急地呼唤着他。

傅沉俞头昏脑涨，勉强看到窗户外有个小脑袋，脑袋上翘着一小撮头发，随着夜风吹拂左摇右晃。

傅沉俞看到季眠的瞬间，鼻子就酸了，一股前所未有的委屈感从他的心里泛了起来，让他的眼眶跟着红了。

"你还好吗？"季眠拍了拍窗，小声说道。

傅沉俞拖着沉重的身体走到后门处，隔着玻璃，季眠和他两两相望。

窗户外的小脸肉乎乎的，焦急地看着他，眼里是纯粹的担忧之色，就像那一年的除夕夜晚。

"你为什么不回家？"傅沉俞虚弱地问道。

"我担心你。"季眠开口，"我妈妈来接我了，但是我想陪你一会儿，你一个人一定很害怕。"

季眠和傅沉俞也算是从小一起长大的，青梅竹马这么多年，他早就不能像当初那样狠心。

在他心里，傅沉俞早已不是一个小说中的人物，而是一个活生生的人。

他不是那个未来季眠素未谋面的大反派。傅沉俞现在只是他的朋友，曾经在他孤立无援的时候，唯——个留在教室里陪他的朋友。

季眠觉得自己也应该陪着傅沉俞，这样一来，他和"大佬"也算是生死之交了。

他像只叽叽喳喳的小麻雀："你把灯打开吧，灯是亮的，施老师说紫外线灯还能消毒。开灯了你就不害怕了。"

或许是生病了，傅沉俞的心理格外脆弱，说话也格外刻薄："你不怕我将病传染给你吗？你会死的。"

季眠踮着脚，认真地看着他说："我不怕！"

傅沉俞神情一愣。

季眠用很认真的语气告诉他："傅沉俞，你不会有事的。你会有很好的未来，会成为很厉害的大人物。"

这是季眠盼望的傅沉俞的未来。他不再是让警界闻风丧胆的大魔王Fox，而是斯坦福计算机博士、犯罪心理学专家。

季眠想尝试着改变傅沉俞的未来，至少……不要让他一直活在黑暗中。

傅沉俞沉默了很久，第一次骂出声："蠢兔子。"

这一晚，傅沉俞依旧没有等到宁倩，就像他无数次等不到宁倩那样。

唯一不同的是，这个夜晚他不再感到恐慌、孤独。

有个小孩傻乎乎地把脸贴上玻璃，固执地陪伴着他等到救护车到来，对他说："傅沉俞，你别怕呀。"

第六章

最后检查出来的结果是傅沉俞得了感冒，医护人员忙了一晚上，虚惊一场。虽然累，但是大家都没有半句怨言，只是感到庆幸。

更何况，傅沉俞虽然年纪小，但是懂事谦逊，除了不爱说话之外，聪慧的表现让每一个遇见他的人都称赞有加。

春天在紧张的气氛中度过了，随着暑假的到来，让全国闻风丧胆的传染病悄悄地消失了。

生活又回归常态，季眠也按部就班地上学，按时长大。

小学的时光悠闲又漫长，六年弹指一挥间，转眼就到了毕业这年。

黎明小学大榕树的叶子被太阳晒得打卷，空气被热浪扭曲着，蝉"吱吱吱"地叫，六（1）班的所有同学都躲在大榕树下，等着拍毕业照。

施老师心疼孩子晒太阳，去小卖部买了两箱冰棍，被一抢而空。

季眠是不爱出汗的体质，此时虽然吃到了冰棍，脸上也被热出了细汗。

今年暑假过完，他就是一个准初中生了，已经有了少年的模样，那张肉乎乎的脸蛋也逐渐长开，细眉猫儿眼，眼尾挑着，唇红齿白。

施老师说，拍毕业照的时候大家不用穿校服。

已经悄悄开始发育的女孩子们穿起了漂亮的小短裙，脖子上系着白色的小背心带子，原本露在外面的额头现在也被薄薄的齐刘海遮盖着。

几个女孩扎堆，叽叽喳喳地说笑着，给闷热的夏天注入几分活力。

她们在一起讨论得最多的就是傅沉俞。

傅沉俞个头已经很高，身材挺拔，肤色白皙，嘴唇红润，容貌俊美，因为沉默寡言，性格孤僻高冷，身上总萦绕着一种淡淡的阴郁气息。

"等拍完毕业照，我们就一起去找傅沉俞写同学录。"

"算了吧，我不敢，上次徐佳佳找他都被他无视了。"

"我们这么多人一起去找，应该不会被无视吧？"

"要不然我们去找季眠，让季眠帮我们带，他跟傅沉俞不是关系挺好的吗？"

…………

女生们没有找到傅沉俞写同学录，被苏珞瑜抢先一步。

操场上太热，六（1）班的同学又被赶到教室里等着，新换的电风扇开到三挡，吹得大家懒洋洋的。

"傅沉俞，你能给我写一张同学录吗？"苏珞瑜把同学录摊在桌上。

傅沉俞没说话，直接趴着睡觉，拒绝得干脆利落。

他心里觉得写这些东西挺幼稚的，自己为什么要把自己的兴趣爱好告诉别人，还祝他们前程似锦？

苏珞瑜被拒绝了多次，心态良好。

看来做了六年同桌也没能改善他跟傅沉俞的关系，苏珞瑜现在已经长大，隐约明白傅沉俞心里是恨他的，恨他在五岁那年，作为朋友，没有伸手拉他一把。

"季眠，写同学录吗？"苏珞瑜转而用手指戳了戳季眠的背。

季眠脾气很好，人也善良有爱心，在班上是人缘最好的人，也是同学录写得最多的。

不过苏珞瑜找他写，季眠内心还是纠结了半天，毕竟这可是主角，和他联系得越频繁，自己这"炮灰"死得就越快。

苏珞瑜的同学录是天蓝色的，季眠怀着沉重的心情看了一眼，接了过来。

一直趴在桌上的傅沉俞换了个姿势，百无聊赖地看着季眠。

季眠的表情如同上坟，他严肃着一张小脸，谨慎地填写着自己的信息。

姓名：季眠。

性别：男。

外号：盘菜咩。

星座：白羊座。

特长：散打。

性格：温顺。

血型：不知道。

爱好：养花。

喜欢的动物：小狗。

最爱上的课：下课。

梦想：当一名警察。

最好的朋友——

季眠愣了一下，捏着笔的手握紧又松开，最后没有写。

想对朋友说的话——

季眠中规中矩地写下对苏珞瑜的祝福：天天开心，万事如意，百事可乐。

苏珞瑜笑盈盈地收下同学录，撑着下巴说："季眠，你的同学录给我一张，我写一份给你。"

季眠从抽屉里拿出一本白色的小笔记本，掰开活动锁，抽出一张拿给苏珞瑜。

苏珞瑜拿着同学录就到教室后面去写了。

季眠的领子冷不丁被扯了一下。

坐在后排的傅沉俞趴在桌上，只伸出一只手："季眠，给我一张。"

季眠抱着同学录："你不是不写吗？"

傅沉俞沉默了一下，开口："不给别人写，给你写，拿来。"

面对"大佬"的要求，季眠内心还是厔了。

自从流行病事件之后，傅沉俞对待他没有以前那么冷漠刻薄，但依旧冷淡。

像这样主动问他要同学录的事情，他简直闻所未闻。

季眠转过头看他拿起笔，心里一动："傅沉俞，你有同学录吗？"

傅沉俞在同学录上"唰唰"写得飞快，季眠有点儿担心："傅沉俞，你认真点儿啊，别乱写。"

他其实还是很珍惜傅沉俞的同学录的。

因为傅沉俞没有给任何人写过，就给他写了一份，自然就显得非常可贵。

"没有。"傅沉俞回答他的第一个问题。

季眠："那我给你写一份，行吗？"

傅沉俞抬眼，季眠指了指自己的同学录："就用我的。"

写给傅沉俞的同学录，季眠就认真许多。

每填写一项，他都要思考良久，眉头皱在一起，期末考都没这么认真。

写到最好的朋友那一栏，季眠的心跳加速了许多，他有点儿自作多情地写下了三个字：傅沉俞。

"大佬"和他应该是好朋友吧……

他们都是生死之交了……

在寄语那一栏，季眠的笔尖悬在半空中，过了很久他才一个字一个字地认真写下：傅沉俞，你要好好长大，长得高高的，成为一个好人。

愿你，前程似锦，未来光明璀璨。

他没有直接将同学录递给傅沉俞，而是飞快地把这张同学录夹在傅沉俞的信息课本里："你等我不在了再看。"

傅沉俞正好写完他的，将同学录递给季眠："随便。"

施老师的声音在门口响起："来，来，来，拍毕业照啦，都出来排好队。"

傅沉俞慢悠悠地往门口走去，季眠连忙翻看傅沉俞给他写的同学录，只零星地填写了几项内容。

姓名：傅沉俞。

最好的朋友那一栏空着，他什么也没写。

季眠心里有种说不清的遗憾感：什么啊，好敷衍啊。

翻过来是寄语，白色的纸张上，傅沉俞的字体潇洒地跃入眼帘：蠢兔子，你的脸上沾上巧克力酱了。

季眠的脸猛地一红，他连忙用手摸脸蛋，果然抹下来一块巧克力酱。

一定是他刚才吃冰棍的时候不小心沾上的！

季眠想到自己刚才脸上一直带着巧克力酱跟同学讲话，羞愤欲死，恨不得挖个坑把自己给埋了。

施老师催了好几遍，他才反应过来要拍照，忙不迭地去跟同学们集合。

"来，靠近一点儿，我说一二三，大家一起说茄子！"

季眠站在傅沉俞身边，比他矮半个头。为了上镜好看，他偷偷地用力踮着脚。

只是，后排同学本来就站在凳子上，季眠一踮脚，重心就不稳，整个人摇摇欲坠。

"来，一——二——三——"

"茄——子——"

"咔嚓"一声，相机将时光定格在了这一年的夏天。

照片中，季眠最后还是没能稳住重心，整个人都往后排倒去。

原本站得笔直的傅沉俞只好伸手扶住他，在站得整齐的班级里，两个人跌跌撞撞，给六年的小学生涯画上了啼笑皆非的句号。

毕业考试的这一天，林敏芝特意给季眠煮了两个鸡蛋。

同城的初中有七八十所，光是东区就分布了七八所，开始区分公立和私立中学。师资力量最好、名声最大的是同城外国语学校，一所高中和初中合并的学校，只要在外国语学校读初中，将来肯定就能上外国语学校的高中。

季眠心中的理想中学就是同外，他的分数一直在全班前十名内，这次考试他发挥得也不错，上同外没什么问题，甚至能进同外的实验班。

考完之后，季眠在校门口遇到了傅沉俞。

即将离开这所他们整整读了六年的小学，两个人心中都有些伤感，见面之后，竟然一时无话。

季眠踢了踢脚下的小石头："傅沉俞，你想去同外吗？"

傅沉俞淡淡地说："不知道。"

这六年，季眠一直跟傅沉俞一起长大。

原著中一些应该发生的事情没有发生。

傅沉俞没有像原著那样，在小学就变坏了。

季眠悄悄地想：是不是因为自己，所以改变了一些什么？

但很快，他的心情就低落下来。

原著中写过，在傅沉俞读初中的时候，宁倩因为一场疾病匆匆撒手人寰，给傅沉俞带来的打击几乎是毁灭性的。

季眠鼓足勇气，漂亮的双眼真诚地看着傅沉俞："傅沉俞，你去同外吧，我也去，我们初中也一起读书行吗？"

他想救傅沉俞，想要傅沉俞双手干净、平安喜乐地长大。

傅沉俞看着他，然后移开视线，盯着远方。

风中飘来他冷淡又好听的声音："嗯。"

暑假漫长又悠闲，七月二十四日，季眠就收到了同城外国语学校初中部的录取通知书，欢迎他正式成为初一（1）班实验班的一员。

林敏芝拿出积蓄，赶在季眠上初中之前在外国语学校边上买下了一套拎包入住的学区房。那时的房价还没有像后来那样疯涨，同城也不是什么大地方，一套一百四十平方米的房子，只要八十万。

想到儿子初、高中六年都要在外国语学校读书，林敏芝一咬牙，全款买了。

她这几年生意越做越好，开了两家分店，找了老家信得过的亲戚管理，日子被她过得井井有条、红红火火。

季眠的外婆一直把女儿的辛苦看在眼里，眼看着季眠已经上初中，是个小大人了，老人家心疼女儿，把林敏芝拉到角落里，劝她找个靠得住、对季眠好的男人结个婚，有个依靠。

林敏芝摇摇头，拒绝了："妈，我不结婚。我一个人赚得到钱，买得起房子，靠男人有什么用？我以前靠过男人，你看我是什么下场？"

外婆被她堵得哑口无言，不知怎么劝说，嘟嘟囔囔地说道："我看那个小张就挺好的，阿咩也喜欢他，天天跟着他学散打……"

"我这辈子有眠眠就够了，只要他好，我什么苦都能吃。"林敏芝叹了口气。她心里还有一根刺，是她的大儿子季尧。

这些年，季尧只回过家两次，但是每年都往家里打钱，断断续续也打了好几万。

林敏芝不知道该怎么面对季尧，母子关系尴尬又微妙。

八月份，天气预报说第八号超强台风还有十天就要登陆同城沿海地区，让广大市民做好防洪的准备。

闷热的天气迎来了短暂的降温，季眠贪凉快，躲在自己的新房间里，打开窗，让四面八方的风都灌进来。

层层叠叠的乌云黑压压的，季眠抬头凝视很久，然后打开上锁的抽屉，翻出几张泛黄的纸。这是他很小的时候写下的，小说《陌路柔情》的大纲。

穿越到书中世界已经八年了，季眠前世的记忆越来越模糊，反倒是《陌路柔情》的剧情在脑海里越来越清晰。

原著中，"季眠"智力不足，而他顺利地升入了外国语学校的初中部。

"季眠"的命运正在慢慢被改写，这让他心中有几分把握，坚信傅沉俞的命运也一定会被改变。

金秋九月，同城外国语学校终于迎来了开学的一天。

季眠从今天开始，就是一名普普通通的初中生了。

他今早起来喝了一大杯牛奶，连蹦带跳地来到门边，让林敏芝给自己量身高。

一米六五，在初中男生里面，他不算高也不算矮。

初中部的分班公告栏贴着班级和学生姓名，季眠站在后面伸长了脖子望过去。

初一（1）班，季眠。

初一（1）班，傅沉俞。

初一（1）班，苏珞瑜。

和反派"大佬"还有主角都在一个班级里，季眠心中没有以前那么排斥。

毕竟傅沉俞和苏珞瑜的成绩都不错，他们都在实验班是意料之中的事情。

同外初中部里，季眠熟悉的面孔减少了大半。

以前的小学同学只有六七个考上同外，其余的都去了其他学校。

让季眠很讨厌的徐才，就因为分数不够，去了东区最差、最乱的初中，那所初中没几个人能考上高中的。

初一（1）班在三楼拐弯处，班里有的同学是一个小学的，遇到熟人正在打招呼；有的是刚认识的，飞快地玩到了一起；也有性格内向的，到现在还没鼓起勇气说第一句话。

季眠进教室之后，前排的女生目不转睛地看着他，窃窃私语。

"这个也好帅，我们班有两个帅哥，天呐！"

"我还以为实验班的人都是那种书呆子呢。"

季眠听力不错，被夸得耳根发红，眼神不自然地移开。

季眠走进教室，一眼就看到了角落里的傅沉俞。

虽然他趴在桌上睡觉，但季眠还是觉得，一个暑假不见，他长大了，也长高了，刘海比小学的时候更长一些，穿着白色的短袖，少年的肩膀隐隐有了宽阔的感觉。

傅沉俞的皮肤还是很白，气质寡淡冷漠，孤零零地趴着，没有人敢上来和他搭话。

季眠小心翼翼地走过去，坐在他身边，紧张得心脏怦怦跳。

傅沉俞听见动静转过头，季眠弯了眼睛，拿出准备了好久的台词打招呼："傅沉俞，我们又是同学了。"

傅沉俞沉默地盯着季眠，两个多月不见，季眠也有了微小的变化。

十三四岁的男孩子一天变一个样，只有那双眼睛始终明亮。

季眠踟蹰了一下，心想：要不要问一下"大佬"，他想不想跟自己坐一起啊？

"季眠！你也在实验班啊！"

他还没有决定，耳边传来洪亮的声音，季眠的小学同桌何曦也考到了实验班，见到季眠特别激动。

"我还在怕开学的时候没有熟人呢！这下好了，咱们跟小学一样，还坐一起吧！"

何曦说完才看到傅沉俞，跟傅沉俞的眼神一对视，顿时打了个激灵。

过了一会儿，苏珞瑜也到了教室里。比起小学，他现在已经变得冷冷淡淡，给人一种高不可攀的感觉。

季眠原本动摇的心瞬间不再摇摆了，他还是别想着和"大佬"同桌了。

人家小说里最好的朋友来了，他如果不想死得那么快，最好的选择还是跟同为"炮灰"路人的何曦坐一起。

季眠默默地站起来，给苏珞瑜让位置。

他没坐远，而是坐到了傅沉俞的前面，两个人成了前后桌。

不知道是不是季眠的错觉，他总觉得傅沉俞的脸色一下就黑了。

傅沉俞不高兴吗？

季眠想不通"大佬"为什么突然又不高兴了，毕竟傅沉俞的心思一向很难猜。

不过，季眠的初中生涯就正式拉开帷幕了。

季眠的初中一年级生活过得平平淡淡，转眼间就到了年关。

不知道是不是他的错觉，这个学期傅沉俞对自己的态度似乎冷淡了不少，每一次他主动邀请傅沉俞放学一起走，或者去操场打篮球，都被傅沉俞用各种各样的理由给拒绝了。

甚至有时候，傅沉俞都不理他。

如果没有小学时一起经历的那些事情，季眠恐怕都要以为傅沉俞是讨厌他的。

因为傅沉俞的疏远态度，季眠有点儿闷闷不乐，情绪低落得连林敏芝都发现了。

林敏芝以为季眠是担心期末考试，毕竟这是初一第一个学期的期末考试，关系到初二分班以及能不能留在实验班。她还劝季眠放轻松地考试，不用太紧张。

九门功课一共考两天，第二天最后一门功课考完，他们还要到班级里领寒假作业。

班上很热闹，大家讨论得最多的就是学校附近新开了一家溜冰场，大家都商量着放假了去玩。

何曦一边收拾作业一边邀请季眠："季眠，你会溜冰吗？我们一起去吧，一个小时才十块钱。"

季眠有点儿心动，下意识地看了一眼傅沉俞，纠结自己要不要叫傅沉俞一起去玩。

傅沉俞都有一个多月没怎么理过自己了，骤然被冷落，季眠摸不着头脑的同时，心里也很别扭。

要不他找个借口修复一下关系吧？

何曦又去邀请苏珞瑜："苏苏，你去吗？"

苏珞瑜如今出落得十分俊秀，与季眠长相不同，苏珞瑜长得一看就十分清冷："什么时候？傅沉俞，你去吗？"

他顺便邀请了傅沉俞。

季眠心里一跳，转过头看去。

傅沉俞将视线从操场上收回来，还没回答，门口忽然站着几个女孩子，红着脸往他们教室看。

那不是初一的学生，看着像是初二的学姐。

"傅沉俞，找你的！"

教室里的喊声顿时吸引了大家的注意力。

季眠忽然有一种看着自己的孩子长大了的感觉，莫名其妙地有些欣慰，还有点儿骄傲。看吧，"大佬"果然很受欢迎，比主角都受欢迎！

苏珞瑜转开了话题："季眠，马上就到我的生日了，你愿意来我家给我过生日吗？"

季眠的第一反应是拒绝，但何曦比他抢答得更快："苏苏，你怎么不邀请我啊？"

苏珞瑜笑盈盈地说："请啊，肯定请，还有傅沉俞、康军他们，都来，我喜欢热闹。"

原来苏珞瑜不是特地请自己一个人……

季眠松了一口气，欣然答应。

混迹在主角的班级同学中，那他就是个普通的路人甲，算不上特殊。

而且他拒绝主角的话，显得太过刻意，最好的办法就是跟苏珞瑜保持不远不近的关系，成为一名普通的同学。

嗯，他得谨慎一点儿，惜命一点儿！

苏珞瑜的生日是一月十七日，季眠在礼品店挑选了一支钢笔送给他。

付钱的时候，季眠看到柜台上放着一支狐狸笔帽的水笔，一下就想起傅沉俞有个长得一样的小狐狸挂件。

傅沉俞还在跟他闹别扭，他想买一支笔送给傅沉俞，与其和好。

一月十七日这天，季眠骑着自行车来到了海湾小区。

他还是第一次来苏珞瑜家里，有点儿紧张。

听外婆他们说，苏珞瑜读小学的时候父母就离婚了，他被判给了杨超英。

厉惟识是一位钢琴老师，以前在少年宫的时候对苏珞瑜很照顾，一来二去，两个人就成了良师益友。因为杨超英居无定所，厉惟识见苏珞瑜处境艰难，就收留了他。

季眠到的时候，苏珞瑜的其他朋友都到了。

主角嘛，自然交际广，朋友也多，除了一个班的同学，还有兴趣班认识的人。

季眠的出现，让现场的人都小小惊讶了一番，毕竟他的颜值也是很高的，不跟傅沉俞比的话，那也是一个小帅哥。

"送给你，生日快乐。"季眠大大方方地送礼。

"谢谢。"苏珞瑜小声道谢，今天看上去很开心。

季眠送完礼之后就假装自己是个没存在感的陌生人，坐在沙发上看着别人热闹，自己一言不发。

他的目光寻找着傅沉俞的影子，但是没找到。

季眠有些失落，放在口袋里的手紧紧地握着那支狐狸水笔。

说得也是，"大佬"看起来不像是会来别人的生日会的样子。

"苏苏，你的朋友都到齐了吗？"

厨房中走出来一个二十多岁的青年，高大英俊，有着一双多情的桃花眼。

季眠不用猜都知道，这肯定就是厉惟识了。

他好奇地打量了厉惟识几眼，心想，这就是《陌路柔情》的灵魂男主角吗？

男人长得确实好看，只可惜命不长，早早地就离开人世了。

在厉惟识的指挥下，苏珞瑜跟众人一起唱了生日歌，切了蛋糕。

桌上的零食被吃得差不多了，季眠喝了两杯椰奶，小腹有点儿胀胀的，想去一趟卫生间。

他从卫生间出来时，厉惟识正拿着相册翻看。他健谈活泼，即便是跟初中生也有共同语言，只是寥寥几句话，就让大家对他崇拜不已。

季眠看得目瞪口呆，心想：不愧是主角的人生导师。

厉惟识正拿着苏珞瑜小时候的照片展示给大家看，季眠找了个不远不近的位置坐下，跟着看了几张。

翻完一本相册，他又拿出另一本，苏珞瑜的脸已经红透了："厉大哥！"

厉惟识笑道："你小时候这么可爱，还不让人看了啊？"

说着，他翻开相册，只是这一本相册跟之前那一本不同，除了有苏珞瑜的照片，还有厉惟识自己的一些旧照片，初中的、高中的、大学的，还有工作的。

何曦看着看着，忽然指着一张照片问："厉大哥，这是谁啊？"

季眠看去，照片里是一对兄弟，相貌有些相像，哥哥是厉惟识，弟弟是个小学生。

他本能地就不喜欢厉惟识旁边的那个小学生，那人虽然还有些稚气，但眉宇间已经有了一丝狂傲的邪气，看着怪讨厌的。

厉惟识笑道："哦，这是我弟弟厉决，跟你们一样，今年也读初一了。"

他的话音刚落，季眠的脑袋就一片空白，嗡嗡作响，像是被人用铁锤重重地敲了一下，刹那间，他什么声音都听不见了。

有那么一瞬间，季眠希望自己听错了。

他的脸色瞬间白得如同墙灰，心脏怦怦怦地剧烈跳动起来，身体不受控制地轻轻发抖。

厉决……厉决……

厉惟识竟然是厉决的亲哥哥！

厉决的名字简直就像恶魔的低语，季眠只是听到就浑身发毛。

不知道是不是错觉，时隔多年，季眠那濒临死亡的窒息感又出现了，他双眼发黑，脑海中不停地闪过一些碎片一般的片段，紧接着就是被冰冷刺骨的海水包围，厉决狂妄张扬的俊颜出现在他面前。

厉决在那场傅沉俞策划的绑架中，救走了苏珞瑜，放弃了季眠。

那被挚友背叛的绝望与痛苦，几乎让季眠跌坐在地上。

"季眠？季眠……"何曦张开五指在他眼前晃了晃，担忧地问道："你是不是身体不舒服？"

季眠回过神，发现自己浑身瘫软。他张口说话，才听到自己的嗓音沙哑得可怕："我没事。"

何曦疑惑地问道："真的没事吗？你出了好多汗？"

季眠虚弱地摆手："没事，我有点儿低血糖，出去走走就好。"

他一刻都不想在这个房间里多待，厉决的存在时时刻刻都提醒着他，他这么多年来或许根本没有逃离书中的剧情。

如同被注定的命运掐住喉咙一般，季眠觉得自己快喘不上气了。他刚跑到楼下，就对着垃圾桶一阵干呕。

刚才吃的东西被吐得一干二净，季眠感觉胃不断地痉挛，惨白如纸的脸颊上布满了细汗。

季眠吐完又休息了几分钟，神情恍惚地买了瓶水漱口，漫无目的地在街上走着。

过了很久他才冷静下来，心跳也趋于平稳。

刚才，他太慌张了。

因为丝毫没有准备，所以在听见厉决的名字的一瞬间，他才会因为应激反应出现了一系列可怕的症状。

季眠用手捏了一下鼻梁，叹了一口气。

虽然《陌路柔情》的剧情时不时地会在他的脑海中展开，但是一些需要推敲的细节，季眠没有注意到。

厉惟识和厉决都是一个姓，他应该早点儿想到的。

没想到苏珞瑜的人生导师竟然是厉决的亲哥哥，不得不说，兄弟俩的长相确实有七八分相似。

他愣了一下，被自己的想法给逗乐了。

如果真的是自己猜测的这种情况，那苏珞瑜跟厉决的友情还挺"塑料"的。

只是想起自己是"炮灰"，季眠实在高兴不起来。

他沿着夕阳落下的方向走着，不知不觉就走到了傅沉俞家所在的小区。

林建一如今已经坐稳了同城公司的第二把交椅，他们家住的小区自然也是高档小区，有保安把守。

　　季眠也不知道自己为什么走到了这里，以为自己在心慌意乱的时候会走回家，逃到林敏芝为他打造的避风港里。

　　可能是因为口袋里还有一支狐狸水笔没有送出去，也可能是因为……自己想见傅沉俞。

　　季眠想见他，想确认这个傅沉俞是不是和他一起长大的最好的朋友，是不是一起经历过许多事情，有着"生死之交"关系的好哥们，而不是那个……明明脸上挂着最温柔的笑容，却可以开枪毫不犹豫地打中他的小腿的……Fox。

　　一时冲动，现在季眠有点儿后悔了。

　　因为傅沉俞家的小区他根本进不去，只能在楼下徘徊。

　　绕了第三圈的时候，季眠听到了傅沉俞冷淡的声音："你在这里干什么？"

　　季眠转过头，看到了夕阳下的傅沉俞。

　　他的影子被拉得长长的，脸上是他熟悉的冷淡表情。

　　"傅沉俞……"季眠一瞬间泄了气，鼻子发酸，眼泪花立刻冒上来了。

　　傅沉俞被这个变故吓得有点儿不淡定，但还是绷住了酷哥的人设，只是语气软了一些："嗯。"

　　季眠差点儿就丢脸地哭出来了，连忙抑制住眼泪，从口袋里拿出那支狐狸水笔："我买了一支笔送给你。"

　　傅沉俞的手指蜷缩了一下。

　　季眠的鼻音很重，声音透露着浓浓的委屈之意，好像还有一丝恐惧与后怕，他软语求着："傅沉俞，别不理我。"别不理我，别成为他。

　　傅沉俞的铁石心肠在少年的委屈声音中轰然倒塌，崩溃得他拼都拼不起来。

第七章

季眠现在的模样，称得上有些狼狈了。

他刚才急急忙忙地从苏珞瑜家中出来，路上摔了一跤，衣服上都是灰，手上也被小石头擦了数道伤口。

他把狐狸水笔递给傅沉俞的时候，傅沉俞的瞳孔微微收缩。

他猛地抓住季眠的手腕，季眠手掌的伤口已经没有出血了，但依旧狰狞。

季眠刚才神经高度紧绷，没注意自己受伤，被傅沉俞看着，有点儿不好意思，把手往回缩了缩。

傅沉俞的心拧巴成了一团，心情五味杂陈。

因为憋着眼泪，他眼眶都红了。

傅沉俞仔仔细细地看了一遍他的手，然后抓着他的手腕将他带回了家。

季眠懵懵懂懂地跟着"大佬"进了门才反应过来，心里一跳，这还是他第二次到傅沉俞家里呢。

傅沉俞家里明亮宽敞，房间朝南，干净整洁。

书桌上是一台最新配置的电脑，还有许多季眠这个年纪看不太懂的科技产品，有一些是傅沉俞自己做的。季眠从原著中得知，傅沉俞动手能力很强，做出过许多黑科技产品。

季眠望着电脑，心情一阵复杂。

思考得入神，季眠都没注意脚下多了一只兔子。

他被棉棉兔咬住了裤脚才反应过来，低头看到兔子，心生喜爱之情。

原来"大佬"还养着这只兔子啊，他小时候就见过，没想到兔子活到了现在。

傅沉俞翻出了湿巾、碘酒和棉花，用湿巾把季眠的手擦得干干净净，然后涂上碘酒消毒。

棉棉兔把季眠的衣服当成了食物，咬在嘴里不放。

季眠觉得房间太寂静，抠了抠衣角，打开话题："傅沉俞，你养的兔子叫什么名字啊？"

傅沉俞："……"

季眠偏头看着他，"大佬"好像不愿意说啊？

他是不是问了一个不该问的问题？

季眠仿佛发现了傅沉俞的小心思，心里顿时轻松很多，眼睛眯了起来，"嘿嘿"地笑着。

他脸上的婴儿肥还没褪去，小少年笑起来有些娇憨，也让傅沉俞有点儿恼羞成怒。

"没有名字。"傅沉俞冷冷地开口。

"哦……"季眠才不信嘞！

"你不是在苏珞瑜家吗？"傅沉俞收起酒精棉。

说到这个，季眠的心就沉了下去。

傅沉俞敏锐地察觉他的情绪，犹豫地问道："发生什么事了？"

季眠摇头："没什么。傅沉俞，我想玩游戏，你的电脑能让我玩一下吗？"

他还是没有忍住，想知道傅沉俞的电脑里面有没有秘密。

傅沉俞沉默了一瞬，打开电脑，随着开机音乐响起，系统自带的蓝天白云桌面映入眼帘。

啊……他还以为"大佬"会用什么特别酷的桌面呢！

季眠心虚地握住鼠标，在电脑桌面上滑动。

滑了一会儿，他放弃了。他怎么会觉得自己靠十几岁的智商，能够看懂"大佬"编写的程序，还能看懂"大佬"的隐藏文件放在什么地方呢?

桌面上几乎一干二净，季眠完全看不出有什么做坏事的软件。

季眠是穿书者，提前知道剧情，也有前世的记忆。

但这一切只在幼儿园和小学的时候显得与众不同一些，到了初中，真正的天才和普通的人类在智商上的差距就被彻底拉开了。

傅沉俞可是被誉为《陌路柔情》中三百年不遇的高智商人才。

原著中，傅沉俞是心理学专家，警方无数次怀疑他就是 Fox，他身边的老师、朋友，乃至社会人士都不相信，这个温柔又热心于公益事业的年轻人，就是传说中的大魔王 Fox。

傅沉俞的狐狸尾巴被藏得严严实实的，他们束手无策只能放人。

季眠咽了咽唾沫，感觉跟傅沉俞这只狐狸一比，自己就是任人宰割的兔子。

"你想玩什么游戏？"傅沉俞出声。

季眠脑内的风暴一下被打断，他顿时正襟危坐："我想跟你一起玩，傅沉俞，你玩过双人游戏吗？"

傅沉俞默默地看着他，然后搬了一张椅子过来，跟季眠一起玩幼稚的双人小游戏。

季眠玩得很投入，孩子心性让他很快忘记了今天的不愉快，一直到暮色四合，才想起要回家。

傅沉俞送他下楼，两个人在深蓝色的浅夜里并肩前行。

季眠低着头，闷闷不乐地走着："傅沉俞，你还生我的气吗？"

傅沉俞回道："没有。"

季眠又问："那你还会不理我吗？"

傅沉俞："不会。"

季眠长长地松了一口气，小心翼翼地看着他，眼里光芒璀璨，像是确认什么："傅沉俞，你是我最好的朋友了。"

傅沉俞勾起嘴角，想挤出一个笑容，却发现难以做到。

季眠忽然握住他的手，郑重地开口："傅沉俞，如果你有不开心的事情，一定要告诉我，我会帮你的，我会永远站在你这边。"

他不知道傅沉俞沉迷网络初衷是什么，或许是因为在现实中受到的不公待遇太多，导致少年对网络世界产生了兴趣。

季眠承诺道："傅沉俞，你要长成一个很好很好的大人。"

傅沉俞的手僵了一会儿，才回应："嗯。"

一个很好的大人，少年在心里自嘲。

他一点儿也不好，才不想当好人。

自从跟傅沉俞和好之后，季眠又觉得生活有了盼头。

他开始觉得，一定是自己吓自己，只要自己不跟厉决扯上关系，傅沉俞就不可能会对自己动手。

也不知道"大佬"到底是什么时候和苏珞瑜成为好朋友的，这些年季眠看在眼里，觉得"大佬"和主角的感情淡淡的，还不如他跟"大佬"的关系好呢。

自己好歹都混上了"大佬"的铁哥们的位置。

初二下学期考试结束，季眠就开始准备中考冲刺了。

林敏芝也到了快五十岁的年纪，因为季眠一直紧张着她的身体，隔三岔五就让林敏芝去医院做检查，一次都不能耽误，林敏芝到现在依旧十分健康，并没有像前世一样五十岁不到就一身病痛，哭瞎了双眼。

寒假即将开始，季眠却担忧着另一件事。

眼见着初中即将结束，而宁倩的病就是在这一年被检查出来的。

他上学的时候旁敲侧击，多方暗示过傅沉俞，一定要让宁倩去检查身体，甚至用林敏芝举例，也不知道"大佬"有没有听懂他的暗示。

他提心吊胆地在家里等待着过年，终于在年关将近时，等到了关于宁倩的噩耗。

这一世，宁倩还是被检查出患上了恶性子宫肌瘤，原著中，她的病情恶化得非常快，没有熬过这个冬天。

宁倩的病是一早就落下的，在那个噩梦般的夜晚，她的身体里就藏下了病变的种子。

后来她嫁给林建一，生女儿的时候，又因为没坐好月子，病魔的种子渐渐发芽。

直到今年，宁倩身体不舒服去医院检查，才得到了晴天霹雳般的消息，容颜开始苍老的女人瞬间垮了。

季眠知道这个消息，还是因为外婆。

他阿婆是个喜欢八卦的老人，一大把年纪了依旧精神奕奕，十里八乡的小事情都被她打听得清清楚楚。

林敏芝在一次跟外婆聊天时说漏了嘴，季眠握着的自动铅笔笔芯瞬间就被折断了。

年末，宁倩住进了医院。

而当年其中一名侵犯宁倩的罪犯服刑结束，出了狱。

季眠心慌意乱，连寒假作业都写不下去了，满脑子都是傅沉俞的事情。

宁倩的死给傅沉俞造成的打击太大了，那条白色的连衣裙从他的生命中消失后，傅沉俞的眼里再也没有任何白色东西。

他彻底黑化了。

季眠央求林敏芝，想去看宁倩，林敏芝却有些为难。

她跟宁倩虽说以前是住在一个院里的，可这么多年过去，她只是一个小小的女老板，而宁倩可是大名鼎鼎的经理夫人，她就是想去看看人家也没有门路的。

季眠咬了咬牙，合上书本，决定去找傅沉俞。

他不能让傅沉俞一个人渡过这个难关，想陪着傅沉俞。

同城市第一人民医院坐落在市中心，宁倩的病房的窗口正对着蓝天。

一眼望去，天上飘着几朵白云，她偶尔神志清醒的时候，会想起自己刚嫁给傅勇那会儿的场景。

那时候傅勇是个穷小子，她也是个一无所有的小姑娘，什么也不图傅勇的，就喜欢他对自己好。

两个人没有钱，约会的时候就花五角钱乘坐首都的环线地铁。她没见过世面，特别喜欢坐地铁，靠在傅勇的肩膀上，好像能天长地久地幸福下去。

"吱呀"一声，门被打开。

来的人是护士，宁倩微微偏过头，让护士给自己打针。

其实她不想打针了，快死的人心里有预感，打针也是浪费钱，还让自己难受。

活到现在，宁倩觉得自己什么也没活明白，稀里糊涂地就要死了。

她别的什么也没想，就想自己年轻时候的事情。

林建一过了年就要被调往首都，有一片大好的前程。

他忙，一天到晚地上电视，公务缠身，难免来不了医院，顾不了她。

宁倩不怪他，这么多年，林建一对自己很好，不舍得她洗碗洗衣，也不舍得她吃苦受累，他对傅沉俞也尽心尽力，当作自己的儿子一般对待，林希有的东西，傅沉俞都有。

人活成这样，是没什么遗憾的。

宁倩回顾自己的人生，虽然凄惨，却也有一些幸运。

没什么遗憾的，她告诉自己。

"吱呀"一声，门又被推开了。

傅沉俞双眼通红地走进来，沉默地坐在宁倩的床边。

他还带了寒假作业，宁倩喜欢看他写作业。没什么文化的女人觉得，孩子读书才有最好的前程。

过年前的第二天，楼下很热闹，住院部孩子们的欢声笑语充满了生机。

宁倩戴着吸氧机，拍了拍床边："沉沉，坐在妈妈……身边。"

只是说几句话，宁倩就感觉一阵撕心裂肺的痛。

傅沉俞握着她的手，宁倩望着他，眼泪点点。

她轻声问傅沉俞："儿子，你恨妈妈吗？"

这么多年，她始终无法原谅自己年轻时做的决定，让她的儿子在雪夜里孤独地挣扎。

傅沉俞的身体僵硬了一瞬，他嘴唇微微颤抖着，没有回话。

他恨宁倩吗？他也不知道。

或许他是恨的，恨她那么狠心，恨她在自己最需要母爱的时候抛弃自己。

可是宁倩的遭遇已经够惨了，他无法说出"恨"字。

傅沉俞的久久沉默代表了他的回答，也让宁倩绝望地闭上了双眼。

豆大的泪珠无声滑落在枕巾上，宁倩轻轻地拍着傅沉俞的手背，睁开眼，挤出一个笑容："沉沉，写作业吧，妈妈喜欢看你写作业。"

宁倩走的那一天，下了一场暴雨。

林建一、林希还有他的妹妹林芸都来了。林芸太小，不知道什么是生离死别，大大的眼睛望着妈妈。

林建一悲痛地握着宁倩的手，一家人都到齐了，按照宁倩的意愿拆了输氧管，让她在最后一刻能呼吸几口空气，没有痛苦地离开。

傅沉俞双眼空洞，紧紧地咬着牙齿，似乎要咬出血来。

宁倩的呼吸声已经虚弱得听不见了，她握着丈夫的手，听到林建一哽咽的声音："这些年，辛苦你了……"

宁倩睁开眼看着他，林建一的模样在她眼里慢慢变化，最后成了傅勇的样子。

她忽然像个孩子一样哭了起来，把生命中积攒的最后的力气用来号啕大哭，哭喊着："勇哥，我想回家，我想回家……"

然后，宁倩的声音戛然而止。

病房里这一刻安静得连根针落在地上的声音都能听见。

宁倩在一片白光中解脱了。

她看见那一年的傅勇，在那个暗无天日的夜晚开始之前，拉住了她的手。

"倩倩，我接你回家。"

傅沉俞的手抖如筛糠，他用力地掐着掌心，才没有让自己掉一滴眼泪，只是鲜血瞬间染红了白色的床单。

林建一发出了一声悲鸣般的嘶吼，病房里传来阵阵哭声。

人就是这样，来到世界上是哭着来的，走也是哭着走的。

外面的暴雨那么大，病房里的暖光灯开着，有一种绝望的温馨感。

傅沉俞尝到了嗓子眼儿里的血腥味，颤抖着轻轻拍打着被面，低声哼着宁倩在他小时候经常唱的童谣。

妈妈，妈妈您歇会儿吧。
自己的事我会做啦。
自己穿衣服啊。

自己穿鞋袜啊。

再也不用您操心。

春发芽，秋开花，我已经长大啦。

再也不是幼儿园的小娃娃……

"轰隆——"

白色的闪电划破天空，明明还是傍晚，周围却已经漆黑一片。

医护人员井然有序地进入房间，林希拍了拍傅沉俞的肩膀，兄妹三人跟着一起来的姑姑走到了门口。

林希对自己这个继弟的态度一直是不咸不淡的，维持着基本的交流，这会儿见他脸色惨白、双眼发红的模样，也有些于心不忍，正准备开口，傅沉俞身体一动，往楼下走去。

林芸拽着他的袖子："二哥！"

林希摇摇头，林芸懂事地松手，傅沉俞的背影消失在电梯里。

从宁倩走的那一刻起，傅沉俞的沉默就变得令人恐惧。

小小的电梯承载着压抑的气氛，他心中那头困兽撕扯着牢笼，铁做的栏杆几乎被挣脱。

傅沉俞猛地一拳敲在墙上，鲜血翻涌上来，从嘴角溢出血丝。

他脸色惨白如同墙壁，此刻看上去就像一只从地狱爬上来的恶鬼。

对不公命运的愤怒在他心里翻腾。

"傅沉俞！"少年的声音穿透瓢泼大雨，传入他的耳朵里。

傅沉俞愣了一下，立刻怀疑是自己听错了。

季眠的声音……季眠怎么可能在这里？

"傅沉俞！"

又是一声呼喊传来。

这一次绝不可能听错，傅沉俞抬起头，看到医院大门口，季眠撑着一把白色的雨伞，穿着白色的雨衣，急匆匆地跑来。

在他的生命中消失的那片白色的裙角，此刻仿佛又出现了。

季眠跑得气喘吁吁，虽然穿着雨衣、打着雨伞，但是这么大的雨，他的头发还是湿透了，粘在鬓角。

他的心"咚咚咚"地跳着，在他看到傅沉俞的脸色的瞬间，心简直要跳出来了。

他赶上了……

"你的手怎么了？"

季眠实在找不到什么理由跟傅沉俞说自己为什么来找他，只好转移视线去看傅沉俞的手，手上鲜血淋漓。

他松了一口气，还好这里就是医院，季眠连忙抓住他的手："我带你去包扎。"

傅沉俞嘴唇翕动片刻，问道："你为什么会在这里？"

季眠脑袋一缩，磕磕巴巴地解释："我……我来看看你。"

他不知道傅沉俞会在什么医院，所以碰运气似的在市中心的几家大医院间跑，没想到老天眷顾他，真让他找到了傅沉俞。

他低着头，拽着傅沉俞到了急诊室。

小护士看到傅沉俞的手吓了一跳，很快就熟练地给傅沉俞消了毒，用白纱将伤处裹了起来。

季眠在心里碎碎念：还好自己来得早，怎么"大佬"小时候跟长大了不一样？

他依稀记得，Fox只会伤害别人，不会伤害自己，是极端的利己主义者，怎么这会儿玩起了自虐啊？

季眠脱了雨衣，又收了伞，乖乖地坐在傅沉俞身边："傅沉俞，你饿吗？"

他从书包里翻出几个奶油小面包递给傅沉俞。

傅沉俞的嘴唇被自己咬出了血，过长的刘海遮着双眼，整个人几乎要融进黑暗中。

虽然季眠有着前世的记忆，也被傅沉俞此时的状态吓了一跳。

他已经忘记原著中傅沉俞是怎么独自扛过这段绝望时光的。

季眠讪讪地收回了手，抱着书包安静地陪着他。

两个人坐在急诊部的长板凳上，头顶就是一扇窗户。

季眠时不时偷看一眼傅沉俞，对方没有一点儿动静，就像死去了一样安静。

人遇到绝望的事情哭出来还好，像傅沉俞这样心也跟着死了，才让季眠害怕。

季眠咬咬牙，放下书包，走到傅沉俞面前，蹲在地上，双手放在他的膝盖上，抬起头看着他。

傅沉俞的眼珠子颤了一下，季眠仰着脸，和他对视着。

下一秒，季眠伸出双手，替傅沉俞整理着领子，然后替他抻直了外套，抚平了褶皱，就像往日宁倩对他做的那样，一直到季眠替他扣上衣服扣子时，滚烫的两颗泪珠一前一后地砸在季眠的手背上。

压抑的哭声在长廊中响起，紧接着变成声嘶力竭的痛哭。

窗外的大雨渐渐地停下，经历过风吹雨打的小花舒展开身体，悄悄探进了窗户里。

季眠欣喜地说道："傅沉俞，你看，开花了。"

傅沉俞永远记得这条不太明亮的走廊。

少年温柔得如同水一样的声音说着："傅沉俞，死亡不是消失，一个人真正消失，是世界上再也没有人记得他。"

走廊外，雨过天晴，一轮彩虹挂在天边。

生老病死，人生常态，生命在季节的更替中交换着。

冬天已经过去了，春天还会远吗？

整整一年过得兵荒马乱，一场大地震爆发在前，又遇到了几十年中最大的降雪，连同城这座南方的城市都无法避免，季眠每天出门上学的时候，大雪都没过了膝盖。

这个冬天，还有一件事情让同城人民津津乐道。

十几年前，临县发生过一起性质恶劣的犯罪案件，当时三个犯罪嫌疑人有两个被被害人的丈夫杀了，其中一个活下来坐了牢，据说在年前被放出来了。

后来，又有一则新闻报道，临县三月二十一日夜晚，某男子喝了大量白酒之后，在出租屋内抽烟，点燃了垃圾桶，一场大火将房子烧成了灰烬。

警方对受害者检验 DNA 发现，死者正是前不久被放出来的强奸犯。

他因欲望之火心生歹念，最后也死在了一场大火中。

这一年的春天，季眠正式开始读初三的最后一个学期。

他又长高了不少，早上去量的时候，已经一米七二了。

只是傅沉俞的身高比他蹿得更快，季眠跟傅沉俞站在一起，还是矮了大半个脑袋。

初三下学期，紧张的中考气氛弥漫在班级中，黑板上已经开始中考倒计时，只剩下不到九十天。

季眠的成绩一直在班级前五名内，有时候他发挥得好，还能考前三。

同外的初中部是同城最好的初中，能在同外实验班考前五名，成绩在整个市区中的排名也估计在前一百。

这跟季眠的努力脱不开关系，他的剧情金手指在学习方面可不管用，好在季眠前世也是"学霸"，学起来并不吃力，只是不能跟傅沉俞那种天才比。

在选择高中的时候，季眠纠结了很久。

他那天无意中听到，苏珞瑜可能要去同城外国语高中就读，这也是季眠想读的第一志愿，毕竟直升会轻松很多。

但原著中提过，苏珞瑜读高三的时候跟厉决相遇了。

季眠要是去读同外高中，也一定会跟厉决相遇。

原著中，季眠跟厉决是在苏珞瑜读大学之后，在首都的一家咖啡馆内相遇的。

现在的季眠不担心这些。他下定决心要考建京公大，将来要做公务员为人民服务，厉决就是跟原著一样想对他出手，也要掂量一下。

他不能去同外，剩下的重点高中里，就只有镇南高中可以读了。

镇南高中是排名全国第二的重点高中，在同城里是顶尖的学府。

老实说，季眠一开始没考虑镇南高中，就是因为镇南高中太难考了，他的分数只超过镇南的录取线五分，悬！

放学铃声响起，季眠还没纠结出结果。

他抱着傅沉俞的衣服跟书包，又去小卖部买了瓶水，到操场等校篮球队训练结束。

傅沉俞在初一的时候就加入校队了，季眠那时候因为个子矮没被选上。

当然比起篮球，季眠更喜欢散打。

操场上，傅沉俞接过队友传来的球，投了一个漂亮的三分球。篮球入筐刚落地，周边就响起了女孩子们的尖叫声。

队友又酸又羡慕："'校草'，人气真高啊，徐佳佳也在看你！"

傅沉俞目不斜视，他的个子在初三的时候就长到了一米八一，十五岁的少年，脸已经彻底长开，睫毛纤长，鼻梁高挺，肤色白皙，虽然还有些稚嫩，但是英俊程度可以直逼电影明星。

队友又想说几句酸的，扭头看到季眠提着书包从栅栏另一头翻过来，手上还抱着傅沉俞的衣服，顿时笑嘻嘻地开玩笑道："哎，傅沉俞，你的小跟班来了。"

傅沉俞顿了一下，给了队友一个白眼。

季眠天天放学都抱着傅沉俞的书包等他，一直被队友戏称为小队长的小跟班。

不过他们不敢在季眠面前开玩笑，毕竟季眠这些年拿的散打冠军奖杯不是开玩笑的。

傅沉俞接过季眠扔来的水，拧开盖子灌了一瓶，捏扁瓶子之后直接将其扔进垃圾桶里。

季眠把书包给他："作业都放书包里了。"

傅沉俞没看，"嗯"了一声，跟队友打了声招呼，和季眠一块儿走出篮球场。

"傅沉俞，"季眠边走边问他，"你想好去什么学校了吗？"

傅沉俞的成绩一直很好，他从小到大都是第一名。

读初中之后成绩更是一骑绝尘，他不仅是全校第一，还是全市第一，保送的名额他都没用，同外初中部就指望着傅沉俞拿个中考状元回来。

高中部的校长已经找了傅沉俞好几次，这么好的苗子，大家肯定希望他留在母校里，思想工作也做了不是一天两天了。

傅沉俞回道："没想好。"

季眠纠结地开口："我想去镇南。"

傅沉俞的脚步滞了一瞬，他不动声色地问道："为什么？"

季眠心想还能为什么？唉，"大佬"，"炮灰"的苦说了你也不知道啦。

"想要给自己一点儿挑战性！"季眠面不红心不跳地撒着谎，"我考得最好的一次分数也才过了镇南录取分数线五分，不过我想试试。"

傅沉俞抿着唇没说话，不想与好友分开，心里生出一股恼羞成怒的情绪，想开口质问季眠。

他是没有长眼睛，还是看不出同外高中部负责人跑他们班主任那儿多勤快？他明知道学校想把自己留在高中部……

季眠抬起头，真诚地看着他说："傅沉俞，你跟我一起去镇南吧。"

苏珞瑜跟厉决的事季眠管不着，但傅沉俞现在是自己的哥们儿了，他想管啊。

唉，他怎么能看着好兄弟走向一条不归之路？反派工具人和"炮灰"就应该互帮互助，共渡难关。

他还打算等傅沉俞大学毕业了，说服傅沉俞去考公务员，这心跟着党走了，思想就端正了，傅沉俞就干不出什么毁天灭地的坏事了。

傅沉俞那点儿烦躁情绪消失殆尽。

他抬起了眼皮，冷冷地问："为什么？"

季眠摸了摸鼻子："想跟你一起读高中，我不想读同外，想换个新环境。而且镇南的教学水平高，我想考去首都读公大。"

傅沉俞毫不客气地说："你的分数不够。"

虽然傅沉俞是在陈述事实，但这话还是如同一把利刃，正中季眠的心脏。

他捂着心口，快吐血了。

下一秒，季眠抬起头说："我知道我的分数不够，所以不是来找你了吗？"

傅沉俞偏头看着他，季眠双手合十："傅沉俞，你帮我补课吧，求你了。"

"好处。"傅沉俞的语气显得有点儿刻薄，夹杂了一点儿恶趣味。

季眠的脸瞬间皱在了一起："我们什么关系啊？傅沉俞……"

傅沉俞不耐烦地继续说："好处。"

季眠："……"

半个小时之后，季眠掏空了口袋里的零花钱，请傅沉俞在商店里吃了一杯哈根达斯。

买的时候，他向服务员要了两把勺子，傅沉俞挑眉看了他一眼。

果然，等到吃的时候，季眠默默地将勺子伸到了哈根达斯的杯子里，傅沉俞假装没看见。

最后季眠吃了大半碗冰激凌，打了个饱嗝，跟傅沉俞约定了补课时间，心满意足地回了家。

这一年春天比以往要热一些，夏天也来得特别快，才六月份，季眠就热得汗流浃背。

他打完拳回来冲到家里洗了个澡，等傅沉俞来的时候，季眠正穿着一件短袖对着空调猛吹。

林敏芝现在的生意越来越忙了，除了做煎饼之外，她还做其他早餐吃食，如包子、粽子、油条之类的，在同城已经开了四五家连锁店，名气都很大。

在季眠的暗示下，她已经先一步做出了后世的网红店的感觉，每次来排队买早餐的队伍都长长的。

除此之外，林敏芝还跟着别人投资了几套房产。她不懂这个，就是有点儿闲钱，想给两个儿子都留套房子。

不过季眠知道，林敏芝买的这几套房都位于后世的地铁站附近，还是商业中心，这个地段的房价后来翻了四倍。

傅沉俞来过季眠家很多次，季眠的钥匙老丢，林敏芝还给傅沉俞配了把家里的备用钥匙，免得季眠回家进不了门。

季眠的房间干净整洁，书桌上放着相框，有上幼儿园时的照片，也有上小学和初中时的。

除了他跟林敏芝的合照，最多的就是跟傅沉俞的合照。

季眠从冰箱里拿出两根冰棍，两个人吃完之后，就坐在书桌前开始写作业。

季眠的基础很好，傅沉俞教他也不用太费心，给几个公式提点一下，季眠就咬着笔头自己"唰唰"地算去了。

他闲来无事，问道："为什么想跟我读同一个高中？"

"啊？"季眠抬起头，还在回味那道数学大题，想也没想地说，"镇南更好，对你也更好，毕竟它才是同城第一高中。"

听到意料之中的答案，傅沉俞并不意外，淡淡地应了一声。

放在桌上的手机振动了一下，一条短消息跃入了两个人的眼帘。

手机是傅沉俞的，消息是个陌生号码发来的。

"傅沉俞，你好，我是三班的秦可灵。希望可以跟你考同一所高中。你准备去哪所高中啊？"

季眠正想看仔细一点儿，傅沉俞直接删除了短信。

"哎呀。"季眠可惜了一声，"我都没看完。"

三班的宣传委员也是小"班花"，季眠对她印象还挺深的。

窗外的天空中不知道什么时候变得乌云密布，季眠写完作业才发现外头天黑了。

一场暴雨正在同城东区酝酿，大风刮得窗户"哗啦啦"地响。林敏芝刚才打电话回家，让季眠把衣服给收了，天太晚，天气预报又说今天有台风登陆，她就在店里住一晚上，晚饭让季眠自己看着弄点儿东西吃。

季眠踮着脚刚把阳台上的衣服都收了，暴雨就跟断了线的珠子一样落了下来。

起初的雨珠是很大的，砸在白色的瓷砖上，溅出巨大的水花，季眠抱着衣服跑回房间，拽住了准备离开的傅沉俞。

"今晚你睡我家吧，这么大的雨，你怎么回去啊？"

傅沉俞握住门把手，回了一句："我有伞。"

季眠把他拉回来，拍了拍胸脯保证道："除非你有车，我看车都能被吹翻。我家很大的，有地方睡。"

傅沉俞抬眼看着阳台，原本一颗颗落下的暴雨被妖风吹成了长长的钢针模样，在半空中毫无章法地狂舞。

关上门，都能听到可怕的呼啸声，这种天，能见度能有一米都不错了。

傅沉俞最后没有坚持，在季眠家中住了一晚。

季眠翻出了自己的睡衣，傅沉俞洗完澡穿在身上短了一截。季眠有点儿脸红，还好傅沉俞没嘲笑他个子矮。

他洗完澡之后爬上床，傅沉俞睡在左边，他睡在右边傅沉俞的脚头。

季眠关了吊灯，只留下一盏看书的小夜灯。

季眠在寂静温馨的房间里小声地碎碎念道："傅沉俞，你上次还没回答我呢，你会考镇南高中吗？"

"不知道。"

季眠有点儿失落："好吧……那我以后只能跟何曦一起上学了。"

傅沉俞："……"

他故意的吧。

"考。"傅沉俞烦躁地闭上了眼。

季眠露在外面的那双猫儿似的眼睛亮亮的，弯成了月牙："别骗我啊，傅沉俞。"

"厉决……"

一望无际的汪洋大海上漂浮着一艘豪华游轮，上面坑坑洼洼，显然刚刚经历过一场恶斗。

游轮甲板上，身着白衬衫的青年紧紧地握着栏杆，神色茫然地望着开向远方的游艇。

游艇上，劫后余生的年轻律师与厉决并肩而立。

"我不会伤害你，我们之间没有太大的仇恨。"

青年的背后，笑容温和的年轻专家坐在白色的椅子上，双手交叠，呢喃道："只要你告诉我厉决设置的网络密码是什么，我就让你回家，好吗？"

青年惶恐地看着他，男人轻声叹息，不动声色地煽风点火道："季眠，厉决没有救你，已经放弃你了，你把密码告诉我，我帮你解决他们。"

季眠一步步往后退，颤抖的双腿几乎支撑不住身体："我不知道……"

"没关系，你可以慢慢想，我有很多时间。"专家依旧笑容满面，只是笑意不达眼底。

就在这时，已经开走的游艇忽然掉转方向，笔直地朝着游轮冲了过来。

年轻的专家垂下眼睑，露出一丝残忍之色，可惜地说道："季眠，你真让我失望。"

游艇上，厉决狼狈不堪，额角和嘴边布满血迹，双目充满了血丝。

他吐出一口血，手抖得厉害，死死地盯着游轮的甲板。

见鬼了……

要死，傅沉俞是怎么找到季眠的？

季眠……不会有事的，傅沉俞只是想要自己的机密，借机扳倒厉氏集团。

傅沉俞不会觉得自己会把藏着他的所有证据的密码告诉季眠吧。

厉决四肢冰冷，眼珠仿佛失去了转动的能力，他只能用力地盯着甲板上那白色的背影。

没事的……季眠只是一颗没用的棋子而已……

下一秒，让他这一生都无法忘记的噩梦呈现在他眼前。

厉决目眦欲裂地看着季眠如同一只失去了线牵引的纸鸢，拖着鲜血淋漓的小腿慌不择路地朝着地狱退去。

他重心不稳地翻过了栏杆，从高高的游轮上笔直地坠落。

"季眠——"

偌大的卧室中，厉决从噩梦中惊醒，胸膛剧烈起伏着，大口大口地喘着气，伸手摸向脸颊，脸上已湿漉漉一片。

他又一次梦到季眠……

二十多年了，厉决没有哪一秒忘记过季眠。厉决捂着脸，咬着牙失声痛哭。

无数次的痛恨和后悔情绪都无法让时光倒流，如果……

可惜没有如果，人死如灯灭。

"咚咚咚——"

卧室房门被敲响，母亲的声音从门外传来："小决，怎么了？我听到你的声音了。"

厉决坐在床上，身体忽然变得僵硬。他抬起头，脖子一点点地转动，脸上是难以置信的表情。

厉母推开门，是年轻时的模样——可是他妈妈在他读大学的时候就去世了。

"呀，怎么哭得满脸都是眼泪啊？"厉母关心地开口，"你做噩梦了吗？还是中考压力太大了？"

中考？

厉决猛地掐了自己一把，然后扭头看着床头柜上的闹钟。

——三十六年前的时间。

第八章

　　同城的中考如期而至，烈日照着柏油马路，黑色的影子和金色的阳光把教学楼分割开来。

　　季眠考完第二门数学，走出教室门的时候还在回想最后一道选择题，有点儿不确定那装水容器相关问题是正比例函数还是一次函数。

　　"眠眠！"苏珞瑜从窗口探出脑袋。

　　季眠吓了一跳，随后回过神来，下意识地喃喃道："你怎么这么喊我？"

　　苏珞瑜走出教室："我上次听你妈这么喊你的，不能喊吗？"

　　季眠顿了一下说："没有……"

　　不是不能喊，是他感觉被主角这么喊怪怪的。

　　一般只有长辈才会喊他的小名。

　　苏珞瑜问："你数学考得怎么样？"

　　季眠："最后一道选择题不确定。"

　　苏珞瑜："我选了一次函数。"

　　季眠哽住。

　　他选了正比例函数。

　　苏珞瑜看到季眠脸色一下变得惨白，内心替他默哀了几秒，随后又问："季眠，你打算读什么高中啊？"

季眠因为丢分，病恹恹地说："镇南吧，不知道能不能考上。"

苏珞瑜歪头思考了一下："我还以为我们高中也能一起读呢。"

季眠"哈哈"干笑了一声，心想：老天爷啊，我哪儿敢啊？

不过听苏珞瑜这么说，他应该是确定要留在本部的，季眠松了一口气。

苏珞瑜又说："不过我还挺想跟你读一所高中的，毕竟我们从幼儿园开始就一起读了。以前一起长大的朋友都分开了。而且听说高中要住校，我不想和陌生人一起住。"

季眠默默吐槽：其实我跟你也不是很熟吧……

"到了高中，跟新朋友认识之后就好了。本部应该有很多初中部直升的同学，你人缘好，朋友也多。"季眠刚好变声期结束，声音已经固定成一种清朗的音色，小声说话的时候，还有一丝没完全消退的奶音。

苏珞瑜笑起来："那些都没有一起长大的情分啊。"

他抬头看了看树叶，风吹过它们，耳边是"沙沙"的声音："你好像不太喜欢我的样子。"

季眠心里一惊，他其实没有不喜欢苏珞瑜，只是一看到主角，就想起自己以后凄惨的下场。这可是《陌路柔情》中的男主角，连厉决充其量都只能算男二号，季眠如果想摆脱命运，自然是对苏珞瑜敬而远之。

没想到苏珞瑜心细如发，这点儿细节都观察得出来。

苏珞瑜弯了眼睛，有点儿不好意思地开口："我没有说傅沉俞不好的意思，你别往心里去。不过我还挺羡慕他的，有你这么好的朋友。"

季眠尬笑了一下，不知道怎么回复。

苏珞瑜继续说："他对你是不是挺冷淡的？哈哈，当我没说吧。"

季眠抬头，看到傅沉俞从考场中走了出来。

苏珞瑜对季眠挥了挥手："拜拜。"

季眠看到傅沉俞的第一句话就是："傅沉俞，你选择题的最后一题选了什么？"

虽然苏珞瑜很聪明，但"大佬"可是天才，季眠不死心，想再确认一下。

"一次函数。"傅沉俞把目光从苏珞瑜的背影上收了回来，季眠仿佛遭遇了晴天霹雳。

　　"你做错了？"傅沉俞微蹙着眉头问。

　　季眠长叹了一口气："错一题，数学其他的题肯定都对了。"

　　到了车库，季眠率先一步坐上傅沉俞的自行车后座，自行车摇晃了一下。他双手合十道："傅沉俞，我的车牌丢了，今天坐你的车回家，你带我一程。"

　　钥匙也丢，车牌也丢，他怎么不把自己丢了？

　　等傅沉俞骑上车，季眠顺手把傅沉俞的书包拿下来抱在怀里，轻松说道："傅沉俞，你的自行车是不是该换了？怎么我坐上来它就惨叫啊？"

　　"是你吃太多了。"傅沉俞刻薄地说。

　　季眠眯起眼睛，不理会傅沉俞的讥讽话语："你如果换自行车能不能也换这种有座位的啊？"

　　他感觉蹭"大佬"的车子还是很爽的。

　　傅沉俞懒得理他，把季眠扔到小区门口就让他自生自灭了。

　　中考结束后，林建一为了鼓励傅沉俞，决定奖励他一台最新配置的电脑，又问他想不想换自行车。

　　他下班回家见到人家高中生个个人高马大，骑着帅气的山地车呼朋引伴地呼啸而过，也有些怀念青春。

　　男孩子嘛，谁不喜欢山地车？也就两三千块钱。

　　傅沉俞放下书包，洗了把脸："跟以前一样，带座位的就行。"

　　林建一有些诧异："带座位的款式都有点儿过时了。"

　　季眠抱着他的书包，坐在自行车后座上的模样浮现在眼前，傅沉俞沉声道："不用换，带座位的挺好的。"

　　八月中旬，学校打来电话，通知中考成绩已经能在网上查询了，为此林敏芝早早地坐在电脑前，零点一过就帮季眠查成绩。

　　自从做了老板娘，林敏芝再也不满足于自己的小学文化，稍微有空就会看书学习，还报了一个夜大读书，跟着年轻人学计算机，就怕自己落伍。

前不久，她从夜大毕业，成了一名大学生，老家的亲戚对她又是酸又是恭维，说她要强，没有男人还能过得这么好，一个人把孩子拉扯大了。

曾经说她没男人要的人，口风一转，又说季卫国没有眼光，配不上她。

林敏芝只是笑笑，低头做账本。

网络卡了一分钟，跳出季眠的中考成绩：语文 130 分，数学 147 分，外语 110 分，科学 180.5 分，思想政治 70 分，总分 637 分。

镇南中学的录取分数线是 610 分，季眠的成绩稳上。

林敏芝高兴得眼泪花都冒出来了，抱着季眠一通乱揉。

这一刻，她难免老泪纵横。谁能想到，她儿子小时候智力不足，如今却能考上同城最好的重点高中。

季眠高兴得脸红，忍不住打电话给傅沉俞。

对面的人一接电话，他就情不自禁地脱口而出道："你猜我考了多少分？"

"季眠？"谁知那头接电话的人是林希。

季眠愣了一下："林哥。"

林希温柔地笑了笑："阿沉在客厅里跟镇南的校长谈话呢，你是来跟他分享成绩的吗？"

季眠点了点头，随后想起林希看不到他点头，又改成"嗯"了一声。

随着季眠长大，《陌路柔情》的剧情在他的脑海中越来越清晰，人物信息也更加完善。

他也是初二才知道，林希竟然也是这本小说中的男配角之一。

原著中，林希俊朗温柔，芝兰玉树，颇有君子风范，以后成了苏珞瑜的好哥哥，为苏珞瑜排忧解难。

季眠对和苏珞瑜有关的人都敬而远之，因此与林希也保持着距离感。

他这么一想，傅沉俞真是他人生中的意外。

暑假一过，林希就读高三了，他语气温柔地问："我帮你转告吧？你考得怎么样？"

季眠回道："我想自己跟傅沉俞说，林哥，那我一会儿再打电话给他吧。"

季眠说完就果断地挂了电话。

晚上，傅沉俞跟季眠分享了中考成绩。

傅沉俞是同城中考状元，总分 702 分，数学、英语和科学全都是满分，只有语文和思想政治被扣了一些分数。

听到傅沉俞的成绩，季眠心情复杂，瞬间就失去炫耀自己的成绩的欲望了。

果然普通人就是不能跟天才做朋友的，季眠感觉很受打击……

季眠聊完了成绩，又聊关于镇南的事情，学校食堂、校规校训、校服跟老师，还有历届名人，聊着就困了。

傅沉俞坐在电脑前，听到季眠带着浓浓倦意的声音问："傅沉俞，我们高中能被分到一个班吗？"

镇南是有实验班的，季眠虽然分数够了，可不一定能进实验班。

季眠摊开四肢躺在床上，让空调风往脸上吹。他生得白白净净的，脸上肉还多，稚气十足："你肯定能进实验班。"

棉棉兔在地上啃着傅沉俞的裤脚，傅沉俞把它抱起来放在腿上。

棉棉兔已经九岁了，兔子的寿命只有十五年，不过它现在依旧能吃能睡，被放到傅沉俞的腿上，就开始啃傅沉俞的衣服。

傅沉俞用手轻轻抚摩着兔子的背脊。

季眠翻了个身，手机被压在脸蛋下面，说话声音越来越小："没关系，就算不在一个班，我们也可以住一个宿舍……"

中考过后的暑假一晃眼就结束了，八月底的时候，镇南的排班表已经出来，傅沉俞在实验班，季眠在二班，两个人果然不在一个班。

不过，镇南高中是寄宿制的，每半个学期班级成员都会有所变动，实验班的最后几名学生会被刷下来到二班，二班的前几名学生可以进入实验班。

两个人不在同一个班级，宿舍肯定也分不到一块儿。

傅沉俞住在男生宿舍一号楼，季眠在男生宿舍四号楼，正好都在四楼，阳台对着阳台。

季眠第一次住校，林敏芝担心这个担心那个，给他提了两个行李箱的东西到宿舍，还送了小零食给宿舍其余三个男生，弄得季眠脸都红了。

林敏芝一走，三个男生就自我介绍，他们都是二班的。宿舍按照年纪排了大小，老大谭炎、老二宋承逸、老三廖灰、老四季眠。

谭炎有个女性好友，跟他们没聊两句，他那朋友就偷偷趁着报到时看管不严，跑到他们宿舍来。

女孩性格外向，很快就跟宿舍里的男生打成一片，看到季眠，瞪大了眼睛："老谭，你们宿舍的风水也太好了吧！这个小可爱是谁？"

季眠不好意思的时候，耳根会红。

女孩又激动地开口："我们这届高一有两个大帅哥啊。你知道咱们同城这届的中考状元吗？他帅得要死，给你看照片，今天贴吧都被刷爆了！"

傅沉俞被偷拍的照片出现在女孩的手机屏幕上。

季眠偷偷打量着照片，心里有点儿骄傲，心想：那当然帅啊，"大佬"可是从小帅到大的。

"我去领被子。"季眠藏住嘴角的笑意，出了门。

他没听见女孩后面叽叽喳喳、兴奋得脸红说的话语："你知道吗？同外也有个转学生，超级大帅哥，建京转学过来的，穿一身黑衣服，又酷又狂，叫厉决还是厉学……"

照片里，十六岁的少年张扬狂妄，穿着夹克衫，戴着黑色的露指手套，踩着一双黑色靴子，眉眼俊美邪气。

镇南高中的洗漱用具和棉被都是统一发的，季眠忙了半天还没去阿姨那里领。

他刚走到楼下，就看见傅沉俞斜斜地靠在宿舍楼的槐树下玩手机。阳光斑驳地落在他的脸上，周围好多女生悄悄地打量他。

季眠心情很好，脚步也轻松。

读到高中，他已经放了一半心，傅沉俞并没有变坏。

他成绩优异，面容俊秀，是同龄人中的佼佼者，和季眠在小学同学录中写的寄语一样，时光荏苒，岁月沉浮，傅沉俞好好地长大了。

他唯一纠结的是，"大佬"像个没有感情的机器人。

季眠可不是那种因为朋友性格奇怪，就会远离朋友的人。

季眠对傅沉俞总有些关爱之情，又是个"钢铁直男"，总希望傅沉俞能找一个温柔的女孩成家立业，共度余生。

到时候他要是有个女儿，女儿就能认傅沉俞当干爹，两个人亲上加亲，友谊天长地久。

而且，更重要的是他终于不跟主角读一所高中了。

原著中，苏珞瑜读到高三，寒假才遇到从建京到同城度假的厉决，季眠想着自己还有三年悠闲的高中生活，等读完高中，考上警校，毕业后就当警察。他就不信厉决那种三观不正的人还能对付他了？

季眠底气十足，心中愤愤不平地想：厉决要是敢做坏事，自己立马把他抓起来。

季眠抬起头，对着傅沉俞弯起了眼睛，招手："傅沉俞，一起去领被子吗？"

厉决没想到自己还能有再读高中的一天，前世他的成绩一般，如今看着初中的知识都觉得是天书。

数学和英语还好一点儿，思想政治靠背的，这没办法。

还好同城外国语学校是一所私立的学校，花钱就能上。他迫不及待地来到了这座季眠从小长到大的城市，一落地眼眶就有些发热。

背上被父亲用棍子抽出来的伤痕还隐隐作痛，对方怒不可遏地斥责他放弃好好的精英教育不学，跑来小地方读书，简直就是脑子有病。

父亲根本不懂，他一秒都不想浪费。他等了太久，几十年的懊悔和绝望，每分每秒都在折磨他，他真的很想见见季眠。

只是……他还能再见到季眠吗？

见到季眠，他又该说什么？

一向高高在上的厉决突然生出一种恐惧感。

还好，季眠似乎智商不足，两个人不会在学校相遇。

他记得季眠就读到了小学毕业，现在季眠应该在同城的什么地方打工吧。

厉决一想到季眠可怜兮兮地为了一千多块钱的工资端茶递水就难受。他知道季眠心软，性格温顺，说话也小声，像兔子一样容易受惊，有什么苦都自己咽。

前世正因为如此，他才把季眠对他的好当作理所应当的，最后造成悔恨终生的结果。

重来一次，他说什么也不会再让季眠受到任何委屈。

镇南高中开学之前先军训，地点在同城西区的郊区军训拓展基地。

镇南跟基地年年都有合作，每年高一的学生们都要回家一趟，收拾好行李，然后坐大巴车经过大概一个小时的时间，到达基地之后开始为期一周的军训。

季眠在宿舍里整理书本，往书包里塞了一些换洗的衣服。

对军训他很熟，前世读警校的记忆虽然模糊，但是对于一生只有一次的大学军训刻骨铭心。他很快就整理好了行李。

衣服只要带睡衣和家居服就可以，军训七天都是穿迷彩服，一共两套。

皮带要带着，军训服的尺码不一定合适。

还有针线包也要带，迷彩服的质量通常不怎么好，军训时衣服和裤子很容易破，其他地方还好，裆部破了就完了。

季眠将针线包放进书包里的时候，还被谭炎嘲笑。

星期天下午，镇南全体高一新生整装待发。

季眠站在密密麻麻的新生中，伸长了脖子去看实验一班的人。傅沉俞个子很高，那张脸生得俊朗无双，在人群中非常显眼。

他站在队伍末尾，身边都没几个女同学。

大巴车按班级分配，二班的班长是个脸方方正正的男孩，浓眉大眼，正在车上活跃气氛。

新班级，新同学，大家都是新认识的，都在兴奋又好奇地打量着即将同窗三年的同学。在班长的带动下，大家都站起来自我介绍。

轮到季眠，全班女生的目光都注视过来。

不少男生流露出了羡慕的眼神，季眠声音很温柔，礼貌地说道："季眠，禾子季，睡眠的眠。"

有人悄悄红了脸。

"好帅啊……"

"我今天看了，除了实验班那个傅沉俞，就我们班的季眠最好看。"

"声音也好好听，不知道他加班级群没有？"

季眠有一副好嗓音，也没藏着掖着，在大巴车上就落落大方地唱了一首歌。

实验一班的大巴车与他们并肩而行，那边的车打开了窗，同学们也不怕生，笑嘻嘻地起哄，跟着二班的同学一起唱。

季眠诧异地扭过头，看见了一班的大巴车上靠在窗边闭眼小憩的傅沉俞。傅沉俞与热闹的气氛格格不入，有着独特的冷淡气质，戴着白色耳机。似乎感受到了他的视线，傅沉俞抬起头看了过来。

大巴车开进了军训基地，第一天晚上就要集合，主要是介绍军训的内容以及发放迷彩服。

高一年级九个班分成九个方阵，每一个班都能得到一面红旗，接下来的七天训练，每一天训练结束之后都会有一场友谊赛，除了拿冠军的班级不用接受惩罚，其余班级的班长都必须接受惩罚。

一场动员大会，把所有少年的激情都调动起来了，口号声一次比一次响亮，情绪一次比一次高昂，热血沸腾，震耳欲聋。

"我们班一定要拿冠军！"班长气势十足。

但接下来的第一场比赛就让二班的同学的士气大受打击，众人这才发现给他们安排的都是魔鬼教练，想出来的游戏根本就不是常人能坚持的，他们班一下就输了。

第一轮，实验一班是冠军，剩下的班级的班长都得上去做一百个俯卧撑。

镇南高中都是读书优秀的学生，但体能实在不行。

一百个俯卧撑直接要了班长的命，班长一下来，大家在一起加油鼓劲，都说第二轮游戏一定要拿第一。

结果不出意外，二班还是输了。

这次拿冠军的是七班，二班班长依旧上去做了一百个俯卧撑，下来的时候腿都开始打战。

第三轮比赛，冠军是五班。

二班班长的脸都白了。

季眠忍不住开口："要不我去吧。"

他从小就跟着张先祯学散打，一百个俯卧撑对他来说不在话下。

季眠安抚班上的同学，有着同龄人没有的稳重和担当："我学散打的，做这个没问题。"

班上同学的表情从焦心变成目瞪口呆，这……季眠这漂亮纤细的样子，真的不像是学散打的啊。

季眠上去的时候，主教官一眼就看出二班换人了。

教官怒瞪着季眠："姓名！"

季眠站得笔直，知道军训的时候最重要的就是服从命令："报告，高一（2）班，季眠！"

"你们班班长呢？"

"报告教官，我替我们班班长接受惩罚。"

教官走了两步，似笑非笑地问："你替？"

季眠："是！"

教官："好！你既然这么喜欢出风头，那你就把八个班的一起做了，八百个，怎么样？"

此话一出，二班学生哗然。

特别是班长，立刻愤怒了。教官说的话是什么意思？八百个，季眠怎么可能做得完？

季眠心中对军训教官的套路都了解，教官并不是真的想让他做八百个俯卧撑，而是想看看他们团结的精神。

这些长辈就有这种恶趣味，爱捉弄年轻人。

其他班级的班长也踌躇着，毕竟他们也算是竞争对手，不知道该不该上去帮忙。

季眠听了教官的话，没有反驳，把迷彩服袖子一卷就俯下身去。

"教官，我们班班长也做不了，我替他做。"

实验一班的傅沉俞站了出来。

少年俊美无俦，人群中立刻响起了女孩们的窃窃私语和惊呼声。

教官呵呵一笑："是吗？你们一个两个的都这么爱出风头，那我就满足你们。你趴下。"

他指着傅沉俞，傅沉俞没反驳，做好了俯卧撑的姿势。

教官又指向季眠："你坐到他的背上。"

季眠瞬间变了脸色："啊？"

教官板着脸说道："服从命令！"

这是什么奇怪的惩罚方式？

傅沉俞抬眼看着他，季眠立刻不干。不行，他一个大男人，体重又不是摆设，坐在傅沉俞的背上让傅沉俞做八百个俯卧撑？教官疯了吧！

教官又说，只要傅沉俞能做一百个俯卧撑，季眠跟他都可以免受惩罚。

不但如此，其他班级的班长也都能免受惩罚。

他这么说，不过是想要给这两个"爱出风头"又不知天高地厚的小子一点儿教训，让他们承认错误知难而退。他不相信傅沉俞真的能做完。

季眠纠结了一下，蹲下来问："傅沉俞，你行吗？"

"废话多。"傅沉俞冷着脸说道。

季眠犹犹豫豫地坐了上去，一开始还不敢坐实，结果教官按着他的肩膀直接让他整个人跌在了傅沉俞的背上。

季眠手忙脚乱地撑住了自己的身体，还没反应过来，傅沉俞已经开始做俯卧撑了。

"一、二、三……"

台下的同学们屏住呼吸，情不自禁地替他们数着数，加着油。

傅沉俞背上的季眠比台下的人还揪心，明明不是做俯卧撑的人，脸色却一片惨白。

"傅沉俞，你还行吗？

"傅沉俞，要不算了吧……

"傅沉俞，你累吗？……"

做完一百个俯卧撑，傅沉俞起来的时候，身体有些不稳。

台下爆发出一阵欢呼声，教官有些吃惊，他咳了两声："这次就放过你们了！小同学，身体素质不错！"

季眠想要检查傅沉俞的情况，却不料还没追上去，实验一班的方阵里就跑过来一个扎马尾的女孩，对着傅沉俞嘘寒问暖，脸上是担忧的神情。

季眠伸到半空中的手顿住了，然后拐了个弯，抓了一把自己的后脑勺。

他余光瞥了一眼马尾少女，女孩长得挺好看的。

季眠若无其事地回到队伍中，再去看傅沉俞，对方已经站在实验一班的方阵里了。

"季眠，空间里在疯传你跟一班那个男的做俯卧撑的照片……"

就寝时间，廖灰把偷偷藏起来的手机拿出来指给季眠看。

季眠没看几眼，只看到有人问他跟傅沉俞是高一几班的。

他跟傅沉俞在学校里面没有刻意宣扬朋友关系，开学事情忙，他们又没碰几次面，所以暂时还没人知道他俩是发小。

廖灰羡慕地说道："真爽，季眠，要不是你的手机被收掉了，现在肯定被妹子加爆了。"

季眠吐槽道："学生要以学业为主，不要一天天想着别的，有时间多想想学习，思想不端正。"

他从箱子里翻出酒精棉还有盐水，往口袋里一塞，就"噔噔噔"地跑出去了。

廖灰还在说："像傅沉俞那种'学霸'，居然不弱，体力还挺好的，一不小心看到他的腹肌了，酸死我了。我什么时候才能拥有如此完美的身材？"

季眠从副班长那边打听到实验一班的宿舍，然后做贼似的悄悄混了进去。

舟车劳顿一天的男同学正挤在公共浴室里洗澡，走廊上还有端着盆子到处晃的人。

季眠站在傅沉俞的宿舍门口，见到的第一个人是他的室友。一见面那人就"嚯"了一声，大喊："男生宿舍楼禁止女生进入！女扮男装也不可以！"

然后傅沉俞来的时候，就看见自己的室友脸上被揍了一拳的红印以及室友惊恐地盯着季眠缩在床里的姿势，而季眠正乖乖地看着他。

傅沉俞："……"

有些事情，还是不要多问得好，要维持一个酷哥的高冷姿态。

季眠是专门来给傅沉俞送药的，傅沉俞的双手一直撑在水泥地面上，被小石子划破了。

他小心翼翼地捧着傅沉俞的手，用酒精棉一点点地擦。

季眠拧上盒子，转眼看到傅沉俞扔在枕头上的迷彩服，袖子那块地方明显开线了，半边袖子都被撕开了。季眠拿起迷彩服看了一眼，问道："傅沉俞，你的衣服今晚不穿吧？"

傅沉俞回道："不穿。"

季眠说："那我带回去给你补一下。"

傅沉俞："嗯？"

季眠晃了晃衣服："我带针线包了，你的袖子破了，明天不是还要训练吗？又没其他的衣服能换，你不穿训练装，要被惩罚的，你的手不能再受伤了。"

前世季眠读警校的时候，当的是宿舍长。他依稀记得，像这样帮室友补衣服的事情自己也干过，所以没觉得大惊小怪。

季眠抱着傅沉俞的衣服走出去，傅沉俞的室友们个个目瞪口呆地看着他。

"俞哥……"刚才被揍的室友咽了咽口水，"这是不是白天跟你一起做俯卧撑的那个男的，二班的？他现在来做'田螺小子'了？"

室友嘀嘀咕咕地道："长得怪好看的，帅哥只跟帅哥玩吗？"

第二天，傅沉俞收到了季眠送过来的迷彩服，袖子开线的那部分已经全部被补起来了，除此之外，袖口消失的扣子也被补上了，是一颗白色小兔子形状的扣子。

傅沉俞站在太阳底下，一抬头就看见了二班的方阵。

季眠也看到了他，背着教官，双手放在身后，偷偷地跟他打了个招呼。

季眠转过头，看向他的双眼亮晶晶的，像星星在闪耀。

厉决转校到同外已经一个月了，对季眠的行踪还是毫无头绪。

前世他是在建京遇到季眠的，那时候季眠在一家咖啡厅里当侍应生，不太会说话，笑起来干净温柔。

厉决不知道季眠什么时候去的建京，现在是否还在同城。

他想得入神了，前面的女生叫他他都没反应过来。

"厉决，你的作业没交呢，得赶紧交上去。"

厉决抬眼，张扬英俊、充满朝气的脸让女生红了脸。他耸了耸肩膀，随意地说："没做啊，课代表，怎么办？"

"但是老师说要交的……"女生的脸涨得更红了，头也垂得更低了。

厉决有点儿不耐烦："你别记我的名字。"

前排的女生转过头，表情不屑，有点儿酸溜溜地说："姚苗装什么啊？"

"她怎么不去找别人，就找厉决？无语了。"

"矫情死了。"

苏珞瑜敲了敲桌子，冷冷地开口："自习课，声音轻一点儿。"

女生们顿时噤声，低下头写作业去了。

听到苏珞瑜的声音，厉决神情复杂地抬起头看着他的背影。

他转学前就知道苏珞瑜在同外，被分在一个班也在意料之中。厉决头一次看到苏珞瑜高中的样子，心中竟然没有半分波动。

他跟苏珞瑜是通过他亲大哥认识的，他欣赏苏珞瑜的高傲、孤冷和聪明劲儿。

可是现在，他和苏珞瑜的关系一直不咸不淡的，虽说认识，可一天下来一句话也说不到。

只要一看到苏珞瑜的脸，他就会想起自己在季眠跟苏珞瑜之间做了选择，救了苏珞瑜，将季眠抛弃在汪洋大海中。

那是他后半生的噩梦。

时至今日，厉决已经不知道自己欣赏他什么了。

他收敛了笑意，沉默地望着窗外。

今天他要再去同城转转……说不定能有什么收获。

十月的时候，最早的一批桂花开了。

季眠的眼睛又开始隐隐发痒，好在他提前吃了抗过敏的药，滴了眼药水，这才没跟小学时候一样闹出"红眼病"的乌龙。

林敏芝出门前叮嘱他双休日回家就好好休息，高中才开始，别太累，也别出去晃。

同城满大街都是桂花香，省得他的病情加重。

季眠表面上乖乖答应，实际上等林敏芝一走，他就从二楼跑下来，带着藤条编织的簸箕以及足足两米长的棍子，到院子外面去打桂花。

他家住的小区是开放式的，中间有一条安静的马路，一条有古典韵味的小河包围着小区，边上还有一所小学，上下学时间就有小学生从小区里面通过。

季眠戴上护目镜保护眼睛，把簸箕放地上，找到了一棵开得旺盛的桂花树，用棍子在枝丫上敲敲打打。

没一会儿，桂花纷纷扬扬地飘落下来，季眠接了一兜。

林芸背着小书包路过小区，看见季眠，迈着小短腿边跑边喊："眠眠哥哥！"

季眠转过头，看见林芸，摘了护目镜："放学啦？"

林芸就是宁倩嫁给林建一后生下的女儿，今年已经上小学三年级了。

季眠读初中时经常去傅沉俞家写作业，一来二去，林芸就认识他了，知道他是二哥的好朋友。

"眠眠哥哥，你在干什么啊？"林芸小小年纪就很独立，不用林建一接送，经理千金十分朴素，没有一点儿架子。

她蹲下身小心翼翼而好奇地打量着一簸箕桂花，深吸了一口气："好香啊！"

季眠说道："给你做糖桂花吃，好不好？"

他跟着林敏芝混了这么多年，学了一手好厨艺，也喜欢自己做些小点心。

傅沉俞在那年的冬天发过一场严重高烧后，就落了个无伤大雅的毛病——有点儿贫血，走哪儿口袋里都带着糖。

前几天季眠从书上看到一个制作糖桂花的方法，心里就惦记上了，想做几罐给傅沉俞备着。

傅沉俞要是渴了，直接舀一勺出来泡水，又甜又香。

季眠动作快，刚打完桂花收拾进院子，天上就飘起了绵绵细雨。后来雨下大了，季眠就留林芸在家里，等雨停了再走。

一大一小两个人盘腿坐在小桌子前，乖乖地摘着桂花梗。

秋雨一小时没见停，林芸书包里的手机响了，这是她专门用来联系家人的手机。小女孩不但长得漂亮，自制力也强，学习成绩名列前茅，林建一很放心给她配手机，不怕她偷偷玩而影响成绩。

林芸挂了电话，对季眠说："眠眠哥哥，我说在你家，二哥说来接我。"

季眠捏着桂花顿了顿，连忙把桌上的桂花全都收到厨房去。

他对桂花过敏，傅沉俞是知道的。

每年秋天，傅沉俞都会提醒他戴口罩，时时刻刻盯着他吃药。

其实季眠现在的过敏症状已经没小时候那么严重了，就是会眼睛痒，眼眶发红，像今天吃过药来捡桂花，就没什么太大反应，大不了一会儿他再吃一颗药。

但不知道为什么，他就是觉得心虚。

"大佬"的脾气可不好，万一自己被他给骂了怎么办？

还是等自己做好糖桂花之后送给他，说是自己买的就行。

半个小时后，傅沉俞出现在季眠家门口。

少年身材高大，双腿修长。

季眠见了，感慨一句，难怪镇南的人偷偷把他叫作"校草"，他当之无愧。

傅沉俞扫了一眼季眠："你的眼睛怎么了？"

季眠连忙撒谎："秋天到了，有点儿红，没什么事。小芸吃了点心，还没吃晚饭，你记得提醒周姨给她热热饭菜。"

两个人走之前，季眠又抓了一把糖给林芸。

傅沉俞跨上车，季眠熟练地把林芸抱起，放在了后座上。

同城的十一月和镇南的运动会一起来临了，季眠报名参加了长跑和跳远。

　　傅沉俞是镇南校篮球队的，在运动会之前要参加同城高校篮球比赛，今年打入决赛的有同外、七中和旅职，决赛时间就安排在运动会前后。

　　听政教处那边传来的消息，说今年的运动会是三所学校联合起来办的，地点定在了同城体育中心，就在镇南边上。

　　下午放学，傅沉俞就径直到篮球场练球。

　　打完半场，他就看见季眠背着书包坐在观众席上。

　　少年专注地看着他打篮球，手上没拿矿泉水，而是拿了一个透明的杯子，杯盖拧得严严实实，水是淡黄色的，漂着桂花。

　　篮球场边上还站着一个女生和她的闺密。

　　那是季眠在军训时看到的那个实验班的女生，后来他才知道女生的名字叫作罗露，是实验一班的"班花"，还是文艺委员。

　　"傅沉俞，你们篮球比赛的时间是几点啊？我看我来不来得及。"

　　体育馆的操场和篮球场是分开的，季眠想跑完步之后去看傅沉俞的篮球赛，给他加油。

　　"两点。"傅沉俞合上瓶盖。

　　季眠很开心："时间刚好错开了，我去给你加油，傅沉俞，要赢啊。"

　　与此同时，同外篮球队队长也因为篮球比赛的事找到了厉决。

　　同外篮球队中有个男生的腿有点儿伤，队友怕他打不完全场，就托人找到厉决，希望厉决可以做替补。

　　他们看过厉决在操场上打篮球，是个好苗子，一看就是在校队待过的。

　　只是厉决这人一来同外就成了同外最难搞的刺儿头，不但迅速跟那群混混混在了一起，如今还混成了老大，凶名在外，大家有些发怵。

　　意外的是，厉决挺喜欢篮球，听说要打比赛，立刻就答应了。

　　篮球队队长松了口气，如释重负："那就太好了，镇南今年的主力是傅沉俞，那家伙初中就很出名，我还怕队里没有一个人能顶得住呢。"

　　厉决脸上的笑意瞬间僵住，后槽牙咬在一起，眼里有震惊的神情："你说谁？"

第九章

　　运动会前夕，镇南高中进行了期中考试，为了不影响学生在运动会上正常发挥，学校决定运动会过后再公布考试成绩。

　　季眠考完之后自我感觉不错，在班里考前三名没有问题，接下来的期末考试正常发挥，就可以去实验班了。

　　他还是很想跟傅沉俞读同一个班。

　　随着时间的推移，运动会终于来临。

　　由于是三所学校一起举办的，光是方阵都走了一上午，下午两点，各种比赛才正式开始。

　　季眠的一千五百米长跑在第二天，第一天他跟着班干部帮忙搬东西。

　　下午四点左右，天空飘起了小雨，季眠在小卖部买完水，抬着箱子出来，同行的班长赶时间去参加下一个比赛项目，季眠索性没打伞，冒雨淋回去。

　　当天晚上，他的身体就有点儿不舒服，只是季眠一向觉得自己身体好，就没放在心上。

　　季眠睡前跟傅沉俞打了一个小时的电话，先是聊期中考试成绩，后来又聊到游戏。男孩子一聊游戏就停不下来了。

　　林敏芝回来的时候，季眠刚挂电话，脸上还带着盈盈笑意。

　　她的心突突跳着。

儿子也上高中了，正是情窦初开的年纪。

林敏芝原先是不在意的，今天听了一下店里职工的话，职工的女儿读高中就早恋，学习成绩一落千丈。

她不由得也有些担忧季眠。

"眠眠，在跟谁打电话呢？"林敏芝笑着问。

"傅沉俞。"季眠"咕嘟嘟"地把桌上的牛奶喝了，"我问他期中考试考得怎么样。"

林敏芝松了一口气，但还是试探地问了一句："眠眠……你在学校有喜欢的女孩子吗？"

"没有。"季眠向母亲保证道，"我才上高中，都没考进实验班，等我高中毕业再考虑个人问题。"

林敏芝摸了摸他的脑袋："别太累了，离高三还远呢，别有那么大的压力。而且妈妈不求你学习成绩多好，也不求你去实验班，你考个本科就行。"

季眠实话实说："我想跟傅沉俞一个班。"

林敏芝附和道："那也好。你们一起长大，感情好呀。"

运动会第二天上午，季眠的一千五百米长跑开始检录。

他贴上 422 号的标签，揉了揉眼睛，边上同学看他面色惨白，询问道："季眠，你没事吧？"

"没事，昨天淋了点儿雨，可能有点儿感冒，跑完了出身汗就好了。"季眠摆手。

他是这么想的，真的跑起来却吃力得很。

第一圈还好，第二圈的时候，季眠就头重脚轻，头晕眼花，四肢无力。

还剩下五百米冲刺时，季眠咬着牙提速。

他可不能在长跑的时候倒下，早上还跟傅沉俞说好，下午要去看他的篮球赛的，上午的半决赛他都错过了。

季眠保持着呼吸节奏，迈着步子，在心里给自己打气。

五百米……四百米……两百米……他满头都是汗，嘴唇惨白。

"咚——"少年的身体砸在了塑胶跑道上。

他在意识消失之前，听到周围响起了尖叫声和惊呼声。

同城高中篮球赛已经打到了末尾。

上午的时候，同城外国语学校和镇南中学同时进入了决赛。

同外和镇南打完上半场，比分是平的。

镇南队队长杨烨下场之后狂灌水，捏扁了矿泉水瓶，问傅沉俞："同外那个8号你认识？"

傅沉俞很冷淡地回："不认识。"

杨烨说道："我怎么觉得他跟你有仇啊，上半场他就盯着你打了，好几次还撞到你，有病吧。"

傅沉俞扯了扯嘴角，眼神深沉地瞥了一眼8号，没什么情绪地说道："我看到他的第一眼就觉得恶心。"

杨烨耸了耸肩膀，见过一见钟情的，没见过一见生厌的。

同外的8号是替补，叫厉决，是个跟傅沉俞身高差不多的高大少年，张扬俊美，眉宇间有股肆意的匪气。

一上场他就跟傅沉俞对上了，专门找傅沉俞的麻烦，活像前世有仇一样。

傅沉俞的肩膀被撞得青肿，他抬眼，厉决正看着他，露出一个挑衅的笑容。

苏珞瑜怒气冲冲地站起来，挡住厉决的视线："厉决，你有病啊？"

厉决收敛笑意："什么意思？"

苏珞瑜怒道："你跟傅沉俞有仇吗？你当我瞎吗？"

厉决懒洋洋地靠在椅背上："对啊，就是有仇，你想怎么样？"

苏珞瑜哽住。

厉决眼中闪过阴狠的杀意："我恨不得亲手杀了他。"

傅沉俞……不是同名同姓，竟然真的是傅沉俞。

厉决恨他恨到了骨子里，前世如果不是他把季眠绑架走，季眠又怎么会跳海？

少年从游轮上坠落的场景，他不想重新经历一次。

傅沉俞不但把季眠绑走了，还把季眠藏起来了，如果不是他，自己怎么会只救走苏珞瑜？

他是真的想让傅沉俞死。

苏珞瑜和厉决无话可说，不明白厉大哥明明温柔又好脾气，怎么他的亲弟弟一点儿也不像他？

"傅沉俞，你的肩膀还好吗？"苏珞瑜终究不放心，带着冰棍走过来，"疼的话敷一下。"

傅沉俞没伸手接冰棍，队长怕尴尬，接了过来："你们学校那个 8 号怎么回事啊，不是说好了友谊第一比赛第二吗？"

苏珞瑜也不知道厉决发什么疯，坐在傅沉俞身边，左看右看，问道："季眠怎么没来啊？"

傅沉俞的比赛，季眠不可能不来看的。

苏珞瑜刚才就在场下找了一圈，没找到人。

傅沉俞仰头喝水，没说话。

裁判吹响哨声，下半场比赛开始了。

观众席上的女孩子们也激动地窃窃私语。

"怎么办？我两个都很喜欢！"

"小孩子才做选择，我要让他们全部加入我的朋友圈！"

"你做梦吧，我只喜欢傅沉俞，近距离看他更帅了……"

场上，下半场首发是厉决。

傅沉俞淡漠地看着他，厉决舌尖顶着口腔，笑了笑。

篮球猛地被向上抛起，下半场比赛开始了。

整个体育馆哗然。

如果说上半场比赛两支队伍还保留着实力，那么下半场的比赛简直就是玩命。

厉决的打法很凶，堪称蛮不讲理，横冲直撞，傅沉俞也没让他在自己手里讨到什么好处。鞋子摩擦篮球场发出尖锐的"吱吱"声，少年们的汗水一滴滴地砸在地板上。

疯了吧！

苏珞瑜站了起来。

他们俩是打篮球还是打架？

厉决正好被撞倒在地上，发出一声闷响，手肘瞬间就青了，刚才被撞到的嘴角也溢出一点儿血迹。

傅沉俞这只老狐狸就算现在只是只小狐狸，阴人的手段也不能小觑。

傅沉俞居高临下地看着他，篮球猛地砸在地上。

哨声吹响，镇南中学获得冠军。

台下镇南的学生站起来欢呼，傅沉俞冷冷地瞥了厉决一眼，转身离去。

厉决"啧"了一声，掀开球衣，小腹青了一片，傅沉俞是下了狠手的。

不过傅沉俞也没好到哪里去，厉决对他的恨哪里是这么不痛不痒的小打小闹能解气的？这辈子，他不会让傅沉俞再有机会伤害季眠。

厉决的目光沉了下来，苏珞瑜、傅沉俞都在同城出现了……

为什么他还没有找到季眠？

季眠悠悠转醒，先看到医务室的天花板。

他缓了一会儿，等大脑开始正常运作，才慢慢想起上午发生了什么事。

他好像是有点儿感冒，然后还坚持去跑了一千五百米的长跑，结果跑到一半的时候体力不支，感冒症状加剧，晕了过去。

现在他是被老师送到医务室来了吧……盐水都挂两瓶了，烧已经退了一些。

他扭头看着墙上的时钟。

下午五点，外面天都有点儿黑了，篮球联赛的下半场比赛已经结束。

他还没有去现场给傅沉俞加油啊。

少年的眼里浮现一丝遗憾之色。

他刚这么想，医务室的门就被推开了。

季眠抬起头，看见傅沉俞手里提着一碗粥回来，粥热腾腾的，冒着香气。

"傅沉俞！"醒来就看见他，季眠怪激动的。

看到季眠惨白的脸色，傅沉俞黑着脸。

这人发烧还敢去参加长跑，嫌自己死得不够快吗？

"傅沉俞，好香啊……"季眠也知道自己理亏，心虚得不敢看傅沉俞的眼睛，就垂下视线盯着白粥。

傅沉俞解开包装袋，打开粥，放到桌上。

季眠抬头看着他，脸上带着一点儿讨好又谄媚的笑意。

他长得漂亮，哄人也带有一丝娇憨样子，让人厌恶不起来。

傅沉俞忍着身上的疼痛，闭眼休憩。同外那个厉决，跟他第一次见面就起了无缘无故的恨意，对他下手没留余地。

傅沉俞身上青紫一片，都是被撞的。

他怕季眠担心他，从刚才到现在就一声不吭，喉咙里翻涌的血沫也被他生生地咽下。

傅沉俞把垃圾收拾了，转身看到季眠叫来了医护人员，顺便拿来了碘酒。

傅沉俞的眼神黯淡了。

季眠叹了口气："傅沉俞，你是不是觉得我看起来特好骗？还是你觉得你的伤口小到我这双眼睛看不见？"

从傅沉俞进来开始，季眠就注意到他的嘴角有血丝。

紧接着，他又看到傅沉俞不自然的动作，抬起手臂时还露出一小部分青紫的伤痕。

他就是再傻也知道，肯定是傅沉俞在篮球比赛上被人阴了。

傅沉俞的身体僵硬了一下。

季眠让他坐过来，吃力地掀起他的衣服，看见那一大片一大片的青紫痕迹，脸瞬间皱到了一起，罕见地骂了句脏话，接着说道："过分……怎么这次打得这么严重啊，是不是对面的人故意打'脏球'？"

傅沉俞心想：算是吧。

厉决那架势哪里是在打球，分明是在打人。

傅沉俞皱着眉头回忆了一遍自己的人生，确定自己不认识什么叫厉决的人，可今天看到厉决的双眼，那里面的杀意是如此明显。

什么样的怨恨，才能让对方起了杀心？

期中考试成绩出来，季眠考了第二名。

语文不是他的强项，作文被扣分扣得比较多，偏偏这次作文主题还是歌颂父爱。季眠对季卫国没有好感。

镇南中学每一次考试过后都会在公告栏挂上红榜，周五放学后，季眠站在人群后面踮着脚找傅沉俞的名字，果然他的名字高高悬挂在榜首。

往下隔了四十名左右，他看到了自己的名字。

成绩在意料之中，还算不赖。

"季眠！"

他刚走出人群，何曦就伸手揽住他的肩膀："一会儿有事没？去吃烤肉？"

何曦也以艺术生的身份考上了镇南，如今在九班读书。

季眠跟他从小学就认识，一起读同一所初中，又读同一所高中，是除了傅沉俞之外，跟他关系最铁的哥们儿。

何曦问："你约傅沉俞了？"

季眠摇头："他今天下午有竞赛班的补课。"

何曦唏嘘："不愧是学霸。那走吧，我带你去那家新开的烤肉店，请你吃。"

季眠不太爱吃油腻的东西，不过何曦盛情相邀，他没拒绝。

季眠吃了几片烤肉，胃就不舒服了，剩下的时间都在啃生菜。何曦吃起东西就如暴风吸入，季眠每一次抬头都能看见对方嘴里塞得满满的。十六岁的男孩子吃东西不要命，狼吞虎咽，风卷残云。

季眠忍不住把何曦跟傅沉俞对比，傅沉俞吃饭就很安静，不过他虽然吃相斯文，但能不声不响地把一桌东西吃完。

何曦咽下最后一块烤肉，看着季眠的后面，拍了拍季眠的肩膀："哎，季眠，傅沉俞！"

季眠愣了愣，转头看去，马路对面，傅沉俞正和一个身材高挑的女生并肩而行。

何曦："那不是他们班的'班花'嘛，叫罗露。"

季眠跟何曦在公交车站台兵分两路，上了车，季眠才感觉自己胃痛得厉害。

估计刚才他吃肉吃多了，顶得慌。

他下意识地拿起手机打电话给傅沉俞，结果傅沉俞和妹子两个人的身影浮现在他眼前，季眠又放下了手机。

他疼得厉害，迷迷糊糊地在公交车上睡着了。

直到车子到达终点站，季眠才醒过来，外面天都黑了。

485 路公交车终点站是客运中心，季眠还从来没到过这边，下车发现到了个陌生的地方，一下心里就有点儿没底。

他捂着胃，沿着客运中心走了一圈，没找到药店，问了保安之后，对方给他指了一条路，说最近的药店距离他的位置有两公里。

还是算了吧，他忍一忍就到家了。

季眠思来想去，最后还是准备打电话给傅沉俞。

都这么久了，他也回来了吧。

结果他一掏口袋，里面空荡荡的，什么也没有。

季眠微微瞪大眼睛，不得不承认这个事实：他的手机丢了。

多半是刚才他在车上睡着的时候被人"顺走"的，越临近过年，小偷就越多，怪自己不小心。

手机刚买没多久呢……季眠想着。

那还是林敏芝奖励他考上镇南的礼物，几千元的手机，意义也与众不同，自己都没新鲜一会儿。

季眠不得不用胡思乱想的方法分散自己的注意力，以免自己专注于胃痛的事。

他的额头上已经沁出细密的汗珠，胃绞痛，连带着思考能力都下降了。

季眠坐在客运中心大厅中，向商店要了一杯热水，小口小口地抿着，准备等下一班车来，然后原路返回。

半个小时后，没等到车来，他才意识到自己刚才坐的是最后一班车。

没有这么倒霉吧，季眠欲哭无泪。

"咝"，胃越来越痛了，不知道是不是他的错觉，他感觉连带着都有点儿头晕眼花。

自从上一次感冒后，他已经两个月没怎么发烧过，不过这段时间班级中流感流行起来，一个两个都感冒了，冬天开窗通风又不勤，季眠终于中招。

胃痛和低烧一块儿袭来，季眠靠在客运中心大厅的椅子上，昏昏沉沉地睡去。

他警告自己只能睡十分钟，心里还在不停地分析。

两边都有保安的……

我身上最值钱的手机已经被偷了，书包里就只有书，是安全的……

我是个男的，也没人把我拐卖走……

厉惟识下车的时候，天已经完全黑了。

他发消息告诉厉决，让厉决自己在家里煮点儿东西吃，不用等他。

苏珞瑜读高中的时候搬回了杨超英家中，这么多年过去，杨超英终于振作起来，咬咬牙攒钱付了一套房子的首付。

人生有了这样的大起大落，她再也没了从前趾高气扬的样子，变得沉默且踏实。

厉惟识在同城的那套房，如今只有他们兄弟俩住着。

他合上手机，正想走出大厅，却被大厅中的一个人影吸引。

四周都空荡荡的，只有一名少年穿着镇南中学的外套，可怜兮兮地缩在凳子上，像一只被抛弃的小兔子。

他睡得不安稳，脸上泛着不正常的红晕，厉惟识看他有点儿眼熟，仔细一想，这不是苏苏的那个初中同学季眠吗？

厉惟识这人天生好心肠，心软，而且爱多管闲事。

躺在椅子上的还是认识的人，厉惟识就更不能放任不管了。

他半蹲下身，看到季眠校牌上的照片和名字，更加确认了对方的身份。

季眠半梦半醒之间，听到有人叫他的名字："季眠……季眠……"

他费力地睁开眼睛，厉惟识的脸在他眼里模模糊糊，但看清楚样子之后，季眠的警惕和防备之心陡然达到最强。

他吓得脱口而出道："厉决……"

厉惟识愣了愣，季眠怎么会认识自家弟弟？

他摸了摸自己的脸，心想：还把自己认错了。

厉惟识虽然跟厉决差了快十岁，但兄弟俩的脸有七八分相似。

只是厉决张扬俊美，厉惟识儒雅温和，季眠也是因为现在理智不在线，加上太害怕厉决了，才会认错。

厉惟识不能放任季眠一个人在这里不管，轻声细语地询问季眠家在哪儿。

结果季眠一问三不知，死死咬着嘴唇不跟他说话，像是防备着他一样。

只不过季眠的状态实在不好，即使凶巴巴地盯着厉惟识，像一只警惕的兔子，却也没什么威慑性，最后他还扛不住睡了过去。

厉惟识叹了一口气，心想要不要跟苏珞瑜打个电话，他应该比自己更了解季眠。

不过，当务之急还是先把季眠安顿下来。

厉决看到厉惟识的短信，扔了笔，自己去厨房折腾了一碗白水面出来。

大少爷肯定不愿意吃这碗难吃的面，自己点了一堆外卖，抱着回到房间去打游戏。

厉惟识回来，扶着季眠在门口喊了一句："小决，搭把手，我带了个人回来。"

厉决打游戏正打到畅快处，哪会理他哥，装聋作哑无视之。

厉惟识叹了一口气，也不指望真的能使唤动他弟弟。

厉惟识把季眠放在客房的床上后，去外面的药柜里面翻了些常备药出来。

刚才听季眠迷糊的时候一直喊胃疼，厉惟识又给他冲了一杯胃药。

厉惟识蹲下身，把药放在床头柜上："季眠，你胃不舒服，起来吃完药再睡。"

他说完，拿起手机给苏珞瑜打了一个电话。

"嘟——您好，您拨打的电话正在通话中……"

傅沉俞掐断电话，脸色阴沉。

今天下午，竞赛班老师安排罗露出门采购元旦会演的道具，怕一个女生搬不动，又指挥傅沉俞一起去。

他一个下午没联系季眠，季眠就彻底失联了。

林敏芝打电话过来问他，季眠是不是在他家写作业的时候，傅沉俞才意识到事情有些不对。

季眠没回家，电话也打不通……

傅沉俞当即穿了一件外套，急匆匆地往外跑，连晚饭都没来得及吃。

他打电话给何曦时，何曦诧异地说道："不知道啊，我们下午去吃了烤肉，然后季眠就坐公交车走了，就他回家常坐的那班。他还没回家啊？"

傅沉俞都想把何曦给大骂一顿，好端端地带季眠去吃什么烤肉，他不知道季眠那个玻璃胃，吃烤肉会积食吗？

傅沉俞沿着485路公交车的线路一路找下去，半路的时候天空飘起了小雪，温度骤降，找人的难度也变得越来越大。

自行车急行，十二月的风刮在脸上像刀刮，傅沉俞漂亮的睫毛上结了一层冰霜。

他找到客运中心的时候，终于有人知道季眠的去处了。

保安说下午有个穿镇南校服的学生问他药店怎么走，身体看起来不舒服，后来去大厅讨水喝了。

傅沉俞问到商店老板，对方告诉他，季眠被一个男人带走了。

如果季眠出事了……

好在林敏芝的一通电话把想过无数坏结局的傅沉俞给拯救了。

"小沉找到了，刚才苏苏打电话给我了，眠眠在他的一个老师家里。眠眠把手机丢了，又发烧，老师认识他，就带他先回家，刚才老师联系上苏苏，我现在就去……"

傅沉俞打断林敏芝的话，声音有些嘶哑地说："阿姨，外面下雪了，我去接他。"

林敏芝的腿有风湿病，一到雨雪的天气，严重起来都走不了路。

傅沉俞都记得。

厉决打完最后一把游戏，听见外面热闹得厉害。

他探头到客厅，看见厨房里冒着白气，他哥似乎在煮粥。

茶几上散落着各种药，鞋柜上多了一双陌生的鞋子，尺码不大，主人应该和他是同龄人。

"你带谁回来了？"厉决挑眉问道。

"苏苏的一个初中同学，在客运中心遇见的，小孩儿发烧了，我把他带回我们家。"

厉决冷笑了一声："用得着你多管闲事？烂好人。"

前世他哥就是因为管了不该管的事才英年早逝。

这一次厉决绝不会让这种事情再度发生。

厉惟识笑道："只是帮个小忙。人家的妈妈已经打电话过来了，一会儿就把人接走。小决，你把粥给人送过去，我去找找家里的温度计在哪儿。"

厉决不情不愿地端起粥，推开客房的门。

一米八的大床上，季眠深深地陷在厚实的被子里，侧脸被枕头挡住，只露出了漂亮的下颌线，洁白的脖颈细细的。

那么大的床，他把身体缩在一起，只占了小小的位置。

厉决挑开松软的棉被，让床上的少年露出完整的脸来。

季眠睫毛轻轻颤动着，转过头来，随即陷入了无边的噩梦中。

这一刻，厉决的大脑如同被大摆锤重重地砸了一下，一片空白。

他的眼睛迅速出现了红色的血丝，整个人轻轻地颤抖起来。

他下意识地搓了一下手，滑腻腻的，低头一看，因为太用力已经把塑料勺子捏断了，而尖锐的边缘割破了他的手掌心，双手血迹斑斑，他都没意识到。

厉决尝试着往前走了一步，结果双腿一软，瞬间跌坐在床前。

他死死地拽着床单。

季眠……

厉决咬着牙，表情狰狞得像个从地狱爬上来的恶鬼。

只是他无论如何逼迫自己，到了这一刻，依旧没有勇气喊季眠。

他害怕季眠醒了后怕他。

季眠躺在床上很不舒服，偏过头"嗯"了一声。厉决如梦初醒，"季眠……"

厉惟识推开门，诧异地问道："你怎么还在房间里？手怎么了？"

厉决背对着他，声音嘶哑地说："手没事。我……"

他卡壳了，忽然找不到理由留下来。

他总不能说自己上辈子就认识季眠吧。

厉惟识愣了一秒，恍然大悟了。

他想起自己在客运中心遇到季眠的时候，对方还把自己当作厉决。

看厉决的样子，两个人多半是认识的。

厉惟识没多想，毕竟苏珞瑜认识厉决，季眠又是苏珞瑜的朋友，他们俩认识也不足为奇。

他转而看到桌面上的粥，热腾腾的，便开口道："我听你同学说他胃不舒服，等他醒来，你让他把粥喝了。"

厉决听到"你同学"三个字，也想清楚了其中的关系。

"好。哥，你忙吧，我照顾他。"厉决垂着眼睫，双眼中的血丝还未退去。

厉惟识退出去之后，房间里只剩下季眠和厉决两个人。

季眠还在沉睡，厉决每隔一分钟，就要用手确认一遍季眠的心是否在跳动。

那是生命的力量，是人活着的证明。

这个动静让季眠的意识有些清醒，只是身体太疲惫，他根本睁不开眼。

模糊中，他感觉有人在照顾自己，但思维跟不上，烧糊涂的脑袋慢吞吞地转着，艰难地思考着。

他明明是在客运中心睡着了啊……怎么现在好像躺在床上？

难道我给傅沉俞的电话打通了？

可是我的手机……

我的手机……怎么了？

是傅沉俞吗？

他带自己回家了吗？

季眠虚弱地开口："傅……"

厉决连忙凑上来，急急忙忙地接话："什么？敷，敷什么？敷药？服药？你已经吃过药了……"

季眠就说了这一个字，便再没有力气说下文了。

厉决急得抓耳挠腮，生怕自己听错什么，或者没领会季眠的意思。

过了一会儿，季眠又挣扎着开口："俞……"

中间那个"沉"字他说得太小声，让人听不见。

这回，厉决听明白了。

季眠说"鱼"，是想吃鱼吗？季眠是饿了？可是他听人家说感冒了吃鱼不好。

厉决纠结起来，目光落在床头柜上的那碗白粥上。

厉惟识的厨艺还不错，一碗粥做得黏稠醇香。刚才不知道来人是谁时，在厉决眼中，季眠还是不配吃厉惟识煮的粥的病人，现在，厉决觉得厉惟识煮的这碗白粥配不上季眠。

季眠病得这么严重，就吃这个？自己怎么也要弄点儿鲍鱼、黄唇鱼、东星斑在粥里吧。

厉决站起身，不顾大半夜就往外跑。

厉惟识连忙拦住他："这么晚了你干什么去？"

厉决回道："去一趟酒店，我买鱼。"

厉惟识愣了一下："什么？"

他完全没搞懂自己弟弟的脑回路，这小子已经冒着雪跑出去老远了。

厉惟识刚想说这个点没什么海鲜市场开着，但厉决说去酒店买鱼，估计是去自家开的酒店拿。

这孩子，馋成什么样了啊？

厉惟识无奈地摇头，笑了笑。

厉决走到中途，大马路上一辆自行车呼啸而过。

他自己也懂自行车，所以立刻被车子吸引了视线，不过急着去给季眠弄鱼，没有多看，拦了一辆车，报上了酒店的名字。

自行车最终的目的地是厉惟识的家，冷峻的少年翻身下车，将头盔挂在车头上。

厉惟识开了门，看见傅沉俞，对方虽然表情冷漠，但眉宇间的焦急之色不假："我找季眠。"

厉惟识反应过来："你是？"

傅沉俞回道："我是他的同学。"

厉惟识松了一口气："苏苏和我说过了，季眠在客房里，刚吃了药睡下。"

傅沉俞身上带着寒气，目不斜视地走进客房，看到床上的季眠，一直悬着的心才真正落地。

他沉默了一瞬，坐在季眠的床边。

少年身上的寒意驱散了周边的温暖空气，季眠感到寒冷，睁开眼就看到了傅沉俞。

安全感瞬间爆棚，季眠一下子什么都不怕了。

他就说模糊中一直感觉有人在身边，原来"大佬"刚才一直在照顾他啊。

他挣扎了很久的名字脱口而出："傅沉俞……"

"听见了。"傅沉俞一边回答，一边摘了手套，手背贴上他的额头，他已经退烧了。

季眠肚子"咕咕"响，脸色苍白地说："傅沉俞，我肚子好饿……"

床头柜上有热粥，一看就是给季眠准备的。

季眠不好意思地笑了一下："你能把粥递给我吗？"

季眠是真的饿，狼吞虎咽，一碗粥没几下就吃完了。

他觉得这个场景还挺眼熟的，外面下着雪，房间里安安静静的。

季眠的眼睛弯成了月牙："谢谢你啊，傅沉俞。"

傅沉俞放下碗："不用谢。"

那一年的冬夜，是季眠手上的那碗粥，把他从地狱拉回了人间。

季眠感觉自己好点儿了就想回家。他从厉惟识那边知道了前因后果，十分不好意思。

没有了解厉惟识之前，季眠先入为主地对厉惟识有意见，如今人家帮了自己这么大一个忙，他再也不好意思防备对方。

季眠认认真真地道了谢，跟傅沉俞一起离开厉家。

他其实还是有那种小动物的警觉性的，明显感觉到"大佬"好像有点儿生气了。

是因为自己吗？也是，他这么晚不回家，他妈肯定也着急。

自己不小心麻烦了这么多人，害得傅沉俞这么冷的天来接他，"大佬"肯定不高兴……

傅沉俞对他十分无语，过一会儿那点儿气也消散得无影无踪。

季眠闷声道："让你们担心了，对不起。"

过了会儿，季眠听到傅沉俞说："我不上竞赛班了。"

他不上竞赛班，下午的两节补课就不用去，能跟季眠一起回家。

季眠知道傅沉俞的意思，心中更愧疚，仰着脸说道："傅沉俞，你等等我啊。我下学期就可以考进实验班了，我跟你一起上竞赛班。"他有些闷闷不乐，"你别不上课。"

傅沉俞沉默了片刻，然后毒舌道："我不上竞赛班也能考名校。"

季眠：失策，忘记"大佬"是天才了。

厉决回来的时候，自行车已经不见了踪影。

厉决提着鱼，想到季眠在家，脚步都轻快了许多。

第十章

很快，卧室里就传出嘶吼声："哥——人呢？"

厉决猛地撞开门，双眼布满血丝，死死抓着厉惟识的手臂，把厉惟识吓了一跳，连忙问道："谁？"

"季眠！"厉决的声音都变调了。

厉惟识："刚才他的朋友来接他了，人就走了。"

"朋友？"厉决的手松了一下，厉惟识"嘶"了一声，肩膀都被抓红了。

听到季眠是被朋友接走的，厉决稍微松了一口气。

厉决坐在沙发上，这才慢慢地静下心，回忆起许多与记忆中的情节不同的地方。

前世他是在建京遇见季眠的，这次他提前来到同城，也提前见到了季眠，可是季眠跟以前……好像有点儿不一样？

他记忆中的季眠，哪怕已经十八岁了，依旧营养不良，瘦瘦的。可今晚的季眠显然被养得很好，脸圆肉多，衣服和鞋子都是一两千的名牌货。难道因为自己的重生，引起了什么蝴蝶效应吗？

厉决感觉大脑一团乱麻，抓不住关键信息。

他从他哥那里知道苏珞瑜是认识季眠的，于是二话没说就打电话给苏珞瑜。那边的人没接电话，厉决一看时间，已经凌晨一点。

他不死心地又打了几通电话，最后把自己砸在床上。

算了……反正自己已经见到季眠了。

只要季眠在同城，他就有办法再把人找出来！

元旦小长假过去之后，距离镇南中学的期末考试就只剩一个月了。

季眠在两次小月考中成绩进步明显，最后一次月考已经是班里的第一名，如果期末考试能考到年级前十名，下个学期就能进入实验一班。

镇南中学学风严谨，下了课也很少有人在教室外面乱晃打球的，基本都在复习功课。

老师通常在上课结束之后布置家庭作业，本来大家都是在晚自习的时候写，结果这几天的晚自习一直被各科老师占了讲课，季眠只好在下课时争分夺秒地写作业。

物理课一结束，季眠就迅速翻开作业本，找到相应的单元，咬着笔尖开始做多选题。

前桌的同学是个物理考试多选题选项只有"ABC"他会选"D"的神人。他伸了个懒腰，回头看着季眠，感慨道："'学霸'，你也太拼了吧，老衰都还没布置作业呢。"

老衰就是二班的物理老师。

季眠回道："反正作业是肯定要写的，我先写好。"

前桌说："晚自习写呗。"

季眠解释："晚自习我想去实验班旁听。"

前桌竖了个大拇指："牛。我就不去自取其辱了。"

镇南中学在学期末之前开始了一项新尝试，每周三的晚自习，各科老师将会在实验一班开设培优班课程，实验一班的学生是强制参加，其他班级想要旁听的学生可以自己去班主任那里申请，带上凳子到教室听课就行。

因为"校草"傅沉俞在实验一班，每次周三的提优班课程都有很多人旁听，去晚了都占不到位置。

不过，看"校草"的人多，诚心来听课的人很少，季眠算后者。

实验班的课程跟普通班级不一样，季眠很少能跟傅沉俞在学校里一起吃饭。

这个年纪的男孩都在长个儿，往往吃过晚饭之后，半小时就消化完了，晚自习能饿到胃痛。

季眠吃过饭又去超市里刷了饭卡，买了几个小面包塞在衣服里，以备不时之需。

他出超市的时候见到了同班的赵心怡，对方蓝色的校裤上洇着一摊深色的血渍。季眠移开视线，心里明白过来那是什么了。

但赵心怡还在挑小零食，没注意到自己的裤子脏了。从超市到宿舍的路挺长，季眠不能让小姑娘就这么走回去不管，于是用手指敲了敲赵心怡的肩膀。

赵心怡惊讶地道："季眠，你也来买东西啊？"

季眠性格温柔，开朗且阳光，不爱说脏话，也不会跟女孩开黄色玩笑，所以他在女生中人缘很好，赵心怡就挺喜欢季眠的。

季眠脱了校服外套递给赵心怡，赵心怡还没反应过来，季眠提醒道："你的裤子沾上东西了。"

赵心怡愣了一下，紧接着从脖子到耳后全红了。她接过季眠的校服，连忙围在腰上。

赵心怡穿的是小毛衣，没有外套能遮。

就这么一耽误，季眠失去了抢位置的先机。

他到实验班的时候，教室里坐满了人，自己带凳子来的人也坐到了教室的后门处。

季眠只能站在教室外面听课。

找到位置的女生已经叽叽喳喳地开始讲小话：

"你看见了没？在哪里啊？"

"就最里面靠窗的那排，傅沉俞抬头了，抬头了！"

"晕，太帅了。"

"羡慕实验班的女生。"

"我要在实验班就近水楼台先得月了！"

"傅沉俞加人吗？我想去问他要企鹅号……"

…………

季眠默默地听着，"大佬"不愧是"大佬"，真的好受女生欢迎。

实验班几个打篮球的人也回来了，看到班里挤成这个样子，瞬间酸了："不会都是来看傅沉俞的吧？"

"不然来看你啊？"一个人回答。

"看也没用，傅沉俞那张死人脸，你见他理过谁没有？"

季眠有点儿护短，差点儿开口争论。

傅沉俞哪里死人脸了？那叫作冰山酷哥！

他们就是酸"大佬"成绩好又长得帅，还会拉小提琴，好像还会骑马之类的，多才多艺。

季眠知道傅沉俞双休日都没空出来玩，林建一奉行精英教育那一套。到了双休日，傅沉俞兄妹三人都会被送到专门的老师那里，学习礼仪、金融、管理和外语等知识，为以后出国做准备。

像林芸，读的就是双语幼儿园，上小学就能讲一口流利的英语了，比他跟傅沉俞那个年代好太多了。

季眠瞎想了一通，站在走廊上被吹得快被冻僵了。

这天还挺冷，季眠抱着书想，要不算了吧，下周三再来占位置。

他正想走，傅沉俞却忽然离开自己的位子，教室里一阵骚动，几乎所有妹子的视线都跟着傅沉俞移动。

季眠看见傅沉俞离自己越来越近，然后傅沉俞打开门，对自己说："坐我那儿。"

季眠愣了一下："可是你只有一张凳子啊。"

傅沉俞指了指他手里的凳子："你不是自带了吗？"

季眠犹豫了一下，抱着凳子进教室，把凳子放在傅沉俞边上，留下一众原地惊呆了的人。

特别是实验一班的学生：傅沉俞居然会主动邀请别人？

要知道，对待同班同学，傅沉俞都如同寒风一般凛冽。

季眠顶着压力坐在傅沉俞身边，心想"大佬"真不愧是"大佬"，难道每天都顶着这么多人的视线学习吗？他这也能考年级第一？我佩服了。

物理老师的到来制止了学生的讨论，季眠也终于能把注意力转移到黑板上。

傅沉俞听课的时候很专注，但跟季眠不一样的是，季眠埋头苦写笔记，傅沉俞就在书上圈圈画画。

一节课听下来，季眠没听懂的知识点还挺多，不过只要他问傅沉俞，傅沉俞就能帮他解答，堪称行走的参考答案。

直到下课季眠都舍不得走，赖在傅沉俞的桌上："傅沉俞，想跟你一起上课的欲望越来越强烈了！"

傅沉俞毒舌地回击："把我当工具人的欲望吗？"

季眠"嘿嘿"笑："谢谢你啊。你吃面包吗？"

他忽然想起自己书包里还有面包，打开一看，就只剩下一个了。

嗯……虽然自己说是买了晚自习吃，但是往往晚自习还没开始……面包就被自己不小心吃完了。

季眠忍痛割爱地把最后一个面包给傅沉俞，傅沉俞撕开就咬了一口。

季眠询问道："傅沉俞，你都不友好地说一句，'季眠，只有一个面包了，你想吃吗？我分你一半吧，毕竟我们是最好的朋友'？"

傅沉俞挑眉，嚼着面包，无动于衷。

季眠："……"

傅沉俞不欺负他了，撕了一半面包给他。

两个人分吃一个面包，三两口就吃完了。

这场景看在实验班同学眼里，堪比外星人降临地球。

罗露拿着错题本走上来，坐在傅沉俞边上："傅沉俞，我刚才有一道题还没懂，你能给我讲一下吗？"

傅沉俞把笔一扔："不能。"

罗露被拒绝了多次，已经习惯，不依不饶地说："你都给外班的学生讲题了，干吗不舍得跟我说啊。"

外班的学生季眠感到有点儿尴尬，摸了摸鼻子，心想我还是先走吧……

他一走，傅沉俞也懒得在教室里待着，书包一提，跟着季眠一块儿出了教室。

他跟傅沉俞一起长大，对傅沉俞的成长变化没有什么明显的感知。

但偶然一想，他跟"大佬"都认识十一年了。

季眠边走边想，如果不出意外的话，他会跟傅沉俞做一辈子的好朋友。

但是他一想又觉得不对，傅沉俞以后要结婚生子，他和傅沉俞早晚会因为各自组建家庭而渐行渐远。

今年过年时间晚，春节撞上了情人节，双节合一，企鹅空间里都在转发那条说说：如果你情人节跟我告白，那我就可以回你新年快乐。

傅沉俞把手机往床上一扔，坐在电脑前，熟练地打开一个全是英文的网站。

林芸穿着红色的改良小旗袍"噔噔噔"地跑到傅沉俞房间的门口，小大人似的敲了敲门："二哥，我可以进去吗？"

得到傅沉俞的同意，林芸双手挂在门把手上，披散着头发，手里拿着浅蓝色的花苞发圈："二哥，你帮我扎一下辫子行吗？"

傅沉俞拿过发圈，一把抓起女孩的头发："头发这么少，还扎。"

林芸："哪里少了？二哥，你多梳两下就多了！"

傅沉俞替她扎了两个小花苞，冷着声音说道："头发不会因为多梳几下就变多的。"

头发扎好了，林芸也没走，坐在小板凳上蹭来蹭去的。

傅沉俞知道她有话要说，漫不经心地等着。

林芸转过头，请求道："二哥，你跟我们一起回建京嘛。"

傅沉俞回道："不去。"

林芸的整张小脸都垮了。

傅沉俞心想：林家今年回建京是祭祖的，他一个外人去干什么？

林建一年前就问过他，傅沉俞不想给林家那帮亲戚添堵，也不想给自己添堵，因此直接说不去。

林建一也没有勉强他，毕竟傅沉俞性子早熟，对很多事情比别人要敏感，也能自己拿主意，于是给傅沉俞留了点钱在家里，过年时就带着林希和林芸回建京。

林希和傅沉俞的关系一直不咸不淡，称不上兄友弟恭，但也没有太大的矛盾，像住在一起的室友。

但林芸跟傅沉俞是一个肚子里出来的，对傅沉俞很依赖，前几天知道他不回建京过年之后，成天找借口围着他打转，企图说动他一起回家。

林芸灵机一动："那我找眠眠哥哥陪你过年吧！"

傅沉俞掐住她的脸，威胁道："不准跟他说。"

林芸眼泪汪汪地说："可是二哥一个人过年好孤单啊……"

傅沉俞松了手，冷酷地把林芸关在门外，丢给她一句："小孩子别管太多，会长胖。"

林芸刚好到了爱美的年纪，被傅沉俞一攻击，"嗷"地叫了一声："我没有很胖！眠眠哥哥说女孩子胖一点儿才可爱！"

"阿嚏。"季眠打了个喷嚏，剪刀差点儿戳到手。

林敏芝放下剪了一半的窗花，问道："感冒了？"

季眠吸了吸鼻子，剪刀"咔嚓咔嚓"地动："没有。"

快过年了，林敏芝的生意忙了起来，光是打包年货的工人就有一百多个。

她现在渐渐往礼品行业转型，除了几家连锁店之外，还跟认识的几个老板娘合伙弄了个礼物公司，专门负责银行、美容院、博物馆等地方的特色小礼品，还接受企业的预订，做月饼、粽子等节日礼物。

公司越做越大，林敏芝学的东西也越来越多，几个老板娘都说她有做生意的头脑。

她有钱了，社会地位也上升了，认识的老板娘和太太们都是读过书、留过学的，会做学问，知识也多，眼界高，让林敏芝既羡慕又不服。

大家都是人，别人能读出来，她也能读。林敏芝别的不强，就是能吃苦，脑袋转得快，跟着太太们一起逛街、喝茶，学她们先进的思想。

到了这时候，林敏芝看到的世界、听到的声音不一样了。

以前她做小老板娘，身边的人会念叨，说她一个女人这么要强没什么用，还是得找个男人依靠。

现在她做林董事长，没人跟她说女人要强没用，都告诉她人要活得好，体面要自己争，靠什么都不如靠自己。

季眠开口："妈，你记得去做体检，就是再忙也不能落下。"

这些年，季眠一直担心林敏芝的身体。

前世她五十不到就哭瞎了眼睛，后来一身毛病，成了个穷困潦倒的老太太，五十岁时比七十岁的人还老。

如今林敏芝好端端地坐在他面前，也快五十岁了，看上去就像个三十出头的漂亮女人。

她跟太太们去美容院做医美，几千上万的护肤品眼睛都不眨就能买，前世今生的命运，截然不同。

也正因为如此，季眠才有着能摆脱自己命运的勇气。

林敏芝给了他最大的安全感。

"知道的呀，年年都去的。"林敏芝和儿子聊天很随意，不像在外面做老板娘时，总是板着脸，"现在过得这么好，我哪里舍得死的呀。"

她说话也没了外地人的口音，同城的本地话说得比人家本地人还好，一股时髦的做派。

两个人聊着，聊到了季尧，林敏芝的脸上是藏不住的高兴神色。

季尧今年要回家过年了。

季尧到底也是她的亲儿子。

人活一辈子，又有几年可以跟儿子相处？

这些年，林敏芝很少跟季眠提到季尧的事情。

不过说起他哥，林敏芝眉飞色舞，总有说不完的话。

季尧这些年虽然很少回家，但每个月都会给林敏芝打钱。

以前这笔钱能救命，后来这笔钱也不算什么，但林敏芝依旧很珍视，专门开了张卡存起来，说要给季尧存起来买房的，还要做彩礼。

每一年她赚了钱，都往卡里转几笔账，如今卡里都有几百万了。

季眠说："我都没怎么见过哥哥。"

林敏芝笑道："哥哥和眠眠长得很像的，就像是一个模子刻出来的。不过哥哥要内向一些，不像你这么爱说话。"

哪里是内向，哥哥简直是冷淡好吗？

季眠在内心吐槽。

他见过季尧的照片，对季尧的近况也了解，听说季尧在一家私企里做到高管了，今年才升职。

季尧摸爬滚打这么多年，也在往好的方向走。

照片里的季尧神情冷冷的，面容与季眠有四五分相似，年纪轻轻，眉间就有一道细纹，估计是经常皱眉的缘故。

他穿着黑色西装，一副精英做派。

有了季尧要回家过年的消息，季眠心中也多了几分期盼之情。

前世他是家里的独生子，没有兄弟姐妹，还不知道有哥哥的感觉是什么样的。

季尧回来的时候，季眠就知道了，有哥哥的感觉就是有很多钱。

季尧一回来就给季眠包了红包，足足一万块。

对一个月零花钱只有一千五百块的季眠来说，这简直就是天降横财，季尧的形象在他心里瞬间就光辉伟岸起来。

季尧和照片上长得一样，跟林敏芝说得也一样，冷冷的，不爱说话，但是摸他的脑袋的时候，眼里有着兄长的柔情。

季眠知道林敏芝和季尧这么多年没见，有很多话要说。

而他天生就不擅长应付这些温情的场景，找了个借口就从家里溜出来了。

如今他也是身上有一万块钱的小富豪了，揣着钱，觉得怎么花都觉得不够有意义。

最后，他想到了傅沉俞。

有钱，他当然要跟兄弟一起花！

他要先请傅沉俞吃加两个鸡蛋的煎饼馃子，然后买两瓶牛奶。

傅沉俞的寒暑假比他要忙碌很多，不是在上课，就是在上课的路上，也只有过年能轻松几天。

果然，天才也不是看一眼技能就学得会的啊。

他记得在原著中，大反派Fox简直十项全能，结尾的时候出海，连开船都会。

Fox最难搞的就是他学识渊博，知道很多冷门知识。

比起做反派，Fox说不定更适合当警察。

不过，季眠要去找傅沉俞的步子还是收回来了。

他们关系再要好，也只是朋友，傅沉俞肯定要跟家人一起过年的。

等除夕的时候，他跟傅沉俞打个电话吧。

"新年快乐！"季眠喊得超大声，但声音还是被烟花爆竹声给盖过了，如今市中心燃放烟花爆竹都要到统一指定地点，那地儿正好就在季眠家附近，"够有诚意吧，我是不是第一个打电话跟你说新年快乐的？你可别说无聊啊……"

傅沉俞："无聊。"

季眠笑道："你看春晚了吗？吃年夜饭没啊？"

傅沉俞看了一眼空荡荡的房间以及桌上冷掉的半桶泡面，随意地说道："吃了。"

季眠："吃了什么呀？我哥今年回来了，我妈烧了整整一桌菜，跟张叔叔一起吃的。哎，其实我觉得张叔叔给我当爸爸挺好的。都这么多年了，明眼人都看得出他喜欢我妈啊，他就是不肯说，急死我了。"

"嗯。"傅沉俞懒懒地回了一句。

季眠开口："我不和你说了，明天去你家找你玩。"

季眠守夜困了，想到自己还没跟其他人打电话，和傅沉俞打过招呼后把电话挂了。

接下来，他给小姨打了电话，也给几个同学发了短信，然后收到了林芸的节日祝福。

"新年快乐！眠眠哥哥。"林芸的语气很兴奋。

"新年快乐呀。明天我去你家找你，给我们小芸包个大红包。"

林芸说道："眠眠哥哥，可是今年我跟爸爸回建京了呀。"

季眠愣了一下："建京？"

林芸回道："嗯！不过二哥没跟我们回来，他一个人在家。我想跟你说，你要多陪他玩哦，二哥好孤单的。"

季眠挂了电话后扭头一看，外面大雪纷飞，家家户户的窗户都透着温馨的光。

想到傅沉俞一个人在空荡荡的房间里，季眠的心情沉重了几分。

又是雪夜，又是除夕，傅沉俞又被扔下，只有一个人。

季眠抓起围巾和外套，打开卧室门往外走去。

林敏芝刚端上饺子，急道："眠眠，这么晚了你出去做什么？"

季眠头也不回地说："我去傅沉俞家，林叔叔带小芸回建京了，他们家就他一个人，我去陪他，今晚不回来了！"

林敏芝喊道："哎，眠眠，你跑慢点儿，带伞了吗？"

季眠已经跑远了。

林敏芝放下饺子，哭笑不得："你弟也真是……没见过谁大年三十往人家家里跑的。"

季尧问了一句："傅沉俞是谁？"

林敏芝回道："眠眠的好朋友，跟他一个学校的，两个人一起长大，感情很要好。"

凌晨一点钟，傅沉俞家门口响起了敲门声。

他读高一的时候，林建一分到了一套住房，在市中心，小区管制很严，能直接进来的人都是刷过卡的。

林建一他们都在建京，这时候有谁会来敲房门？

傅沉俞在心里把人选过了一遍，想到什么，三步并作两步下楼，拉开房门，季眠在外头被冻成了一座冰雕，帽子、围巾、头发上都是冰碴子。

可是他眼睛亮晶晶的，弯成了月牙："傅沉俞，新年快乐！"

大冬天的，傅沉俞感觉心口滚烫，眼眶都在发酸。

季眠小兔子似的甩了甩头发，傅沉俞给他倒了一杯热牛奶，季眠喝了才缓过来。

傅沉俞沉默到现在才开口："你怎么过来的？"

季眠："我骑车啊……除夕夜上哪儿打车啊，而且外面下那么大的雪。"

傅沉俞语气急切地说："你也知道外面下那么大的雪，你跑……"

季眠笑而不语，傅沉俞无处发泄的一腔怒气卡在了喉咙里，看见季眠狼狈的模样，傅沉俞就更说不出话了。

"我想陪着你嘛，傅沉俞。"季眠坐在小沙发上，"要不是小芸告诉我，我都不知道你今年是一个人过年。"

傅沉俞害怕季眠冷，又给他裹了一层毯子，棉棉兔从小房间里跑出来，跳到了季眠的大腿上。

季眠抚摸着棉棉兔，因为感觉傅沉俞有点儿生气，所以心虚地不开口了。

两个人沉默了很久，季眠忽然说道："傅沉俞，忘记跟你说了，我发财了！"

傅沉俞："嗯？"

季眠从口袋里拿出一张银行卡："一万块钱，我哥给我包的红包。"

傅沉俞说："我也发财了。"

他把林建一留下的钱拿到茶几上，两个半大的少年看着面前的巨款，沉默了。

直到季眠的肚子"咕咕"叫，两个人才回过神，你看看我，我看看你，季眠"扑哧"一声笑了，傅沉俞也弯了嘴角。

季眠说："傅沉俞，我饿了。"

他刚吃完年夜饭就饿了。

看到傅沉俞桌上吃了一半的泡面，他就知道傅沉俞也没有好好吃饭。

季眠自告奋勇地去厨房做饭，并且宣布了今晚要留下来过夜的计划。

傅沉俞没说什么。

冰箱里还有点儿羊肉，季眠又找到了葱、姜、蒜，切好之后把羊肉煮了去血沫，捞出之后晾着，清汤倒进砂锅里，再把调料和羊肉一起下锅，煮了一锅羊肉汤。

浓郁的香味儿瞬间在客厅里蔓延开，让这个冰冷的家有了一丝年味儿。

季眠等到羊肉炖好，都凌晨两点了。

他闻着香味儿咽了咽口水，看了一眼时间，理直气壮地想，除夕夜嘛，就是要守岁的。

哪个年轻人还睡觉啊？

其间，傅沉俞一直在厨房打下手。季眠嫌他帮倒忙，直接把人赶了出去。

羊肉汤出锅之后，季眠把它端到了傅沉俞卧室外面的小阳台上，撒上香菜，迫不及待地喝了一口汤。

凌晨的雪更大，季眠喝着滚烫的羊肉汤，一路舒坦到胃里。

林建一要过了元宵才回来，季眠早上醒来，兴冲冲地便带着傅沉俞回家过年。

林敏芝知道季眠肯定要带人回来的，早早准备了红包给傅沉俞。

傅沉俞第一次看到季眠的哥哥，季尧也给傅沉俞包了一个红包，没季眠的大——季眠迫不及待地看了。

中午，他们俩在房间里写了一会儿寒假作业，写试卷写得季眠头大。

到了晚上，傅沉俞去买了些烟花棒，季眠对此很感兴趣，两个人在院子里放烟花。

季眠抓着一把烟花棒一起放，星火闪耀，映得他的脸分外明艳。

过完年，季尧要回上海上班，林敏芝舍不得他，在他临行前一晚偷偷地抹眼泪。

一家人最后吃那顿中饭也吃得依依不舍，季眠很想让哥哥留在同城上班，但又找不到什么好理由开口，闷闷不乐的。

傅沉俞一直给季眠夹他喜欢吃的小排骨，季眠的兴致也不高。

吃完饭，季尧放下筷子，嘱咐季眠好好读书。

季眠盼着开学的时候跟傅沉俞说话。他也不知道为什么，傅沉俞明明是沉默寡言的性格，但季眠和他就是有说不完的话。

路上看到一只蚂蚁搬家，他都会大惊小怪地拍下照片分享给傅沉俞看。

结果开学，他从同学那里听到傅沉俞的八卦。

季眠傻眼了，他居然什么都不知道。

第十一章

这个消息是何曦告诉他的。

他们俩明明是最好的朋友，但傅沉俞有事都瞒着他。

季眠生气了，决定跟傅沉俞冷战，至少要等傅沉俞主动向他道歉，否则他是一句话都不会跟傅沉俞说的。

镇南开学第一周，新班级，新同学。

实验班走了一批人，也加入了一批人，季眠出现在教室门口的时候，众人都不意外。

红榜早就公布分数了，季眠期末考试排在全校第十名，惊呆了实验班一众高才生。

班上同学看了看坐在靠窗位子的傅沉俞，又看了一眼门口的季眠，默默地挪开凳子，把傅沉俞同桌的位子留给季眠。

上个学期他们就知道，原来傅沉俞跟季眠是认识的，还是铁哥们。

季眠冷冷地看了一眼傅沉俞，却找了个离他最远的位子坐下。

班里同学嘴巴张成了"O"形，有点儿怀疑自己听到的消息是不是真的了。谁说季眠是傅沉俞的死党？

季眠边上的女孩欣喜不已，同桌是个大帅哥，她耳朵都红了。

傅沉俞转过头看了看季眠，对方已经面无表情地拿出书本开始复习了。

他不想和季眠太疏远，只是两个人都已经长大，不能再像以前那样一起玩了。

偏偏在上学期旁听的时候，傅沉俞跟季眠的关系还传得挺远，连班主任都知道他们俩关系好。

开学第一周打扫卫生，两个人被分到了一组，季眠负责换水和擦黑板，傅沉俞负责扫地还有整理桌椅。

季眠还在和他冷战，下午放学，班里人都走光了，只有季眠跟傅沉俞。

季眠坚持了一周没跟傅沉俞讲话，也不和他有视线接触，冷着脸走到楼下去换水。

镇南中学的矿泉水都放在一楼教务处边上，而实验班在四楼。

班上同学一天要喝一桶半的水，季眠要搬两次。

他学散打，力气当然够，只是将水搬到四楼也不是轻松的活儿，中间还有一段长长的走廊。

别的男生都会把水桶放在地上滚，用脚踢到教室。

季眠觉得这是大家喝的水，不能用脚踢，于是提着水一步步走。

快到四月了，他穿着秋季校服，鼻尖起了细密的汗珠。

搬完一桶放在教室里，他又不吭声地下楼搬第二桶。

少年已经有些气喘，搬第二桶水的时候，坐在台阶上休息了一会儿。

他刚坐下，身边的水桶就被人拿走了。他回头一看，傅沉俞替他搬着水，转身上了楼。

季眠抿着唇，想叫傅沉俞把水放下。

可是想起自己说过，傅沉俞向他道歉之前，他都不会跟对方说话，于是将话吞进了肚子里。

傅沉俞动作很快，三两下就把矿泉水搬到教室了。

季眠到教室时，发现傅沉俞还帮他擦了黑板。

冷峻的少年沉默着站在原地，小心翼翼地递了台阶，以求和好，样子瞧着有几分无措。

季眠咬牙狠心，依旧没理他。

傅沉俞一个人做完了所有卫生，耽误了吃晚饭。

季眠上晚自习的时候一直想着，傅沉俞没吃晚饭啊……

同桌女生问了他两道题目，季眠耐着性子讲解了。

晚自习第二节课下课，他纠结地走到镇南的小快餐厅，买了一盒二十五块钱的牛肉盖浇饭，提着回了教室。

路过校门口时，他停下了脚步。

昏暗的灯光下，傅沉俞和一个穿着同外校服、身材高挑的女孩站在一起，似乎在说话。

女孩蓝色的眼睛在白炽灯灯光下如梦似幻，脸蛋精致美丽，泛着红晕，娇羞地低着头。

她的手上提着自己做的色香味俱全的夜宵。

季眠在原地看了一会儿，然后看了一眼自己的牛肉盖浇饭，心想：我自己吃吧，反正买都买了，也不能浪费。

晚自习第三节下课，季眠看到罗露趴在桌上哭，肩膀耸动着，哭得伤心。

她的闺密在一旁安慰她。

季眠回宿舍之前，把抽屉里的牛肉盖浇饭取了出来。

他吃过晚饭还不饿，将饭扔掉又怪可惜的，算了，这个天，饭放一晚上应该可以，等明天中午吃吧。

结果第二天中午，他的牛肉盖浇饭不翼而飞了！

季眠找到盖浇饭的时候，盖浇饭已经变成空盒躺在冰冷的垃圾桶里。

他气得咬牙切齿，心想：谁这么缺德，偷吃他买的盖浇饭？

靠窗的傅沉俞打了个喷嚏，眺望着远方。

厉决终于被他爸从家里放出来的时候，同外都开学了。

去年厉决不顾他爸的反对，孤身一人来同城念书，他爸一开始以为他是赌气，由着他闹，结果过年了他还不回家，厉父便雷厉风行地亲自来同城抓人。

厉决被关在建京，一关就是好几个月。

后来，厉父跟厉决各退一步，厉决想要去同城读书可以，但是要带上他妈，好好看着他。

厉决无所谓，一口答应了。

他回来后没再去找苏珞瑜打听季眠的事，而是靠自己找。他记忆力好，那天晚上记住了季眠的校服。

虽然季眠可能在读高中这件事让他很惊讶，但他自己都重生了，仔细一想，或许是他重生引起的蝴蝶效应改变了什么。

他花了两天时间把同城大大小小的八十所普通高中、二十五所职业高中的校服都翻了一遍，最后锁定了镇南中学、十二中学、育才职高三所高中。

它们的地理位置分布比较散，有一所还在郊区，厉决打算在双休日的时候一所学校一所学校地找过去。

四月，同城一学期一度的高中篮球比赛开始了。

去年秋天的冠军是镇南中学，今年的春季比赛，不少学校跃跃欲试，打算一举夺冠。

而季眠的生日也快到了，他是四月十日出生的，林敏芝很重视他的生日。

她让季眠在下午课程结束后跟老师说一句，通融一下，出来和她吃个饭。

临近生日，季眠还没跟傅沉俞和好。

其实他已经消气了，但之前自己在心里发了誓，又没人给他台阶下，就跟傅沉俞僵持着。

他知道傅沉俞偷偷观察他，偷偷在放学后跟着他，还帮他搞卫生、端水，就是不上来说句好话。

两个人稀奇古怪地开始了一场冷战，好像谁先说话，谁就输了。

这一日，镇南校队篮球赛日常训练结束之后，傅沉俞正拿着一张邀请票发呆。

篮球比赛是面向学生收费的，十五块一张门票，而且限票，毕竟体育馆就那么点儿座位。

不过因为有傅沉俞，镇南"校草"，学生会不愁卖不出票，有时候门票还会被学生炒出高价，有傅沉俞的几场比赛，一张票甚至被卖到两百块。

去年，同外还来了一个建京的转学生，叫厉决，短短一学期就混得风生水起，成了同外的"校草"，和苏珞瑜的名气不相上下，一个是斯文俊秀的'学霸'，一个是张狂俊美的"校霸"。

厉决跟傅沉俞对上的几场篮球赛，票价最高能到五百。

"还没送出去啊，'校草'？"队长捏扁了矿泉水瓶。

这张票傅沉俞是想送给季眠的，从初中加入篮球队开始，每一场比赛，季眠都会来看，除非生病或者有什么意外。

但季眠现在在生他的气，对他爱理不理的，也不知道他的票能不能送出去。

篮球比赛开始当天，第一场就是去年的冠军队和亚军队比，傅沉俞对上厉决，贴吧里票都卖疯了。

季眠听见罗露和她的闺密在前面讨论买票的事情。罗露是学校女生会的，女生会和学生会都是学生干部组织，她有人脉能拿到票。一心只读圣贤书的季眠就很难购到票了，抢也抢不过蹲点守着的妹子，买也没有门路买。

往年……都是傅沉俞给他送票的。

是了，今年不同往年，他们还在冷战，季眠瞬间烦躁起来。

他心想，我一定要硬气一点儿，不能每次都心软，不然以后还怎么跟傅沉俞谈判。

他一定要治一治傅沉俞这个有什么事都闷在心里不告诉他的毛病。

最后，季眠还是咬咬牙，花五百块钱买了一张票。

买了票，他又买了水，走到体育馆外面才觉得自己昏头了。他们还在冷战呢，自己给他的东西倒是准备齐了。

季眠闷闷不乐地把一箱水抬到了镇南校队的休息处，赌气说："白哥，给你们的喝的。"

傅沉俞看了过来，季眠转过头，不理他。

季眠放下水后，偷偷看了一眼傅沉俞。傅沉俞穿着 7 号的篮球队服，身高已经一米八五了。他额间绑着止汗带，手上有护腕，俊美挺拔，只是站着就光芒万丈，吸引了无数女生的视线。

不愧是"大佬"，真能招蜂引蝶……

比赛很快开始，同外的篮球队进场，季眠还见到了几个熟人，他们以前一起就读同城外国语学校初中部。

也有他不认识的男孩，其中一人混在队伍里，人高马大的，格外出挑。

那人有着健康的小麦色皮肤，鼻梁高挺，顶着一头狂傲不羁的头发，有一种野性的美感。

只一瞬间，季眠的大脑便一片空白——一张比现在的样子更成熟、更具有侵略性的脸在融合的记忆里浮现，让他情不自禁地感到惊惧和绝望。

男人宽阔的肩膀、绝情的背影，在他的脑海中勾勒出一个完整的名字——厉决。

《陌路柔情》中的主角之一，前世让季眠丧命的男人。

像是有一道惊雷在自己的头顶狠狠炸开，季眠的身体瞬间僵成了石头，连呼吸都停止了。

体育馆上空的时钟"咚咚咚"地敲响，如同命运为他敲响了丧钟！

只一瞬，季眠就强行让自己镇定下来。

他做了几个深呼吸，让自己的思维发散开，想了点儿别的东西——数学题或者枣泥糕、芋圆、傅沉俞讨人厌之类的，目光落在手背上，尽可能地不去看厉决。

他感到那股书中世界对他的压制又出现了。他觉得自己应该没那么害怕厉决，身体却条件反射地恐慌、惊惧，就像是原来那个季眠留下的后遗症，心脏几乎不受他控制，剧烈地跳动着。

季眠慢慢地在脑海中为自己分析。

厉决的出现太突然，让他毫无心理准备。按道理说，在原著中，厉决应该是高三暑假来同城玩才跟苏珞瑜接触。

可是如今，厉决穿着同外的队服，还混在同外的篮球队里成了5号队员。

毫无疑问，他在同城读书，而且读了有一段时间了，才能加入篮球队。

不过，季眠安慰自己，不用太担心。

或许是因为他改变了原来的季眠的命运，从而产生了蝴蝶效应，导致厉决的命运轨迹也发生了变化。

有林敏芝和傅沉俞的事情在前，季眠对自己的猜测肯定了几分。

既然如此，自己就更要以平常心去面对厉决。

毕竟现在他们只是陌生人，又分别就读于两个学校，如果自己表现得对厉决过于恐慌，反而会引起厉决的注意。

季眠控制着颤抖的双腿，打消了转身就跑的念头。

而且，傅沉俞还在这里，他和厉决在原著中不死不休，玩命一样想弄死对方。

自己要是没义气地跑了，谁来保护傅沉俞？

季眠悄悄握着拳头，心想：他这么多年的散打不是白练的。不就为了这一刻吗？

他已经不是那个没背景、没钱、没智力的小可怜。

如今林敏芝生意越做越大，和同城的太太们关系很要好，这让季眠有了更多的勇气去面对厉决。

他想得太投入，没注意到篮球场上打得热血沸腾，十六七岁的男孩子一旦动起真格来，就控制不住自己的力道。

同外跟镇南去年结了仇，今年打起来一点儿也不手下留情，双方队员越打越窝火，篮球从队员中飞了出来，直接砸向了观众席。

季眠就是这个被砸中的倒霉蛋。

他原先是想避开的，但想到后面是啦啦队的女生，自己避开，球就砸人家女生脸上了。就这么一犹豫，季眠察觉眼前一黑，篮球携带着巨大的力量，砸得他头晕眼花，他瞬间捂住了脸。

额角和眼球火辣辣地痛起来。

傅沉俞瞳孔骤然收缩，比赛他都不打了，直接跑到了观众席上，在季眠身前蹲下。

这么多天，傅沉俞终于开口说了第一句话，声音急切："季眠，睁开眼睛。"

季眠捂着脸死活不放下手，好像一放下手，眼球就会掉下来。

他怀疑自己的眼球都被砸爆了，听到傅沉俞的声音，鼻尖一酸，没来由地想哭。

傅沉俞以前也让他把眼睛睁开过。

那是读小学三年级的时候，季眠桂花过敏，班里同学说他得了红眼病，怕他。

只有傅沉俞不怕他，留在教室里，冷冰冰地命令他睁眼。

季眠想起傅沉俞的好来，骤然反应过来，他们已经认识这么久了。

这么久的感情，他们现在却谁也不理谁，难道要冷战到天荒地老吗？

那多难受。

傅沉俞不敢硬掰季眠的手，只好压低声音说道："季眠，把手拿下来，我看一眼。"

季眠想着还跟他生气呢，这事不能忘："你还没跟我道歉，我不原谅你。"

傅沉俞说："好。对不起，我先道歉，到时候再写八百字的道歉书给你，行吗？"

道歉只有两个字，季眠撇嘴。

但实在疼得厉害，他放开了手，傅沉俞的脸瞬间黑成了锅底。

季眠皮肤白皙，平时磕磕碰碰都会留下一大片瘀青，个把月都没法儿消除。

篮球正好砸在他的额角，那里红肿了一片，左眼也受伤了，吃力地半睁着，睫毛剧烈地颤动着。

季眠看傅沉俞的脸色怪可怕的，有点儿吓着了，心想是不是自己表演得太过分了。

好吧，他刚才是有故意夸张地装可怜的成分。

谁让傅沉俞疏远自己？难道等自己死了，傅沉俞都不准备跟自己道歉吗？

季眠心虚了，岔开话题，忧心忡忡地问："我是不是大小眼儿了？"

他自己感觉一只眼睁不开。

傅沉俞深吸一口气，让自己冷静下来："没有。疼吗？"

季眠乖乖地点头："疼。你有冰块儿吗？给我敷一下。"

傅沉俞说："有。我带你去医院。"

手滑的是同外的男生，他探着脑袋看："砸到男的还是女的了啊？"

"好像是个男的。"有人回答。

砸人的男生说："男的怎么在那儿搞那么久？我还以为砸到妹子了。"

"反正砸的不是我们学校的人，无所谓咯。"

砸了镇南的人，他们还能出气呢。

刚才他们可在镇南的攻势下丢了好多分，正憋着气呢。

厉决没理这些事，踹了队友一脚："哎，去镇南那边问一句，还打不打啊？"

砸了谁都没关系，反正不关他的事，他只想打球。

队友跑过去，片刻后又跑回来，说："打，但是傅沉俞不打了。"

厉决挑眉。他想揍的就是傅沉俞，傅沉俞不打还有什么意思。

队友说："篮球砸到的好像是他朋友。"

厉决冷嗤了一声。

队友继续说："本来砸到人还有点儿愧疚呢，现在完全没有了。傅沉俞阴我们还不够多啊，砸他朋友那是活该！"

"我愧疚——"砸人的男生笑嘻嘻地说，"我愧疚刚才那一下没砸得狠一点儿！"

"哈哈哈！"

同外的篮球队长黑了脸。他是同外初中部直升的，以前跟傅沉俞在一个篮球队里。

傅沉俞没走，篮球队的队长还轮不到他当。

几个别的初中考进同外的人就算了，那几个初中就跟他一起在篮球队的人跟着笑，他就觉得硌硬。

傅沉俞以前没跟他们一起训练过吗？他们居然连一点儿昔日的同学情分都不顾。

而且初中的时候大家一起训练，季眠每次来都会带水，他们是没喝过吗？

"你们也够了吧。"队长冷着脸说，"任杰，初中的时候你没喝过季眠带的水是吗？"

被点名的男生尴尬了一瞬。

队长冷着声音说道："砸到他你还挺开心的啊，以后别说我认识你，丢人。"

任杰摸了摸鼻子："又不是我砸的……"

与此同时，厉决脸上的笑意消失得一干二净。

他喃喃道："你说谁？篮球砸到了谁？"

砸人的男生说："季眠呗，你不认识，以前跟我们一个初中的。我可没喝过他的水……"

话音刚落，他就被厉决揪着领子。

砸人的男生震惊地看着他："你有病吧！"

厉决猛地踹了他一脚："你砸的谁？！"

同外篮球队内部的人打了起来，场面乱成了一锅粥。

镇南这边的人也顾不上他们，傅沉俞带着他走出体育馆，去医院。

季眠有点儿不好意思："我右眼看得见。"

傅沉俞却对他的话充耳不闻。

体育馆内，厉决二话不说就往镇南的观众席跑去。

他脑子里嗡嗡作响，一会儿想傅沉俞怎么会认识季眠？一会儿又想他们是怎么在一起读书的？

但这些事都抵不过知道季眠在镇南读书的消息来得高兴，他激动得忘乎所以，气势汹汹地走了过来。镇南篮球队的人见了他的脸色，觉得这人凶狠，跟狼似的，估计是来找麻烦的，于是自发地拦着他。

"哎，哎，这边是镇南的休息室——"

厉决心潮澎湃："我知道，我知道。"他找好了借口，"我是来看看刚才被砸中的那个同学的，这件事我们学校做得不对，派我来当代表向同学道歉。"

他说得飞快，语气又诚恳，甜甜地笑着，露出小虎牙，看着却也凶。

镇南篮球队的几个人摸不着头脑，没敢信他："不用，我们自己的同学，自己能照顾。"

厉决往外挤，神色已经变得不耐烦："那让我道个歉，我就道个歉行吗？"

镇南的队友们面面相觑，更不敢让厉决过去。

厉决被这么多人拦着，一时半会儿还真跑不出去，急得起火。

等到厉决躲开那些碍事的学生追出来，连季眠的影子都看不见了。

他不死心，又跟着地图跑了几家附近的医院，依旧没找到人。

后来他跑累了，脚步沉重，往前走一步，差点儿跪在地上。一下午他没喝过一口水，嗓子干得厉害，喉咙里有股血腥气。

厉决安慰自己，已经知道季眠是镇南中学的学生了。

就那么大的一个高中，季眠跑不了，自己天天去蹲守，总能撞见一次。

人冷静下来，脑子就开始分析其他事情。

厉决眼中闪过一丝狼戾之色，他想起队友说的，傅沉俞跟季眠竟然是朋友？傅沉俞还送季眠去医院？黄鼠狼给鸡拜年，没安好心。

在他的记忆中，傅沉俞可不是什么乐于助人的人。

厉决沉下脸色，傅沉俞想对季眠做什么？

季眠吃了消炎药，额头上包着纱布。

明明他受伤的是左眼，右眼却跳得厉害。右眼跳灾，这不是什么好兆头。

想起今天在体育馆看到厉决，季眠叹了口气。他最大的人生灾难不就出现了吗？

他正胡思乱想的时候，傅沉俞缴完费回来了。

天已经很晚了，他们再不回去，晚自习结束之后就要关校门了。

季眠站起身来，傅沉俞自然地扶着他慢慢走着。

"我的脚又没受伤……"季眠嘟囔了一句。

感觉到傅沉俞放在他肩膀上的手紧了紧，季眠低头看着鞋尖，边走边问："傅沉俞，你没有什么话想对我说的吗？"

"有。"傅沉俞闷声道，"惹你生气了，对不起。"

季眠："你就不说一下，你哪里惹我生气了？"

傅沉俞问："有参考范围吗？"

季眠："你当这是考试啊！自己想。"

傅沉俞沉默片刻后说："我怕交代出其他事情。"

季眠愣了一下，没忍住想笑，心想："大佬"还挺贼！

这一笑，他就知道自己心软了，心里已经原谅了傅沉俞。

或者说，在傅沉俞为他放弃比赛的时候，他就原谅傅沉俞了。

看到厉决之后，他害怕自己的一切努力都是无用功，害怕自己根本没有逃离原著的结局。

季眠很认真地说："傅沉俞，你以后心里有事，能不能告诉我？我们是最好的朋友，你知道的，你对我可以无话不谈。"

傅沉俞听了这话，解释了，同外的"校花"是林建一的表姐的闺密的女儿，因来国内读书，就让林希照顾。他觉得这事不值一提，就没跟季眠说。

季眠意识到自己的生气有些没道理，尴尬地用手扇风，抬起头望着傅沉俞："那我们和好吧，傅沉俞。"

傅沉俞"嗯"了一声，季眠神情无比认真地说："你答应我，以后有事别闷在心里，也别疏远我，否则我还是会跟你生气的。下一次，我就没这么好哄了，我会很生气。"

"不会了。"傅沉俞向他保证，"我什么事都告诉你。"

跟傅沉俞和好了，又听到傅沉俞的解释，季眠的坏心情一扫而空，连今天遇到厉决的事情都显得没那么糟糕了。

他踩着自己的影子，猫儿眼弯成了月牙："傅沉俞，我很高兴。"

他想，他还是傅沉俞天下第一好的朋友。

季眠的伤口一个星期之后消了一些，他不乐意缠白纱布了。

季眠拆了纱布，生日也到了。

额角还有些乌青，不细看看不出来，不过傅沉俞还是每天中午都在教室里给他涂药。

季眠以前就觉得傅沉俞的体温比正常人类低一点儿，指腹也是冰凉的，给他擦药，冻得他缩脖子。

傅沉俞另一只手按着他的头："别动。"

季眠："药凉。"

他的额头上涂着药，季眠把脸转过去，问傅沉俞："傅沉俞，周四晚上是我的生日，我们出去过吧。"

季眠每一年的生日，都有傅沉俞陪着过。

有时候在学校，林敏芝来不了，就他们两个人也能过。

傅沉俞送他的礼物实用，但毫无创意，大部分是衣服或者鞋子，从童装买到成人装，一晃就这么多年。

季眠已经十六岁了。

周四那天，季眠从早上开始心情就很激动。

他下课就用自动铅笔戳傅沉俞，傅沉俞苍白的手臂被他戳出了一排小点儿。季眠又用橡皮擦给他擦掉，看了一眼时间，报数："还有五分钟就放学了。傅沉俞同学，你给小季准备什么生日礼物了吗？"

傅沉俞卖关子，不肯说。

他买了条男款的项链，银色的，很简约，是个小众的品牌，用的是自己闲暇时间做游戏赚来的零花钱。季眠知道傅沉俞有时候会帮一些游戏公司做程序外包，零花钱非常可观，但具体可观到什么程度，心里没数。

下午，傅沉俞让季眠先去酒店，他去店里拿生日礼物。

季眠双眼亮晶晶，"哦"了一声，心情雀跃，下楼的脚步都很轻快。

但是当他走到校门口时，脸上的笑容消失殆尽。

镇南中学的校门一向很热闹，外面是一条商业街，卖衣服、小吃、文具等，应有尽有。

今天校门口更热闹，好多女生用校服袖子捂着嘴，激动地往校门口跑，依稀还能听到她们的谈话声。

"真的超帅……"

"他站好久了，放学就站在那里，会不会是在等人啊？"

季眠心中有一丝不好的预感，果然，他一踏出校门，就看见厉决穿得花里胡哨，孔雀开屏一样骑在自行车上。

黑色的车、黑色的衬衫，头发张扬凌乱，校服随意地搭在肩膀上，可能是被围观久了，厉决有点儿不耐烦。他嚼着口香糖一转头，终于在校门口看到了他要找的人。

季眠几乎想转头就走，但厉决不一定是来找他的，他怕表现得太异常，引起对方的注意。

结果他想多了，厉决就是专门来找他的，高大的少年伸长了手臂："同学！"

厉决对着他的方向，热情洋溢地露出了一个大大的笑容。

二人仅仅对视一秒，季眠就知道自己跑不掉了。

他脸色微白，命运的长线还是将他们捆在了一起。

事已至此，季眠索性不跑了，深吸一口气，想：一直逃避也不是办法。

他飞快地在脑海中分析，自己唯一接触厉决的一次就是篮球比赛。他以为他走得快，厉决没看到他。

如今看来，是他侥幸心理太严重。

厉决那个时候就注意到他了。

厉决长腿一跨，拦住季眠的去处："同学，同学！你等等。"

季眠站定，没什么表情地看着他。

厉决现在太激动，以至忽略了季眠种种与前世截然不同的表现和气质。

厉决深吸一口气："同学，你还记得我吗？我是同外篮球队的。"

他想了很久的开场白，还是只能从季眠受伤的事情切入。

季眠："不记得。"

厉决的笑容僵硬了一瞬，他这才发现季眠冷淡得过分，比起前世，看着就像一个陌生人。

季眠绕开他，闷头往前走去。

厉决条件反射地抓住他的胳膊，季眠胳膊一甩，力气大得差点儿把厉决掀翻。

厉决又开始怀疑自己的记忆，前世……季眠的力气这么大的吗？

"同学，不好意思。"厉决举起双手，保证自己不再拽他的胳膊，"我是来向你道歉的。上次的篮球比赛，我们的队友砸到你了，我是他的朋友，专程来向你赔罪。"

季眠眼见甩不掉他，只好冷冷地说道："如果真心想赔罪，那就本人来。"

厉决微微一愣，又感觉有一点儿不对。季眠怎么……思维反应这么快，还有点儿……牙尖嘴利？

不应当啊，厉决的心突突跳，在他的脑海里，季眠不该是这个反应。而现在，季眠不但看不出智力有任何问题，甚至智商……有点儿超过他？

厉决感觉今天的认知不停地被刷新。

如果不是季眠的长相没变，厉决都要怀疑自己是不是认错人了。

他就这么一愣神，季眠就走出老远了。

厉决连忙追上去："同学……你等等。我是真心来向你道歉的。"

季眠："我不需要。"

厉决笑着，小虎牙露了出来，笑容很甜，却让季眠感到彻骨的寒意。

厉决很诚恳地说："你可以不需要，但是我一定要道歉，这是我的态度问题。你要是不接受，我会每天来找你。"

他有点儿威胁的意思。

季眠被他笃定的语气讲得心如乱麻，生怕他真的每天来找自己。

为什么？季眠边走边问自己，为什么他已经极力避开原主的命运了，还会遇到厉决？

厉决如今的模样，是打定主意缠着他不放的，也就是说，属于季眠的命运还是按部就班地开始了。

"季眠。"

季眠正焦头烂额、避之不及之际，耳畔响起了傅沉俞冷淡的声音。

季眠抬头望去，傅沉俞已经拿到他的生日礼物，正远远地站着，不知是不是刚来，神色不善地看着厉决，然后再看向他，眼神带着疑惑，大概不明白他怎么会跟厉决在一起。

傅沉俞的出现，减轻了季眠心中的压力。

他心里一下充斥着安全感。

是了，他怕什么？原主最后是被傅沉俞杀的，现在傅沉俞是他的好哥们，他没必要怕厉决。

"傅沉俞！"季眠这一声喊得几乎有些急切，他看都不看厉决有些吃惊的表情，飞快地朝着傅沉俞跑去。

傅沉俞感觉他情绪不对，问他："你怎么了？"

季眠抱着他的胳膊，深吸了一口气。

傅沉俞想，他怎么这么反常？

傅沉俞冷淡地瞥了厉决一眼，问道："同外的人来找你麻烦？"

季眠闷声道："没有！我……不认识他。傅沉俞，我饿了，我们先走吧。"

我可不认识厉决！"大佬"，你要听我的肺腑之言啊！

厉决大脑嗡嗡作响，震得他怀疑自己在做梦。

傅沉俞、季眠，他们俩怎么会关系这么好？

虽然在篮球赛的时候，厉决就知道傅沉俞跟季眠可能认识，并且是着急送对方去医院的好友，但依旧无法接受傅沉俞在季眠身边打转的事实。

难道因为自己重生，其他人的命运也被改变了吗？

前世季眠明明是不认识傅沉俞的。

厉决虽然心急，可也不敢立刻得罪傅沉俞。

他对傅沉俞也算知根知底，忍一时风平浪静。

厉决不停地吸气，呼气，挤出一个笑容："你们，认识啊？"

傅沉俞冷冷地说道："跟你无关。你想打架找我，别牵连无辜。"

厉决在心里爆了句粗口，生硬地开口："别多想，我只是来向他道歉的。"

傅沉俞："那就更不需要了。"

厉决听得血压上升，用力笑着，从牙齿里挤出一句话："同学，我真的是来道歉的。"

季眠如今站在傅沉俞边上，有点儿狐假虎威的意思，忽然觉得厉决也没那么可怕了，在原著里他不还是被"大佬"玩得团团转？现在自己可是被"大佬"罩着的。

他开口："我不用你道歉。我还有事。"

季眠扯了一下傅沉俞的袖子："傅沉俞，我们走吧。我妈还在等我们。"

厉决喊道："同学——"

他不想就这么放季眠走，咬了咬牙，装作一无所知的样子说："至少你把你的名字告诉我吧。交个朋友不行吗？"

为了跟季眠认识，厉决真是豁出去了，脸都不要了，睁眼说瞎话："傅沉俞打篮球打得不错，我还挺想找他切磋的，下次你一起来？"

季眠心想：鬼才去呢。

厉决不死心："你叫什么？"

季眠抿了抿唇，冷酷地扔下一个名字："张翠山。"

厉决："……"

第十二章

季眠的生日虽然过得简单，他却感到十分幸福。

在林敏芝跟傅沉俞的陪伴下，他吹了蜡烛，闭上眼许了愿。

许愿的过程中，他眯起眼，偷偷打量眼前的两个人。

不夸张地说，除了林敏芝，傅沉俞是陪伴他最久的人，也是他心中最重要的人。

厉决对他而言，就像是活在书中的"纸片人"，季眠虽然受书中剧情压制，有些怕厉决，可厉决是死是活，季眠毫不关心。

可傅沉俞不一样，十几年的陪伴与成长，他们早就成了彼此生命中的重要朋友，谁也取代不了。

如果厉决真的像原著剧情发展的那样，最后与傅沉俞有一战，季眠就算是豁出性命也会站在傅沉俞这边——前提是"大佬"没有做违法乱纪的坏事。

季眠默默祈祷，心想：有他在，傅沉俞一定会变成一个好人。

他们俩以后还要一起工作，为人民服务。

傅沉俞给他切生日蛋糕，问他许了什么愿望。

林敏芝笑道："不能说的，说出来愿望就不灵验了。"

季眠原本想说，又憋了回去。

林敏芝吩咐酒店为他煮了一碗长寿面，过生日过到一半接到公司的电话，急匆匆地赶了回去。

季眠悄悄地对傅沉俞说："你想知道我许了什么愿望吗？"

傅沉俞抬了抬眼皮："现在不想知道。"

这一点儿也没打击到季眠的分享欲，季眠咽下蛋糕，认真地看着他说："我想我们可以做一辈子的好朋友。"

季眠吃完了一块蛋糕，还想吃，傅沉俞不让他吃了。

他是个玻璃胃，吃多了之后晚上又难受。

季眠回学校的时候，林敏芝抽空给他发了信息："宝贝，今天是不是心情不好呀？"

知子莫若母，季眠已经尽可能地表现得正常了，可林敏芝还是第一时间发现他的情绪不对。

下午见到了厉决，季眠的心情又如何好得起来。

"没有，妈妈，我很好。"

"宝贝，不管发生了什么事情，妈妈永远是最爱你的，永远保护你！"

"我知道的，我也最爱妈妈。"

季眠回完消息，鼻子一酸，低下头擦了擦眼泪。

十六岁的人了，还哭，怪丢人的。

"傅沉俞……"季眠闷声喊他。

"嗯。"傅沉俞没问他为什么哭，靠季眠近了些。

"冷……"

"我的校服外套给你。"傅沉俞空出来的手拉下拉链。

"不用。你让我挤一挤，就不冷了。"

林敏芝跟傅沉俞，如今成了他在这个世界的两块浮木。

他内心感到害怕和无助的时候，下意识地就想寻找两个人的身影。

到了镇南中学门口，季眠四下张望，傅沉俞看着他，没说话。

季眠没看到厉决，松了一口气。

他俩回来的时候晚自习已经下课了，两个人直接走去男生宿舍。

新学期分班，他们的宿舍被分到了一起。

只有阿姨在走廊上巡查，看见他们回来得晚，还记了名字和缘由。

室友还没睡，四个人的宿舍，两个人挤在一起看鬼片。

氛围很恐怖，季眠跟傅沉俞进来的时候，吓得他俩差点儿尖叫。

"你们走路怎么没动静啊？吓死人了！"其中一个室友拍了拍胸脯。

季眠看到他们偷偷带来学校的电脑里放着恐怖片。

"吓死我了，吓死我了……"另一个室友看得更全神贯注，还邀请他们，"明天没考试，一起看呗？"

季眠想了想，没拒绝，反正现在也睡不着。

而且他一直是好学生，还没在宿舍阿姨的眼皮底下做过这么大胆的事。

傅沉俞在小事上一向顺着他，拎了两把凳子，跟季眠坐在一块儿看。

另外两个室友吓得捂着嘴尖叫，看到季眠纹丝不动的表情，震惊地说道："季眠，你胆子好大啊！"

季眠笑着吐槽："有觉悟好吗？不要相信这些故事。"

当然，准确来说……他觉得，厉决比恐怖片可怕多了。经过下午那么一次会面，就算现在那恐怖片的主角从电脑里爬出来季眠都能不动如山。

看完第一部，室友不敢继续看，两个人结伴去洗漱，然后迅速钻到床上瑟瑟发抖。

季眠第三个洗漱完毕，爬上床窝在被子里。

到了时间，男生宿舍的灯已经被强制关掉。

他支棱着双耳，听着卫生间的动静，水声消失了，镇南统一的铁架床"吱呀吱呀"地响。

季眠跟傅沉俞在一个宿舍住了两个月，听动静就知道是傅沉俞上床了。他俩都在上铺，一边的，头对着头。

四月还在倒春寒，并不是很热，晚上就更冷了，季眠盖着棉被，听着傅沉俞的动静。

紧邻着他的床铺的被子被掀开又落下，掀起了一阵风。

过了会儿，傅沉俞的床上没动静了。

季眠在黑暗中睁着眼，没睡着。他伸手穿过两张床之间形同虚设的栏杆，摸到了傅沉俞的头发。

傅沉俞沉着声音说道："别手欠。"

季眠撒谎，说悄悄话："傅沉俞，我害怕。"

傅沉俞沉默，季眠用手指抠了抠枕头。

"你刚才不是胆子挺大的吗？"

"刚才没关灯，现在关灯了，我就怕。"

季眠怕的不是鬼片，而是厉决，怕厉决的出现带着他改变的命运走向灭亡。

没有人不怕的，《陌路柔情》是一本结局已定的小说，所有人的命运都已经谱写完毕。

季眠不知道自己现在做的一些事是否是徒劳，至少在看到厉决的那一刻，季眠的心为之颤抖。

惊惧、压力、绝望、焦虑，负面情绪排山倒海地朝他压来，但他不知道怎么跟傅沉俞讲他知道的一切事情。

难道他要告诉傅沉俞，你所在的这个世界是假的，你只是一个书中的人物？

还是说他要告诉傅沉俞，你之所以有这么悲惨的遭遇，只是因为你是苦情的配角，你遭遇的一切事情只是为了让你将来有个理由成为反派"大佬"？

他怎么说得出口？在傅沉俞经历过那么多苦难之后，他怎么将这些事说出口？

季眠提心吊胆了几天，天天跟在傅沉俞的屁股后面当小尾巴，上厕所都要结伴去，直到发现厉决没在校门口堵他了，才没那么黏人。

他有点儿侥幸心理地想，或许厉决只是一时兴起，当时他那么冷淡，说不定让对方觉得没意思呢？

他不知道的是，厉决没来堵他的主要原因，就是同外的课程太紧张，厉决走不开。

最近同外出了个新校规，出门必须有出门证，否则学生一概不准到校门外去，除了双休日回家可以离校，平时就要在学校待着。

为了贯彻执行校规，巡逻的老师的人数增加了一倍，厉决就是想溜出去都没机会，翻墙还被抓到好几次，学校通知了他爸，记了处分。

远在建京的厉父给厉决下了最后通牒，如果再有处分，那就滚回建京。

厉决知道他爸火了之后说的话向来是说到做到，这段时间只能不去找季眠。

好在机会总是留给有准备的人，五月的月考结束，同城所有的高中迎来了本学期的第一次课外实践活动。

学校自发组织学生在植物园、博物馆和科技城当中选择一处地方做课外拓展训练，作业是一千五百字的感想。同城和镇南今年都选了科技城，厉决为之一振，立刻去打听镇南学生下榻的酒店在哪里。

同城的课外实践是高一必修的学分之一，一共三分，每个学生都要参与。

活动为期一天一夜，学生要住在校外，对学生而言，在枯燥的学习生活中，这实践活动跟春游没有区别。

一行人到了酒店，都已经中午十二点，班主任宣布原地解散去整理行李吃午饭，两点钟在酒店大厅集合。

季眠坐在行李箱上，让傅沉俞拖着箱子带他滑，进了门发现大厅里有许多穿着同外校服的人，季眠脸上的笑意僵住，心沉了下去。

同外的人竟然跟他们住在同一家酒店里。

自己不会那么倒霉碰到厉决吧？

季眠瞬间连玩的心思都没了，跳下来推着傅沉俞的背往房间走去。

上楼的一路他都沉默着，忧心忡忡，祈祷着别跟厉决见面。

可惜老天没听到他的祈祷，中午在餐厅吃饭的时候，季眠遇到厉决了。

厉决端着餐盘，拍了拍他的肩膀，笑着说："张同学，又见面了。"

季眠"嗯"了一声，转身就走。

厉决拦着他："哎，别走，我怎么听见别人喊你季眠啊，翠山同学？"

撒谎还是让季眠很不好意思，他耳尖红了一瞬："你挡我的路了。我们不是很熟，让一让。"

"多说两句话不就熟悉起来了。"厉决的话让季眠十分不适，"我是真心想跟你交朋友的，给个机会呗。"

季眠急匆匆地往前走着，想甩掉他。

他有心想揍厉决一顿，可是也顾虑颇多。

他若揍了厉决，也要考虑会不会给林敏芝带来麻烦。

而且就算他要揍，也要师出有名。厉决现在真的摆出一副想和他交朋友的样子，也没做什么其他事，季眠都没借口揍他。

季眠在心里懊恼，早知道一个人来买饭会碰到厉决，死也要黏着傅沉俞。

季眠越走越快，把餐盘往桌上一放，就挤在傅沉俞身边坐着。

厉决放缓脚步，收敛笑意，吊儿郎当、居高临下地看着傅沉俞。

傅沉俞也冷淡地看着他，漂亮的双眼里是阴郁的黑色，说："滚。"

季眠用叉子戳着土豆，谁也不看，心里却在为傅沉俞点赞："大佬"好样的！威武霸气！

厉决觉得挺好笑的，站了一会儿，当作没听见那个"滚"字似的，把餐盘放在隔壁桌上，坐下吃饭。

他每吃一口就看季眠一眼，动作慢条斯理，季眠如坐针毡，恨不得把饭菜掀到厉决的脸上。

吃完饭，季眠起身："我去买瓶水，你想喝什么？"

傅沉俞撑着下巴说："跟你一样。"

季眠点了点头，往自动售卖机走去。

两张桌子之间，只剩下傅沉俞跟厉决两个人。

周围人来人往，丝毫影响不到他们之间暗潮汹涌的敌意。

厉决先开口，笑得不那么友善："聊聊？别紧张，我不是来找你打架的，也不是来找季眠的麻烦的。"

傅沉俞漫不经心地看着厉决，让人瞧不出在想什么。

厉决被他看得毛骨悚然，想起前世的傅沉俞，一阵恶心。

只不过现在傅沉俞还小，性格似乎还没成年之后那么恶劣。

至少他现在不高兴会表现在脸上，而不是永远挂着那副令人恶心的、假惺惺的、被称为温柔的笑容。

厉决深吸一口气，自认为挺有礼貌地开口："季眠是你的朋友吧？我可以跟你直说，我想和他交个朋友。"

傅沉俞开口："他不愿意。"

厉决眼中的嫌恶之色一闪而过："你是他的谁啊，就帮他回答？"

或许是觉得语气太重，他干咳了一声："你跟他关系挺好的？我是真心想交朋友，你跟我打篮球结仇那私人恩怨另算，现在能不能请你有点儿眼力见儿，别天天跟着季眠，给他点儿私人空间？"

厉决想傅沉俞不是重生的，按道理现在跟他算是陌生人。现在傅沉俞对他有这么大的敌意，估计就只能因为那次篮球场结仇了。

傅沉俞很平静地说："你觉得你很有把握？"

厉决收敛了笑意，挑眉，语气有些不耐烦："什么意思？"

下一秒，脸上猝不及防地挨了一拳，厉决毫无防备地跌坐在地上。

傅沉俞居高临下地说："现在清醒点儿没？"

傅沉俞是陪着季眠练过散打的。

宁倩的事情一直是他们家人心里的一根刺，林建一嘴上没说，却把三个孩子都送进了武术培训班，特别是唯一的女儿林芸，从小就是学防身术跟跆拳道长大的。

厉决更别说，建京的公子哥，越有钱越惜命，自然也学过几招，是个练家子。

他的打法比傅沉俞的路子野，是在建京那边跟混混打出来的，不过傅沉俞手上功夫比他到家，两个人缠斗在一起，凶狠、沉默，只有桌椅被掀翻的动静跟女生的尖叫声。

事情一闹大，买饭的老师放下饭就冲了过来。

镇南的教导主任第一时间赶到现场，也亏他在这附近吃饭，一出声就把两个人给骂开了。

厉决不是他的学生，他不好管教，但是傅沉俞他要骂，他语气不凶，着急地问："你怎么回事？"

年级第一，多优秀的学生，老师平时说起来都要夸一句品学兼优，结果他在这里跟人打架。

教导主任第一时间就怀疑是同外学生找事。

他再一看厉决，头发张牙舞爪，一副逞凶斗狠的样子，一看就不是什么好学生，被拉开了还死死盯着傅沉俞呢，那眼神像是要吃人。

教导主任心里的天平歪了。

同外的老师过来，一看是厉决心里就有底了，这转学生就是一个公子哥，天天找事儿。

两边的老师商量了一下，决定先问问为什么打起来，有什么矛盾，做个调解，以免日后两个人碰上了又打。

七八个老师站在一起，厉决就是再想打傅沉俞也没机会了。他脑子清醒了，想起老爹对他下的最后通牒，再背个处分就要回建京了。

刚才他是真没想到，傅沉俞对季眠的态度竟然与前世截然不同。

当然，最后调解是失败的，厉决跟傅沉俞都不说为什么会打起来。

一个冷淡，一个嚣张，两个人脸上都带着青紫的痕迹。

他们一说，就得把季眠给供出来，谁也不会这么做。

临了，两边的年级主任一人拉一个，将人带走，对他们做出的处罚措施就是不准参加晚上的休闲活动，自己在酒店房间里反省，明早交一份三千字的检讨书，一个字都不能少。

季眠买水的工夫，回来就听到人家说傅沉俞跟厉决打架了。

他跟傅沉俞关系好，一出事，老师、同学都赶着来告诉他这事，说得很严重，季眠的心直接悬在了喉咙眼。

傅沉俞除了小时候跟人打过架之外，读了初中之后就再没打过架了。

他怎么会跟厉决打架？

季眠一头雾水，跟班主任请了假，提前回了酒店。

他一边推门一边想，早知道自己就不去买水了。

傅沉俞跟人打架，他肯定是要帮忙的，两个打一个，傅沉俞肯定不吃亏。

听到开门的动静，傅沉俞抬头跟季眠对视了一眼。

季眠把水放下，原本心里有气的，看到傅沉俞一脸的青紫痕迹，气顿时全往厉决那边跑了。

他差点儿爆粗口，厉决是妒忌他家"大佬"的颜值吗，怎么专挑脸打。

桌上有碘酒，季眠拿过来坐在傅沉俞对面，吐槽道："我最近就光给你上药了。"

上一次傅沉俞在篮球场上撞出来的伤还没消呢。

季眠忍不住问："老师说你跟同外的厉决打起来了，你们有什么矛盾啊？我走那么一会儿你们就打上了。"

他想了想，补充了一句："也不晚一点儿打，说不定我还能帮你的忙呢。"

傅沉俞笑了，季眠用力地戳了戳他的俊脸："你还笑得出来？哎，咱们镇南'校草'算是破相了。"

傅沉俞说："正好让你当'校草'。"

季眠吐槽道："还有心情开玩笑，你是真的不痛啊……"

傅沉俞闭上眼："痛死了。"

季眠的课外实践结束后，林敏芝要出差一趟。她一直坚持她的公益事业，已经快十年了，主要是去比较偏远的地方，做一些关于残疾儿童的援助。

季眠的原因，林敏芝这些年赚来的身家，有一半用在关怀残疾儿童的公益上，剩下的用于资助贫困地区的女童读书。林敏芝自己是从小山村里走出来的，那里是她的根、她的本，因此她知道那里女孩想要念书有多么困难。

她当年就因为家里穷，只让哥哥弟弟念书，自己早早地被安排嫁人，为收点儿彩礼给哥哥结婚用。

也正因为如此，娘家挑男人不挑人品，只看彩礼。她模样生得好，年轻时被季卫国看上，两个人也甜蜜生活过一段时间，等出了山村打工，大城市花花绿绿的世界迷了季卫国的眼，她便落了个凄惨的下场。

林敏芝活了几十年，就信读书，读书能改变命运，她要让那些女孩都读上书。

周太太是跟她一起来的，林敏芝笑她一个娇小姐，非要来吃这个苦。她自己是吃得了苦的，再苦也过来了。周太太从小被如珍如宝地养着，当惯了大小姐，但她也不怕这些苦，说在家里也是闲着，还不如过来帮忙。

周太太抱着小孩，涂着指甲油的精致指甲和孩子脏脏的脸形成了鲜明对比。周太太的衣服四五千元，小孩是有智力缺陷的，咿呀着流口水，衣服就两件，脏兮兮的。

周太太抱着小孩，用餐巾纸擦掉小孩的口水，又想起自己的儿子，感慨了一句："你说，做父母的哪有这么狠心的，将小孩扔在路边不养了，自己跑去潇洒。不养就不要生呀。"

林敏芝说："残疾小孩，难养。"

周太太知道林敏芝的过去，说："敏芝呀，所以我是相当佩服你的啦。"

月考结束之后，期末考紧跟着就要来了。

傅沉俞的成绩依旧稳居年级第一，季眠因语文的作文被扣分比较多，排第六。

期末考试之前，学习委员在班里说要弄个聚会，毕竟他们下学期就升高二，要文理科分班了，大家不在一个班里读书，现在好好聚聚。

季眠跟傅沉俞都填了理科，如果期末考试成绩稳定，下学期应该还是在同一个班里，理科一班。

聚会的地点定在学校附近的餐厅，上下两层的大包间，二十几个人在里面玩一点儿也不挤。

傅沉俞换了自己的私服，来的时候班里的女生都在起哄。

季眠唱歌好听，大家起哄让他第一个点歌，他唱了几首之后，就把气氛带热了。

聚会结束后，大家打电话的打电话，叫车的叫车，在餐厅门口分道扬镳。

镇南放暑假的第一天，校门口挤满了车辆。

季眠从考场里出来，神清气爽地伸了个懒腰。傅沉俞还没考完，季眠找了一棵大榕树，坐在树下乘凉，手里捧着保温杯，里面是放凉的白开水，一口一口地喝着，很乖的样子。

夏日的白天总是很长的，知了声一阵一阵地响着。

季眠等傅沉俞正等得昏昏欲睡，突然被人给吵醒了。

来人张扬的头发，俊美的脸，还有标志性的小虎牙，吊儿郎当的看着就叫人讨厌，正是厉决。

季眠脸色一变，抱着书包就往咖啡厅跑，可惜跑到一半就被厉决拦住了。

英俊的少年笑得坏坏的："同学，怎么看到我就跑啊？"

季眠差点儿把书包砸在他的脸上。

厉决一把抢过他的书包。

季眠火了："你有病！"

厉决笑嘻嘻地说："我帮你背。这么重，放的什么东西啊？"

季眠夺回自己的书包，反手就给了厉决一拳。厉决没躲，但没想到季眠的力气这么大，直接被揍得后退了两步，痛得弯下腰来。

季眠在前世有这么大的力气吗？

这简直是怪力……

厉决揉着心口，痛得欲哭无泪："同学，真的很痛啊……"

季眠抿着唇，决心不管他，但厉决看起来痛得真的很厉害。

季眠这人有个最大的毛病，就是心软，明知道厉决是悬在自己头顶的最大一把刀，看他在那儿痛得死去活来的，脸色惨白，不似作伪，又有点儿愧疚。

毕竟厉决现在没对他做出什么实质性的伤害行为，可他这一拳是切切实实地打下去的。

季眠绷着脸说："我没怎么用力。"

厉决装可怜："你的力气真大。"

"谁让你先不经过我的同意拿我的书包？"季眠反驳道。

厉决无辜地摊手："我怕你背着太重，帮你拿嘛，又没坏心。我乐于助人，唉，没办法，天生就这么好心肠。"

他油嘴滑舌的，季眠说不过他，干脆不跟他讲话，扭头就走。

"同学——同学。"厉决追了上来。他穿着一件黑色短袖、工装裤和球鞋，打扮得很随意，但因为长得英俊，一路高调地过来，吸引了无数女孩的视线。

季眠捂着耳朵装听不见他的声音，厉决走在他身边，锲而不舍地烦着他，简直比树上的知了还烦。

"你到底想干什么？！"季眠站定身体，瞪着厉决，"如果你想道歉，我可以告诉你，不用，我也不接受。"季眠冷酷地拒绝道，"如果你想跟我做朋友，那就更不必了。"

厉决挑眉："为什么？"

季眠说："没有为什么。"他咬了咬牙，把话说得绝了一点儿，"反正我讨厌你！"

厉决也不生气，笑眯眯地说："你讨厌我无所谓，我不讨厌你就好了。"

季眠没想到厉决能这么厚颜无耻，这下完全不跟厉决客气了："滚！"

厉决站得稳稳当当的，一步也没动，吊儿郎当地说："我不滚，就要跟着你。"

厉决说完这句话，转身走了。

季眠以为他终于离开了，松了一口气，结果这口气还没松完，厉决就转身回来了。

厉决手里拿着一把遮阳伞，笑着说："怕你晒伤，帮你打伞。"

季眠冷着脸说："我不用，晒伤也不用你管。"

原本他打算下午跟傅沉俞去商场吃菠萝冰的，暑假开始的好心情全都被厉决破坏了。

傅沉俞出校门的时候，看到的就是这一幕。

季眠乖乖地坐在花坛的瓷砖上等他，左边是厉决嚣张的脸。

傅沉俞的脸瞬间黑如锅底。

"傅沉俞！"季眠看到他出来，连忙站起来，"你怎么考了这么久？"

傅沉俞回道："算错了一道题，重算了。"

紧接着，傅沉俞跟厉决对视了一瞬。

厉决挤出了一个狰狞的笑容："哈喽，傅同学，考得怎么样？选的全错，蒙的不对吧？"

傅沉俞也回以一个皮笑肉不笑的表情："你没被打够吗？"

他这模样，有些像 Fox 了，一副笑里藏刀的老狐狸样子。

一瞬间，双方剑拔弩张。

季眠拽了拽傅沉俞的袖子："傅沉俞，去吃菠萝冰吧。"

唉，反派"大佬"和主角对上，最容易当"炮灰"的还是他这个路人啊……

厉决可怜兮兮地接话："同学，我给你打了这么久的伞，你不请我吃菠萝冰啊？我也想吃啊。"

傅沉俞眼里的情绪被压下去了，他问季眠："他给你打伞？"

季眠说："他强行要给我打伞，我义正词严地拒绝过了。"然后他踮着脚小声在傅沉俞耳边告状，"我懂的。你跟他打过架，有仇，我是站你这边的。"

末了，他还很讲义气地拍了拍傅沉俞的肩膀。

最后，厉决当然不可能真的跟季眠去吃菠萝冰。

他可不想面对傅沉俞。

今天见到季眠，目的就已经达到了，一个暑假还很长，他有的是时间在傅沉俞没空跟季眠在一起的时候，去找季眠。

七月中旬，同城所有的小学、初中、高中正式开始放暑假。

暑假第一天，季眠也不能免俗，在家睡到天昏地暗。

第二天，季眠就跟傅沉俞一起去图书馆写作业了。

这是他跟傅沉俞从小到大养成的习惯，季眠在学习上对傅沉俞很依赖，就想和他在一起写作业，从小到大都是这样。

有不会的问题他立刻就问，傅沉俞都相当于他的半个老师了。

同城市中心只有一所大型图书馆，在四通八达的天桥边上。

一进门，凉风习习，季眠舒服地喟叹一声，拽着傅沉俞的胳膊就去找位子。

他们来得不算早，位子都差不多坐满了，靠窗的好位子是没有的，只有工作台边上还有一张长桌。

季眠跟傅沉俞刚坐下，工作台那边就传来两个人的声音。

"爱点不点，你以为我想跟你一起来吗？"是苏珞瑜冷冷淡淡的声音。

"不点就滚，我还懒得给你花钱呢。你在我哥面前装得柔弱无害的样子，到我这儿装都懒得装了？"这是厉决有些不耐烦的声音。

季眠转头看去，厉决跟苏珞瑜针锋相对，一人站在一边。

苏珞瑜似乎感受到了季眠的视线，眼睛微微一亮，招手道："季眠！"

到底有一起长大的情分，在季眠面前，苏珞瑜的态度柔和不少。

厉决顺着苏珞瑜的视线看到季眠，也是眼睛一亮。他就说今天怎么眼皮一直跳，原来是要见到季眠了。

不过看到季眠身边的傅沉俞，厉决脸一垮，咒骂了一句："阴魂不散。"

"好久不见啊，季眠。上高中之后你都没怎么联系我了。"苏珞瑜自来熟地坐在季眠的对面。

厉决长腿一跨，毫不客气地霸占了苏珞瑜身边的位子："这么巧啊，你们也是来学习的？"

傅沉俞抬起眼，懒懒地看了厉决一眼，不动声色地把季眠往自己身边拽了拽，警告地扫了一眼对面的两个人。

季眠捧着水杯喝了一口水，对着苏珞瑜说："好久不见啊，苏苏。你长高了。"

第十三章

苏珞瑜说："我一米八二了。"

季眠露出了羡慕的眼神。老实说他努力喝牛奶到现在，还没有突破一米八的大关。

现在傅沉俞去打篮球的时候，季眠都不在观众席上看，而是主动加入打篮球的队伍，就为了长高点儿。

男生嘛，总希望自己长得伟岸一些。

苏珞瑜被季眠真挚灼热的目光看得有点儿不好意思："一米八二也没多高吧……"

厉决咬牙切齿地说："确实，我一米八六。"

季眠真挚的目光却没有看过来。

厉决：还是我比较高。

一米八七的傅沉俞干咳了一声，不动声色地翻了一页书。

季眠终于把目光放在傅沉俞身上了，心想：那"大佬"是真的很高啊……肯定是打篮球打的。

可惜季眠不喜欢打篮球，更喜欢散打，除此之外就喜欢枪械之类的热武器知识，喜欢打 CS 游戏，还没打过真人 CS。

有前世的经验，季眠一直觉得自己能在 CS 赛场上所向披靡。

季眠原本以为和两大主角以及反派"大佬"坐一桌，会有什么史诗级的灾难现场之类的，但其实大家挺安静的。季眠转念一想，现在剧情都没展开呢，自然没有以后你死我活的局面了。

他一思考问题，就条件反射地咬着笔头。

傅沉俞拔开了他的笔头，动作娴熟自然，甚至连头也没抬。

季眠意识到自己小毛病又犯了，笑眼弯弯地看向傅沉俞："谢谢。"

"啪"，厉决把笔一摔，发出巨大的动静。

苏珞瑜偏过头，皮笑肉不笑地说："提醒你一下，厉决同学，你用的是我的笔。摔得这么用力是什么意思？"

厉决不爽地开口："这道题我不会做！"

苏珞瑜讽刺道："不会做就别做，空着不就行了？"

"怎么？说得你好像每道题都会？"

"提醒你一下，"苏珞瑜坦然地指了指自己，"同外高一年级第三，马上就是高二的年级第一了。"他又指了指傅沉俞，"镇南的年级第一。"最后他指向季眠，"镇南的年级第五。"

季眠在期末考试的时候考了年级第五名，是目前他考得最好的成绩。

苏珞瑜后世做的是律师，年纪轻轻就胜诉无数官司，翻过几次大案，在业内很有名。

他冷淡地站在法庭上的时候，就像一条带着剧毒、善于伪装的蛇。

当然，他的嘴巴也贼毒，厉决大人有大量，不跟律师进行辩论。

厉决厚颜无耻地直接略过前面两人的名字，将试卷往季眠的方向推去，笑盈盈地说："'学霸'，好多题我不会做，你教教我呗。"

傅沉俞把他的试卷拍了回去，风轻云淡地说道："你哪里不会？我教你。"

厉决："……"

傅沉俞接着说："我的成绩比他好。"

嗯，这话还挺有说服力。

厉决哪里能真让傅沉俞教，两个人短暂地交锋了一下，碍于季眠在场，没掀桌子打起来。

厉决认为现在的傅沉俞和 Fox 还是有很大区别的。

傅沉俞冷静自持，高冷且沉默，但 Fox 老奸巨猾，天天顶着那恶心死人的笑容，待人温和有礼，眼神温柔，手段歹毒，是个不折不扣的高智商的斯文败类！

他没想到，傅沉俞少年时期和后世的性格差得还挺大。

傅沉俞改变得……还挺多，季眠也变了很多，看来，他重生这件事产生的蝴蝶效应影响还是很大的。

不过对厉决而言，不管是傅沉俞还是 Fox，两个人都挺恶心的就是了。

季眠感受到不一样的气氛，用笔戳了一下傅沉俞的手背。

傅沉俞的手背上立刻多了个墨水点儿："傅沉俞，我有题不会做，你教我一下。"

厉决连忙问道："哪道题不会？"

季眠很真诚地说："你不会的那道题。"

厉决："……"

后面的时间，厉决都在发愤图强地看书，争取在季眠问下一题的时候能率先解答出答案。

重活一世，他没想到自己居然连个高中生都比不过。

中午的时候，季眠肚子饿了。

自习室旁边就是一家咖啡店，除了卖小蛋糕之外，还有薯条或者炸鸡翅一类的东西，一般懒得出去吃饭的学生会选择吃点儿小吃垫垫肚子，然后晚上回去吃一顿晚饭就成。

季眠要了一个招牌千层、一份大薯条和鸡翅桶，够几个人吃的。

他习惯性地问了一遍其他人想吃什么，帮大家都点好了。

这一点和前世的他性格很像，一时间，厉决看着他都有点儿恍惚。

半个小时之后，桌上摆满了小吃，试卷被他们收了起来。

季眠吃得很秀气，拿着鸡翅慢慢啃，像是不怎么爱吃，一边嚼一边发呆。傅沉俞一看就知道，多半是鸡翅不好吃。

不好吃的东西，季眠也不会不吃，丢掉对他来说是浪费粮食，真是个又固执又可爱，很乖的小孩。

有傅沉俞在，季眠觉得跟主角在一起也没那么难受，至少没有像以前那样，PTSD（创伤后应激障碍）发作得那么厉害。每当他对自己和书中世界怀疑的时候，都会下意识地去寻找傅沉俞的身影。

对他而言，这个世界唯一真实存在的就是林敏芝和傅沉俞，十几年的一同成长的经历让他早就把傅沉俞当作自己的家人，傅沉俞跟厉决、苏珞瑜对他来说是不一样的。

后者对他而言更像是"纸片人"，但傅沉俞是有血有肉的人。他花了十几年时间，看着对方长大，所以傅沉俞对于他来说与众不同，无法取代。

自习结束，天也快黑了。

季眠收拾好书包，就等着傅沉俞还书回来一起走。

厉决没忍住问了一句："你们俩一起走？"

季眠犹豫了一下，点头："嗯。"

厉决继续问道："他跟你住在一起？"

季眠摇头："不住在一起。"

厉决："那我送你。"

季眠："不用，和你不熟。"

厉决的语气柔和了几分："季眠，我是真的想跟你交朋友，你至少给我个机会，让我试试行吗？"

季眠很认真地说："不行。"

他又干脆利落地拒绝了，一点儿回旋的余地都没给。

"啧。"厉决烦躁起来，忽然没头没脑地问了一句，"那傅沉俞为什么可以？"

季眠立刻火起来："傅沉俞跟你不一样。"

"为什么不一样？他送你回家，跟你一起上学，写作业？我不行？"厉决步步紧逼。

季眠的眼神冷了下来："他是我的发小。"

厉决像是听到了什么笑话，觉得季眠很天真。他双手撑在桌子上，身体逼近季眠。

季眠的防备意识瞬间升到了最高，他敢保证，厉决要是再往前一点儿，他的拳头立刻就会招呼上去。

厉决停了下来，影子笼罩在季眠警惕的脸上，他笑了一声："你觉得傅沉俞是你的朋友？"

季眠："怎么，别以为在图书馆我就不会揍你。"

"季眠，"厉决直起身体，"我提醒你一句，你把他当朋友，他对你可不一定是这样。"

厉决收拾好书包，态度变软："你不要以为对我凶一点儿我就会放弃，我不会的。"

季眠嘴上不说，但厉决的话还是对他产生了一些影响。

什么叫他把傅沉俞当作朋友，傅沉俞对他可不一定是这样？

难道外人看起来，他们俩的兄弟情这么"塑料"的吗？

他心里有事就憋不住，连着一段时间心情都不是很好。

季眠偷偷地观察着傅沉俞，想看看傅沉俞到底哪里对自己不好，以至外人看来，他连傅沉俞的朋友都算不上。

原本季眠是不在乎这些生活上的小细节的，可是仔细观察之后，发现他跟傅沉俞的关系不是不好，而是非常好。

傅沉俞在生活中对他的照顾称得上无微不至。

只是傅沉俞不爱说话，季眠便感受不到这些细节。

有一次他故意说饿，傅沉俞的书包里就放着他爱吃的零食。

季眠有点儿开心，九月开学之后，立刻把厉决的话忘在脑后，照常跟傅沉俞一起上下学。

结果换季的时候，他又桂花过敏了。傅沉俞去校门口替他买药，季眠就坐在教室里等着。

何曦下课来找季眠玩，看到他过敏，逗他："你又'红眼病'啦？"

季眠戴着口罩，一副有气无力的样子，何曦说："傅沉俞去给你买药啦？"

"嗯……"季眠趴在桌上。

何曦说："要不这样吧，我朋友艺术职高的，这周六我们约了一起去爬山，她叫上她的朋友，你一起去？"

"我周六跟傅沉俞……"季眠想说他跟"大佬"约好要去玩的。

何曦催他："哎呀，去呗，就认识认识。你叫傅沉俞一块儿去！"

何曦刚走，傅沉俞就带着药回来了。

他拧开保温壶，给季眠倒了一杯温开水放在他的桌上。

季眠想起何曦的提议，不好意思拒绝，就跟傅沉俞提了一下："何曦说周六约我们爬山，我们不是没想好去什么地方玩儿吗，要不然去爬山？"

傅沉俞淡漠地问道："他只约你爬山？"

季眠说："我不好意思拒绝何曦，之前放了他几次鸽子了。"

傅沉俞拒绝道："我不去。"

季眠没想到是这个回答，问："为什么不去啊？"

傅沉俞回道："没兴趣，去了也没意思。"

季眠听完，默默地转过身去。

等到下午吃饭的时候，他下定决心，咬着筷子说："那我也不去了。"

傅沉俞抬起头来："你为什么不去？"

季眠戳着米饭："我先跟你约好的。事情有先来后到的说法，我不能对你食言。"

他想了想，是他的错，明明先跟傅沉俞约好的，还心软地答应了何曦。

傅沉俞没什么朋友，自己把他孤零零地留下，多可怜啊。

"不用管我。"

季眠很认真地说："可是……"

傅沉俞知道季眠对待朋友一向很真诚。

傅沉俞说："季眠，我说了不用管我。"

傅沉俞最后还是让季眠出去玩了。

这么多年来，季眠很少和傅沉俞分开玩，走的那天，怪不习惯的。

何曦坐在位子上滔滔不绝地讲着话，他朋友被逗得咯咯直笑。

另一个同行的女孩是一个外向开朗的女孩子，短头发，外号叫蘑菇。

吃完饭，何曦又提议去爬山，附近就有座山，山上有一座香火还不错的庙以及一棵巨大的银杏树。

何曦就想去求个符，路上跟他朋友边走边聊。

蘑菇一个人无聊，就跟季眠搭话。

季眠虽然兴致缺缺，但也没有冷落小姑娘。

蘑菇说一句，他回一句，不是"嗯"就是"啊"。

说到后面，都是蘑菇一个人在尬聊。

姑娘终于忍不住了，问道："季眠，你是不是觉得我挺烦人的？"

季眠如梦初醒："嗯？没有。"

蘑菇说："感觉你好像不是很想跟我说话，一直在看手机……"

季眠摇头："没有，我看时间。"

蘑菇有点儿费解："你是每分钟都要看时间吗？"

季眠性格好，姑娘的语气冲了点儿，他就安静了。

蘑菇连忙道歉："对不起，我说话太快了，听起来是不是有点儿凶？"

季眠摇头："没事。"

到了山上的庙前，何曦进去拜了拜。

季眠不信这个，但是想到发生在自己身上的玄幻事件，还是宁可信其有也不可信其无。

他在外面的摊位上买了一个平安符，给傅沉俞也买了一个。

他仰头看着那棵巨大的银杏树，因为还没到银杏叶变黄的季节，大树还是绿色的，但这也没阻止季眠的分享欲。

他一连拍了好几张照片发给傅沉俞，然后期待地等着对方的回复。

傅沉俞是抽空回他消息的，他最近基本在培训班度过。这周是高尔夫球课，空旷的草坪上，少年撑着球杆站着。

下午他还要上一百二十分钟的击剑课。

季眠将照片发给他之后，又补充了一句："我给你买了个平安符，我们一人一个。"

傅沉俞回他："你去干什么了？"

季眠回复得很快："爬山！"

"山上有座庙，外面卖平安符，十块钱一个。

"这里风景很好，下次一起来。"

季眠喜欢和他分享琐事，一个人说了很多话。

傅沉俞偶尔回他一句，看得出季眠玩得很开心。

何曦的朋友听老板娘说晚上有夜市，想留下来逛完夜市再走。

何曦询问了剩下两个人的意见，蘑菇也想留下来，季眠这时候说自己要走就很没礼貌了。

可他还想下午回去的时候看傅沉俞击剑呢。季眠对这个课程很感兴趣，跟着傅沉俞混过几次课——傅沉俞是由专门的老师单独辅导的，和其他学生参加的课程不一样。林建一给他们兄妹三人安排的教育都是很优秀的。

只要傅沉俞想，其实他高中就可以跟林希一样，直接去伦敦就读。

等到了晚上夜市开始，人渐渐多了起来。

季眠跟在何曦身后漫无目地走着，偶尔看到好玩的东西就拍照存下来，给傅沉俞发一条消息。

几个人逛了半个小时，何曦忽然慌慌张张地找到季眠："蘑菇不见了！"

季眠走得慢，没跟上大部队，一时没反应过来。

何曦说他原本以为蘑菇跟他朋友在一起，结果他跟他朋友会合的时候没看见蘑菇。

他们打蘑菇的电话也打不通，找了五六分钟之后才慌了。庙在山上，山路难走，人又多，蘑菇若是一不小心被挤着、摔着，都不是开玩笑的。

季眠沉下脸，开始跟何曦他们一起找人。

何曦的朋友胆子小，找了十分钟没找到人就开始掉眼泪。

何曦忙着安慰，无暇顾及两边，只好让季眠拿着手电筒往山上找。季眠说如果一小时之内找不到人就直接报警，然后拿着手电筒上山了。

他越往上，路越难走，天也越黑。

中途季眠没注意脚下的石阶，还摔了一跤。

石头尖锐，直接划破了他的裤子，他的小腿被划出了一道口子，瞬间就冒了血珠。

季眠"咝"了一声，伸手一摸，摸了一手血，正准备用手电筒照着检查一下伤口，关键时刻手电筒闪了两下，没电了。

这里前不着村，后不着店，季眠坐在山路中间休息了一会儿，从书包里翻出餐巾纸简单地擦了擦血，慢慢地往山上走去。

这地方只一条直路，他准备上去看一眼，蘑菇要是不在他就下来。

小腿的伤口隐隐作痛，季眠还能忍，到山顶后转了一圈，发现蘑菇没跑到山上来。他便打开手机的手电筒，一瘸一拐地走下山去。

这时何曦打来电话，说找到蘑菇了。

人太多，小姑娘被挤到了山下，手机没电，就只好在亭子里等他们。但半天没等到人，她也有点儿慌，后来还是借了路人的手机打电话给他们，一个劲儿地道歉。

季眠接到消息后松了口气，回了句"人没事就好"。

他下山的途中，微信跳了两下，傅沉俞的消息发了过来："下课了，你回家没？"

季眠盯着这条消息看了一会儿，四处静谧无声，他的眼眶忽然有点儿发酸。

他犹豫片刻，打了电话回去："傅沉俞……"

傅沉俞听他语气不对，问道："到哪儿了？"

季眠："我找人呢，在山上，手电筒没电了，我站着给你打电话。"他想了想又说，"周围很黑，有点儿怕。"

傅沉俞沉声道："地址，我去接你。"

傅沉俞称得上雷厉风行，十几分钟就赶了过来。

何曦先看见他，不知怎的，看到傅沉俞的脸色后一阵害怕，没敢说话。

他什么都没问，但何曦有一种自己要倒大霉的预感。

他们找到季眠的时候，季眠已经快走下山了。

他小腿的伤口不深，已经止血，就是裤子破了，血迹斑斑，看上去怪恐怖的。

傅沉俞二话不说就蹲下身检查了一下季眠的伤口，季眠开口："我们同行的一个小姑娘走丢了，我们都在找她。"

傅沉俞问："疼不疼？"

"没那么疼了。"

季眠说："对不起啊……这么晚还麻烦你。"

傅沉俞声音淡淡地说："季眠，别跟我道歉，不是什么大事。"

期末考试之前的第三次月考，季眠不在状态，成绩瞬间下滑了五名。

季眠愁眉苦脸地拿着试卷，把错题本翻出来，一题一题往上抄着。

傅沉俞打完篮球回来，套了件外套。

少年坐在他身边时，带起了一阵风，季眠的注意力从试卷上挪到了傅沉俞身上。

"有味道？"傅沉俞闻了一下袖子。

季眠摇头："没有，我看成绩呢。"

傅沉俞看了一眼他的试卷，分数是比上一次月考下滑了许多。

高二上半学期还在学新课，只要季眠有知识点没跟上，马上就能反映到试卷上，并且会导致他下半学期和高三的复习都会很吃力。

"给我。"傅沉俞接过他的试卷，扫了一眼他做错的题目，"我讲一遍。"

季眠"嗯"了一声，把凳子拖到傅沉俞身边。

期末考试复习阶段，季眠的状态又回来了，他发挥得相当好，直接考了班级第二，仅次于傅沉俞。

成绩出来后，镇南实验班获得了市级三好班级的荣誉。

班主任老蔡一高兴，大手一挥请全班学生看电影。

说是看电影，其实就是挑一个晚自习大家轻松一下，关上灯拉上窗帘，在教室里看。

镇南中学的实验班课程是全同城最紧张的，学生学习也是最刻苦的，对他们来说这样看看电影算是一个很不错的放松方式。

毕竟他们读了高二后，连寒暑假的时间都要被剥夺。

老蔡让班长跟体育委员去买些零食，班里女生一个赛一个积极地报着零食名字。

这个年纪的男生喜欢扮酷，所以等女孩子都说好之后，男生才慢吞吞地点了几样东西。

轮到季眠，他点了几个奶油布丁，怕傅沉俞低血糖。

电影是全班同学一起票选出来的，当年正在热映的一部灾难片。

这几年灾难片层出不穷，他们看的是一部较为惊悚的影片，胆小的女孩子都挤在一起。

教室窗帘拉得紧，随着电影开始，空灵的音效烘托着诡秘的气氛，季眠感觉自己的后背凉飕飕的。

他看向傅沉俞，傅沉俞准备趴着睡觉。

季眠想起上次在宿舍里看恐怖片，傅沉俞也一直低头玩手机，没怎么看过电脑屏幕。

一瞬间，一个不可思议的念头在季眠的脑海中一闪而过。

傅沉俞……是不是害怕啊？

天呐，"大佬"不会怕看恐怖片吧？

季眠一下激动起来，他还没发现傅沉俞怕过什么呢。

季眠用手戳了一下傅沉俞的肩膀："傅沉俞，你怎么不看电影？"

傅沉俞转过头看着他，季眠笑盈盈的，一看就在打坏主意，脸上写着"我要干坏事"几个大字。

傅沉俞懒得理他。

季眠又戳了戳他："傅沉俞，你是不是怕看恐怖片啊？"

傅沉俞无语地看着他。

季眠的一双猫眼似的眼睛弯了起来。

"是啊。"傅沉俞冷冷地开口，"怕死了。怎么办，兔子警官要保护我吗？"

兔子警官是季眠小时候的外号，老街那帮人起的，没想到傅沉俞还记得这茬。

季眠看他那刻薄劲儿，难道被自己抓到痛处了？

季眠继续说道："我觉得你要是跟坏人对上，还是坏人比较危险。"

傅沉俞搭话："为什么？"

季眠心想：还能为什么？因为你是坏人中的超级大坏人。

他没接傅沉俞的话，把手覆在傅沉俞的肩上。

季眠义正词严，散发着爱心："不过正义的兔子警官还是决定保护一下弱小的普通公民。"

傅沉俞"嗯"了一声，很真诚地说道："那就拜托你保护我了，兔子警官。"

放寒假就意味着季眠要直面厉决了。

上学的时候，大家都住校，同外管得严，厉决也不是每次都能翻墙出来找季眠。而且季眠还躲着他，他就更难和季眠见面了。

再次看到厉决出现在校门口的时候，季眠已经无比淡定。

要么怎么说人是一种适应能力很强的动物呢，就算再害怕的东西，如果那东西一而再，再而三地在自己眼前晃荡，到最后也会觉得没那么可怕。

现在，季眠都能把厉决当作一个普通人对待了。

说不定厉决还打不过他呢。

厉决一来，就挑眉把季眠上下打量了一遍，紧张兮兮地问："听说你上次爬山受伤了，好点儿没？"

季眠淡定地回答："你可以问得再晚一点儿，我的伤疤就会消失了。"

厉决又问："傅沉俞今天怎么没陪着你？"

季眠回道："他上课。"

厉决阴阳怪气地说："哦……那最好，不然我见他一次就打他一次。"

季眠不想理他，厉决陪他走了一会儿，又跑去给他买了一杯奶茶。

"不喝。"季眠拒绝。

"那我扔了。"厉决也无所谓。

季眠："……"

厉决笑得虎牙又露了出来，抓住了季眠的弱点："浪费粮食不好吧，你不是一直讨厌这种人吗？"

"所以你挺讨厌的。"季眠接过奶茶，不想欠厉决的人情，就当作是自己买的，从口袋里翻出了十三块钱放到厉决的手上。

厉决沉默了一瞬，说："你不用跟我算得这么清楚。"

季眠没说话，厉决跟着他到了三号路口，知道自己不能跟下去了。季眠讨厌自己知道他家的地址，厉决也很有分寸地故意不去知道，每次走到岔路口，就会主动停下。

第十四章

寒假正式开始，到了过年前一天，季尧从海市回家。

季尧自从上次回家之后，似乎与家人解开了多年的隔阂。季眠是很喜欢哥哥回家的，那样就可以再拿红包。

不过只因为红包盼着季尧回家，让季眠又觉得有点儿不好意思。

季尧回来后，家里热闹不少。

他们家请来的保姆小刘今年不回家，跟林敏芝在厨房里准备年夜饭，聊着天。

季眠坐在客厅里剪窗花，季尧不会，季眠就耐心地教他。

兄弟俩到底是有血缘关系的，哪怕联系得少，也感情深厚。

晚上吃过年夜饭后，季眠就钻进房间里给傅沉俞打电话拜年了。

傅沉俞那边正吃年夜饭，热闹得很，林建一的事情又前进了一步，过年来他们家拜访的人都快踏破门槛了。

季眠上午看同城本地新闻，还看到林建一在电视里讲话。

"我明天去找你。"季眠在电话里说道，"挂了吧。"

"嗯。"傅沉俞应声。

第二天季眠醒来时，已经是下午了。

他草草地吃过中饭，想起自己昨晚说今天要去找傅沉俞玩，穿上外套跟林敏芝打了声招呼就跑。

　　林敏芝知道季眠跟傅沉俞关系要好，每年季眠都是在家过完年，然后大年初一去找傅沉俞，因此欣然同意。

　　季眠刚走到傅沉俞家门口，林芸看到他，不像往常那样活泼，反而有一点儿伤心。

　　季眠走过去给林芸塞了一个红包，问："谁惹妹妹不开心了？"

　　林芸犹豫了一瞬，说："眠眠哥，不是我，是二哥不开心。"

　　季眠怔了片刻："傅沉俞怎么了？"

　　林芸红了眼眶："二哥的兔子好像要死了。"

　　季眠听完，大脑空白了片刻。

　　傅沉俞的兔子是他幼儿园毕业那年买的，陪伴他整整十一年。那只兔子是他从临县带走的唯一念想，对他而言，意义重大。

　　"我上去看看。"季眠心情复杂地说。

　　林芸说："二哥在房间里，我不敢进去。"

　　"没事。小芸去玩吧，我去陪陪你哥。"季眠揉了一下林芸的小脑袋。

　　林芸点了点头，忧心忡忡地说："眠眠哥，你安慰一下二哥哦，他看起来真的很伤心。"

　　季眠悄无声息地来到二楼，傅沉俞的房间是最里面的一间，是带阳台的。

　　季眠敲了敲门，没听到傅沉俞的回话，于是主动开口："傅沉俞，我推门进去了？"

　　"咔嚓"一声，季眠打开了门。

　　傅沉俞坐在床前，怀里抱着奄奄一息的兔子。

　　棉棉兔还没有咽气，能感觉有人进了屋子，耳朵没什么劲儿地动了一下，看向季眠。

　　季眠的心情更沉重了几分。

　　他坐在傅沉俞身边："傅沉俞，我听小芸说，棉棉是不是要走了？"

　　傅沉俞的刘海长了，遮住了他的眼睛，季眠只能看到他骨节分明的手轻轻地抚摸着棉棉兔柔软的毛。

　　棉棉兔连呼吸都微弱起来，季眠只能勉强看到它的身体轻微起伏。

季眠安慰他："傅沉俞，你做得很好了。"

他揽住了傅沉俞的肩膀："兔子的寿命有限，它到时间了，你得让它走。

"我陪着你。你别怕。"

很多年前，才上小学四年级的季眠也是这么趴在窗口，对他说："傅沉俞，我陪着你，你别怕呀。"

后来，宁倩去世时，也是季眠陪着他，浑身湿淋淋地告诉他，冬天很快就会过去，春天就要来了。

傅沉俞的声音响起，有一丝颤抖："季眠，我不想它死。"

季眠很少看见傅沉俞脆弱的样子，上一次还是宁倩去世的时候。

他心里涌出一股热流，许诺道："我会陪着你。"

傅沉俞转过头看着他。

季眠认真地看着傅沉俞："我还是兔子里的警官呢。"

他知道这话听起来像哄小孩，可傅沉俞现在看上去就像个丢失了最宝贝的玩具的小孩。

季眠低声继续说道："你别难过了，行吗？看见你难受，我也伤心。"

他张开双臂抱住傅沉俞，像是要给傅沉俞一点儿勇气："我陪着你，我们一起送棉棉兔走。"

棉棉兔没到晚上就停止了呼吸，季眠也给它喂过草，对它也有感情，那一刻红了眼睛，鼻子酸酸的。

季眠陪着傅沉俞在院子里挖了一个土坑，给棉棉兔立了一块小墓碑，上面写着"傅沉俞爱兔之墓"，有模有样的。

高二寒假回来，学业更紧张，竞争压力也大。

傅沉俞的脑袋天生适合学习，自己看完书，还能游刃有余地辅导季眠。

季眠高强度地学习的后果就是，月考还没到，他先倒下了。

傅沉俞是第一个发现他发烧的，季眠自己觉得身体有点儿不舒服，但为了不耽误上课，还是强行下床洗漱，衣服穿得乱七八糟的，校服都拿错了，走到门口时被傅沉俞一把抓住。

季眠控制不住身体，保持不了平衡往后倒，靠在傅沉俞的身上，脸红通通的。

室友看到季眠的脸，问道："傅哥，季眠感冒了？"

傅沉俞摸了一下季眠的额头，烫得不像话，室友立刻心领神会："我去向老蔡请个假，要买药不？中午我去医务室带回来。"

"不用，我直接送他去医务室。"

季眠的感冒来势汹汹，发烧烧得大脑都快成了糨糊。

在医务室挂了水之后没什么效果，傅沉俞只能打电话给林敏芝，又送季眠去了医院。

来回一折腾，浪费了两天时间，其间，傅沉俞来看过季眠几次，发现季眠养的那点儿肉瞬间就瘦没了。

第三天季眠回家休息，老蔡给他批了一天的病假，让他学习不要太辛苦。

林敏芝心疼儿子，眼眶都红了，陪在季眠的床边，摸着他的头："妈妈又不要求你考什么名牌大学，你就在咱们同城读大学也行，身体健康最重要。"

季眠看着林敏芝，鼻子也酸酸的。

林敏芝这两年就算保养得再好，脸上也见老了，季眠生病，她急得没心情施粉黛，看上去脸色既憔悴又苍白。

"妈……"一股愧疚感如同洪水一般淹没了他。

周五下午放学，晚上没晚自习，傅沉俞直接到季眠家中看望他。

结果他半路撞见了厉决跟苏珞瑜，苏珞瑜走得很快，似乎想甩开厉决，骂了句让他别跟着。

厉决翻了个白眼，一点儿也不客气地回复："谁跟着你？我是来看季眠的。"

苏珞瑜见到傅沉俞，打了声招呼，问："你是去看季眠的吗？"

傅沉俞不置可否，苏珞瑜又说道："我也是听说季眠生病了，过来看他。一起吧？"

厉决嫌恶地说道："我才不要跟他一起去。"

苏珞瑜淡淡地笑着说："那请你赶紧滚。"

"我要不是找不到季眠家，用得着跟在你的屁股后面？"

苏珞瑜懒得理他，两三步赶上傅沉俞，二人并肩而行。

厉决憋屈了半天，认命地跟了上去。

林敏芝正在家里给季眠熬粥，门铃响了。

她关了小火，下楼开门，先看到傅沉俞，再看到苏珞瑜，两个人都是她认识的。只是她不太认识厉决，有些迟疑。

苏珞瑜对长辈一向很乖，笑着道："阿姨，我们来看季眠。"

林敏芝招呼道："进来吧。"她看了一眼厉决，"这是？"

厉决看到林敏芝的第一眼，险些没认出来。

他的记忆中，季眠的母亲从未如此贵气过。

他愣了一瞬，握住林敏芝的手，大大咧咧地自我介绍道："阿姨，我是厉决，是眠眠的朋友。"

林敏芝将信将疑，对厉决这个人没什么好感。少年长相太锋利，让林敏芝有些不适。

厉决一来，就开始讨好林敏芝。他嘴甜，虽然一开始林敏芝对他没什么好感，但被厉决左一声"阿姨"右一声"年轻得像姐姐"给哄得也拉不下脸来了。

傅沉俞转身朝二楼走去，季眠听到动静，一抬头就看到了他。

"好点儿没？"傅沉俞坐在季眠的床上。

"早就好了。我躺了几天，骨头都酥了。"季眠摸了摸鼻子。

"咔嚓"一声，门被拧开，厉决提着袋子进了屋。

苏珞瑜随后进来，轻声问："季眠，你好点儿了吗？"

季眠点头："明天就能去上学了。"

厉决带来了很多东西，毕竟上季眠家里探病不能空手来。

除了给林敏芝的东西，剩下的就是一堆补品，什么贵他买什么，"哗啦"一下全都堆在季眠的床前。

厉决抬起头，就看到了床头柜上的照片，一共摆了四张，一张是季眠跟林敏芝的合照，一张是季眠和傅沉俞五岁时的合照，剩下的是小学毕业拍的合照以及初中毕业的合照。

　　苏珞瑜看了一会儿照片，笑道："你还留着照片啊？"

　　季眠："我妈给我拍的。"

　　苏珞瑜："那时我们好小啊。是在黎明幼儿园拍的吗？"

　　季眠点头："是的，是小王老师帮我们拍的。"

　　厉决听着他们的谈话，一句嘴也插不上。

　　林敏芝招呼他们下来吃饭，因为没想到家里一下子多出三个大男孩，因此做饭时间就长了些。

　　桌上摆得满满当当，林敏芝怕男孩子不够吃，还叫了酒店的外卖，总算凑足了七八个菜。

　　白米饭她也煮了一锅，热腾腾的。林敏芝生性温柔，对季眠的朋友也爱屋及乌，笑盈盈地坐着陪他们吃饭。

　　季眠大病初愈，默默地捧着粥喝，偶尔吃一口青菜，眼睛望着桌上烧得外焦里嫩的松鼠鳜鱼咽了咽口水。

　　傅沉俞见了，夹了一块鱼肚上的嫩肉放进他的碗里。

　　季眠的双眼弯了起来："谢谢啊。"

　　礼尚往来，季眠也主动给傅沉俞夹了一个肉丸子。

　　下一秒，季眠就发现自己的碗里多了一块排骨，一抬头，厉决那两颗惹眼的小虎牙就在他面前。

　　厉决笑得跟只哈士奇似的，后面如果有尾巴估计都快晃出虚影了。

　　季眠："……"

　　看到厉决期待的表情，又想到他大老远地来探病，还带了那一屋子礼物，季眠不好拂了他的面子。

　　季眠纠结了一下，只好挑了一个比傅沉俞的丸子小一点儿的肉丸子，夹到了厉决的碗里。

第十五章

高二下学期的课程到了尾声，第四次月考之后，就迎来了期末考。

天气逐渐变热，连翘首以盼的体育课大家都不愿意去上了，男女分开列队跑了两圈之后，女生们就脱下校服顶在脑袋上，在篮球场上找个空下来的篮球架，三三两两地聚在一起讲话。

季眠不太喜欢打篮球，比起打篮球他更喜欢踢足球。

不过偶尔天气凉快的时候，季眠也会跟傅沉俞一起打，但他技术比较差，在打篮球这个活动中得不到什么成就感，反而会被傅沉俞冷嘲热讽一番。

"大佬"虽然大部分时间挺温柔的，但刻在基因里的恶趣味简直随着时间的增长而正比例直线上升，真是越来越像 Fox 了。

季眠坐在空置的篮球架下面，伸长了腿休息，闭眼小憩了一会儿后，体育委员忽然扬手："季眠！三对三差一个人，来不来？"

季眠睁开眼，声音懒洋洋地说："太热了，不想来。"

体育委员笑嘻嘻地撞了一下傅沉俞："叫季眠一起来，他听你的。就差一个了，来呗。"

傅沉俞抬了一下眼皮，扔出篮球，篮球在半空中划出一条抛物线，最后被季眠接住。

季眠认真地坐起来，笑道："我真不打，太热了。"

"玩一把，玩一把！"体育委员还在起哄。

季眠耳根软，被央求了没一会儿就改变主意站了起来，脱下校服外套，里面是一件短袖。

他皮肤在阳光底下白得都快反光了。

季眠原本想打两把就下场，但篮球是个贴身运动，为了抢一个篮球，少年的身体很容易碰撞在一起。

季眠第一次被撞开，恰好就撞到傅沉俞身上，后者扶了他一下，提醒道："站稳。"

接下来，季眠撞了傅沉俞好几次。

他们是对手，傅沉俞往往因为照顾他就抢不到球，然后被体育委员一个灌篮就拿分。

次数多了，傅沉俞再接到季眠，忽然挑眉："碰瓷？"

季眠笑笑说："被撞过来的。"

打完上半场，体育委员的队伍进球次数比傅沉俞队多多了。能直接打败校队出身的傅沉俞，体育委员别提多高兴，骄傲得像只孔雀，逢人就吹牛。

跟傅沉俞一个队伍的两个男同学就憋屈了，他俩的技术在班里说不上好吧，但跟体育委员相比也半斤八两啊，至少比季眠好吧。

他们队还有傅沉俞呢，打球不是赢得轻轻松松的？

"傅哥，你今天咋回事啊，状态不佳吗？"其中一个男同学一边喝水，一边郁闷地吐槽。

另一个男同学说："还不是都怪季眠，平时也没见他那么娇弱啊。这不会是体育委员的什么阴谋诡计吧？"

季眠"碰瓷"太多次，良心受到谴责，于是去小卖部买了三瓶饮料和一点儿小零食，给傅沉俞队伍里的两个男同学赔罪。

男生刚刚还在背后说季眠，骤然接受了季眠的好意，他们便产生了强烈的负罪感。

下了晚自习，季眠回宿舍收拾好行李。

星期五晚上，住校生是可以回家住的，季眠把不太用得着的小东西塞在书包里准备带回家。

他收拾好之后跟傅沉俞打了声招呼，傅沉俞问他："你这周五回家？"

季眠点了点头："嗯。我要回家拿点儿东西。"

傅沉俞站了一会儿，说："等我。"

季眠："你也要回去？之前你不是说不回家吗？"

他周三听到傅沉俞跟体育委员说的，这周不回去，所以就没问他。

傅沉俞拿起椅子上的书包，挑眉："突然想回家了。不行吗？"

季眠摸了摸鼻子："好吧。那我们一起走。"

其实，傅沉俞回家跟季眠只有一段路同路，到了建国北路的岔路口，两个人就得分两边走，一个往高架路南，一个往高架路西。

为了照顾住校生，周五晚自习八点下课。

外面天已经黑了，回家的公交车末班车是九点半，十五分钟一班，季眠穿着短袖都感觉热得要死，刷了卡连忙往公交车上钻。

大晚上的回家的人挺多，有下班的，也有镇南的住校生，车上座位都坐满了人，季眠找了个较为空旷的地方站着，傅沉俞站在他身后，一上来，就有镇南的学生认出季眠和傅沉俞。

公交车开过三站，到了下车人流量最大的拱月桥站后，车里的乘客下了一大半，季眠身边刚好有个位子空出来。

他左右看了一圈，车上没有没座的老人、孕妇或者小孩，于是转过头问傅沉俞："你坐吗？"

傅沉俞直接示意他坐上去，季眠也没纠结，大不了他跟傅沉俞换着坐嘛，一人坐一会儿。

拱月桥之后又是一个大站，"呼啦"一下上来了十几个人，把原本空旷的车子挤得满当当的。

傅沉俞身形高挑，拉着吊环也不觉得吃力，只是车内拥挤，把他一直往季眠座位上挤。

季眠怀里抱着傅沉俞的书包，仰着头："傅沉俞，你坐吧，我站会儿。"

傅沉俞站了都快二十分钟了，虽然公交车里开了空调，但还是有些闷热，他站着肯定难受。

这回，不管傅沉俞再怎么坚持，季眠都要跟他换座位。

季眠倔起来，傅沉俞也拿他没办法，他被季眠按到座位上，为了减轻傅沉俞的压力，季眠还把书包放在地上。

反正都是黑色的书包，弄脏了也看不出来，大不了他周六回家洗。

等到有人下车了，季眠找了一个靠窗的空位坐下。

没过多久，傅沉俞就坐在了他身旁，两个人和平时一样，肩并肩坐着。

车子下了高架路，傅沉俞没回自己家，看样子是打算送季眠回家。

他小时候遇到过一个人，天天跟着他回家。季眠那时候还小，虽然跟着张先祯练习散打，但如果遇到坏人，细胳膊细腿的依旧不顶用。

季眠去警察局报警了，那人被抓进去关了一阵，但由于没有对季眠做出什么实质性伤害，又被放了出来。

季眠的日子就更不好过了，那人对他有了打击报复的心理，后来很长时间，都是傅沉俞陪着他上下学，一直把他送到家门口才回家。

再之后，林敏芝终于找到了新家，带着季眠搬走，才彻底远离。

季眠依旧记得小学五年级那段时光，夕阳把他们的影子拉得很长很长。

傅沉俞永远走在他身旁，季眠拽着他的书包带子，什么也不怕。

那时候的傅沉俞内心敏感多疑，不爱说话，总是抿着唇，摆出不高兴的表情。

后来随着年纪的增长，他不再那么冷酷，偶尔也会不吝啬自己的笑容，渐渐融入社会。

季眠走在他身后，有些自恋地想，或许，是他……一点点改变了"大佬"？

傅沉俞背的书包都是双肩的，不像班里其他扮酷的男生喜欢单肩背包，故意把一条书包带子弄得很长，走起路来猛地一甩书包，看起来挺酷。

因此，他的书包带子被季眠拉住的时候，他一下就察觉了。

傅沉俞侧过脸，挑眉看向他，意思是问他干吗。

季眠："我想起以前也这么拉过你的书包带子。"

傅沉俞回忆了一下："应该是小学时？"

季眠点了点头："你还记得啊，你那时候可不像现在这样。"

那时候的"大佬"多乖啊，虽然不爱说话吧，但做得多，说得少。

说完这句话，两个人沉默地走着。

"到家了。"傅沉俞站定。

季眠抬头一看，不知不觉已经到了楼下："那我上楼了，你回去路上小心一点儿。"

周末季眠在家写作业时，手机振动起来。

傅沉俞发的消息："出来看电影。"

季眠吐槽："我作业还没写完呢……"

傅沉俞的语音发了过来，语气淡淡的："季眠，出来吗？"

季眠想装死，这么热的天不想出门，干脆跟"大佬"提议先在互联网上冲浪吧……

他点开语音，听到傅沉俞那边的背景音是一片蝉鸣声，还有远方开过洒水车的音乐。

刚才，他家小区外面就开过一辆洒水车。

季眠顿时愣住。

他抓着手机，瞬间拉开自己的窗帘，低头看去，傅沉俞靠在他家门口的那棵大树上。

似乎注意到了季眠的视线，少年抬起头，表情依旧冷峻。

只是下一秒，那人就勾起嘴角，露出一丝笑意。

季眠换好衣服跑下楼。他穿了一件白色短袖，前面是一串英文字母，外面套了一件很薄的薄荷绿开衫，穿着浅色的休闲裤，卷了三圈，露出纤细的脚踝，踩着一双板鞋。

傅沉俞今天穿的是黑色短袖，挺宽松的，戴着同色鸭舌帽，季眠下楼后，他就将帽檐压得很低，让人只看得到他高挺的鼻梁和殷红的嘴唇以及很尖的苍白下巴。

他的下颌上有一颗黑色的小痣，他抬起头时才会露出来叫人看见。

两个人一个阳光可爱，一个阴郁冷峻。

电影院距离季眠家这边不远，走过两条街道，就能看到银泰城。

因为是双休，银泰比平时热闹很多，十字路口处挤满了出来逛街的人，红绿灯的时间长，游客摩肩接踵地挤在一起。

两个人的颜值都很出挑，身高在人群中也很显眼，吸引了不少女生的视线。

到了电影院，傅沉俞去前台取票。

季眠抬着头看上方的显示屏幕，这才注意到傅沉俞买了一部惊悚电影的票。

"你怎么选的是惊悚片啊？"

傅沉俞回答："清凉，降温。"

大夏天的……好像有点儿道理。

季眠一时无法反驳。

"要喝什么？"傅沉俞问他。

"冰可乐。"季眠回道。

"还有呢？"傅沉俞挑眉。

季眠又点了鸡翅和爆米花，还有薯片。

傅沉俞站着没动："其他的还要吗？"

季眠摸了摸鼻尖："不要了，点太多，会吃不完。"

买完了东西，季眠拿着票走进电影院。

票是十四排的，在最后一排。

电影开场之前，季眠想起一件事，问道："傅沉俞，你是不是……有点儿怕看惊悚片啊？"

傅沉俞轻轻点头。

季眠想起之前在宿舍和教室里看电影的那两次，傅沉俞似乎确实有点儿逃避惊悚片的感觉。

他以前好像没发现傅沉俞怕这个？

傅沉俞怕黑是真的……季眠回忆起自己和他的初遇，只有五岁大的傅沉俞总是被人遗弃在夜里。

季眠心里有几分酸涩，不免想到，自己那时候要是早一点儿帮他就好了……

电影看到一半，惊悚的场景一一出现，季眠有些无心看屏幕，余光一直瞥着傅沉俞。

还好傅沉俞看得挺专注，没表现出害怕的样子。

期末考试成绩出来之后，高二下半学期的暑假开始了——只有七天。

七天之后，实验班的同学全都被召唤回了学校开始进行高三冲刺，为还有一年才来的高考争分夺秒地学习。

季眠跟傅沉俞的成绩都算好的，尽管如此，他们在这么高强度的学习之下，依然有了吃力的感觉。

早上六点钟，就有同学在读书了，晚上十一点下晚自习，回到宿舍后还有室友继续挑灯夜读。

有一天晚自习下课，傅沉俞有点儿郁闷地喊住了季眠："季眠。"

季眠正写物理试卷写得天昏地暗，满脑子都是电磁小球往哪儿滚，听到傅沉俞喊他，下意识地就说："正好，我有道物理大题不会，你写完了吗？"——给我讲讲。

傅沉俞的语气更加冷硬："你把我当参考答案呢？"

季眠一下清醒过来，满脸愁容："没有。"

傅沉俞看到季眠最近念书念得脸都瘦了一圈，叹了口气："你的成绩已经足够考公大了。"

季眠叹了口气："虽然是这么说，但总是不放心。还有一年，谁说得准。万一我的成绩下滑了呢？……"

时间悄悄地流逝，季眠的整个暑假都在学校里度过的，到了九月开学之前，镇南高三（4）班有个女生在晚自习时晕倒了，一查是劳累过度。

年级主任怕学生太辛苦，终于给他们放了两天假，走读生晚自习可以回家自习，住校生的晚自习可以在宿舍自习，课程也安排得轻松了一些，不再是两节课两节课地连上，学校里也增加了一点儿娱乐性的横幅，放松同学们的身心。

季眠没日没夜地学了一个多月，神经也紧绷到了极限，需要好好放松一下。所以当体育委员提出大家一起出去吃烧烤的时候，他松了一口气，几乎立刻就答应了。

选的吃烧烤的那一天正好是傅沉俞的生日，体委他们知道之后，就商量着顺便把傅沉俞的生日一起过了，季眠提前订了一个蛋糕，然后又订了个包间。

下午最后一节生物课结束后，季眠就回宿舍换了衣服，傅沉俞过完今年的生日就是十八岁了。

季眠用攒了挺久的零花钱，给傅沉俞买了一些电脑相关的配件。他还是第一次知道，原来键盘也可以卖到五六千块钱。

林建一在建京出差，没来得及赶回来给傅沉俞过生日，于是订了礼物送回家。

那是一套西装以及一块腕表，折合成现金大概是林建一两个月的工资。也正因为是傅沉俞的成年生日，林建一才敢买一些贵重的东西给孩子。

前几年林希的成年礼是在国外过的，林建一也没来得及赶过去，送的也是西装和手表。

九月开学，实验班大部分同学迈入了十八岁的年纪，豪爽地点了好几箱啤酒。

体委一喝多，就搂着傅沉俞的肩膀，嘿嘿地笑："老傅，恭喜你正式成为一个大人！从今天起，你跟季眠就不一样了！"

季眠骤然被点名，无语道："我就差几个月，好吗？"

体委喝大了，讲话都大舌头了："差几个月也是差！虚岁十八能叫十八岁吗？"

季眠懒得跟体委拌嘴，其他同学开始起哄让季眠唱歌。

玩够了游戏，体委他们给蛋糕点好了蜡烛。

他们弄得很有仪式感，愣是给傅沉俞插满了十八根蜡烛，被班长吐槽毫无美感，并且害他犯了密集恐惧症。

体委招呼傅沉俞："许愿，许愿！"

傅沉俞双眸深沉，在烛光的衬托下，显得更加俊美无俦。

他吹灭蜡烛，许了愿望。

第十六章

这天午饭过后，教物理的顾老师拿着一份通知找到了傅沉俞，让他下课后到办公室一趟。

过了一会儿傅沉俞回来，季眠问他怎么了，傅沉俞说要去参加竞赛。

季眠隐约记得傅沉俞高二的时候参加过物理竞赛。而季眠比较擅长化学，也拿过省内几个有含金量的大奖。

傅沉俞已经拿到了参加全国物理竞赛的资格，顾老师很重视这一次比赛，特意跟学校申请了一个星期的冲刺时间。

开学之后，高三生活跟傅沉俞预想中的有点儿不太一样。

不对，不是有点儿，是非常不一样。

雪片一样的试卷和高强度的排课，让学生一点儿空余时间都没有了。

镇南中学实验班的学生就更别说了，班主任恨不得他们一天四十八个小时都用来学习。

每天晚上一回到宿舍，季眠就累得一句话都不想说了，直接倒头就睡。

终于有一天，宿舍里有人受够了这种压抑的气氛，爆发了。

一个舍友猛地将拳头砸在桌上，哭诉道："不想写了，快崩溃了，别告诉我整个高三都要以这种强度学习！"

季眠其实也很累，但他毕竟比别人多活一辈子——不过随着他的长大，前世的事情就像梦一场，如果不是那张纸片的存在，季眠恐怕已经将那些事忘得一干二净——能忍受这种枯燥的学习生活。

他安慰道："就一百多天，熬一熬就过去了。"

舍友号啕大哭："坚持不下去了！"

季眠压低声音道："你小点儿声，等一下把傅沉俞吵醒了。"

另一个舍友感慨道："世界太不公平了，有人挑灯夜读，有人九点上床，完了还能比挑灯夜读的分数高出一大截。"

季眠辩解："他挺辛苦的，今天是太累了才睡得早。"

崩溃的那个舍友又哭哭啼啼去了。

高三的上半学期过得很快，季眠还没来得及感受新学期的新鲜感，就被一张张试卷压迫得喘不过气来。

过年的寒假也没得放，高三实验班的学生要一直念书到除夕才能回去，休息一个星期不到的时间就得回学校继续复习。

季眠原本打算跟傅沉俞寒假玩一玩，但林建一今年回家过年，傅沉俞家中忙碌起来，有各种应酬，季眠也不好意思过去打扰。

快到年末时下了几场大雪，傅沉俞给季眠打电话，问他后天有没有空。

季眠偏头夹着手机，然后转头去看日历，身体僵硬了一瞬。

后天……是宁倩的忌日。

季眠忙回道："有空的。"

去祭拜宁倩之前，林敏芝买了一些花束，扎得很端庄淡雅，白色的康乃馨一簇一簇的。她将花递给季眠："眠眠，妈妈的花放在桌上了，你记得带走啊。"

季眠穿上鞋："知道了。"

林敏芝走出来："墓园路滑，你上山下山都小心一点儿，别摔着了。"

季眠不满："我都多大的人了，你还提醒我这个，我都知道的。"

林敏芝继续说道："你今天说话注意点儿啊，宁阿姨的忌日你要多上心一些，不然说错话了，小傅心里难受。"

"知道。"季眠直起身体，林敏芝又忍不住给他整理衣服，说："你宁阿姨也是个福薄的人，走得早，好在小傅平平安安地长大了。现在看到他这么优秀，宁阿姨九泉之下也会安心的。"

或许是触景生情，林敏芝说着就红了眼眶："妈妈有时候想，妈妈要是走了，眠眠怎么办呢？"

季眠抱住她，安抚道："妈妈会长命百岁的。你定时去医院体检了吗？"

"都检查了的。"林敏芝抹了把眼泪，"你还不相信妈妈呀？"

季眠笑起来，眼睛弯成月牙："信的呀，那我走了。"

年末的时候，街上年味儿还是很浓的。

前几天连着下了几场大雪，一大早林建一就带着公司的人员到马路上扫雪去了，忙得都顾不上宁倩的忌日。

林希订了花束转给傅沉俞，今年来看望宁倩的只有傅沉俞跟林芸还有季眠。

季眠捧着两束花小心翼翼地走着，争取不摔倒。

宁倩的骨灰被埋在同城公墓里，照片还是年轻时的模样，笑盈盈地看着后辈。

季眠把花束放下之后，跟着傅沉俞和林芸拜了拜。

距离高考只有不到九十天了。

傅沉俞除了要学习学校里的内容，双休日回家还有林建一给他安排的各种课外课程，这些课外课程哪怕是高三也没断过。

季眠挺佩服傅沉俞的学习强度的，就这样他还能跟游戏公司做对接，已经完成了好几个大游戏公司的外包项目。

季眠认认真真地祭拜着宁倩，在心里碎碎念：宁阿姨，我是季眠，不知道你还记不记得我。小时候我就住在你们家隔壁，我跟傅沉俞是一个幼儿园的，后来念了一个小学，又念了一个初中，高中也在一起读。傅沉俞是我最好的朋友，宁阿姨，我不会让傅沉俞变坏的，他会很好很好地长大，成为很优秀的人。

下山的时候，林芸摔了一跤，小姑娘爱美，摔得裙子上都是泥点子，不好意思见人。

傅沉俞打电话让司机来接她，林芸连蹦带跳地上了车，连忙关上门，跟傅沉俞说："二哥，我自己回去就行，你跟眠眠哥哥再逛逛呗。"她一边说还一边催促司机开车，"眠眠哥哥，你别送我了，我跟你们两个大男人在一起玩，一点儿也不好玩。"

她苦着小脸，挥了挥手，扬长而去。

季眠连一句反驳的话都没说，车就跑没影儿了。

正在这时，两个人耳边传来一个男生的声音，有点儿沙哑，说不上好听，语气似乎很震惊。

"傅沉俞？"来人是一个剃着平头的男生，穿着一件有点儿旧的黑色羽绒服，手背上藏着若有若无的文身，迟疑地看着傅沉俞，"你是傅沉俞？"

傅沉俞面对别人时，脸色永远不太好，冷冰冰的，拒人于千里之外。

季眠记忆中没见过这个男生，对方看着像个社会不良青年。

季眠对他提不起好感。

文身男笑了一声，说："你还记不记得我？我妈给你当过保姆。"

他顿了一下，舌尖抵着下腭，说："你五岁的时候。"

季眠一下就回忆起这个人是谁了，脸色黑得难看。

偏偏平头青年没有一点儿愧疚的意思："你也是来上坟的？"他拎着袋子，里面放着一些纸钱和花，"我也是来上坟的。"

季眠害怕傅沉俞一拳就打上去。

那一年的冬天，傅沉俞就是被保姆扔在门外，才差点儿死掉。

那一年，他才五岁。

但季眠转头看着傅沉俞，想要阻止他的时候，发现他很冷静，冷静得有些可怕。

傅沉俞甚至可以心平气和地跟平头青年说话。

"是吗？"他没什么语气地回了一句。

平头青年说："说起来，我们还挺有缘的。"他笑了笑，"小时候的事情你还记得吗？"

傅沉俞嘴角勾出了一个笑容，看得季眠胆战心惊。

"记得。"

平头青年笑道："那时候我小，不懂事，做错了什么你可别记仇啊！"

傅沉俞没接话，表情似笑非笑。

平头青年继续说："说起来，你后来过得不是挺不错的嘛。"他的语气酸溜溜的，"你妈还真嫁给了林叔，现在你这个二公子当得真是挺不错的吧？"

季眠依稀记得，平头青年的母亲跟林建一的亲戚有点儿关系，但目前看来，关系不是太近，大约是亲戚的朋友。

他在心里飞快地分析着。

原著中，没有对平头青年的出场描写。

准确来说，自从季眠读了高中之后，《陌路柔情》的原著剧情就已经慢慢远离他了。

季眠在脑海里搜刮了一堆《陌路柔情》的原著剧情，确定傅沉俞跟这个平头青年没什么交集，才松了一口气。

"唉，我就不行了。"平头青年说，"我妈后来出了点儿意外去世了。我没考上高中，读了个职高，没意思就退学了。"

他盯着傅沉俞的衣服，又盯着傅沉俞的鞋，羡慕地说道："你这身衣服跟鞋不便宜吧？"

季眠警惕地开口："傅沉俞，走吧。我饿了。"

平头青年看到他，没认出他是谁，听他说要走，说道："这么久没见，下次有机会吃个饭呗。我大哥在聚环路开了个不夜城，你们有空来喝两杯？"

他一边说一边递了张名片给傅沉俞，原本还要交换联系方式，只是傅沉俞没有拿出手机的意思，所以他悻悻地放弃。

平头青年看着傅沉俞的背影，转头给他妈上完了坟。

接着他沉默了一会儿，半跪在墓碑前，碑上贴着一个中年妇女的照片，看模样就是陈姨。

"妈，我今天遇到傅沉俞了。没想到还能遇到他，他长得比我还高。"说话间，他脸上露出一丝狠厉之色，"他比我们……过得都好。"

他不由得想起那一年遇到的男孩，那么小，好像轻轻一掐就会死。

凭什么他现在却可以比自己过得好？

还是那时候好，傅沉俞虽然有钱又怎么样，还不是被自己的妈妈又打又骂？

他的玩具是自己的，衣服也是自己的，那时候的自己获得了无与伦比的优越感。

那是一种把有钱的人踩在脚下的爽快感！

只是好景不长，平头青年神情狰狞地回忆起往事。

后来因为宁倩死活要带着傅沉俞回林家，陈姨失去了这份报酬很高的工作。

平头青年的家境在那一年算是一般的，虽然他们在外面吹嘘自己是林建一的亲戚，其实陈姨只是林建一的前妻那边的亲戚的朋友，只能说是同乡。

陈姨失去这份工作之后，他们家没有了吹嘘的资本，他爸就怪他妈不中用，对他妈施加暴力，又说他妈是废物，没钱买酒，于是就去买廉价的兑水白酒来喝，最后死在了外面。

陈姨不得不再去找一份保姆的工作，可是哪有人给的钱比宁倩多？

陈姨眼高手低，成天抱怨，说人家家里这个也不好，那个也不好，弄得主人家对她很不满。

她被开除了几次，不知是运气好还是怎么的，通过一条短信找到了一份待遇还不错的保姆工作。

只是她做了一段时间后，老毛病又犯了，把主人家当自己家，天天偷用主人家的东西，还把女主人的戒指和项链偷走。有一次女主人外出时，让她在家照顾小孩，她一时贪杯多喝了酒，回去得晚，阳台门也忘记关，小孩从阳台翻下来……

陈姨吓得魂不守舍，不敢报警也不敢打120，回到家就收拾行李准备带着儿子逃跑。

最后她在国道上被警察抓住，送进了监狱。

女主人伤心欲绝，坚持要法院判她死刑，但一审的时候陈姨只被判了十五年的有期徒刑。二审时，宁倩忽然出庭做证，把陈姨的前科给说了出来。陈姨涉嫌遗弃、故意杀人，证据确凿，被判处无期徒刑。

陈姨从此一蹶不振，在牢里没几年就熬不过去，死了。

后来，平头青年就被寄养在大伯家里，过着寄人篱下的生活。

他每次去看望陈姨，陈姨都不停地告诉他，是宁倩害自己的，不然她十五年后就可以出狱，不会被判无期徒刑。

仇恨的种子就这样在平头青年的心底埋下，随着时间推移，恨意原本应该变淡，但他今天又遇到了傅沉俞。看傅沉俞的模样，他过得太好了，比他自己……好太多了。

平头青年放下花，站起来遥遥地看向傅沉俞离去的方向。

他别想过得比我好。

想起傅沉俞刚才下意识地站在身边人面前，有些防备的神色，那这个傅沉俞的朋友，不利用起来真是浪费了。

"傅沉俞。"季眠忧心忡忡地开口，"你还好吗？"

傅沉俞反问："有什么不好的？"

"你还记得那个保姆吗？就是陈姨。"

傅沉俞顿了下，才回道："不知道。"

季眠叹了一口气："你怎么能不知道啊，她以前对你很坏。"

他一回想，都是十几年前的事情了，那个雪夜，改变了他们原本的命运。

他站定："傅沉俞，你别想了。你已经长大了，不用怕他们了。"

傅沉俞挑眉："你觉得我怕？"

季眠："应该吧……"

不是有那种情况吗？虽然有的"大佬"已经变成了非常优秀和强大的人，但永远不能摆脱童年阴影。

傅沉俞算不算啊？季眠纠结了一会儿。

傅沉俞说："嗯，我超怕的。"

季眠："……"

好了，他知道"大佬"不怕了。

季眠松了一口气，还好，傅沉俞见到那个平头青年没什么过激的反应。

季眠想，或许他把傅沉俞想得太脆弱了，又或者其实只有自己还在意过去那些事情，傅沉俞一直都是在往前看的。

"我怕那个平头男的来找你的麻烦。他的手臂上有文身，看起来就不好惹。"季眠拿出手机导航，继续说道，"所以最近你一定要跟我在一起。"

傅沉俞点了点头，故意说："那……兔子警官一定要保护我。"

季眠心想，那当然！他这么多年的散打不是白学的，学散打不就是为了脚踹反派。

季眠被自己小时候的誓言给震惊到了。

看来，有些承诺就是因为是太年轻时许下的，所以才显得不可信。

原本他要用来脚踹反派的散打，现在要用来保护反派了。

"总之，傅沉俞，有什么事你别憋在心里，要跟我说。"季眠谨慎地开口，毕竟原著中的"大佬"就是一个喜欢心事不外露的大反派，一肚子坏水。

平头青年的出现，打破了季眠平静的生活。

那人叫冯耀辉，如他所说的，初中毕业后就没再读书了，在一家名叫"不夜城"的娱乐场所打杂，一个月工资不高。

宁倩忌日那天与傅沉俞不期而遇之后，冯耀辉又找到了傅沉俞的学校，在校门口晃荡了几天，似乎在等傅沉俞，践行他说要请傅沉俞吃饭的承诺。

好在他们是住校生，冯耀辉虽然在门口打转，但总是碰不到傅沉俞。

有时候季眠出现在校门口，冯耀辉就拿着手机对着季眠拍几张照片，等季眠回头的时候，他就藏在花坛后面的大树后。

冯耀辉把季眠的照片发给了自己的大哥，那边的语音很快就过来了，背景音乐嘈杂，像是在 KTV 中唱歌，还有人吆喝着喝酒。

"这就是你说的那个小孩？"粗犷的男人声音传来。

"虎哥，就是他，长得还不错吧。"冯耀辉回复。

"是挺不错的。不过你确定他愿意来？"虎哥问了一句。

"愿意的。缺钱的。虎哥，你放心，我肯定把他带过来。只是你别忘了答应我的，介绍一个人给两万块钱。"

冯耀辉说完这句话，挂断了电话。

因为镇南中学的高三总复习进入冲刺阶段，学校把双休调整成了单休。

星期六晚自习下课，走读生星期天休息一个白天，晚上要来学校上晚自习，住校生则只休息一个上午，下午就在教室里开始上自习。

特别是实验班，虽然镇南假模假样地给了周日上午半天的假期，但是全班同学基本没有回家的或者出去玩的。

大家平时五点起床，周日的休息就是能睡到七点半起床，然后抱着书到教室里自习。

老师也基本都在办公室，学生想问问题就能找到人。

实在不行，大家还能问傅沉俞。

傅沉俞不像其他"学霸"那么吝啬，虽然性格比较高冷，但同学主动问问题的话，他一般有问必答。

高三下半学期动员大会结束之后，班里高考前的紧张气氛达到了顶峰。

开学一个月不到，第一轮月考结束，学校就召开了全体高三学生的家长会。

所以这周老师们半天假期也没了，实验班所有学生都在教室里写试卷。

季眠写完化学试卷，伸了个懒腰，感觉小腹有点儿痛，于是放下笔去上厕所。

傅沉俞摘下耳机，季眠指了指卫生间的方向。

实验班在四楼，卫生间在四楼的末尾，边上连接着一个露天阳台。

很多学生下课之后喜欢在阳台上吹吹风，眺望一下远方——镇南建在绕城高速边上，周围有大片农田，视野很开阔。

季眠洗完手出来，天台上传来罗露母女的争执声。

罗露这次月考成绩下滑得很厉害，她妈妈提前到学校跟老师进行了交流，估计刚从办公室出来，母女俩的脸色都不好。

她妈妈穿着像一个职业女性，神色严厉："我早就跟你说了女孩子别选理科，读文科好了，实习的时候就直接来我们报社，你怎么想的，啊？考这个分数，这就是你的选择？"

"我就喜欢理科不行吗！"罗露大声反驳，"我怎么就不适合学理科了！"

"女生天生就不适合学理科！"她妈也生气，口无遮拦地道，"这是天性所致，人家有科学依据的。"

"有个什么科学道理，你怎么不说这些可能都是男人研究的，他们就要说女生不适合呢？"罗露擦了擦眼泪，"我就考砸了一次，以后又不是考不好，你凭什么否定我？"

"我懒得跟你说。罗露，你别以为我不知道你为什么选理科，你抽屉里的日记我都看过了。"她妈冷笑了一声，"是因为那个叫傅沉俞的？"

罗露瞪大了眼睛，尖叫道："你凭什么偷看我的日记！"

"我是你妈妈，你是我生的，你全部的东西都是我的，我怎么就不能看你的日记了！"

季眠走过去就听了一耳朵，听到傅沉俞的名字时，回头看了一眼。

他回到教室没过一会儿，罗露就红肿着眼睛回到自己的座位上。

中午的时候，大家都去学校食堂吃饭了，罗露还趴在桌上写试卷。

但其实季眠知道她没心情写，因为桌边的垃圾桶里全都是一团一团的餐巾纸。

他叹了口气，心想，其实罗露的成绩挺好的，大概是月考没发挥好，所以掉到了第十名。

她的数学是最好的，能考满分，跟傅沉俞几乎不相上下，只是化学和生物弱一点，但偏科嘛，大家都会有这种情况啊。

像季眠就是化学好，但是语文薄弱很多，只是在理科班里，不知道为什么，大家都对女生苛刻一些。

好像女生偏科，就是不适合学理科一样。

"罗露。"季眠喊了她一声。

罗露鼻音重重地问："怎么了？"

季眠接着说："我有道题不会，你写出来了吗？试卷能借我看一下吗？"

"哪张试卷啊？"

她在文件夹里翻了一下，看到自己试卷上的分数，都是一百三、一百四，心情慢慢地平静下来。

只有这次月考，因为生理期小腹痛得厉害，她才发挥失常考砸了一次。

谁知道妈妈就翻到了自己的日记本，非要拿自己傅沉俞做文章。

高三这么忙，谁还有空暗恋别人啊？

季眠看完了试卷，还给她，笑起来眼睛弯成一座小桥："谢谢啊。"

罗露不好意思地说道："没事，不用谢。"

季眠真心地夸赞道："你的数学真的很好。"

被帅哥夸，哪有女生不高兴的。

罗露心中的悲伤和痛苦情绪被冲淡了一半，她打起精神来，毕竟现在已经高三了，最重要的还是高考。她哪有时间跟父母吵架？

闺密也发消息安慰她，罗露感觉自己心里好受多了。

闺密说："你就是太压抑了，要不找个时间去放松一下？

"聚环路那边开了一个不夜城，五楼有夹娃娃机和游戏厅，去玩吗？"

周日晚上，林敏芝打扮了一番，围上了一条淡紫色的丝巾，来给季眠开家长会。

林建一也来了，再三嘱咐不用太高调，但校长、副校长等人都穿戴整齐，在校门口迎接他。

在众人的指引下，林建一走进学校，校长一直陪同，路过公告栏的时候，指了一下傅沉俞的照片，说他的成绩一直都是年级第一，其余夸赞的词语也都轮番上阵。

虽然傅沉俞不是林建一的亲生儿子，但他也算是尽心培养了十几年，作为继父，也是有些感情的。

加上傅沉俞优秀懂事，从来不让他操心，他的同事对林希和傅沉俞称赞有加，说他家的三个孩子都非常争气，让他脸上很有光彩。

到了实验班门口，林建一让校长们都去忙，自己去看看孩子的成绩就行。

林敏芝一早就坐在季眠的位子上，林建一坐下，友好地跟她打了声招呼。因着傅沉俞跟季眠关系好，两位家长虽然没见过面，但对对方也有所耳闻。

林敏芝如今有见识又有学问，还有自己的一番事业，气质比一般女性出彩许多，谈吐得体，完全看不出曾经的落魄影子，林建一对她很是欣赏，连带着，林建一对季眠的印象也拔高不少——有这样的母亲，儿子自然不会差到哪里去。

这样一来，小沉和季眠做朋友，他是很放心的。

镇南中学开家长会，学校采取半开放式管理，外来车辆来往，只需要出示身份证就行。

厉决终于等到休息这天，下午将试卷一扔，就从同外直接打车来到镇南。

一路上他都快崩溃了，原本以为重生之后的人生怎么也是顺风顺水的，结果一年半的时间里都在准备高考。

他上辈子都没这么努力过，这合理吗？高中生为什么要写这么难的试卷？

然而冲刺高考还不是最大的折磨，最大的折磨是他那见不得人的分数。

一门他就考六十分，每次发试卷都被苏珞瑜用一种鄙视的眼神瞥着，真是烦人！

以前他怎么没觉得苏珞瑜这么阴险刻薄？

下了车，厉决装成镇南学生的样子，成功地混进了镇南中学。

他还是第一次进来，不太清楚季眠的班级在哪里，于是在学校里乱转。

谁知道就是这么凑巧，他刚在操场边上转了一会儿，就看到季眠捧着矿泉水从小卖部出来。

季眠突然觉得有什么地方不对劲，心脏无故紧张地跳动一下。

大约是最近熬夜熬太多次了，有点儿累吧。

然后他一抬头，就看见厉决。

他有小半年没见过厉决，看他憔悴的样子，好像被学习折磨得很惨。

季眠假装没看见他，就要往边上走，一走，又觉得不对——自己干吗怕他？

然后两个人狭路相逢，厉决见了他，脸上是卖乖的笑容："季眠，好久不见了。"

季眠："同外今天不开家长会吗？"

"开啊。"厉决说，"但是我想来这边走走。"

"季眠。"傅沉俞靠在树上。

厉决抬起头，看到傅沉俞，脸色变得难看。

季眠把水拧开，递给傅沉俞："你的。"

厉决挤出一个笑容，看着傅沉俞，虽然笑得不是很友善，是咬牙切齿的那种笑。

季眠实在不想跟厉决待在一起，一跟他待在一起，脑子里就不受控制地想起自己凄惨的结局。

看到季眠排斥的模样，厉决百思不得其解，而且他更想不通季眠对傅沉俞这个真正的仇人为什么能关怀得无微不至。

厉决正想说什么，接到了苏珞瑜的电话。

苏珞瑜一向不主动给他打电话，除非是他大哥厉惟识的要求——厉决就考了三百五十分，家长会当然不敢喊老爸去，所以是喊厉惟识去的。

家长会开到一半，厉决就跑了，他哥满世界找他，于是苏珞瑜跑来镇南抓人。

刚到校门口，苏珞瑜就看到季眠跟厉决在一起。

苏珞瑜挥手："季眠。镇南今天也开家长会？"

"嗯，"季眠问，"你来找厉决的吗？"

"厉大哥让我带他回去，他也知道自己考三百五十分丢人。"苏珞瑜笑眯眯地说。

"哇。"季眠震惊了，"怎么只有三百五十分啊。"

厉决好歹是《陌路柔情》的主角，未来的商业帝国之王，传说中的霸道总裁啊……

厉决红了脸，狡辩道："我是没发挥好。"

苏珞瑜"补刀"："傅沉俞，你月考怎么样？"

傅沉俞冷冷地回道："七百二。"

苏珞瑜笑着说："除以一半的话，是三百六。"

厉决："……"

四个人站在校门口，傅沉俞冷峻寡言，季眠温柔干净，厉决张扬俊美，苏珞瑜斯文内敛，性格不同，却都十分惹眼。

苏珞瑜说道："那我们先走了。"

厉决："要走你走，我要留下。"

"你留下干什么，转学？我非常欢迎。别在同外拉低我们班的平均分。"苏珞瑜没好脸色。

"你说话就不能温柔一点儿？"厉决翻了个白眼。

傅沉俞一偏头，眉头忽然皱了起来。

季眠看到他大步朝着校门口走去，过了一会儿，忽然从花坛里拽出一个人，然后将其扔到地上。

那人摔了一跤，痛得惨叫一声。

季眠定睛一看，那人就是冯耀辉。

傅沉俞没什么表情地俯下身，把冯耀辉的手机捡了起来。

随后，他踩在那人的手背上，垂下眼睫："密码。你刚才拍照了对吗？"

第十七章

　　冯耀辉被傅沉俞阴郁的眼神盯着，觉得毛骨悚然，下意识地解锁了手机。

　　他一解锁手机画面就是相机，傅沉俞点进相册，从上个月开始，他就在偷拍季眠，基本都在校门口这边拍，季眠的正面、侧面照都有，甚至有些还比较清晰。

　　厉决偏过头来看，相册正对着他，照片清晰得连季眠的睫毛他都能看清。

　　他低下头去看冯耀辉，天气回暖之后，冯耀辉手臂上的文身一览无余。前世厉决做生意，没少见这种混迹在社会里的混混。

　　这种人浑身上下透露着光脚的不怕穿鞋的那种地痞气息，为了钱什么都干得出来。

　　厉决对这种人十分了解，看到季眠的照片在冯耀辉的手机里，顿时明白他想干什么。

　　没等傅沉俞动手，厉决就一脚踹到了冯耀辉的心口，冯耀辉惨叫了一声。

　　厉决开口："找死……"

　　季眠也没想到自己会被偷拍，大致思考了片刻，冯耀辉总不至于是打算拍自己的照片，挖掘自己当明星吧？

从冯耀辉的气质上来看，他更像是要把自己的照片卖给地下会所。

季眠前世上警校的时候，听说过类似的案件。

为了不冤枉人，季眠蹲下身，耐心地问了一句："你拍我的照片干什么？"

冯耀辉盯着他，没说话。

厉决挽起袖子："这人渣还能干什么。"

他没什么耐心，"啧"了一声："季眠问你话，你听见没？"

季眠的声音倒是温和，但语气很坚定："冯耀辉，如果你不说，我就当你侵犯我的隐私权了。"

冯耀辉笑了一下，顺着厉决的话说，有点儿恶心人的意思在："我就不能是看你好看吗？"

然后，他的肚子就被人打了一拳。

冯耀辉干呕了一声。

正要出手的厉决愣在原地，惊奇地盯着季眠，仿佛不认识他一样。

季眠很少动手打人，学散打是为了保护自己，不是为了出去打架，但揍冯耀辉，除了对方不安好心地偷拍自己，还有一部分私心在——冯耀辉和他妈，差点儿害死傅沉俞。

季眠学过散打，力气很大，而且很会打人，一拳下去，冯耀辉就趴在地上只有抽气的份，起不来了。

"不是……季眠，"厉决瞪大了眼睛："你……会打人？"

"很奇怪吗？"季眠反问。

这是奇怪的问题吗？

在厉决的印象里，季眠从来都很温柔的，跟兔子没什么区别，胆子也就那么点儿大。

这兔子……什么时候还学会打架了？

不会是傅沉俞教他的吧？

厉决的"眼刀"瞬间就落到了傅沉俞身上，他俩从见面起就火药味四溢，季眠曾经也想稍微缓解一下二人的关系。

毕竟这可是主角和反派"大佬"，要是打起来，整个书里的世界都要跟着动荡，还是两个人能不结仇就不要结仇的好。

但他劝说无果，于是作罢。

季眠拿过冯耀辉的手机，按照自己的经验，直接点开他的微信聊天记录，然后在记录中发现他长时间和一个叫虎哥的人保持联系。

除了他发的季眠的照片，还有些女生的照片，有高中生，也有大学生。

聊天内容令人不适。

季眠看到罗露的照片也在其中时，脸已经黑了。

好在冯耀辉只是拍了罗露的照片，还没进一步行动。他和虎哥约定的时间是星期六带罗露过去看看。

季眠迅速把聊天记录截图保存，当作证据。

傅沉俞看着季眠，等待他的决策。季眠把手机放在傅沉俞的手里："帮我拿好。"

季眠抬头："你先报警，就说举报不夜城非法卖淫。我怕这边的事情闹大之后，警察赶过去，他们已经善后了。"

然后，他提起冯耀辉的领子，脸色阴沉地把男人从校门口拖到了校内。

接着他找了一个最显眼的位置，一拳砸到冯耀辉的头上，冯耀辉当场惨叫一声，引来了校门口的保安。

为了把事情闹大，季眠下手时专挑人身上最脆弱的地方揍，冯耀辉的惨叫声吸引了不少驻足的学生。

家长会期间，学校本来就怕出事，出事的还是傅沉俞和他朋友，人家爸爸就坐在教室里，班主任和校长都来了。

林建一听到傅沉俞和朋友闹事，头都大了，沉着脸，在校长的护送下，朗声道："怎么回事？"

季眠松开被揍得七荤八素的冯耀辉，乖乖地站着，从外表看完全看不出刚才揍人的是他。

冯耀辉蜷缩在地上，季眠看到林建一下来，心跳平静不少，把手机递给林建一："林叔叔，您看一下这个。"

他的解决办法很简单，虎哥开的不夜城，根本不是他跟傅沉俞两个高中生能摆平的。

季眠开口："林叔叔，我想去举报不夜城涉嫌人口贩卖和卖淫等违法犯罪行为。"

林建一翻看着手机保存下来的截图，脸色也越来越黑。众人大气不敢出，季眠还能稳重地继续说话，让不少老师对他刮目相看："这个人已经跟了我一个月，把我的照片拍给不夜城的老板虎哥，还有我们学校的罗露同学的照片也在其中，林叔叔可以往上翻聊天记录。"

　　罗露妈妈在人群中听了这番话，花容失色。

　　罗露想起闺密的两条信息，也后怕不已。如果季眠没有发现这件事，那她的下场会是如何？

　　"林叔叔，罗露是我的同班同学，人漂亮又聪明，多才多艺，父母花了十几年的心血培养出来的女儿，现在被冯耀辉等人用一两万就定了价格，或许她会被卖到偏远地区，一辈子都无法回家，不夜城的做法已经构成严重的违法犯罪行为。如果今天不是我们凑巧发现，他们还会猖狂多久？"季眠咬字清晰地说着。

　　"我一直坚信同城是一座治安管理高度严谨的城市，也是大家赖以生存的家乡，林叔叔，冯耀辉今天来偷拍我，恰好我是傅沉俞的朋友，而傅沉俞是您的儿子，所以他才落网。假设他下手的对象只是普通百姓的子女呢？"

　　林建一捏着手机，听完季眠这一番话气愤不已，当即决定利用自己的社会影响力，将此事办妥。

　　好事者已经把镇南中学的事情拍照发到了网上，而在不夜城听到风声的虎哥也吓得脸色惨白，破口大骂冯耀辉这个丧门星，找谁不好，对林建一的儿子的朋友下手。

　　当他暗暗庆幸还好及时收到消息，能够补救的时候，不夜城的大门被警察一脚踹开了。

　　"季眠，谢谢你啊。"罗露拍了拍胸口，"要不是你的话，我这周可能会去不夜城。"

　　季眠的眼睛弯了起来："我只是帮我自己。"

　　罗露笑了笑，去安抚母亲了。她妈妈被吓得不轻，想起来就后怕。

　　不夜城的事造成的恶劣影响实在太大了，季眠和罗露都是正在准备高考的学生，不夜城的人却想着如何买卖他们，一下子激起了社会上正义人士的谴责。

因此，冯耀辉直接在互联网上出名了。

更有趣的是，现在网络发达，冯耀辉一出名，就牵扯出了几年前的一桩案子。

他母亲涉嫌遗弃、故意杀害女主人家的小孩的案子，被曝光在网上。那一段开庭录像里还有宁倩的证词，由于她长得格外漂亮，网友去搜了一下她的相关资料，一段十三年前的恩怨浮现在众人面前。

那一年被遗弃在风雪夜中的那个男孩，竟然是林建一的儿子！

一时间，网上对冯耀辉和他母亲的谴责和痛斥达到了顶峰。

季眠安抚了林敏芝之后，抽空刷了一下社交软件。

傅沉俞那件事情新闻没有通告，但是网上转发的人还挺多的，网友直呼小说都不敢这么演。

当然更多的评论是对他的赞扬，毕竟这次能够端掉不夜城，傅沉俞也出了不少力。虽然他经历过那么悲惨的童年，如今成绩依旧优异，已经优秀得远远超出同龄人。

夜幕降临，季眠举着手机给傅沉俞看，看完了问："你有什么感想？"

傅沉俞瞥他："你想要什么感想？"

季眠很内敛地问："做好事的感觉如何？"

这可是傅沉俞真正意义上做的第一件好事。

对季眠来说，这算是傅沉俞走出反派"大佬"这个人设的第一步，他的感受对自己当然无比重要。

傅沉俞思考了一下说："感觉还不赖。"

见季眠还看着他，傅沉俞问："怎么了？"

"傅沉俞，其实世界上的好人比坏人多。"季眠认真地说道，"虽然有时好人没好报，坏人也没坏报，但总有一些事情值得我们去爱这个世界。"

"你这是要给我上思想品德课？"傅沉俞挑眉。

"哎，我是认真的啊，你这样让我这个老师当得很没有面子！"季眠唏嘘。

"所以，"傅沉俞笑了一下，"你得好好看着我，别让我做坏事。"

季眠愣了一下，眼眶有点儿酸。

傅沉俞似乎没意识到自己说了什么，开口问："眼睛不舒服吗？"

"没有。"季眠吸了一口气。

他只是在后悔，为什么不能早点儿认识傅沉俞。

自己为什么不能再早一点儿，为傅沉俞在漫漫长夜中点一盏灯？

冯耀辉事件过去后，厉决似乎深受打击，他的世界观都碎成了一片一片的。

那天厉决盯着季眠看了很久，久到季眠以为对方会上来揍自己一顿。季眠也不知道为什么自己会有这种感觉，大概因为自己和反派"大佬""同流合污"，自动站在了主角的对立面吧。

厉决当着他的面，不确定地叫了一声："季眠？"

季眠"嗯"了一声，回答他。

厉决不死心地又叫了几遍之后，季眠吐槽："有事吗？没事的话我回教室了。"

"我有话想单独跟你说。"厉决开口。

"今天不行。"季眠下意识地拒绝，"有机会再说，我现在没空。"

意外的是，厉决似乎并没有继续纠缠，深深地看了季眠一眼，神情奇怪地离开了。

季眠觉得厉决这人莫名其妙，好在也不是很想知道对方的脑子里在想什么。

经过这件事，家长会算是有惊无险地继续开了下去。

傅沉俞忽然开口："季眠。"

季眠偏过头。

傅沉俞忽然笑了一下，不遗余力地夸赞："你刚才很帅。"

季眠要是有尾巴，就忍不住翘上了："不能吧？"

他还谦虚了一下。

傅沉俞认真地说："真的。"

高三最后一个月，傅沉俞跟季眠有点儿时间都拿来写卷子了。

第三次模拟考试成绩出来之后，傅沉俞的分数已经远远超过建京双一流大学的录取分数线，季眠的分数也足够上公大。虽然第三次模拟考试主要是为了给同学信心的，题目出得一向不难，季眠对自己考上公大还是挺有信心的。

高考那一天，天气出乎意料地不好。

由于镇南中学被选为同城高考的其中一个考点，所以提前两天，所有住校生都搬回了家，在家里住着。

一大早外面就下起了大雨，季眠清点了一下文具和准考证，由林敏芝亲自开车将他送到了学校。

第一门考语文，季眠成绩最差的一门学科，不过他发挥得还可以，课内文言文是自己背得最好的一篇，诗词默写也都全会，课外文言文恰好自己看过，运气不错。

当天下午的数学他发挥得也还行，至少大题都填满了，只有最后一道选择题和大题最后第三小题不会。

晚上回到家，季眠就忍不住给傅沉俞打电话，问他数学题答案。

两个人核对了一下，季眠就错了一道题，其他的答案跟傅沉俞的没差多少，季眠心里一跳，他估计傅沉俞的数学是满分。

高考结束那天，季眠感觉整个人都虚脱了。

第二天他在床上睡了整整一天，直到第三天才醒过来，生龙活虎地跳下床，跑去找傅沉俞玩。

自从上次棉棉兔去世之后，季眠好久都没来傅沉俞家了。

傅沉俞的房间又添了几件摆设，季眠熟门熟路地走进门，傅沉俞在家穿着睡衣，头发也有些凌乱，十分随意。

两个人的志愿都已经填好，学校离得不远，就等录取通知书了。

季眠来的时候，傅沉俞正在打游戏，电脑里是一款网游，最近在网上很流行。

除了网游界面，季眠还看到边上有一堆程序代码，似乎是对应游戏的。

他知道傅沉俞会接游戏外包项目，但是没想到是这么有名的游戏。

为了更好地了解游戏，傅沉俞专门下载游戏玩了一段时间，代表他的游戏小人是一个长得就像反派的剑客，气质和他本人一样冷峻。

季眠来了兴趣："傅沉俞，这个游戏你能不能教我玩一下啊？"

高中三年都在学习了，季眠还真没玩过什么游戏。

傅沉俞瞥了他一眼，把他扯到自己身边。

傅沉俞替他选着角色，季眠连忙道："我要当锦衣卫这个职业的。"

这时傅沉俞的电脑上的微信有收到新消息的提示。

班级群里大家正在发消息，讨论去哪里旅行，目前选出了三个地点，都是年轻人爱去玩的。

群里的人正在疯狂地叫他们，说他们俩怎么到现在都不出来冒泡。

"傅沉俞出来，出来！去海边还是爬山？二选一！这是生命中唯一一次高中毕业旅行啊！"

"就差你跟季眠两个人没投票了，目前去海边十一票，爬山十票。"

季眠看向傅沉俞："你想去爬山还是去海边？"

傅沉俞投票："海边。"

季眠也回复："海边。"

在微信上决定最后去海边之后，季眠的注意力又放到了游戏上。

他操控着自己新创建的小人在游戏界面里蹦蹦跳跳，没一会儿就觉得没意思了。

退出游戏，他又在电脑桌面上乱点了一通。

然后，动作渐渐放慢，季眠心里塞了一件事。

《陌路柔情》的原著中，傅沉俞现在已经是网上很有名的 Fox 了。

那些常人想都不敢想的坏事，傅沉俞一个人不知道做了多少。

季眠明知道傅沉俞的命运已经走向了另一边，但心里还是没来由地一颤。

"傅沉俞，我昨晚做了一个梦。"季眠把鼠标停在"我的电脑"上，"我梦见你变成了一个大反派。"

傅沉俞挑眉："那你呢？"

季眠沉默了一瞬，开口："我当然是警察。"

傅沉俞闷笑道："哦。那怎么办？警察先生，你要将我绳之以法吗？"

季眠闷闷不乐地说："你在我梦里做的那些事情，哪里是将你绳之以法就能解决的？每一件都到能将你枪毙的程度。"

傅沉俞问道："那……我太坏了，我自首的话，能从轻发落吗？"

季眠摇头："应该不能。"

傅沉俞继续问："那兔子警官要包庇我吗？"

季眠有点儿不好意思承认自己没用："其实在梦里，我已经被你绑架了。"

傅沉俞点头："感觉是我干得出来的事情。后来呢？"

"后来你对我开枪。"季眠说，"我就死了。"

傅沉俞安静了一会儿："我不会对你开枪。"

"是做梦嘛。"季眠捧着脸说，"醒来的时候，我还挺怕的，怕自己现在经历的一切都是梦。"

"不会。"

七月末就能查询高考成绩了，林敏芝一大早起来就陪在季眠身边。跟查中考成绩时一样，母子俩守到半夜，看到了季眠的分数：六百九十二分！

季眠长长地舒了一口气，这个分数和他自己心里预估的只差了五分，足够上建京公大了。别说公大，就是建京的双一流顶尖学府，他也能上。

他第一时间就想给傅沉俞打电话，但是又想到傅沉俞现在肯定是忙得没时间接电话的。

季眠忍不住用身份证和考号查了傅沉俞的高考成绩，然后在看到数学、英语满分，理综接近满分的成绩时，发自内心地高兴。

林敏芝瞧见分数，吓了一跳。她一直知道傅沉俞的成绩挺好的，但是没想到高考他发挥得这么好。

她不禁感叹："小沉的分数，什么学校都能上吧。"

"嗯！"季眠点了点头，"他应该是今年的理科状元。"

果然，第二天镇南中学的官网就公布了这个好消息，傅沉俞果然是今年的理科状元。

不仅如此，他的成绩还打破了同城以往的状元的最高分纪录，媒体记者踏破了林家的门槛。他们扛着摄像机到的时候，林建一还在跟建京大学招生办的老师喝茶。

到了八月中旬，傅沉俞家里总算清静一点儿，高考的事情才算正式过去。

季眠这段时间都没去打扰他，等到他空闲下来，才打电话给他，问他填好志愿了没。

镇南中学有个传统，在高考前，学校会组织高三学生统一填报志愿，然后按照学生平时的分数，由班主任为他们进行二次筛选，避免学生因为亲戚朋友或者家长的意见，错过一档线。

季眠填报的是建京公大的公安管理学专业，录取分数线是六百三十一分。傅沉俞填报了建京大学商学院的经济管理专业，季眠当时还愣了一下，毕竟在原著中，Fox应该就读建京大学的心理学专业，后来又去世界一流学府深造，后来成了有名的心理学专家。

经济管理，难道以后他要去做生意吗？

傅沉俞一直很聪明，感觉做生意对他来说也不难。

收到录取通知书这天，傅沉俞去同城监狱看了傅勇。

傅勇当年失手杀了两个人，被判了二十年，不过他在监狱中表现较好，如今服刑时间已经缩短了，还有两年左右就能出狱。

这些年，傅沉俞都会抽空过来看他，有时候还会带来林芸的照片。

傅沉俞没打算带林芸来看傅勇，毕竟林芸是林建一的亲生女儿，但她也是宁倩唯一的女儿，傅勇向傅沉俞要过照片。照片里的林芸天真烂漫，笑起来时，和她妈妈年轻时候很像。

同城监狱的栅栏依旧裹满了通电的铁丝网，周围只有大片大片的农田，很安静。

傅沉俞坐在窗边，录取通知书就放在玻璃窗前面。

傅勇紧张得不知道把手放在哪里，让傅沉俞把录取通知书打开让他看看。傅勇把通知书上的每一个字都牢牢地记住了，特别是"建京大学"四个字，看得他眼中泛起泪光。

"你一直都很争气的，爸爸知道。"傅勇隔着玻璃，似乎想摸一摸录取通知书，"明天你去看看你妈，把录取通知书复印一份烧给她。你妈一向喜欢看你读书，你考得这么好，她泉下有知一定也能安心。"

傅沉俞"嗯"了一声，傅勇又问了问他的近况，吃得好不好，睡得好不好，最后感慨道："你有今天，也要好好谢谢你的林叔叔。你妈走得早，他这些年抚养你也不容易。人要会感恩，知道吗，小沉？"

傅沉俞垂下眼睑："我知道。"

傅勇看着他，眼中泛泪："一转眼，你都长这么大了。"

没能陪伴傅沉俞长大，是傅勇一生的痛："想不到我儿子也成为顶天立地的男人了。去建京，你一定要好好照顾自己，北方跟同城的气候差别挺大的，记得多带些衣服。你也这么大了……"傅勇顿了顿，问道，"有好朋友吗？"

傅沉俞抬起头："有。"

傅勇欣喜，想说什么时候见见他的好朋友，但又想到自己这个情况怕吓坏人家，于是改口说下次把照片带来看看。

傅沉俞又跟傅勇聊了一会儿，探监时间结束了，傅勇又忍不住问了一句："你那个好朋友是高中同学吗？"

傅沉俞点头："是。爸，你应该对他有印象，小时候住在我们家隔壁，林敏芝林阿姨的小孩。"

傅勇印象中记得隔壁邻居中是有个姓林的女人……

第十八章

开学前林敏芝给季眠准备衣服、鞋子什么的，都按照双份准备的，絮絮叨叨地说着怕建京冷，季眠和傅沉俞两个人过去会不习惯。

季眠是从小到大享受惯了林敏芝的温柔呵护，但这对傅沉俞来说还是头一遭。

宁倩走了之后，再没有哪一个长辈如此关心过他。

林建一虽然保证他衣食无忧，但太忙，不是在开会，就是在去开会的路上，难免对家里人照顾不周。好在傅沉俞也习惯了这种放养式的教育，不但能顾好自己，还能顾好林芸，林芸小学三年级以前的辫子都是他给梳的。

傅沉俞跟季眠打电话的时候，就听到林敏芝在那边问自己喜欢穿什么颜色的衣服，给季眠买一件，也给他买一件。

林敏芝亲自挑衣服，衣服用什么面料，货比三家，生怕小孩穿了不舒服或者过敏。

再没有比她更上心的人了。

傅沉俞心里像被一团滚烫的火温暖着，眼眶有些酸，思绪一下就回到了十几年前，他第一次来到林敏芝家里的时候。

那会儿林敏芝还是个穷得揭不开锅的女人，家徒四壁，出租屋窄小逼仄。

他呢，也狼狈不堪，被人从雪地里救回来，挂了一晚上盐水，才从鬼门关被捞回来。

他永远记得那天早上，林敏芝带他回家，煮了家里仅剩的两个鸡蛋，剥了壳之后的鸡蛋白白胖胖的，一个放在季眠的碗里，一个放在他的碗里。

被陈姨虐待了大半年，这是他当时吃到的第一顿正常的饭菜。

傅沉俞五岁的时候，性格比现在偏执扭曲，他当时想的第一件事情不是感恩，而是妒忌季眠。

如果，自己也有林敏芝这样的妈妈就好了。

季眠"喂喂喂"了好几声，询问道："你穿什么颜色的羽绒服啊？我看这里第二件打折，不买多不划算。"

傅沉俞回过神，开口回道："我都行。"

这几天风平浪静，季眠没事就在家看看书。

机票早就买好了，他就等着开学去公大报名。

去建京的前两天，季眠家楼下来了个不速之客。

他的手机响了两声，是个陌生的号码打来的电话，季眠当是快递电话，接起来的时候在电话里听到了厉决的声音。

厉决还算了解他，季眠一接通电话，他就马上开口："别挂。季眠，我有话想单独跟你说。你如果挂电话，我就只能敲你家的门了。"

林敏芝在家，季眠不想把事情闹大，只好说道："你想说什么，在电话里说。"

"我就在你家楼下。"厉决的语气有几分无奈，"季眠，我不会把你怎么样的，你别防备我。你就是——你就是把我当陌生人，也要给个见面的机会吧。"

"你跟陌生人有区别吗？"季眠的语气冷了下来。

"好，没有。"厉决顿了一下，又说，"我只是想见你一面，我要回建京了。"

这算是个好消息，季眠的脸色缓和了一些。

《陌路柔情》中，厉决家里背景挺深厚的，但厉决回到建京在他爸的看管下，一定会收敛不少。自己也不再跟前世一样，是一个任人欺负的人。

厉决休想玩前世那一套手段，自己随时可以报警。

五分钟之后，季眠穿上外套下了楼。

厉决站在小区里，看起来有些憔悴，不知道这段时间回去干了什么。

总之，季眠认为这跟自己没有关系，上大学之后，他的命运跟这本小说就彻底无关了。

"你有什么事情需要当面说？"季眠站定，和厉决有一米的距离。

厉决开口："季眠，你报了什么大学？"

季眠心想，说出来吓一吓他好了："建京公大。"

"公大？"厉决愣了愣，然后表情十分精彩，"你打算当警察？"

"对。"

厉决盯着他看了一会儿，突然说了句令他摸不着头脑的话："你好像变成了一个我完全不认识的人。"

"我们本来也不认识吧。"季眠企图跟他讲道理，"是你一见面就开始纠缠我。我觉得你才奇怪。"

厉决微微一愣，从季眠的角度来看，这确实奇怪。

可他不觉得奇怪，他已经后悔了几十年，好不容易才有了这个重生的机会。

但是重生后，他发现一切都跟前世不一样了。

厉决不明白，他重生产生的蝴蝶效应到底改变了什么，才让季眠变得如此陌生。

"你说完了吗？"季眠警惕地问了一句，"我要上楼了。"

厉决忽然拽住他的手臂，季眠条件反射地就甩开他，力气很大，让厉决顿时想起季眠打人的模样。

他苦笑了一声："我忘了。你打人也很厉害。"

"你知道就好！"季眠威胁道，"你再来找我，我也会打你的。"

"我能问一下，你为什么这么讨厌我吗？"厉决百思不得其解。

这一世，他之前从来没跟季眠见过面。

季眠对他的害怕和厌恶简直是没有缘由的，难道他长了一张很让人讨厌的脸吗?

"讨厌一个人不需要理由。"季眠着急摆脱他,"你别来找我了。厉决,你也别想用什么非法手段欺负我,我会报警的。"

厉决愣了一下:"我能用什么非法手段?"

季眠心想:少来了,前世你用得还少吗?

厉决:"我……"

他正想说什么,季眠却看到了傅沉俞,忽然想起傅沉俞是说过要来找他。

因为厉决的一个电话,自己给忘了。

傅沉俞看到厉决,脸色沉了下来。

厉决对他的态度也好不到哪儿去,季眠夹在中间,只好先让傅沉俞到自己的房间去。

谁知道这个举动不知道点燃了厉决的哪根神经,他忽然就发起疯来,恶狠狠地看着傅沉俞。

下一秒,厉决就朝傅沉俞的脸上挥去一拳。

傅沉俞早有准备,没让厉决得逞,二人还是不可避免地打起架来。

季眠站在战斗圈外,整个人蒙了一瞬,似乎没想到两个人怎么一下就打起来了。

厉决双眼通红,下手一点儿也没留情。

傅沉俞也早就憋着气,看厉决不爽很久了,一来二去,两个人瞬间受了不同程度的伤。

季眠一个头两个大,先喊了一声:"傅沉俞!"

傅沉俞置若罔闻,季眠只好吼道:"厉决!"

结果,没有一个人理他。

劝架劝成这样……他好没面子啊……

季眠干脆插手这场没来由的干架,然后一手制服了一个。

果然,他学这么多年的散打还是很有用的,现在主角和反派"大佬"都打不过自己啊。

季眠有点儿膨胀了,拉开他们俩之后,先看了一下傅沉俞身上的伤,然后又怕傅沉俞下手没轻重,把厉决打出个好歹来——这一世,到现在厉决跟他其实也没有特别大的矛盾,季眠对厉决也不是恨之入骨,只是觉得他很烦人。

而且他总觉得厉决像个发疯的哈士奇，作为一名人民警察预备役，面对这样即将误入歧途的公民，他还是能拯救一个是一个吧。

加上厉决是这个书中世界当之无愧的主角，谁知道会不会是什么气运之子，携带"主角光环"之类的呢？季眠对他，尽量是能不招惹就不招惹，能不结仇就不结仇。

否则他若被主角盯上，被追着咬几年，也够烦的。

季眠组织了一下措辞，弯下腰准备跟跌坐在地上的厉决讲两句话。

"大佬"下手也不是一般重啊，这脸被揍得青一块紫一块的。季眠叹了一口气，开口："厉……"

然后他愣了一下，看到厉决面前的水泥地上，"吧嗒、吧嗒"地砸下两颗泪珠。

此时的厉决狼狈得就像一个被抛弃的大狗。

季眠转过头看着傅沉俞，惊呆了，做着口型：你把他打哭了？

傅沉俞冷着脸，嘴角带血："他装的！"

厉决抬起头，双眼已经布满了血丝，就这么死死地盯着季眠。

按道理说，这应该是很吓人的一幕，毕竟厉决是主角嘛，虽然年纪还小，但是霸道总裁的气质还是在的。

只可惜厉决哭得过于惨烈，那脸青青紫紫的就算了，满脸都是眼泪，怎么看怎么可怜，还有一点点搞笑的感觉。季眠觉得要是笑出来的话，那也太缺德了，于是默默地憋着。

季眠叹了一口气："要不然，我给你的家人打个电话，你先去一趟医院吧。"

厉决看着季眠，生出了一种"我重生回来活着到底是为什么？"的无力感。

这到底是对他的宽恕还是对他的惩罚。

季眠松了一口气，捏住傅沉俞的手看了一眼，感觉靠自己家里的小药箱没办法弄好伤口，于是陪着傅沉俞去了一趟医院。

他当然也没办法把失魂落魄的厉决扔在自己家门口发呆，想来想去还是联系了苏珞瑜。

等苏珞瑜到的时候，他们三个人已经在医院了。

跟苏珞瑜一起来的还是厉决的哥哥厉惟识。

季眠正在给傅沉俞擦伤口，抬头看到厉惟识，有些惊讶。

在《陌路柔情》的原著中，厉惟识是主角苏珞瑜的人生导师，在苏珞瑜读高三的时候就因为意外去世了。

如今苏珞瑜都已经要去读大学了，厉惟识依旧活着，这给季眠的内心打了一剂强心针，让他更加相信所有人的命运都在改变。

厉惟识低声跟厉决说了几句话，厉决一句话都没有听进去，双眼通红，只是死死地盯着季眠。

季眠心想：被你瞪几眼我还能少掉几块肉吗？于是无视之。

从厉决口中撬出来龙去脉后，厉惟识觉得有点儿尴尬。虽然厉决没有明说，但凭借厉惟识对自家弟弟的了解，肯定是他弟先动的手。

厉惟识感到忧愁的同时，斯斯文文地向季眠道歉。季眠对厉惟识还挺有好感的，毕竟他对温柔的人都有好感。

医药费厉惟识全都负担了，季眠专心致志地给傅沉俞的伤口擦着药。

厉决内心怒火中烧，忍不住出言讽刺："你不要得意忘形了！"

"哦。"傅沉俞马上接话，语气真是说不出的刻薄，"为什么不？"

"你！"厉决说不过傅沉俞，简直像爆发的火山，直接跳起来就往傅沉俞身上扑。

要不是苏珞瑜拦得快，两个人现在一定又打起来了。

傅沉俞"呵呵"一声，淡淡地开口，说了一句非常有辱斯文的话。

缺大德了，季眠还是头一回听见傅沉俞说脏话。

在季眠的记忆里，从初中到高中，哪怕周围同学脏话连篇，傅沉俞也没被影响过。

季眠都听不下去了："傅沉俞……你少说两句吧。"

苏珞瑜也缺德，好不容易看厉决吃瘪一次，看似劝架，实则煽风点火地说道："傅沉俞，季眠说得对，你少说两句吧。毕竟你只是手上破了点儿皮，厉决可是失去了他最好的朋友啊。"

"哎。"苏珞瑜拦着厉决，摇头说，"厉决，你也消停点儿，虽然你骂人的话很凶狠，但是你无能狂怒的样子好狼狈。"

厉决："……"

我上辈子到底为什么找了苏珞瑜当朋友？难道是因为我脑子进水了吗？

厉决跟傅沉俞这一架留下的伤口到开学的时候都没好。

不过也有一个好处，就是厉决很长一段时间没有来找季眠，不知道是放弃了，还是在暗中计划着什么。

而厉决虽然发了疯一样想补偿季眠，但无法获得季眠的好感。

厉决忽然陷入一种孤立无援的状态，没想到他的人生也有这么无助的时刻。

他到底要怎么办，才能靠近季眠？

厉决茫然了。

九月初，建京所有大学都开学了。

季眠报到的第一天，浑身上下有着用不完的劲儿，看到周围的同学个个神清气爽，青春蓬勃，那种开启新人生的感觉，直接让他如沐春风好几天。

建京公大在建京的市中心，跟建京大学就三条街的距离，他骑车过去只要十分钟。

公大和京大都有自己的宿舍楼，都安排在学校外面，分别坐落于平水街跟周家巷。

平水街是一条小吃很多的夜市街，到了晚上，一条街上都是酒吧。周家巷是建京市中心，有着目前最大的购物中心风暴广场，占地面积好几千平方米，广场上有着各种奢侈品店。

季眠刚来建京，就被其繁华景象给吸引了。

当然，北方的气候也让他十分苦恼，住校两天，手就变得有些干燥，身上也很干，痒痒的，他晚上睡觉时忍不住抓，结果抓出许多伤口。

季眠住的是标准的四人间宿舍，两个室友都姓马，为了区分，年纪大的叫老马，年纪小的叫小马，还有一个室友叫小轩。

老马和小马都不吸烟，小轩偶尔有烟瘾，也不经常在宿舍抽。

季眠第一天来，默默地观察了一下自己的室友，发现他们都还挺爱干净的，一来就利索地收拾了房间。

公大的宿舍管理本来就是军事化的，东西都是学校统一分配的，床下不能放箱子、脸盆和杂物，床上只能有被子，就连洗脸架上的牙刷朝向都要保证一个方向。

毕竟这是闻名全国的公安大学，校纪校风方面十分严格。

军训结束之前，季眠都没来得及去见傅沉俞。

傅沉俞肯定有一堆要忙的事，两个人都抽不开身。

而且刚刚上大学，季眠想的是先跟宿舍室友还有同学熟识起来，不然会被新班级的同学排挤的，特别是军训这种集体性很强的活动。

为期七天的军训结束之后，大一新生都熟悉起来。

季眠因为性格好、人缘好，成绩也好，被辅导员安排做了班长，同学也没有意见。

军训结束那天晚上，班里办晚会，辅导员不知道从哪里打听来季眠歌唱得不错，就让他和班里另一个叫丁酉材的同学合唱了一首，点燃了公大新生联欢晚会的气氛。

他唱歌的视频迅速被传到了公大校园内部交流论坛上，他就被无聊的学生们封了个"校草"的称呼。

当晚，季眠被老马带出去喝酒，跑出宿舍楼的时候又遇到了辅导员，干脆大着胆子请辅导员一起喝。

结果原本是四人宿舍的小聚，变成了全班的聚会，大家喝得东倒西歪，话题不免就朝着感情一路狂奔而去。

老马说自己有个女朋友，分手了，因为读的大学不一样，女朋友不接受异地恋。

还有人说自己的女朋友出国的，感情生活倒霉得十分统一。

老马勾着季眠的肩膀："班长，你小子长得这么帅，一定没少交女朋友吧？"

季眠知道他醉了，没跟他计较："长得帅就一定花心吗？"

老马打了个酒嗝："班长，我代表……那个我们班单身的女同胞问了——班长，你是单身的不？"

季眠抿了一口酒，眼睛弯了起来："你们猜。"

此话一出，烧烤店里响起一片唏嘘声。

当天晚上，他们一直喝到了十二点。

季眠本来只想小酌几杯，但因为酒量不错，于是被起哄灌了几瓶啤酒下去，十一点半的时候已经有点儿晕了。

十二点散场前，跟季眠在新生晚会上合唱的丁酉材端着酒杯过来，状似无意地问道："班长，你今天说的那个朋友是什么大学的啊？你们高中认识的？"

聚会上，季眠提到过傅沉俞。

边上还有几个人，听到丁酉材的问话，也好奇地靠过来打听。

"不是。"季眠思考了一下，说，"我们很小的时候就认识了，是邻居。"

"很小是多小？"丁酉材愣了愣。

"五岁吧，记不清了，我们是幼儿园同学。"

丁酉材问："那感情挺好的吧？"

季眠喝了一口酒："对的。我们小学、初中、高中都是一个学校的，不过他大学读了京大。"

"居然是'学霸'。"老马感叹。

季眠莫名觉得有点儿自豪和骄傲，本来想说傅沉俞是他们省的理科状元呢，但是又怕太容易暴露，所以闭口不说了。

十二点散场，大家相互扶着回了宿舍。

就这样，季眠在建京公大的大学生活平静地开始了。

大一过了大半个学期，季眠找了份兼职工作，在学校附近的一家网红咖啡店当服务员。

平时有空的时候他就去咖啡店帮忙，工资不算低，如果有客人给小费，赚的钱还算可观。

快放假的时候，季尧来建京出差，跟季眠见了一面。

哥哥每一次出现，都会给季眠包大红包，红包砸得季眠不停地感慨：有钱，真好。

季尧此行的主要目的是提醒季眠："季眠，你最近小心一点儿季卫国。"

兄弟俩从来没喊过季卫国一声爸爸,时隔多年,再听到这个名字,季眠甚至觉得有一些陌生。

"季卫国怎么了?"季眠问道。

季尧说:"他在建京,已经找过我一次,问我要钱,我没给。我怕他来骚扰你,你最近尽量跟同学一起走,或者你让傅沉俞跟着你一点儿。"

想了想,季尧对季眠这温和的性子还是不放心。

万一季卫国来找季眠,软磨硬泡,说不定季眠就心软了。

但是有傅沉俞在他身边就还好,根据季尧对傅沉俞的了解,说不定季卫国会挨揍。

季眠好久没出声,季尧又说:"总之,我们跟他已经没有任何关系,你不用太放在心上,我跟你说一声,只是为了提醒你,怕你吃亏。实在不行,你直接报警,你读的不正好就是公大?"

"他这些年,一直在建京吗?"

"我也不清楚。"季尧回忆起季卫国来找他的模样,摇头,"可能是这两年才来建京的。"

"他过得怎么样?"季眠问了一句。

"普普通通。"季尧回答。

那天,季卫国找到季尧,穿得也不算落魄,看上去就是一个普通的中年男人。

听说他最后还是跟红霞结婚了,在求助了多家医院之后,红霞还是无法生育,两个人就从红霞的表亲那边抱了个男孩来养。

如今季卫国的养子估计也在读大学了,一家人在建京生活,一个月领着七八千块的工资,季卫国老态尽显。

他来找季尧是为了借钱,送他的养子出国读书。

季尧当场翻了个白眼,把季卫国关在了门外。

后来季卫国又骚扰了季尧几次,季尧威胁说要报警,季卫国这才作罢。

季眠沉默片刻,说:"我知道了,会注意的。"

季尧叮嘱季眠一定要把这件事情告诉傅沉俞,他过几天就要回海市,想来想去，傅沉俞竟然是他找得出的最放心的人。

毕竟傅沉俞跟季眠是从小长到大的深厚关系，季尧对傅沉俞还是有基本信任的。

季眠做好了心理准备，只是没想到季卫国来得这么快。

大一期末，季眠因为在校成绩优异，被分到了唐江区派出所当为期一个月的实习警察，主要是帮助派出所的民警整理一下资料，解决一些群众问题。

傅沉俞大一有个项目需要在建京完成，季眠不回家，傅沉俞正好也留下来陪季眠。

跟季眠打的短期工不一样，傅沉俞在经济管理系接的第一个项目总价值就超过了千万元，是一个关于白马河经济开发区的地产项目。

白马河就在唐江区管辖范围内，傅沉俞租了一套公寓，两个人一起住。

季眠的实习生活还是挺忙的，派出所六点多就要上班，他又是新人，每天都得去最早开门，然后开始整理书籍，处理一些简单的报警电话，通常是唐江区居民的鸡毛蒜皮的小事，比如猫咪被卡在水泥缝里面，或者电线杆的线落在水里，老太太家里出现了一个蜂巢，白马河风景区湖里的黑天鹅失踪了，等等。

带他实习的是派出所的老民警，姓王，季眠就管他叫王哥。

上午的时候，王哥接到报警电话，说唐江区二号大街有人酒驾，一辆迈巴赫跟一辆奥迪撞了，人受了伤，问题不严重，就是在索赔方面双方吵了起来。

王哥一听迈巴赫，就直接开口："估计是富二代！大白天的喝酒，搞什么东西！"

季眠跟随着王哥，开着警车到了现场。

迈巴赫的车主是个穿得光鲜靓丽……呃……季眠第一眼看到他，有点儿分不清对方是男人还是女人。

等迈巴赫车主开口，季眠才听清是个男人的声音。

季眠抱着本子，敬业地跟在王哥后面做着笔录。

跟迈巴赫车主相撞的中年男人正不依不饶地骂："就算是我撞的他，

可是他喝酒了，凭什么要我赔钱！啊，你们警察过来评评理，我凭什么给！"

季眠骤然听到中年男人的声音，是不觉得耳熟的。

但是当他抬头看到中年男人的脸时，微微愣了一下。

这人不是别人，就是十多年前抛妻弃子的季卫国。

第十九章

　　说实话，季眠见到季卫国，心里一点儿情绪波动都没有，跟大马路上随便遇见一个陌生中年男人的感觉是一样的。

　　季卫国除了在血缘关系上是他的亲生父亲之外，他们俩之间找不到任何有联系的地方——就连长相，季眠都是更像林敏芝一点儿的。

　　王哥耐心地听着季卫国说事情的来龙去脉，然后又看了监控录像，确实是季卫国的车先撞上迈巴赫。

　　迈巴赫的价值有五六百万，如今车头被撞得有点儿变形，赔偿金额应该有十几万。

　　季卫国当时吓得脸色惨白，不过峰回路转，他运气好，迈巴赫车主喝了点儿酒，算酒驾。

　　这样一来性质就不一样了，他说不定能赖掉。

　　想到那十几万的赔偿，季卫国心里就发慌。

　　他老婆红霞得了慢性疾病，这病就跟无底洞似的，他们一直往里面砸钱。这些年，他们卖了房，又卖了车，剩下的就只有自己这辆车。

　　他年纪大了，工作也不好找，只能靠这辆车出来跑跑，一天有两三百块钱的收入。

　　如今季卫国的车被撞坏了，短期内肯定是跑不了生意了，急得他如同热锅上的蚂蚁。

"警察同志，这件事情你要讲道理的。就算我撞了他的车，可是他也喝酒了啊，而且我就靠这辆车生活呀，警察同志，他一看就是富二代，缺我这十几万吗？"

王哥听了这话，皱起眉头回了一句："那人家的钱也不是大风刮来的啊。"

季卫国被顶了一句，知道王哥这种老警察是很不好说话的，转而看到了穿着警服的季眠，他长得乖巧斯文，一看就很好说话。

季卫国连忙说道："小同志，你要帮帮我的。"

等他仔细看清楚季眠的脸时，微微一愣。

自从季眠五岁之后，季卫国就再也没有见过季眠。

他和红霞到建京来打拼，原本攒下了一些钱，但是供小孩读书，加上投资股票失败和红霞的一场病，十几年的积蓄都花得差不多了。

猛地看到季眠的脸，季卫国只觉得他跟自己的前妻长得有点儿像。

季卫国心里埋下了一颗疑惑的种子，他频频看向季眠，季眠低垂着眉眼，没理会他。

王哥问道："干什么呢？干什么？这件事我说了不行就是不行，咱们都是依法办事的，你别在这儿看来看去想欺负小孩啊。"

季卫国笑道："警察同志，我没有，我就是看这个小同志有点儿眼熟，所以多看了几眼。"

王哥说道："你这样的人我见多了，少攀关系啊。"

他秉公处理了这一场交通事故，过了几天结果下来，迈巴赫车主霍柏寒因为酒驾被吊销了驾照，季卫国也要原价赔偿迈巴赫车主的损失，一共是十一万。

处理结果下来，季卫国如遭晴天霹雳，差点儿在派出所门口晕倒。

迈巴赫车主"呵呵"笑了一声道："我确实不在乎你那点儿钱，但就是讨厌你这种爱贪便宜的小人！"

然后他看到季眠从派出所里走出来，心里一动，站到了季眠面前："警察小哥，看你这么年轻，还没毕业吧？"

季眠点了点头："我是大一来这里实习的。"

"公大？"迈巴赫车主挑眉，"正好我有个朋友在公大教书，你是什么院系的？"

"同志，我还有事情要处理，如果你有需求，可以联系对接这件事情的周警官。"季眠公事公办地道。

迈巴赫车主眼中闪过一丝不悦之色，但他很快控制好了自己的情绪，把名片递给季眠，靠近他的肩膀，压低了声音说道："小同学，你在派出所的实习工资能有多少啊？你跟着我干，我给你十倍工资怎么样？"

季眠被他气笑了，心想建京的富二代都是什么人啊。

他无语地说道："我听不懂你在说什么，麻烦你让一下。"

他没接迈巴赫车主的名片，上面写着中诚地产总经理霍柏寒。

季眠似乎在地铁广告牌上看到过这家地产公司的名字，应该是很有名气的。

霍柏寒离开警局前，季卫国已经怕得向他讨饶，拜托他放过自己，这十几万季卫国真的拿不出来。

季卫国模样可怜，还说了家里的情况，妻子卧病在床，儿子还在读大学，听得办公室里一些心软的女警察都唏嘘不已。

可惜霍柏寒这个奸商压根儿不在乎老百姓的死活，冷血又无情，是季眠最讨厌的类型。

而且这人还是个以为有钱就能为所欲为的自大狂。

霍柏寒冷冷地看了季卫国一眼："怎么了，难道我的钱是大风刮来的？"

季卫国没想到霍柏寒用了王哥之前说的话："老板，我家里这个情况是真的很困难。"

霍柏寒说道："你不是还开奥迪吗？我看你也没什么困难的。不然我给你提个意见，你把这辆奥迪给卖了，不就还得起我的钱了吗？"

季卫国脸色一片惨白。

奥迪是红霞她娘家出钱买的，也是红霞的嫁妆钱。

当年红霞他们家给季卫国这笔钱，是让季卫国存着将来在建京买房子。但季卫国天生就好面子，房子又没办法带回同城给那些瞧不起他的街坊邻居看，他认为买辆车才是最体面的。

而且就四十万块钱，在建京连套郊区的房子的首付都不够。

"老板，我的车要出去开的，是用来赚钱的呀，卖不了。"季卫国哭丧着脸说。

"那就是你的事情了。不过我今天心情好，给你一个月的时间，一个月之后你如果拿不出这笔钱，那你就跟我的律师谈吧。"霍柏寒说完这句话就离开了警局。

季眠忙了一天回家，已经是晚上十一点钟。

本来他七点多就应该下班，但是接到了一个临时任务，白马河三号大街的翠园小区一户人家遭窃，他跟着王哥看了一个多小时的监控才抓到犯罪嫌疑人，最后又在派出所提审了犯罪嫌疑人一小时，拖到十一点才到家。

他推开门，傅沉俞就坐在客厅里办公，三台电脑都亮着，其中一台电脑显示的画面很复杂，季眠从没看到过。

那应该是傅沉俞自己捣鼓的电脑，季眠知道"大佬"在计算机方面有着非比寻常的天赋。

这辈子傅沉俞没去捣鼓坏事，似乎就在捣鼓游戏和股票。

傅沉俞的存款是透明的，从他开始在网站上给人写程序赚的第一笔钱，到后来高中接游戏外包项目或者是其他大公司的程序编写，还有买股票赚来的钱，六七年攒下来，存款多得季眠第一次看见的时候，差点儿给傅沉俞跪了。

他还以为傅沉俞跟他一样，小金库只有一两万呢。季眠还帮傅沉俞多算了一点儿，估计他有十几万吧，结果傅沉俞卡里七位数接近八位数的存款把季眠给看愣了。

原来这么多年来只有他是真的穷，"大佬"是在装穷吗？

"怎么还没睡啊？"季眠瘫在沙发上，傅沉俞关了电脑，去厨房把饭菜热了一下。

他没回来，傅沉俞一个人就没吃。

"今天怎么回来得这么晚？"傅沉俞问了一句。

"晚上抓小偷去了，多了个临时任务。"季眠吃饭吃得很香，傅沉俞做饭还是很好吃的。

季眠吃完饭，打了个饱嗝。

傅沉俞跟他都不爱洗碗，所以家里放着洗碗机。

寂静的房间里，除了洗碗机发出的声音，就只剩下傅沉俞敲键盘的动静。

季眠想了一下，开口："傅沉俞，你还记得季卫国吗？"

傅沉俞愣了一下，脸色顿时变得不太好："你提他干什么？"

季眠说道："我今天见到他了，在处理一个车祸现场的时候，他是其中一个当事人。我哥说他之前来要过钱，让我躲着点季卫国。他好像又欠了十几万块钱，我怕他来找我要钱。"

提起季卫国，傅沉俞的脑海中还有印象。

他只见过季卫国一次，在五岁那年第一次去季眠家中的时候。

季卫国当年抛妻弃子，跟着"小三"跑了的事情，在临县闹得尽人皆知。

傅沉俞当时自顾不暇，但也听说过林敏芝家的事情。

那时候，他觉得季眠和他同病相怜，后来又觉得季眠比他更可怜，有那样的爸爸，还不如没有。

傅沉俞思考片刻后说道："他敢来，我就报警。"

接下来几天上班，季眠都能看到季卫国出现在派出所门口。

季卫国探头探脑，有时候是在外面抽一根烟，有时候试图进来找王哥，希望能够重新协调一下他的案子，他真的拿不出十几万块钱。

起初王哥还跟他讲道理，说这件事已经不归派出所管了，如果他拿不出来，就去找霍柏寒，在派出所闹事也没用。

除此之外，季卫国还总是用微妙的眼神看着季眠。

季眠的办公室在派出所里面，偶尔接水或者去洗手间他才会路过大厅，季卫国在他路过大厅的时候，便伸长脑袋来看他，眼里的疑虑之色一天比一天重。

终于有一天，派出所的女警周警官在大厅里喊了季眠的名字，恰好季卫国就站在大门口，听到"季眠"两个字，混浊的眼珠子微微颤抖着，瞪圆了眼看着季眠，仿佛落实了他一直以来的看法，季卫国激动得手都在抖，点烟时快拿不稳烟。

七点下班，季眠收拾好卷宗，带了一个中午午餐时吃剩下的橘子在路上吃。

一出派出所的门，他就被季卫国堵住了，对方难掩激动之情地喊道："儿子！"

季眠脚步一顿，当作没听见，目不斜视地往前走着。季卫国追了上来："季眠！儿子！你还记得我吗？我是你爸呀！"

他拦住了季眠的去路，季眠不得不停下来，冷淡地说："我爸很早就死了，我只有我妈。"

季卫国搓着手："我知道你心里怨我，但我们是有血缘关系的至亲，这一点你是不能否认的。"

季眠一句话都不想跟他多说，季卫国能在警察局门口晃这么多天，就说明他心里对季眠的身份有所怀疑，被他发现也是迟早的事。

季眠作好了心理准备，打定主意不理他："麻烦你让开，这里是警察局。"

季卫国说道："警察局怎么了？我又不是来这里闹事的，你看你这话，把我想成什么人了。你不愿意认我，我也能理解，毕竟我们十几年没见了……"他看着季眠的模样，季眠一表人才，穿着警服，季卫国心里就一阵一阵地懊悔，冒着酸水。

当年他怎么就那么冲动，把季眠给林敏芝了呢？

"眠眠，爸爸没别的意思，十几年没见，我就是想跟你吃个饭。"季卫国小心翼翼地问了一句，"你妈还好吗？"

原本已经心如止水的季眠，被季卫国的这句话彻底挑起了怒气："你怎么有脸提她！"

季卫国被儿子吼，脸上有些挂不住："我就是……"

季眠嫌恶地说道："你别叫我眠眠，我觉得恶心。"

"嘀"一声，马路边一辆宾利的车前灯灯光落在季眠身边。

霍柏寒从车上下来，靠在车边，懒散地说道："看来，我来得不太是时候。"

季卫国看到霍柏寒，眼里闪过条件反射的怨恨之色。

季眠看了看这两个人："如果你们两个再骚扰我，我不介意让你们一起去警察局'打牌'。"他说完后头也不回地离开了。

"真冷漠。"霍柏寒撇嘴。

看到季眠的背影消失之后，季卫国想起了以前的事。

季眠出生之后，医生说他智力低下，以后就算照顾得再好，也只有十岁的智力。

　　十岁？季卫国当时就蒙了。

　　难道他要一辈子照顾这个小拖油瓶吗？当年的季卫国多么英俊潇洒、意气风发，有大好的前程等着他，他何必跟林敏芝死耗着？

　　想到这里，季卫国忽然痛恨起当年那个医生来，那医生明明说了季眠智力不足，怎么季眠现在变得如此优秀？

　　而他和红霞的儿子也就是那个样子，高考连大学都没考上，还是花钱读的私立学校。

　　如今他一张口又要出国留学了，说他们班的同学都要出国留学，他也要去。

　　他也不想想出国一年要多少费用，要四十万！他们家现在有这个经济条件吗？

　　再说，那到底不是自己的亲儿子，季卫国对他始终有防备之心，更不可能拿出这么多钱让他出国。

　　但红霞娘家那边的人逼得紧，不给儿子出国，红霞就闹着要离婚。

　　当年两个人结婚的时候，老家的房子、车子，都是红霞娘家那边的人提前买的，一旦离婚，他就什么都没有了。

　　季卫国看了看霍柏寒，就知道他不安好心，语气也差了很多："我警告你，你别来烦我儿子！"

　　"你儿子？"霍柏寒若有所思地看着季眠的背影，对季卫国说道，"老头，我跟你做个交易怎么样？"

　　季卫国警惕地看着他："你想干什么？"

　　霍柏寒说道："你让季眠答应来我的公司上班，我每个月除了给你十万块，再把我跟你之间的十一万债务一笔勾销，怎么样？"

　　季卫国当即气得涨红了脸，破口大骂："你做梦！老子还没穷到要出卖儿子的地步！"

　　"你紧张什么？"霍柏寒笑道，"我给你一个星期的考虑时间，你好好想想再给我答复。不过，看起来季眠跟你的关系也不是太好，说不定你赚不到我的十万块钱。"

　　季卫国死死地盯着霍柏寒。

"你是他的父亲，他总不能见死不救吧。"霍柏寒拍了拍季卫国的肩膀，上了车。

季眠回到家，立刻把今天的事情跟傅沉俞说了。

季卫国果然找上门来，除此之外，季眠还把霍柏寒的事情告诉了傅沉俞，问傅沉俞对霍柏寒这个名字有没有印象。

季眠到底不是坐以待毙的人，在网上查了霍柏寒，看到霍柏寒的地产公司最近也参与了白马河博莱国际项目——正好是傅沉俞和他们年级主任做的那个项目。

季眠说道："他有钱，说不定会调查我，你跟他在一个项目里，提防着一点儿。"

季眠也不知道霍柏寒是怎么想的，毕竟富二代的想法都挺奇葩的。

季眠啃着苹果，很真诚地说："不过也不用太担心，如果出了事情，你可一定要罩着我啊，傅沉俞。"

他是真的没将霍柏寒放在心上，毕竟《陌路柔情》中最难搞的大反派 Fox 现在是他最好的朋友，他有啥可怕的？

傅沉俞听完他的话，当天晚上就把霍柏寒所有的资料调了出来。他算了一下中诚地产的所有资产，然后评估了一下风险，发现霍柏寒的威胁性确实不大，中诚地产在建京只能算是二线企业。

傅沉俞在网上公布了中诚内部的一些丑闻，足够霍柏寒焦头烂额一段时间的。

其间因为企业形象受到损害，中诚损失了将近一亿，差点儿填不上资金空缺，霍柏寒连着加班一个星期，熬得眼眶通红也没把始作俑者抓出来。

这天上午，霍柏寒顶着两个黑眼圈，跟秘书一起到白马河博莱国际实地考察，中午吃过饭之后，还有一个短暂的会议要开。

霍柏寒走进会议室，秘书介绍道："这位是建京大学经济管理学院的教授陆教授，这是他的学生傅沉俞，小傅，这次作为顾问团参与博莱国际的土地竞标。"

霍柏寒揉着眉心，抬头看了一眼，陆教授是很有名的，握手之后，霍柏寒的目光落在了傅沉俞的脸上。

傅沉俞年满十九，已经有了成熟男人的轮廓，只是脸上还有些青涩感没有褪去。

霍柏寒夸赞傅沉俞："年少有为。"

傅沉俞也不吝啬自己的笑容，只是看起来笑得不太真诚："霍总过奖。"

霍柏寒本能地不喜欢傅沉俞的笑容，看起来不真诚就算了，还透着一股讨人厌的狡诈感。

他在商场上是最怕碰到这些狐狸的，笑里藏刀，一肚子坏水，没有一个是好货色。

虽然傅沉俞还是个大学生，顶多算一只小狐狸，但足够让霍柏寒讨厌了。

开完会之后，陆教授拉过傅沉俞，小声问道："你跟霍总以前认识吗？"

傅沉俞："不认识。"

陆教授思考着问："我怎么觉得他有点儿针对你？"

傅沉俞："可能更年期到了？"

陆教授哑然失笑："人家霍总年少有为，如今才三十五岁，怎么就更年期了？小傅，你说话可得小心点儿啊。"

傅沉俞是陆教授的得意门生，在他眼里，傅沉俞简直就是世界上最完美的学生。

傅沉俞聪颖不说，天赋也极高，一点就通，而且为人谦逊有礼貌，虽然有时候话少了一点儿，但这正是他可靠的有力证据。

要不是自己的女儿比他大太多了，陆教授还真想把自己的女儿介绍给傅沉俞认识。

与此同时，霍柏寒在上厕所时，接到了季卫国的电话。

一个星期时间到了，季卫国那边纠结了很久，咬牙道："霍老板，我想办法让我儿子去你的公司上班，你把我那十一万的账一笔勾销吧！"

霍柏寒停顿了一会儿。

季卫国只听到了男人浅浅的呼吸声，紧张得心里直打鼓。

其实季卫国也没什么把握能让季眠去霍柏寒的公司上班，但医院里又催缴红霞的医药费了。红霞她妈还在问孙子出国留学的事情，季卫国都不敢把自己在外出了车祸要赔十几万块钱的事情告诉家人。

季卫国心中暗暗想着，方法总是有的。

季眠五岁之前，他也算是抚养过季眠的，让季眠帮自己这一次，也算是报答自己的生恩了。

季卫国等了很久，听到霍柏寒的声音传来："嗯？不过最近公司出了一点儿事情，我可没有那么多钱了，怎么办？"

季卫国惊讶地道："什么？霍老板，你开什么玩笑啊？你们家公司那么大，连一个月十万都拿不出来吗？"

"霍老板，那你每个月总要给我一点儿钱吧，还有那十一万的赔款，你得签个条子，一笔勾销啊。"

霍柏寒冷笑道："你先让季眠来我的公司再说吧！"

挂了电话，霍柏寒回到了会议室里。

陆教授跟傅沉俞还没走，正对着电脑看风险分析。见到霍柏寒进门，陆教授看到霍柏寒脸上的黑眼圈，连忙说道："霍总，你需要在会议室休息一下吗？"

霍柏寒下午还得去工地上考察，肯定不急着走，在车里睡觉又不舒服，陆教授他们平时累了，也是在会议室午休的，但霍柏寒毕竟是老板，陆教授怕他不习惯。

万一人家就想要开车去开个酒店房间呢？

霍柏寒坐在他们边上："没事，你们看。"

傅沉俞不动声色地瞥了他一眼，陆教授说道："霍总，公司的事情还没解决好吗？"

陆教授指的是中诚被人网上爆料的事情。

中诚毕竟也算是一家较为知名的地产公司，当天这件事还上了热搜，霍柏寒第一时间就自查，但最后也没调查出什么结果。

霍柏寒不想露出自己脆弱的一面，但陆教授跟他好歹也是多年的交情，霍柏寒一时没忍住就松懈了下来："我们已经进行了公关，现在正在全力解决此次问题。"

傅沉俞听了抬起头，脸上露出迷茫的神情。

中诚企业被爆料的事情不算私事，陆教授就解释了："霍总的公司遇到了一些麻烦事，内部信息被公布损失了将近一亿。唉，这年头真是，安全方面的事情不得不防。"

傅沉俞露出惋惜的神情，宽慰道："做生意难免会遇到一些波折，霍总手段了得，以后又岂止赚这一亿？"

霍柏寒看着傅沉俞，没想到这个看上去寡言少语的大学生还挺会说话的，心中对他的好感不由得多了几分。

陆教授似乎想起什么，忽然说道："哎，小傅，我记得你有个课题是不是攻克病毒入侵？就你们那个计算机社团的？"

傅沉俞微笑道："是的老师。"

陆教授又说："你们那个防火墙不是还拿了国际大奖嘛，我看要不然你给霍总看看，看看霍总有没有兴趣。"

霍柏寒来了兴趣："什么防火墙？"

傅沉俞微微一笑，谦虚地解释道："是我们同学自己弄的一个小玩意儿。"

"你们那个可不是什么小玩意儿啊！"陆教授不遗余力地夸赞道，顺便还把傅沉俞他们获得的奖项名字给报了出来，是国际上含金量很高的专利奖。

霍柏寒又仔细询问了一下傅沉俞他们的公共安全网络研究方向，心里一喜："你们这个软件还没卖出去吗？"

傅沉俞遗憾地说道："是的，霍总，因为资金不足，所以无法生产。"

霍柏寒大手一挥："你先拿到我们公司试试，如果可以，这个项目的扶持资金就由我包了！"

他就当这是对傅沉俞刚刚流露出来的善意的回报。

加上霍柏寒最近确实重视起以前从来没重视的网络安全问题，而傅沉俞的这个项目就恰到好处地进入了他的视线。

双方一拍即合。

傅沉俞小狐狸似的眼睛微微弯了起来，有着说不出来的味道："霍总真是太慷慨了。"

霍柏寒说道："我们也是支持你们小年轻创业的。"

同时，他心里对傅沉俞的印象完全改观，想到自己一开始还以貌取人，顿时觉得有点儿羞愧。

傅沉俞虽然年轻，性格却谦逊有礼，又是个不可多得的人才，霍柏寒有了惜才之心，甚至想等到傅沉俞大学毕业的时候，把人挖到自己的公司来做管理。

傅沉俞考虑到霍柏寒要休息，于是主动告辞。

看着他的背影，霍柏寒对陆教授感慨道："你今年真是得了个了不起的学生。"

陆教授也十分骄傲地说道："我的那么多学生里，他的品行是最好的，真挑不出毛病！"

"品行极佳"的傅沉俞合上会议室的门，脸上挂着十分温和的笑容。

只是那笑意只到嘴角，眼里没有半分真诚之意。

第二十章

季卫国这两天过得如履薄冰，紧张地在屋子里走来走去，把红霞给惹烦了，她边吃饭边骂他："你有毛病？闲得慌在那儿晃来晃去的！"

季卫国本来就极为焦灼，红霞这么一说，他转头一看，老婆躺在床上什么也不干，除了给他拖后腿，什么用都没有！

于是他吼了一句："你别烦了行不行！"

红霞只当他更年期狂躁症发作了，顶了一句："你有什么资格吼我？什么钱都赚不到，还要靠我父母来养，你就是个吃软饭的窝囊废。我告诉你季卫国，你少给我在家大吼大叫。"

季卫国听到"窝囊废"三个字，心里就更加火大。他自从娶了红霞，做了上门女婿，就没什么家庭地位，连那个养子都是不跟自己姓的。

现在倒好，他还要利用亲儿子，给这个养子攒出国读书的钱，还要给红霞这个泼妇看病，真是越想越憋屈。

季卫国心想，等拿到了霍柏寒给他的钱，他就马上跟这个黄脸婆离婚，一分钟都不想在这个家里多待了。

季眠下班的时候，又被季卫国堵住了。

对方的说法从来没变，就是想跟他吃个饭，说这么多年没见了，毕竟是亲生父子，季眠总不能连这点儿面子都不给他。

季眠被缠得很烦，由于季卫国天天来，导致同事频繁地来询问季眠是不是遇到什么麻烦了。

周姐还说季卫国看着就不像个好人，让季眠小心一点儿。

第五天的时候，季卫国来等季眠下班，在警局门口遇到了傅沉俞。

季卫国不认识傅沉俞，只觉得这个年轻人看上去很不好惹，冷冷的，于是下意识地走到了一边去。

季眠出门之后，季卫国又想上前，就见他儿子朝着他的方向看过来，脸上一下就笑开了。

季卫国受宠若惊，这还是他头一次看到季眠笑起来的样子，又乖又甜，让他心里为数不多的父爱稍稍觉醒了一会儿，摇摆不定起来。

结果下一秒，他就发现季眠根本不是对他笑。

他儿子连蹦带跳地跑到了和他站在同一边的年轻人身边。

看到这一幕场景之后，季卫国心中生出的温情荡然无存，甚至连愧疚感都没有了。

他怨毒地看着季眠和傅沉俞的背影，手中捏着那瓶药水，终于下定了决心。

"季卫国天天堵我，好烦人。"

一见到傅沉俞，季眠就忍不住抱怨。

"还有那个霍柏寒，最近又闲下来，跑到警局来找我。"

都已经十月了，季眠在派出所的实习快结束了，他就怕季卫国跟踪他到家里去，倒是不怕季卫国做什么，就是天天被盯着很让人烦躁。

今天傅沉俞来接他，季眠倒没看到季卫国，估计对方是担心自己一打二打不过吧。

"季卫国找你干什么？"傅沉俞问道。

"请我吃饭。"季眠说道，"他说是觉得这么多年对不起我，要补偿我。他真以为自己一顿饭就能补偿吗？而且我总觉得他这么坚持请我吃饭，怪怪的。"

季眠性格警惕，而且在某些方面的直觉非常敏锐。

在他看来，季卫国如今欠了霍柏寒十几万，正应该是焦头烂额地筹钱的时候，见到自己应该是开口借钱才对，可季卫国对借钱的事情闭口不谈，只是说要请自己吃饭。

季眠为了求证自己的想法，还打电话给季尧了，得知季卫国也没有去找过他的哥哥，这就很奇怪了。

季卫国在派出所门口徘徊，一不是问他借钱，二不是求警察翻案，那图什么？季卫国真的是来给自己道歉的吗？

季眠才不信。

"他是觉得我看起来很好骗吗？"季眠吐槽，"有钱他不还霍柏寒，反而来请我吃饭？"

在傅沉俞的建议下，季眠在一次和季卫国的见面中，偷偷拿了季卫国的手机，把季卫国最近所有的平台购买记录查了出来。

季眠起初还觉得这样做挺不好的，但不知道季卫国葫芦里卖的什么药，还是想办法搞清楚才行。

结果当他看到季卫国近期的购买记录，整个人都愣住了。

季卫国虽然让他恶心，但他没想过这人能坏成这样。

季眠觉得一阵恶心，傅沉俞的脸色也阴沉得可怕，

等傅沉俞截图保存了证据，季眠才说："季卫国真是个畜生。"

他不指望季卫国真的对自己和林敏芝有愧疚之心，只是希望对方离自己的生活远一些，但季卫国还是打算对他做这么不可饶恕的事情。

这样一来，季眠忽然就明白为什么季卫国坚持请他吃饭了。

季卫国多半跟霍柏寒达成了什么交易，然后给季眠下药可能是想拿点什么把柄威胁季眠，让他去给霍柏寒卖命。

"我去报警。"季眠忍着恶心，准备给警察局打电话。

傅沉俞按住了他的手，压着怒气，若有所思地道："季眠。这样太便宜他了。"

季眠顿了一下，无条件地相信傅沉俞："那怎么办？"

傅沉俞有些狡诈地问："你干过坏事吗？"

他笑了起来，宛如一只成精的小狐狸。

季卫国没想到，自己软磨硬泡了几个星期，季眠真的答应跟自己吃饭了。

他现在心里没有一丝愧疚感，心情雀跃地赴约。虽然季眠对他不咸不淡，但他依旧很热情。

饭吃到一半，季卫国正愁找不到机会往季眠的杯子里下药，季眠就说要去一趟卫生间，起身离开了。

季卫国大喜过望，连忙把"眼药水瓶子"拿出来，装作要滴眼药水的模样，给季眠的杯子里滴了两滴药。

怕用量太少，他还刻意多加了一点儿。

做完这一切，季卫国提心吊胆，并没有松口气。他非要看到季眠把加了料的水喝下去不可。

结果季眠没回来，季卫国却被一个端盘子的服务生给撞到了，餐盘里的西红柿意大利面条翻到了季卫国的身上。季卫国做贼心虚，暴跳如雷，当即要给小姑娘一耳光。

还好经理来得及时，拦住了季卫国的一耳光，又是赔礼道歉又是赔钱，还说要给他免单。

听到免单，季卫国才放过服务员小姑娘。

经理拉着小姑娘走到一边，问："晓宁，你怎么回事啊？平时你都是很稳重的，今天连餐盘都端不好。我要不是恰好在旁边，你以为那人一耳光下来，你吃得消啊！"

晓宁不住地道歉："对不起经理，我真不是故意的。您从我的工资里扣吧。"

经理摆了摆手，也不是真的要欺负人家小姑娘，就说："算了，算了，你就出了这一次错误，我还没那么苛刻，下次要注意啊！"

晓宁去员工休息室换了一套衣服，又匆匆往洗手间走去。

季眠刚出来，就被晓宁拉到了一边。季眠确认自己不认识这个服务员，以为她要推销什么，正想说自己不需要，晓宁就紧张地说道："先生，您小心一点儿跟您一起来的那个男人，我刚才看到他往您的饮料里面放东西了。您需要报警吗？饮料我没有动，可以当作证据。"

季眠微微一愣，过了一会儿才真诚地开口，感谢道："谢谢。如果不是你，我今天就有大麻烦了。暂时不用报警，我自己会小心的。"

晓宁点了点头："先生，如果需要帮助，您可以联系我们经理，他人很好的，可以帮您把人扣在饭店里。"

季眠再三道谢之后，晓宁才回到自己的工作岗位上。

季眠回到座位上，季卫国心虚地挪开视线。季眠看到季卫国的衣服全都脏了，却没有去换，便脱下自己的外套递给他："你去洗手间换一下。"

季卫国还等着季眠把水喝下去，此时哪敢走开，就打算在原地换。他脱了自己的外套，然后把脏东西都用餐巾纸擦拭干净。

季眠端了水递给他，说："爸。用水洗一下。"

这一声"爸"叫得季卫国心神大震，鼻子一酸，接过水洗了洗衣服。

但是很快，这点儿感动就被金钱利益给压了下去。

他都走到这一步了，必须走下去！

"行了。吃饭吧。"季卫国揉了揉眼睛。

季眠端起身前的水一饮而尽，季卫国吞了一口唾沫，心中的大石头终于落下。

一顿饭两个人吃得还算尽兴，最后经理还给他们免单了。

季卫国开着朋友的车过来的，上了车之后，忽然感觉脑袋一阵眩晕，就跟喝多了一样。

季眠敲了敲车窗，说："不用送我，我自己回家就行。"

季卫国嘴唇开合，想要说什么，但最后还是失去了意识。

霍柏寒收到了季卫国的短信，告诉他自己已经说服季眠了。

霍柏寒挑眉，没想到季卫国的动作那么迅速。

下一秒，季卫国的消息又发了过来，是一个定位，短信里说还有一些事要跟他谈谈。

霍柏寒跟季卫国一直用这个手机号交流，因此他并没有起疑心。

晚上八点下班，霍柏来到指定的地方，不见季卫国的人。

二十分钟之后，"咚咚咚"，敲门声急促地响起。

霍柏寒眉头一皱，只当是服务员，于是打开了房门。

一打开门，他就愣住了。

门口站着五六个便衣警察，出示了证件："先生你好，我们接到白马河印象餐厅服务员报警，说下午有名客人在朋友的饮料中下药，将人带到酒店。现在请你配合我们警方的工作。"

霍柏寒脸色一白。

为首的几个人高马大的警察大步走进去，东翻西找的。

在某个柜子里找到正在熟睡中的季卫国。

霍柏寒的事情被捅到了媒体那里。

他的脸色已经不能用难堪来形容了，作为中诚的董事长，他是面子里子都丢尽了。

很快，霍柏寒的律师团队就来到警察局，霍柏寒坚称自己不认识季卫国。

但是警察在季卫国的微信聊天记录中，找到了大量他跟季卫国的聊天记录。

霍柏寒的脸成了青色。

到这个时候，霍柏寒不得不怀疑，自己是不是得罪了什么人被摆了一道。

商场上这样的套路让人防不胜防，霍柏寒没想到自己会成为中招的人。

而且这件事明明没有多少人知道，为什么会突然上热搜？

霍柏寒有理由怀疑，绝对是同行搞的鬼！

结果，律师团队发文居然也压不下热搜。

短短一天时间，霍柏寒就遭到了亲戚的轰炸，董事会那边也紧急开会。

中诚地产的股票因为霍柏寒闹这一出，又直接掉了百分之二十，亏损金额有十几亿，这让霍柏寒焦头烂额得瞬间像老了十岁。

他现在还没办法去董事会做出决策，只能在看守所里跟季卫国两个人面面相觑。

季卫国醒来之后，受到药物影响，彻底断片了。

他的记忆还停留在跟季眠在饭店里的场景，他怀疑是季眠做了什么手脚，可什么证据都拿不出来。

而且饭店服务员调出监控，亲自指证他对季眠下了药。原本他犯罪未遂，只需要被判一两年的有期徒刑，但由于季眠是实习警察，季卫国的行为涉及袭警，加上认罪态度极差，直接被判了五年的有期徒刑。

而霍柏寒虽然只是被拘留了半个月，但是被作为一个公众人物，被网友津津乐道地讨论了半个月，简直称得上是社会性死亡了。

并且，中诚因为这次事件，损失了十几亿。

中诚董事长霍柏寒的黑料高高挂在热搜第一的位置，每天的关键词不重样地变换，被众人嘲笑。

中诚的整个地产事业受到了沉重的打击。

霍柏寒短时间之内几乎一蹶不振。

而这一切的幕后操作者，此时正百无聊赖地翻着烹饪书。

季眠前段时间为了一个案子累得死去活来，如今人看着消瘦了不少，回到家就躺在床上一动不动。

傅沉俞把人拽起来，季眠刚塞两口吃的进嘴，结果一个电话又把他从家里叫去了警察局。

季眠再次回到家，已经是半夜了。

傅沉俞闷声道："你一天到晚可真忙的。"

季眠有气无力地说道："你不知道我们今天遇到了一个什么畜生，那男的为了十万块钱的保费，把自己六岁的女儿给杀了。他出门之前不关阳台门，伪造女儿失足的现场，结果我们发现他在一个月前给女儿买了大笔保险，受益人填写的是自己。"

季眠慢慢地说着："他是外地来建京打工的，女儿读不了本地的幼儿园，就在城中村里读。他没给女儿买过一件好衣服，也不给钱，家里只有一个继母，天天折磨他女儿。我们看到小女孩的尸体的时候，她的手脚骨折了好几处，真的……真的很可怜。"

傅沉俞没吱声，季眠自顾自地说："你知道我想到什么了吗？"

"什么？"

季眠看着他说："我想到了你小时候的事。"

傅沉俞的童年是灰色的。

季眠和他在幼儿园认识时，傅沉俞正被全班的同学欺负，只因为他有一个犯错的爸爸。

季眠继续说："我今天在想，如果我早一点儿长大就好了。"

傅沉俞问："为什么？"

"我长大一些，在你还小的时候就去收养你，谁都不能欺负你。"

傅沉俞大约是觉得季眠说的这些话不靠谱，于是闷闷地笑。

大二放假的时候，王哥对季眠的印象很好，又问公大要了季眠去实习。王哥被调到了周家巷公安局工作，季眠也跟着"升迁"，成了周家巷公安局的实习警察。

跟白马河派出所不一样，派出所负责的基本是老百姓的生活琐事，但周家巷是建京的主要市区，这里的公安局在建京地位举足轻重，配有刑侦大队和缉毒大队，直接负责重大刑事案件。

季眠只是一个大二的学生，却能够破格被王哥赏识，得到去周家巷公安局实习的机会，足以证明他的能力非常出色。

季眠记得自己前世的时候，到了大四才在派出所实习过，后因表现优秀，毕业之后也是去了公安局成为刑侦一队的实习警察，跟着队长跑前跑后，负责一些刑事案件。

不过他需要出力的地方不多，顶多是到现场搬一搬尸体，收集一些证据，调查监控之类的，像那种马路上的车战、肉搏战，一个都没经历过。

但他对某一件事情记得特别清楚，就是他之所以来到《陌路柔情》书中世界，是因为前世的最后一个案子，他跟着队长去了海上……

季眠只记得，自己为了救受害者，直接掉进了波涛汹涌的大海。

那时候，天气不算太好，他从高处掉落，几乎不可能生还。

后来想起这件事，季眠总有些与原主同命相怜的感觉。

大二在周家巷的公安局实习期间，季眠接触了许多比较恶劣的案件，见到了形形色色的人。

有一段时间，季眠收拾完现场的尸体，回来连肉都吃不下。

傅沉俞也是为了照顾他，开始学着做一些素菜。

季眠的大学生活，除了霍柏寒的那件事外，后面都过得顺风顺水。

一转眼就到了大四毕业，季眠这时候已经结束了公务员考试。他的成绩不错，第一次考试他就高分"上岸"，得到了国家颁发的警察证书。

等到毕业的时候，他就经王哥介绍，正式成了周家巷公安局的实习警察。

季眠是打定主意要留在建京的，傅沉俞也打消了回同城的念头。

他大学时跟朋友合伙做的防火墙，如今已经是非常成熟且有名的软件，专门面向各大企业销售，收入不菲。

季眠原本以为傅沉俞毕业之后会硕博连读，没想到傅沉俞直接参加了工作，在一家很有名的互联网公司做高管。

傅沉俞年纪轻轻，每个月的工资就已经有五六万了，是一般同龄人无法企及的。当然，季眠知道，傅沉俞的工资，相较于他副业赚的那些钱，简直不值一提。

当然，傅沉俞在名企任职的同时，也没忘记提升学历，季眠是做不到像傅沉俞这样两面兼顾了。

警察局一忙起来，他连早起洗脸都顾不上。

大学毕业前夕，季眠遇到了很久不见的厉决。

高中毕业后，厉决就被他爸爸押到了国外读书——毕竟以他的分数，他在国内就没有一个考得上的大学。

厉决在公大门口等季眠放学，季眠见了他，已经从排斥变成了一种微妙的习惯。

他也不知道怎么说自己对厉决的感觉：朋友吧，算不上，虽然认识也有这么多年了。

他感觉厉决像是一个熟悉的陌生人。

季眠这天看中了一款挺好看的尾戒，想起傅沉俞有戴尾戒的习惯，正好自己发工资了，可以给傅沉俞买一个做礼物，当作是他辛勤做饭的回报。

其间厉决一直缠着他，把他给缠烦了。

别的不说，厉决缠人的本事还是很强的，季眠索性懒得理他，去了首饰店，任由厉决像条大狗似的追在自己后面。

踏进首饰店，冷风习习，厉决问道："你买什么啊季眠？"

季眠站在柜台前，认认真真地挑选着戒指。

厉决凑过来问："你买戒指干什么？"

季眠慢条斯理地说："我发工资了，准备给傅沉俞买一个礼物。你帮我看看，哪一个比较好？"

季眠不指望厉决回答他，这是在委婉地提示厉决，这地方不需要他，希望厉决自己能够明白过来，然后自己走开。

可他低估了厉决的脸皮厚度，厉决艰难地挤出了一个难看的笑容："你给傅沉俞买？为什么？"

季眠小声吐槽："为什么，不给他买给你买吗？"

"我也是你的朋友啊？"厉决咬牙切齿地说。

季眠转过头来："你这人真奇怪，我跟你又不是特别熟，为什么要给你买礼物？"

季眠越想越觉得奇怪，干脆开口："你不觉得你很奇怪吗？高中的时候，我们根本就不认识，你一上来就对我那么殷勤，我凭什么回应你啊，莫名其妙。"

厉决哑然，话题回到这里，他就无法跟季眠讲明真相了。

季眠说完这话，终于挑到了喜欢的尾戒，只是价格有些昂贵。好在这几年他打工攒下了不少零花钱，买尾戒的钱还是拿得出来的。

这天季眠接到警局的一个电话，拍完毕业照，衣服都没脱，就直接赶往现场。

周家巷警察局这次接到的是个大案子，碧海小区中两位独居老人被杀害，尸体被藏在冰箱里，隔了两个星期才被邻居发现。

两位老人唯一的孙子的尸体，也在几天后在碧海小区不远处的水坝下面被找到，案件情节严重。后来事情上新闻，接待媒体记者、安抚群众等等一堆事情压下来，周家巷警察局的压力非常大，季眠连着忙了一个月都没空闲下来。

等这个案子水落石出的时候，已经是十一月份。

原来杀害老人和小孩的是这家人请来的保姆，因为对老人的钱财起了贪念，原本只是想要偷点儿东西，结果被老人撞见，起了争执，保姆失手杀了老人，后来又被老人的爱人和孙子看见，最后才酿成这场灾难。

保姆被判了死刑，季眠才有空休息，回到家睡了两天两夜。

结果林敏芝那边又传来消息，是张先祯给季眠打的电话。

他妈在公司里晕倒了，现在已经被送到医院里急救，人已经没事。

季眠听到这个消息，整个人如坠冰窖，多年前就已经不再压制他的原著剧情，如今忽然又像一把刀一样悬在了他的头顶。

季眠读大学之后，就没什么时间回去看林敏芝。

但这些年，他依旧天天在电话里嘱咐林敏芝，让她一定要按时检查身体，特别是检查眼睛，没想到林敏芝还是在公司里出了意外。

当天下午，季眠就向警局提交了申请，请假回到了同城。

这件事季眠没有瞒着傅沉俞，两个人是一起回去的。

两个人到医院的时候，张先祯正陪着林敏芝，这么多年过去，他妈和张叔叔都老了。

跟林敏芝聊天的一个妇人是周太太，季眠叫她周阿姨，她是林敏芝的老姐妹，两个人无话不谈。

平时林敏芝化着妆，保养得好，还不大看得出年纪，如今素颜躺在病床上，能看到眼角也有了细细的皱纹，神色显得有些疲惫。

周太太看到他，笑起来："你儿子来了，我去给你洗个水果，你们聊。"

季眠看到林敏芝，眼眶直接红了，抓住她的两只手："妈，医生怎么说？"

"没什么大不了的事情，就是低血糖晕倒了呀。"林敏芝说，"妈没事的，而且就算有事，妈也不怕，你跟哥哥都长大了，妈这辈子已经很好了，就算死了也没挂念了。"

季眠连忙阻止她："妈！你别说这种话。"

傅沉俞坐在另一边，林敏芝有些不好意思："你看，我就生个小病，哪里值得你们俩一起赶回来的呀？你哥也是，劝都劝不住，也跑回来凑热闹。

"小沉现在做生意那么忙，你跑案子也没空闲，你们跑回来干什么呀！"

季眠："什么都没你的健康重要，我得守到你出院为止。"

季眠对林敏芝的事情一向很上心。

毕竟原著中，林敏芝并没有活很长时间，刚过五十岁就走了。

她一出点儿什么事，季眠就提心吊胆的，实在经受不起失去林敏芝的这种假设。

傅沉俞那边跟医生交谈过，林敏芝确实没什么大事，就是人老了，又忙碌这么多年，血糖有些低。

晕倒的那天是因为她没吃早饭，加上睡得晚，看着吓人，实际上好好休养一阵就行。

季眠不让林敏芝插手公司的事情了，季尧那边辞了海市的工作，回到同城开始帮着林敏芝打理家里的业务。

季尧有着高管的经验，林敏芝教得很轻松。这些年来，她努力打拼起来的事业，林林总总加起来也资产过亿了。

季眠还是第一次知道自己家这么有钱，目瞪口呆了好一会儿——甚至他才知道，原来市面上那个最红的、全国连锁的，每次路过都能看到排着长队伍的网红面包店，竟然是林敏芝旗下的产业。

经过这次的事情之后，季眠思考再三，还是向王哥提交了申请，不打算留在建京，而是准备回同城的公安局发展。

傅沉俞的副业是和互联网相关的，因此他在哪里工作都不影响他，他也准备回同城。

建京的那家企业在同城也有分部，傅沉俞提交申请之后，一个月就批下来了。

季眠跟傅沉俞处理工作上的事情花了两个多月时间，等真正把工作都落到同城的时候，已经接近年关了。

同城下了今年的第一场雪，季眠正在收拾住的地方，一栋坐落于市中心风景区边上的小别墅，环境优美，是林敏芝给季眠买的。

季眠跟蚂蚁搬家似的，一点点地从家里把自己的东西收拾到小别墅中。

傅沉俞在同城的工作比建京轻松很多，建京生活节奏快，上班跟急着投胎似的，每天加班到十一二点都是常事。

到了同城之后，傅沉俞空闲下来，不再一天到晚都留在公司加班，反而更喜欢这样的生活。

季眠和他的想法一样，想有更多的时间陪着家人，所以才从建京回同城。

他能陪林敏芝的时间越来越少，不想把所有时间都放在工作上。

季眠进警察局之后，工作也比在建京那边顺心。

最近一段时间都没什么案子，他闲下来就一直忙着搬家。

双休的时候，季眠陪着傅沉俞回了家一趟。

林家这时候没人，林希在上班，林芸在上学，林建一又是一个因工作常年不回家的人。

时隔四年，季眠再一次踏进傅沉俞的房间，颇有一种时光荏苒的感觉。

傅沉俞的房间和他高中的时候一样，摆设没什么变化，只是桌上的电脑不见了。

"那台电脑呢？"季眠问了一句。

"占地方，让保姆搬到杂物室里了。"傅沉俞随口答道。

这里的东西多是他上大学以前的衣服和用品，上大学之后他在建京，什么东西都是新买的。

季眠在翻书本的时候，架子上的小提琴没有放稳，砸了下来。

季眠没注意，只听见动静，傅沉俞手疾眼快地接住了小提琴。大概是很多年没用了，小提琴不堪重负，被折腾了一下，上面的一个小狐狸挂件落到了地上。

季眠捡起小狐狸挂件，觉得分外眼熟。

很快他就想起来了，这是傅沉俞的第一把小提琴，是宁倩送给他的。

傅沉俞把小狐狸挂件拿过来，重新挂在了小提琴上。

放在小提琴边上的，还有一本童话故事书，叫《兔子国》，大概是傅沉俞小时候看的吧。

傅沉俞放好小提琴，似乎陷入了回忆之中。

季眠没说话，拿起《兔子国》翻开，一朵被压得扁扁的小白花飘然落下。

这朵小白花就像打开了季眠的记忆，他瞬间就想起那一年，第一次看到傅沉俞的场景。

"你怎么还留着这个啊？"季眠捡起小白花，重新将其放回了《兔子国》中。

傅沉俞回过神，愣了一下："什么？"

"花啊。"季眠笑得眼睛弯了起来，"我以为你早就丢了呢。这花还是我送你的，在火车站。哦，你不记得了，我想起来了，你当时没看见我。"

傅沉俞的语气几乎透露着一种难以置信的感觉："是你。"

第二十一章

看到傅沉俞的箱子里放着的照片，季眠很感兴趣地指着照片说："我都快忘记你小时候长什么样了。"

那是黎明幼儿园的毕业照。

傅沉俞那会儿阴沉沉的，一个好朋友也没有，跟季眠离得也很远。

季眠乖巧地站在第一排，剪了一个可爱的发型。

照片往后翻，到了两个人读小学的时候。

他记得他们小学班主任是施老师，数学老师是余老师，季眠看着他跟傅沉俞的照片，陷入了回忆中："以前还觉得余老师的年纪比我们大很多，结果她也是大学刚毕业就来教书了。一下子，这么多年过去了。"

照片里的两个小学生如今已大学毕业。

越是临近过年，周围的过年氛围就越浓。

在这个新年里，傅勇的服刑期结束，正好是正月二十七，他从监狱里出来了。

傅沉俞也提前买好了日用品和洗漱品，在距离他家小区不远的隔壁小区买了一套独居的平层。

傅勇出狱这一天，天就像被水洗过一样蓝，他什么行李也没带，走出监狱，看到门口等待他的傅沉俞，已经不再年轻的男人叹了一口气，拍了拍儿子的肩膀，然后拥抱住了他。

这一刻，性子一向冷漠的傅沉俞都没忍住红了眼眶。

"爸。"

"走吧，我去看看你的新家。"傅勇抹掉了眼泪。

傅沉俞开口："爸，我们今天去林阿姨家吃饭。"

傅勇问道："你跟林阿姨打过招呼没？"

他跟林敏芝不熟，十几年前他们也只是点过头的邻居。刚出狱，傅勇就有一种深深的无力感，那是一种面对日新月异的社会的无力感，但同时他心里也为傅沉俞骄傲，如今自己的儿子已经可以让自己依靠了。

"说过的。林阿姨做了饭，季眠也在。"傅沉俞回答。

"季眠就是你的好朋友吗？"傅勇问道。

傅沉俞点头。

傅勇心中这时涌上了紧张感，自己是坐过牢的人，林敏芝会不会瞧不上自己？

除了傅勇紧张之外，林敏芝其实也挺紧张的。

季眠跟她说了，为了给出狱的傅勇接风，林建一也要上门来吃饭。

如今林建一可是个电视机里面能看到的大人物了，林敏芝天生对大人物有点儿怕。

她一会儿上楼看看自己的着装，一会儿又去厨房瞧一瞧保姆的菜做好没。

折腾到傅勇跟林建一来，林敏芝才稍稍停歇。

林敏芝这些年的变化翻天覆地，看到她的第一眼，傅勇都没敢认。

当年卖煎饼的女人，如今已经是小有名气的女企业家，优雅得体，落落大方。

傅勇心里无限感慨，这些年他到底错过太多事情了。

一顿饭，大家吃得很热闹，到了下午才散场。

林建一事务缠身，吃到一半就不得不走了，众人都能理解。

他走时，傅勇不知道怎么感谢他，只是紧紧地握了一下他的手："老林，这些年辛苦你了。"

林建一拍了拍他的背："我没照顾好小倩。"

"她……"傅勇眼中滚出泪水来，"她是个福薄的人，怪我。"

后来，两个人都哽咽得说不出话来。最后还是林敏芝给劝好的，傅勇连忙说："不耽误你工作了，你赶紧忙去吧。"

林建一这才起身离开。

傅勇看了一眼时间，也差不多该走了，下午他还想去看看宁倩。

公墓在山上，上山的那段路有点儿陡，傅勇却像是没感觉一样，越走越快，中途要不是傅沉俞搀扶得及时，他可能都摔过一跤了。

看到宁倩长眠的墓地，傅勇的眼泪一下就落了下来，几十岁的男人，哭得上气不接下气。

宁倩的墓碑上是她年轻时的照片，傅勇记得这张，是宁倩怀上傅沉俞那年拍的。那时她还很小，二十出头的样子，像个女学生。

傅沉俞站着没说话，他知道这个时候的傅勇是劝不住的。

夫妻俩这辈子没做过一件坏事，仅仅十几年，再见面时就已经阴阳相隔。

季眠心里有说不出的苦闷和辛酸感。

《陌路柔情》中有关傅沉俞的身世只是简单几笔带过，在这个世界中，傅沉俞的家庭却被命运捉弄。

傅勇跟宁倩要说的话有很多，傅沉俞跟季眠祭拜过宁倩之后，傅勇还想陪宁倩待一会儿。

傅沉俞跟季眠先离开，从同城公墓开车回去，路过绕城高速的时候，傅沉俞突发奇想，问了一句："季眠，你想去以前的小学看一眼吗？"

十几年过去，季眠他们读书的地方早就物是人非。

前些年，政府要在同城增加两条地铁路线，而黎明小学正好在规划的道路上，于是黎明小学就被合到了同城天成小学中。

他们读的校区已经被完全拆除了，当年黎明小学的校门口，如今已经变成了地铁口。

季眠记得学校附近还有三家小卖部，卖各种各样的小玩具和零食。

他每天有三块钱零花钱，傅沉俞的零花钱比他多多了，小学三年级之后，他们俩彻底混熟了，季眠吃了好多傅沉俞买的零食。

想起这事，他趴在车窗上笑。

傅沉俞问他笑什么，季眠说道："我想起我小时候的事，你还记不记得何曦？"

这个何曦害季眠受过伤。

"何曦小学的时候吹牛，说他舅舅在炸鸡店工作，把我羡慕死了。我当时最大的愿望就是能够有个在炸鸡店工作的亲戚，那我一定要天天去吃。"

那个年代，炸鸡对于小孩来说是奢侈品。

那会儿鸡块桶都只卖四十五块钱一桶，林敏芝爱吃炸鸡店的蛋挞，每次都把边上不甜的地方啃掉，给季眠吃里面烫烫的蛋浆。

他还真以为林敏芝不爱吃甜的东西，其实就是当妈的舍不得吃，想给他吃好的。

季眠看着耸立的高楼间的地铁站，记忆中绵长的夏天、老式的旧风扇、二八大杠自行车，都像梦里发生的事情一样，罩着厚厚的一层水雾，他怎么回忆都想不起细节了。

季眠开口自我吐槽道："我真是上年纪了，每天都喜欢回忆过去的事情。"

他看了一眼手机，下午四点，云层已经被夕阳染成橘红色，冬天的天黑得早，季眠提醒傅沉俞："咱们绕回去接傅叔叔吧，天黑之后，路不好走。"

"我让司机去接了，放心。"傅沉俞家里有司机的，平时负责接送林芸上下学，傅沉俞偶尔工作应酬喝了点儿酒，也会打电话给司机。

傅沉俞慢慢地开着车，季眠发现这不是回家的路，转头看着傅沉俞问："你要去哪儿？"

傅沉俞嘴角带着笑意："到了你就知道了。"

天空中，余晖斜照。

车慢慢地开着，从闹市区一路开到了临县，季眠激动起来。

他们的幼儿园也被拆了……，当年的幼儿园如今变成了水上公园，还得买票才能进去。

幼儿园附近的泥巴路也没有了，现在都变成了柏油马路，车往前开，当年修鞋、修车的老街，现在变成了一条热闹的小吃街，坐在老房子门口发呆的老人不见踪影，街上满是时尚靓丽的年轻人。

临县的变化翻天覆地，季眠都已经找不到以前的路了。

只是他没想到，十几年前那个废弃的火车站居然还在。

估计是火车站的地理位置太偏了，政府还没有规划到这一块来，原本只到小腿的野草如今已经到了腰际。

冬天来了，枯草爬上了站台，季眠跳下了车。

傅沉俞下车之后，从后备厢里把小提琴带了出来，朝着季眠晃了一下："听吗？"

季眠笑着说："拉吧。"

傅沉俞挑眉。

季眠："《别为我哭泣》，你那时候拉的是这一首。"

"有点儿考验我的记忆力，我很久没拉了。"傅沉俞长腿一跃，跳上了当年站的位置。

傅沉俞歪着头，调整了一下姿势，下一秒，悠扬的音符在他的指尖跳动着，在山野中盘旋。

曾经的男孩在生活的磨砺中，终于好好地长大。

铁轨上不再开着白色的小花，但季眠知道，那些花儿并没有被命运击垮。

它们从泥泞中长出来，在不为人知的角落挣扎着活着，只要一缕春风，就能开放。

傅沉俞记得那年的傍晚，记得宁倩的白色裙摆、季眠手里的白色风车、小狐狸怀中的白色小花。

番外一

季眠现在其实不太清醒，就像是被鬼压床一样。

昨晚他出了一个不是很紧急但是很麻烦的任务，零点才回家。

昨晚洗澡洗到一半他就睡着了，明明定了闹钟，闹钟却没响。

季眠敏锐地感觉到不对，睡的地方似乎不像是床。

他更像是……睡在地上。

他现在睡觉这么不老实吗？大半夜掉到了地上去？

季眠努力地想清醒过来，但是鬼压床的感觉依旧很强烈，季眠明明感觉自己的脑袋已经有意识了，但四肢依旧一动不动。

他尝试着发出声音也不行，像是被捂住了嘴。

而且，他头痛，痛得就跟炸开了一样，仿佛自己喝了三天三夜的酒没有睡觉。

迷迷糊糊之间，他感觉有几个人在自己身边走来走去，听脚步声，应该是几个中年男人。

季眠能看到一些虚影，一个人又胖又矮，一个人高高瘦瘦，一个人特别壮实，总共三个人。

他们说话的声音断断续续地传到了季眠的耳朵里：

"猴子，你别乱摸，老大只说要人，没说可以拿东西。"

"我们偷偷拿一点儿，谁知道？"

然后，季眠感觉高高瘦瘦的那个人蹲到了自己身边，自己的下巴被一双指甲很长的手给捉住，戳得他的脸有点儿疼，估计被划出血了。

季眠听得稀里糊涂的，但毫无疑问，他现在能判断出来，自己多半是被绑架了。

而自己感到头晕的原因，就是绑匪使用了迷药。

季眠回忆起最近接手的几个比较大的案子，在心里一个一个地排除，想找到绑架他的人。

那三个人在别墅里寻了一圈，挑了些值钱的东西装上，然后把季眠往肩膀上一扛，大摇大摆地走出了别墅。

季眠的胃被顶着，但没想到绑匪给他下的迷药药性还挺强烈，就这么折腾他都没醒。

再次醒来时，季眠察觉到自己换了一身衣服。

而且药效也在渐渐消失，只是他的嘴被毛巾牢牢地堵住了，双眼也被黑布缠绕着。

绑匪绑他的手法非常专业，季眠想用舌尖把毛巾弄出来，但毛巾塞得很紧，他完全弄不出来。

他的双手被一条很粗糙的绳子反绑在背后。

他用力摩擦，手腕已经有一点儿湿漉漉的感觉，是出血了。

季眠只好暂时放弃把绳子挣断的想法——不知道是不是他的错觉，他总感觉自己的身体有气无力。

怎么回事啊？

季眠锻炼还是很勤快的，虽然不像刑侦队的其他同事那样个个都有大块肌肉，但也是穿衣显瘦脱衣有肉的好嘛。

现在这种喘不上气的感觉是怎么回事？

难道他是受了迷药的影响？

不至于啊……

他可是进行过抗药性训练的，只要迷药剂量不是特别大，他都能在短时间内恢复神志，而不是像现在这样……

季眠只好转而观察周围，眼睛不能看，手不能摸，他只能用耳朵听。

周围寂静一片，没有虫鸣鸟叫，稍微远一点儿的地方有水声，应该是从外面传进来的。

季眠初步判断自己是在室内。

他是坐在凳子上的，用脚敲了一下凳子，听到了比较空的回响，又缩小了自己心中猜测的范围。

能产生这种回响的地方一般是空旷的大型仓库或厂房，加之周围有一股淡淡的铁锈味儿，脚踩在地上，能踩到不少他分不太清楚的小石块之类的东西。

作为一名刑侦支队的实习警察——半年前他才被选进同城公安刑侦一队——季眠的判断能力和心理素质要高于大部分人，即便被绑架了，他也没显得特别慌张。短时间内他就让自己冷静了下来，开始分析自身的情况。

受药物影响，季眠刚醒来时的那段记忆变得十分模糊，他只记得自己是被人从房间里带走的。

他仔细一想，那房子的装修格局也不像自己家。

他昨晚明明是睡在自己的床上的。

季眠的眉头紧锁在一起，如果他不是在自己家被绑走的，这件案子就有些复杂。

情况比自己想象中的麻烦啊。

季眠动了一下手腕，试图恢复自己的战斗力。

但迷药还残留在他的身体中，让他四肢有些绵软。

突然，仓库里传来响动，像是有人在开门，季眠顿时警惕起来，然后他听着动静，判断出开门的方向——那声音像是开门，而且门是双开的，较为沉重。

脚步声在仓库中响起，季眠默默地数着，心中大概知道了人数，现在来的一共是四个人。

除了之前绑架他的三个，这第四个人，应该就是他们的老大——他在被绑架的时候，从他们的谈话中听出来的。

季眠等了一会儿，领头的男人扯出了他嘴里的毛巾，季眠条件反射地干呕了片刻。

那些人也不管他，季眠用衣服擦干净下巴上的唾液，闻到了一股食物的香气。

　　只可惜，东西不是给他吃的。

　　绑匪通常不会给人质吃东西，因为人质吃喝之后要上厕所，上厕所情况容易生变。

　　但是他们会让人质少喝一点儿水，免得人质缺水太久。当然，人质会口渴可能跟他们下的药有关系，吃完之后人会觉得干渴。

　　季眠现在感觉嗓子眼里就像有火在烧一样，渴得嗓子都疼了。

　　但那个叫猴子的绑匪把水瓶喂到他嘴边的时候，季眠还是不敢喝。

　　他不能确定他们会不会再在水瓶里下药。

　　猴子刚把季眠的下巴捏起来，准备将水强灌给季眠时，季眠抬起脚，照着他肚脐下三寸的地方用力一踢，用的力道不小——季眠就是准备把他踢伤的。

　　猴子被一脚踹出了三米，手中的塑料瓶在空中划出一条靓丽的弧线，然后瓶子骨碌碌地滚到了地上。

　　吃饭的三个人目瞪口呆，看着眼前这一幕场景。

　　什么玩意儿？

　　猴子怎么就飞出去了？

　　特别是老大，整个人都蒙了。

　　他们接到上面那个人的要求，只说要绑架的这个人是个手无缚鸡之力的男人。

　　猴子跟胖子见到季眠的第一眼，也确实是这么认为的。

　　他们只是稍微打了几下，这男人就红了眼眶，吓得在地上瑟瑟发抖。

　　胖子还吐槽，自己从来没做过这么轻松的任务，直接就把人给扛走了。

　　但现在眼前这一幕画面，实在刷新了他们的认知。

　　猴子的惨叫声在仓库里回荡，剩下的三个人齐齐咽了一口唾沫，似乎感同身受……

　　这是手无缚鸡之力的男人？

　　加钱！他们必须要求加钱，还要要求赔精神损失费和医药费。

　　老大终于反应过来，骂了一声。

胖子跟刀疤先去把地上打滚的猴子扶起来，猴子一把鼻涕一把泪地哭着："别，别，别，别碰我！我疼！让我缓一缓，让我缓一缓！"

胖子红了眼睛，立马走到季眠边上，扬起手就要给他一巴掌："你还敢踹人！"

然而巴掌还没落下来，仓库的大门再一次被打开。

胖子吓得手一抖，那巴掌偏了，但还是落到了季眠身上，直接把他连人带凳子给掀翻了。

季眠摔在地上，也痛了一阵，主要是被椅子给硌的，他倒吸了一口冷气。

刚冷静下来，他却听到仓库里面没有声音了。

这位老大和他的小弟们像是见到了什么很恐怖的人物，一句话都没讲。

季眠听到一个油腔滑调的男人声音，是他不认识的男人："你们警匪片看多了吧，把人关在这种地方。"

季眠听脚步声，进来的应该还有一个人，但是那人没有说话。

老大弯着腰，喊了一声："连总……"

然后老大紧张地看着另一个男人，不敢叫他的名字。

"脏死了。"那个叫连总的人拍了拍价格昂贵的西装裤，问，"人呢？在哪儿？"

"带来了，带来了。"老大指了指地上，"就这个。"

连总说道："把他眼睛上面的黑布给我弄掉，我倒要看看人长什么样。"

他像是想起什么好玩的事，侧过头对一直没说话，和他一起进来的那个俊美的男人开口："哎，狐狸，你不好奇？"

季眠眼睛上的黑布瞬间就被解开了，强光让他的双眼模糊了一瞬，下一刻，他的下巴就被男人的皮鞋的鞋尖抬了起来。

季眠侧过头，躲开了他的鞋子，冷冷地盯着他。

连总更有兴趣了："怎么跟传闻的不一样？这眼神还挺狠。"

季眠正想开口，却在看到连总背后的那人时，如遭雷击，愣在原地。

站在这位连总背后的不是别人，正是傅沉俞。

只是，和平时的他不一样，这个傅沉俞，鼻梁上还架着银边眼镜，气质似乎有点儿……阴冷。

大概是季眠盯着他的眼神实在过于震惊，傅沉俞很有兴趣地看向了季眠。

只是一眼，季眠就迅速地把目光从傅沉俞的脸上移开了。

跟傅沉俞从小一起长大的季眠，对傅沉俞的了解甚至胜过自己。

通过刚刚的刹那对视，季眠就知道，眼前站着的傅沉俞绝对不是他认识的那个傅沉俞！

理智回笼，季眠慢慢地开始分析，从今天自己被绑架开始，就处处透露着古怪。

从猴子那三个人说过的话得知，自己现在跟厉决根本就没有半点儿关系。

再后来，仓库的大门被打开，他看到了这个长得和傅沉俞一模一样，气质却天差地别的"大佬"，心中紧绷的最后一根弦彻底断了。

尽管他极力想要否认这个事实，但是不得不承认，他可能穿越到了《陌路柔情》的原著中了。

那么这一次的绑架事件也说得通了，压根儿不是犯罪分子来找他寻仇，而是《陌路柔情》中的一段小高潮剧情，厉决的朋友季眠——就是倒霉的自己，被 Fox 绑架的那一段。

后面的剧情季眠烂熟于心，结局是什么，季眠也早就知道。

不就是……不就是自己被"大佬"逼迫，然后掉进大海中吗？

季眠罕见地在脑海中爆了句粗口，这是什么诡异的剧情发展？

他辛辛苦苦几十年，一切又回去了？

难怪……

季眠恍然大悟，难怪他觉得自己的身体使不上劲。

原来不是自己疏于锻炼，而是这具身体压根儿就不是自己的啊！

季眠再抬起眼时，眼中种种激烈的情绪已经消失不见，变得十分正常。

就凭他对傅沉俞的了解——假设二者骨子里的性格是相像的，那么眼前这位 Fox 恐怕已经对自己产生好奇心了。

没错，傅沉俞的好奇心是非常强烈的。

自己刚才看他的眼神，毫不掩饰地透露了一个信息：我认识你。

季眠叹了一口气，迅速改变了计划。

既然自己已经来到了这个地方——只要有一次，就有第二次。

他不能坐以待毙！

换作以前，季眠可能觉得既来之则安之，可现在他有车、有房、有事业，母亲也还活着。

连总——这人应该就是厉决生意场上最强的竞争对手，原著中似乎叫连城。

连城绑架他的原因，应该是想要得到厉决加密过的某些资料，这些资料的加密程序连傅沉俞都没有办法解开，季眠在心里默默吐槽。

不愧是《陌路柔情》的剧情，在主角的战场，连"大佬"都对他束手无策。

"愣着干什么？把人扶起来啊。"连城看上去心情还不错。

季眠被胖子连人带凳子地扶起，脸上已经有了一些泥巴和灰尘。

他低垂着眼睫不知在想什么，下一秒，一个男人的身影罩住了他，熟悉的感觉让季眠的鼻尖有些发酸。

但他狠狠地掐了一下手心，警告自己，这个人是《陌路柔情》中冷血无情的大反派，跟你认识的傅沉俞完全不是一个人！

下一秒，他的下巴被人捉住，然后强迫性地抬起。

面前猛然跃入一双水波流转的狐狸眼，眼神冷冰冰的，没带一丝情绪。

季眠抿着唇，没说话。

傅沉俞盯着他看了一会儿，忽然动了一下大拇指，将他嘴角残留的泥沙给抹去了，动作温柔至极，气势却让季眠后背发毛，出了一身冷汗。

他没见过傅沉俞这样笑里藏刀的伪善模样。

只是直觉告诉他，傅沉俞没有一丝感情，这一秒笑，下一秒就能出手揍他。

季眠真切地感觉到原著中彻底"长歪"的"大佬"是什么样的了。这也太恐怖了吧！

两个人明明，明明长得一模一样啊！

"你认识我。"傅沉俞开口说了第一句话，用的是肯定句，"我不记得，我见过你。"

"狐狸，你问他也没用啊。这人智商有问题。"连城歪着头笑，还是第一次看到傅沉俞对别人感兴趣。

厉决哪儿找来的人？

"可惜。"傅沉俞直起身体。

压迫感陡然消失，季眠肩膀一松，悄悄地喘了一口气。

谁知道，下一秒傅沉俞忽然掐住了他的脖子，季眠那口气都没喘完，修长的脖子就高高仰起。

傅沉俞收手，骨节分明的大手握着细细的一截白皙脖颈，季眠强行吞咽时，喉结在他的掌心中滑动。

傅沉俞毫不客气地掐紧了他的脖子，季眠的眉头瞬间皱得死死的。

前者微微笑着，彬彬有礼地说："你看起来很怕我。我能冒昧地问一句，为什么吗？"

季眠被掐得半死，呼吸都困难，五官不受控制地皱在一起，双脚在地上摩擦了一下，然后在心里疯狂吐槽：你这是冒昧吗？你这是冒犯！

直到季眠窒息的前一刻，傅沉俞才松开手。

新鲜的空气进入季眠的肺部，喉咙像是被无数把小刀割过一般，疼得要命，吞咽口水的时候，季眠闻到了一股血腥味儿。

"连总，你别小看这男的，猴子就是被他踹翻的！"胖子抓紧时间告状。

"哦？"

"他们对你做什么了？"傅沉俞开口，换了个姿势，半跪在地上，十指交叉撑着下巴，从下往上地看着季眠。

季眠不肯说话，傅沉俞继续说道："你告诉我，我帮你报仇，怎么样？"

这会儿，傅沉俞看上去又很好说话，完全不像是绑架他的主谋，反而像是来解救他的人，

声音温柔得让季眠有些恍惚。

毕竟刚刚经历了那么强烈的快要窒息的感觉，始作俑者忽然温柔

下来，一瞬间就打破了季眠的心理防线，让季眠认为，傅沉俞是可以依靠的。

他……还说要为自己报仇，

季眠心里酸酸的，差点儿就放松警惕了。

但是很快他就意识到，自己差点儿被傅沉俞给蛊惑了。

季眠回过神，心里一阵后怕，傅沉俞依旧笑看着他，和平时面对他时的模样很像。

不过季眠已经不会再被傅沉俞表面的温柔样子给迷惑了，不得不说，Fox 的性格确实让人毛骨悚然，他怎么能对着一个陌生人都这么温柔。

季眠重新恢复了冷漠的神情，不再看傅沉俞。

傅沉俞似乎发现自己失败了，也没有恼羞成怒，而是站起来，表情若有所思。

连城看了一眼时间，招手："车已经到了，走吧。带上他，别碰坏了啊，我还得用他跟厉决做交易呢。"

胖子解开季眠被捆在凳子上的手，身体紧绷着，似乎在提防季眠忽然出手。

季眠现在已经大致了解了自己的处境，知道出手也没用。他就没见过落到傅沉俞手中还能跑出去的人。

不是他放弃反抗，而是他又渴又饿，所有的力气都攒下来用来踹猴子了，现在脚步虚浮，走不动路。

"需要我扶你一把吗？"傅沉俞好心开口。

季眠警惕地盯着他，然后说："不用。"

傅沉俞戴上眼镜之后，那双漂亮狡黠的狐狸眼被衬得更加薄情，他悠悠地说道："你放心，我跟你之间没有太大的仇恨，我不会害你的。"

他还无辜地补充了一句："我只是拿钱办事。"

嗯，我信你。

我信你就有鬼了！

刚才差点儿掐死我的是谁啊！

最后开枪打我的人是谁啊！

季眠在心里疯狂地吐槽。

"所以你也不用太防备我。我只是想知道，你看到我的第一眼，是把我认成谁了吗？"傅沉俞谦逊地笑着，看上去就像个好心的路人。

如果季眠不知道是他绑架了自己的话，恐怕真的要被他的温柔迷惑。

他的脖子还在隐隐作痛，是被傅沉俞掐的。

"跟你没有关系。"季眠费力地回答了一句。

傅沉俞没有继续追问。

季眠上车时，傅沉俞还体贴地替他拉开了车门。

季眠在心里吐槽了一句真是有毛病，然后坐到了后排座位上。

傅沉俞坐在他身边，问道："你不害怕吗？"

"都已经被你们绑架了，我害怕有用吗？"季眠被他问得有些烦，回了一句。

他的声音听起来很沙哑，一半是因为刚才被傅沉俞掐的，一半是因为渴的，季眠咽了一下口水，开口："有水吗？"

季眠看傅沉俞没有动，自己的双手也被解开了，于是在车里到处翻找起来。

还真让他找到了一瓶水和一包饼干，他没客气，问道："我能喝一点儿吗？"

"当然可以。"傅沉俞勾起嘴角，虽然在笑，但季眠总觉得有些阴冷。

季眠饿得慌，但没有狼吞虎咽地吃饼干，依旧慢吞吞地啃着，维持自己的体面。

他不想让傅沉俞看到自己狼狈的样子，哪怕这个傅沉俞不是自己认识的那个。

喝完水，吃完饼干，季眠觉得自己的体力恢复了一些，没有试图跟傅沉俞搭话，因为知道原著"大佬"的性格。

话说得越多，自己被他了解的程度就越深，最后脱身也越难。

跟傅沉俞在一起，他最好一句话都别说。

季眠闭上眼，准备浅眠片刻。

谁知道后面传来了巨大的爆炸声。

季眠吓得浑身一抖，如同一只受惊的兔子。他本来就没睡着，时刻警惕着，听到爆炸声，想到的第一件事就是：厉决追来了？

但是，他等了半天，也只看到后面那辆车爆炸，没看到厉决的人。

季眠忽然意识到什么，猛地转头看着傅沉俞。

傅沉俞半张脸都隐匿在黑暗中，温和地叹了一口气："你看，我说要给你报仇的。"

虽然绑架季眠的猴子他们都不是什么好人，但是更让他感到恐惧的是傅沉俞。

季眠感到毛骨悚然，对这个原汁原味的《陌路柔情》反派"大佬"有了新的认识。

这里面的傅沉俞是一个有情感认知障碍的疯子。

他怎么能轻描淡写地说出这些话，冠冕堂皇地说为自己报仇？

该说傅沉俞对人心的把控已经运用到了他说的每一句话上吗？

如果不是季眠的意志力坚定，恐怕他真的要被傅沉俞的"煞费苦心"给骗到了。

明明傅沉俞跟猴子他们才是一伙的，可是从见面开始，傅沉俞就一直朝他传达一个心理暗示，就是他跟自己才是一起的，他可以为自己报仇，从而降低季眠对他的心理防备。

就在刚才，傅沉俞甚至为了达到这个目的，毫不手软地杀掉了自己的同伙，并且话语中也有一种为季眠出气的感觉。

他这是在加强对季眠的心理暗示，以便季眠更加容易接受他的示好。

季眠在心里不停地吐槽，以缓解自己的压力以及增强心理承受能力，打起精神来应对傅沉俞的每一句话。

不得不说，Fox确实很会蛊惑人心，加上季眠有天然的软肋——他对这张朋友的脸戒备心不强。

因此，傅沉俞想要攻破他的心理防线，几乎是轻而易举的。

显然，傅沉俞也发现了这一点。

季眠反驳他的话后，他也没生气，只是望着前面的路。

季眠不敢放松警惕，睡觉也睡得不太安稳。

车子但凡有一点儿动静，季眠就会受惊醒来，瞪大眼睛观察四周的情况。

傅沉俞说道："你不必这么害怕我。"

他的笑容很温和，险些让季眠卸下心防："我不打算杀你。只要厉决交出我想要的东西，我就可以放你回去。"

想了一下，傅沉俞无辜地说："很显然，我并不想惹麻烦。"

哦，我信了。

我真的信了。

我信你个鬼，你这只老狐狸坏得很。

说什么厉决交出东西就放他回去，他看是只要厉决交出东西，傅沉俞就会直接将他们两个一起解决了。

季眠在内心疯狂地吐槽，紧闭着双眼，缓缓进入睡眠之中。

连城从副驾驶座上回头："狐狸，你还真对他感兴趣啊？"

傅沉俞抬了一下眼皮，连城猛然闭嘴。

他知道这是傅沉俞不太高兴的特征。连城虽然花钱请了傅沉俞来，但骨子里对傅沉俞还是有点儿发怵的。

这可是 Fox 啊。

他就是有十个胆子，也不敢真的跟傅沉俞称兄道弟。

季眠再一次醒来的时候，已经躺在一张柔软、洁白的双人床上。

他是被晃醒的，鼻间能够闻到海风咸湿的味道，房间也随着海浪微微晃荡。

他嗓子还疼着，被傅沉俞掐过的地方到现在都没好，光是咽口水他都觉得痛。

季眠下了床，发现自己的脚踝上被戴了一个黑色的电子脚铐。季眠不清楚这是什么时候上市的，看起来和普通的电子脚铐有点儿不一样，估计是傅沉俞自己捣鼓的黑科技吧。

原著中就提到过，这个脚铐，苏珞瑜也戴过。

这不是苏珞瑜的剧情吗？为什么这东西会出现在自己的脚上啊？

季眠扶额，已经不再想这事有多么离奇了。

他都不知道自己为什么会来到《陌路柔情》的书中世界来，也不知道自己应该怎么回去。

季眠估计自己现在已经在游轮上了，这艘游轮价值十亿，是傅沉俞从 A 国赌王手中赢过来的。

游轮非常大，季眠在七楼，楼下是一个巨大的赌场。游轮中，餐厅、宴会厅、泳池、电影院一应俱全，堪称一座海上的小型城市。

季眠推开了好几个房间，里面空荡荡的，只有窗户开着，吹进一丝丝带着咸味儿的海风。

季眠在游轮上绕了一会儿，没看到人。

他倒希望人多一点儿。场面越混乱，他越能抓住机会逃脱。

上面没人，只能说明游轮还在港口里。

也就是说，他还有机会逃下游轮，然后——报警。

季眠怀着怨念碎碎念着："早晚把你们都给举报了，抓起来……"

他脑补了坏狐狸傅沉俞穿着单薄的囚服在牢里拖地的样子，然后自己穿着威武的警服，义正词严地跟坏狐狸说：看见没，当反派没有前途，懂吗？

就这么脑补了一路，终于，季眠推开了一扇双开大门之后，找到了宴会厅。他双眼一亮，就往宴会厅的后台走去，果然，厨房里放着一些新鲜的食材。

堆得像小山一样高的新鲜食材毫无疑问地向季眠证明了，这艘游轮正在为远航作准备。

当然，他现在已经饿得头晕眼花，前胸贴后背，完全没有能力思考其他的事情。

季眠一屁股坐在地上，直接咬开放菜的塑料袋，然后拿出一根新鲜的白萝卜就开始啃。

季眠都来不及感受萝卜汁的甘甜，匆忙地将其咽进胃里，缓解胃部的灼烧感。

由于没有细嚼慢咽，季眠的喉咙被萝卜硌得生疼，泪水"哗啦啦"地掉。

但是他太饿了，疼也得忍忍。

季眠啃掉了一根白萝卜之后，又找了一根一口咬下去。

然后，他听到了男人的闷笑声。

对方像是忍了很久，终于忍不住了一样。

季眠警惕地从地上站起来，一转身，就看见傅沉俞止不住地在笑。

311 ——

季眠拿着啃了几口的萝卜，扔也不是，不扔也不是。

他大概知道傅沉俞怎么找到他的了，电子脚铐上面一定有定位，恐怕他一醒来，傅沉俞就知道了。

季眠这么一想就认命了，反正现在也跑不出去，傅沉俞跟连城都需要他作为威胁厉决的人质，自己一时半会儿没有生命危险——那吃点儿东西怎么了。

他不但要吃，还要多吃点儿。

季眠恶狠狠地咬了一口萝卜，没说话，只顾着填饱自己的肚子。

傅沉俞像是发现了一个非常好玩的玩具，季眠不说话，他就不走，津津有味地站在门口看了起来。

季眠就被他这么饶有兴趣地盯着，面不改色地啃完了第二根萝卜。

肚子有点儿饱了，季眠才没去拿第三根萝卜。

他吃完了"自助餐"，拖着稍微恢复了一点儿力气的身体往外走去。

在他跟傅沉俞擦肩而过的时候，傅沉俞拽住了他的胳膊。

季眠条件反射地想抽回手，但想到之后的逃跑计划，决定还是保存体力，任由傅沉俞抓着他。

傅沉俞笑够了，才很好奇地问："萝卜好吃吗？"

季眠："……"

果然他不能理解反派"大佬"的脑回路。

这时候对方抓到人质到处乱跑，难道不该抓回去吗？

这人居然问他萝卜好不好吃？

季眠回道："还可以。不然你自己去吃一根试试？人饿极了什么都好吃。"

他说话带着一点儿刻薄和抱怨之意，有意讽刺傅沉俞虐待人质，不给饭吃。

结果"大佬"的脑回路果然不是他能猜中的，只见傅沉俞真的从地上捡起一根白萝卜咬了一口。

傅沉俞笑得像个小狐狸："看来味道还可以。在接下来的宴会中，我会向厨师长提议加上这道菜的。"

季眠："……"

傅沉俞是认真的吗？

这种游轮上宴请的都是上流社会的人物吧，吃的不是鱼子酱就是鹅肝，在这样的晚宴场合上，侍应生一掀开餐盖，里面是一根水灵灵的白萝卜……这是喜剧现场吗？

季眠欲言又止，但看傅沉俞的神情，似乎他真的要加上这道菜。

算了，季眠想，自己泥菩萨过河，自身都难保了。

季眠转身要走，傅沉俞忽然拦住他的去路。

"兔子先生，我跟你玩个游戏怎么样？"傅沉俞好心提议，像是商量的模样，但是语气毫无商量的余地。

季眠反驳加吐槽："谁是兔子先生……"

傅沉俞原本是弯着腰跟季眠说话的，现在直起身体，扶了一下眼镜，仿佛孩子的俏皮跟男人的绅士结合在了一起，让人产生了一种他非常可爱的错觉。

傅沉俞笑了起来："如果你能在三天后的宴会上成功逃脱，那么我以后就不再找你的麻烦。"

季眠心里一动，对这个提议非常感兴趣。

然而接下来傅沉俞说的话，又让他从云端跌落谷底。傅沉俞弯起狐狸似的双眼，温柔地开口："如果你失败了，下场就跟之前的人一样。"

季眠心里的寒意一股一股地往外冒，觉得 Fox 是个疯子。

"理由呢？"季眠冷静下来。

他知道，自己现在是打不过傅沉俞的，而且就算想跑也跑不了。

傅沉俞假装思考片刻，然后微微笑道："没有理由。我只是想跟你玩一个游戏。"

他略有遗憾地看着季眠："兔子先生，我给你一个机会，怎么样？"

季眠这次是真的在心里爆粗口了。

离谱啊！

傅沉俞说："没关系。你有两天的时间可以考虑。两天后，游客们会慢慢登船，到那时，我会再来询问你一次。"

季眠磨牙磨了半天，没想好从什么角度揍傅沉俞，能把他的脑子揍得清醒一点儿。

他现在占下风，根本就没有拒绝这个游戏的权利。季眠咽下怒火，冷冷地说道："如果我赢了，我要换一个条件。"

傅沉俞做出愿闻其详的模样，季眠说道："我要你放了游轮上的所有人。"

傅沉俞没有意外，反而有一种果然如此的感觉，微微笑道："没有问题。"

尽管傅沉俞这么说了，季眠的心还是没有落进肚子里。

根据他对《陌路柔情》原著中的傅沉俞的了解，Fox基本上是说话不算话的。

也许现在是一个想法，下一秒又是另一个想法。

季眠猜他的心思猜到心累，这种明明知道对方不会信守承诺，还要用一千多条人命当作游戏筹码的感觉……真的太糟糕了。

下一刻，正义勇敢的兔子先生打算回房间。

傅沉俞跟在他身边，没有要走的意思，季眠有点儿奇怪。

直到傅沉俞跟到了他的房间门口，季眠才警惕地面对他："你跟着我干什么？"

"当然是看守人质。"傅沉俞笑得非常无辜。

季眠："游戏还没开始，我不会跑的。我会在这两天内养足精神，你放心。"他顿了一下，又说，"我不像有些人那样，不守信用。"

"嗯。"傅沉俞厚脸皮地完全无视了季眠的讽刺，并且也没觉得自己不守信用不对，理直气壮地说道，"我不信任你。"

季眠差点儿平地摔一跤。

傅沉俞这话说出来——他也不怕笑掉自己的大牙！

自己都还没说不信任他呢……

"难道你没有在脚铐上装定位器吗？"季眠吐槽。

"嗯，为了保险起见。"傅沉俞勾起嘴角。

傅沉俞为了看守他，真的开始寸步不离。

季眠的冷言冷语对他毫无用处，季眠干脆就无视掉傅沉俞，在游轮上转了起来，企图摸清楚地形。

到了晚上，季眠的肚子有点儿饿了。

傅沉俞没有亏待人质的意思，让人送了饭菜过来。

这是季眠在游轮上第一次看到其他人。

那个连城自从上了游轮之后，就再也没出现了。

季眠闻到饭菜的香味，肚子"咕咕"叫了一下。

他掀开盖子一看，晚上的饭菜是清蒸大白萝卜。

是真的清蒸大白萝卜，做法简单粗暴，季眠合理怀疑傅沉俞只是让人把中午吃剩下的萝卜洗了洗直接用白开水煮了一下，最后让人用蒸笼蒸的。

傅沉俞兴致盎然地看着季眠，流露一种"你快吃"的迫切感。

季眠中午啃白萝卜，那是饿极了没办法，现在再让他吃白萝卜，他吃不下了。

但是现在他受制于人，要说真能吃什么山珍海味，那是不可能的。

季眠脸色变了几变，然后坐在自己的位子上，面不改色地将筷子往大白萝卜胖胖的身体上用力一戳，接着，白萝卜的身体分裂成两块。

季眠用力地咬了一口白萝卜，吃得咬牙切齿。

"好吃吗？"傅沉俞问道。

季眠都懒得理他。

傅沉俞招了招手，侍应生又端上了几个餐盘，是色香味俱全的牛排与鹅肝，牛排用面包裹着，上面是鹅肝酱，下面有鱼子酱，做得精致无比。季眠看了一眼，就移开视线了。

呵呵，幼稚。

傅沉俞要是只会玩这么幼稚的把戏，季眠才不会怕他。

萝卜怎么了，萝卜的营养价值很高的，超好吃的。

傅沉俞说："真可惜，原来你这么喜欢吃萝卜。"

他切了一小块牛肉，也不饿，就让它叉在叉子上。

季眠啃萝卜的时候像只兔子，简直是把萝卜当作傅沉俞在啃，啃得气势汹汹。

下一秒，傅沉俞叉了一块牛排在季眠的面前晃了一下。

季眠："……"

Fox 到底是有什么病？

季眠见到他叉子上的牛排就觉得嘴里在自动分泌液体，本着不吃白不吃的想法，他就一口咬住了牛排。

毕竟接下来两天他要养足精神，不吃肉怎么行？

反而是傅沉俞，似乎完全没料到季眠这么能屈能伸。

搞什么啊……"大佬"又想出什么奇怪的方法折磨人了吗？

他该不会在牛排里下毒了吧？

短时间内，傅沉俞应该不会在牛排中做什么手脚。

但季眠吃第一口，纯粹是为了硌硬傅沉俞，这第二口他是死活不吃了。

牛排渐渐冷掉，傅沉俞都没等来季眠吃掉它。

傅沉俞感觉有点儿遗憾。

季眠啃完萝卜之后，傅沉俞接到了一个电话。

手机在桌面上振动了几声之后，傅沉俞才慢条斯理地接通电话。

季眠假装啃萝卜，实际上耳朵竖得高高的，就为了听傅沉俞在跟谁打电话。

结果，傅沉俞冲他微微一笑，大大方方地把电话开了免提，省得季眠费尽心思地偷听。

季眠被拆穿了之后没尴尬。他如今跟傅沉俞过招，内心一直告诫自己：不要跟厚脸皮的人讲道理，你只要比他脸皮更厚就赢了。

电话那头是个疲惫的青年男性的声音，季眠听着耳熟。

那头的人说："阿沉，你晚上有空吗？"

季眠猛地瞪大了眼睛，然后瞬间意识到傅沉俞正在观察自己，连忙调整自己的情绪，但是晚了。

自己震惊的那一瞬间，肯定被傅沉俞观察到了。

电话那头的人是苏珞瑜！

他怎么能忘了，这可是《陌路柔情》的原著啊。在原著中，苏珞瑜可是"大佬"最好的兄弟……

傅沉俞抬起眼皮看了季眠一眼："有事？"

季眠让自己的注意力集中在他们俩的谈话上。

奇怪的是，傅沉俞对苏珞瑜似乎不是特别热情。

这不咸不淡的语气是怎么回事啊？

苏珞瑜在那头笑道："想起今晚我有空，出来一起玩吗？"

季眠在心里分析，自己被绑走的那一天，绑架他的那个人提了一句，说厉决还在外面见人，这才让他们如此轻松得手的。

厉决当天见的人应该是苏珞瑜，而现在苏珞瑜说有空，厉决恐怕是被什么事情缠上了，顾不上苏珞瑜。

目前看来，自己已经被绑走三天了，厉决不可能没发现，顾不上苏珞瑜的原因，就是在找自己吧？

他在思索的时候，傅沉俞跟苏珞瑜的电话已经打完了。

季眠心想，这是个好机会，现在自己吃饱了有体力，晚上若傅沉俞出去，是个出逃的绝佳时机。

可是到了晚上，傅沉俞依旧没有要离开的意思。

他拿了一本书，看封面是全英文的，在房间里坐着，一下午都没挪过地方。

季眠下逐客令了。

季眠住的房间不是套房，是一个标准的单间，只有一扇小窗户，是对着海面的。

视野有限，季眠看过窗外，无法判断自己在什么地方。

傅沉俞听到他的逐客令，身体终于动了一下，只不过他不是往门口走去。

季眠想走开，傅沉俞不知道抽了什么风，就是不让他走。

季眠也火了，两个人较量了一番，最后以季眠失败告终，不仅如此，他的双手还被铐在了床头。

季眠用力地挣扎了几下，手腕上的血痕很快就加重了。

傅沉俞脸上挂着温和的笑容，就这么看着他挣扎，仿佛在看实验室中的一只小白兔。

季眠发现自己真的挣脱不开束缚之后，不得不保存力气，消停下来。

最后傅沉俞铐了他一个晚上，季眠合理怀疑傅沉俞就是想找个借口折磨自己。

季眠一早上起来吃饭时，两只手基本废了，别说以这个样子爬墙出逃了，吃饭都费劲！

傅沉俞早饭做的还是牛排。他像是在餐桌前等了很久，季眠一坐下，侍应生就把牛排端了上来。

牛排是整的一块，完全没有切割，还是五分熟的那种。

季眠内心吐槽他的力气都没有了，一口咬上牛排。季眠知道自己现在不能不吃东西，不吃只会让自己处于更危险的境地，毕竟吃饱了才有力气。

季眠吃到小腹微微鼓起，终于吃不下了。

盘子里还剩下一些蔬菜，因为没能吃完，傅沉俞眼中流露出明显的遗憾之色来。

他的模样，让季眠想到读大学的时候，隔壁法医学院的解剖课。

季眠曾经去围观过一次解剖课，教室里有许多养得洁白可爱的小兔子，每天吃最好的东西，学生们做实验之前，还会逗小兔子玩，甚至摸摸它的脑袋。

但下一秒，兔子就会成为实验桌上的对象。

季眠感觉自己在傅沉俞眼里就是等待死亡的实验小白兔。

吃完饭，傅沉俞忽然带季眠走出了房间。

昨天季眠自己也在游轮上乱转过，但不熟悉游轮，因此只转悠到了宴会厅。

今天傅沉俞带他出去，季眠才算真正开了眼。

游轮上除了有一片开阔的露天广场之外，还有奢侈品大道、海上水疗中心、健身中心、美容中心，跟陆地上的城市一模一样。

季眠目瞪口呆，路过皇后大道的时候，目光在各种商店中都快收不回来了。

这游轮真的只值十亿吗？

季眠在心里打了一个问号，这绝对不止，毕竟是私人游轮，公开的价格和它真实的价格一定有很大的差距。

游轮上目前只有工作人员，忙碌地为即将到来的盛大宴会做着准备。

傅沉俞丝毫不害怕季眠在游轮上呼救似的，对待他甚至不像是对待一个人质，仿佛是邀请到游轮上来玩耍的客人。

他不相信傅沉俞是一个如此没有警惕心的人，只能怀疑自己的电子脚铐中是不是存放着什么微型炸弹，一旦自己发出求救信号，炸弹就会直接引爆。

这看起来像是傅沉俞会做的事情。

他是一个不太会给自己留下隐患的人，季眠如果敢呼救，多半在呼救的那一刻就会被炸得七零八落。

季眠被傅沉俞领到了皇后大道中的一家成衣店内，两个人一进去，两三个设计师就围了上来，在季眠身上比画着，像是在测量他的身体数据。

"你干什么？"季眠问了一句。

"给你换一身衣服。"傅沉俞坐在沙发上，跷着二郎腿，看上去很悠闲。

他今天没有戴眼镜，显得年纪更小一些，说他大学没毕业都有人信。

"我不需要换衣服。"季眠拒绝他。

傅沉俞笑眯眯地说："你需要。"

季眠："……"

算了，给他换衣服而已，又不是要他的命，傅沉俞爱怎么折腾怎么折腾吧。

季眠任由那群人给他量着尺寸，然后昏昏欲睡。

半小时之后，傅沉俞带着他从成衣店出来。

季眠望了一眼海面上的天空，心情舒畅了一些——他这几天都没见过天日。

果然人还是要晒晒太阳的嘛……

季眠伸了个懒腰，傅沉俞好奇地问道："你在晒太阳吗？"

季眠毫不客气地回应："对，为了赶走霉运。"

那人丝毫没觉得季眠在说他，饶有兴趣地盯着季眠。

傅沉俞看着季眠微微笑道："好好准备一下，我们的游戏明天就开始了。"

季眠第二天醒来，还是在自己的床上。

这几天他睡得都不是很沉，就怕晚上会出什么意外。

傅沉俞应该在房间里安装了监控，加上他脚铐上有定位器，到了夜晚，季眠也没敢出去摸索逃跑的地形。

今天已经是他来到船上的第三天了，他刚醒，就听到窗外传来了礼炮齐鸣的声音。

无数气球和彩带纷纷扬扬地从天空中落下，昭示着游客登船的时间到了。

季眠坐起身子，通过脑袋那么大的窗户往外看去，他的位置应该位于船舱下层，需要抬头才能看到巨大的登船楼梯。

登船楼梯搭在码头和甲板上，光鲜靓丽的各界名流聚集在码头上。

媒体记者扛着"长枪短炮"，报道着开船的盛事，除此之外，码头上还有黑压压的一片人头，都是过来看热闹的附近居民。

这次登船的大人物十分多，都是商界新秀或者是政界人物。

季眠现在很明显地感觉到，傅沉俞的影响力比他想象得更大。

原著中，傅沉俞是从未露面的 Fox，还有一个明面上的身份，就是著名的心理学专家。

登船的人应该不知道，傅沉俞是这艘船的主人，季眠在心里飞快地分析着，那只坏狐狸心思狡诈得很，怎么可能只有一个"马甲"。

可惜人太多，季眠没办法在人群中找到傅沉俞。

不过，想也知道，这个恶趣味的狐狸肯定混在了游客中，假装自己也是被邀请的一员。

季眠正想着，门忽然被打开了。

两个高大的黑人走进来，不由分说地给季眠戴上了眼罩。

季眠在傅沉俞身边见过这两个人，似乎是傅沉俞的保镖。他没有反抗，想看看傅沉俞今天葫芦里卖的是什么药。

季眠被带着走了很长一段路，然后被推进一个安静的房间里。

紧接着，两个保镖退了出去，季眠确认他们离开之后才摘下眼罩，等眼睛适应了光线，才开始四处打量。

这地方……好像是船舱下面的一个……宿舍。

宿舍？给工作人员住的吗？

季眠刚走了两步，门口就传来动静。

一个上船的游客打开门，看了他一眼，没说话，拎着箱子去了自己的房间——季眠所在的位置是公共客厅。

接下来，第二个人进来了，是个打扮非常时髦的男生，跟人打着电话："知道了，会的，烦死了。你花钱能不能省一点儿？我的钱是大风刮来的啊？不说了，滚！"

男生脾气挺差的，看到季眠，上下打量了一下，推着行李箱进了另一个房间。

接下来越来越多的人进来，十来个的样子，男女都有，模样都不差，一个比一个穿得时髦，要不是在船上，季眠都要误以为自己是在什么选秀节目了。

他正愣神，到房间里的那些青年男女都没动静了，像是睡觉了。

季眠的面前还剩下唯一一个空房间，他犹豫了一瞬，推开房门——果然是为他准备的。

然而，季眠的额头上还是爆出了青筋。

因为这个房间简直就像个儿童房。

墙壁全都刷成天蓝色的不说，还在墙上画了蓝天、白云、绿草坪，柜子、毯子都充满了童心。

那张单人床上面，放着一只巨大的垂耳兔玩偶，笑眯眯地看着他。

他用脚指头想都知道是傅沉俞安排的。

有毒吧！季眠简直要被 Fox 的幼稚给气笑了。

打开柜子，里面是傅沉俞准备的衣服，季眠换了一套行动方便的衣服，里面一件白色的短袖，外面是件薄薄的外套、黑色的裤子，加上一双运动鞋，穿得简简单单，十分干净。

穿鞋时，他看到了自己的脚铐，不太明亮的房间中，脚铐上的红色指示灯一闪一闪的，像是有一双眼睛，从里面死死地盯着他。

桌上有糕点，保险起见，季眠不打算吃。

季眠在房间里搜刮了一圈，没找到可以防身的武器。

他推开门，看到之前脾气差的男生在客厅里转悠，拿着手机像是要拍照。

季眠正在犹豫要不要主动搭话，毕竟他现在跟傅沉俞的情况非常糟糕，以傅沉俞的性格来看，自己如果跟别人搭话，恐怕会牵扯出更麻烦的事情，万一把人给害了就不好了。

季眠闭上嘴，谁知道那个男生却搭话了："你知道这边哪里能买东西吗？我饿死了。"

"我不清楚。"季眠尽量少说一些话。

"哦。"那个男生打量了他一下，"你现在就要出去？"

这话问得让季眠觉得很奇怪，什么叫现在就要出去？

"嗯。"季眠回了一句。

男生忽然靠在墙上，乐了："你现在出去能泡到谁啊？"

季眠听得更加糊涂："泡？"

男生翻了个白眼："我说哥哥，这房间里大家都是一路货色，你何必装清高呢？哦，看你穿衣的路线，你走的是清纯男大学生路线啊？"

"我听不懂你在说什么。"季眠无奈地说道，是真的没听懂。

男生笑道："你不是来泡妹子的？"

季眠愣了一下，哭笑不得地说："不是。"

他忽然意识到什么，反问男孩："你……"

电光石火之间，季眠的脑子里擦出了一些火花。

光鲜靓丽、时髦漂亮的青年男女，游轮的地下船舱……他好像记得，《陌路柔情》中是有这么一段剧情！

《陌路柔情》之所以是古早狗血文，就是因为它的内容发展之离奇程度，能让读者摸不着头脑。

豪华的游轮上将举行价值连城钻石的拍卖会，这也是这次游轮之行重要的卖点。

季眠才知道这艘游轮的名字原来叫作命运之轮，看得出来是傅沉俞这个"中二病"患者会起的名字。

为期七天的旅行，只要有人肯下血本，结识上流社会的人一点儿问题都没有。

所以，命运之轮的船票在一年前开售，开售当天就被一抢而空。

船票一共只有六千张，有市无价，一票难求。

当命运之轮的拟邀请函出来的时候，在一部分圈子里也造成了轰动，有名的没有名的，甚至是隐藏的富豪，全部在邀请之列。

某些活动，自然是要晚上展开的，谁大白天出去找艳遇。

男孩笑道："你穿得也太土了吧。新人？"

季眠回过神，顿觉尴尬无比。男孩当他默认了，还点了点头："我就说嘛，以前都没在圈里看到过你。"

他还嘀咕了一句："长得这么好看，结果是个土包子。"

男孩自来熟地勾着季眠的肩膀："喂，来都来了，不如我们一起出去转转呗？"

季眠想拒绝他，结果被男孩推着往外走："我都快饿死了。你给我带路，我请你吃饭怎么样？"

囊中羞涩，并正愁不知道怎么吃饭的季眠瞬间就有精神了。

蹭饭也不失为一个好主意。

男孩说自己叫皮皮，没告诉季眠真名。

季眠倒是说了自己的真名，皮皮就开始喊他"眠眠"。

皮皮虽然脾气差，但是话还挺多的。

季眠带他到了上次走过的皇后大道，皮皮第一次来，跟他一样目瞪口呆。

皇后大道已经有游客在逛了，里面的衣服和包都是不挂价格的，基本上每一件都上万。

皇后大道旁边就是一家咖啡厅，皮皮看到菜单，差点儿从凳子上跳起来："牛奶一千八百块一杯，怎么不去抢劫啊？"

季眠觉得有点儿羞耻，连忙按住他："因为牛奶有限吧。我们吃点儿别的也行。"

然后他看到菜单上的别的东西，咖啡一千五百块一杯，面包五百块一块，冰激凌两千一百块……

最便宜的是柠檬水，也就是白开水，一百五十块一杯。

季眠："……"

季眠猛地合上菜单，太贵了，别说牛奶喝不起了，就连面包他都吃不起。

想到自己两千八的实习工资，五千二的转正工资，只能在这里喝杯咖啡，季眠就想把傅沉俞拽出来暴打一顿。

败家子！这人真的是个败家子！

皮皮花钱花得心疼，两个人只是吃了点儿面包，就用了几千块钱。

皮皮看起来不算特别穷，但有钱也招架不住这么花的。

还有七天呢，就这消费水准，他能在游轮上活下去吗？

季眠吃人家的嘴软，花了皮皮的钱，对皮皮的态度友好了一些。

虽然皮皮不务正业，但是季眠相信，他可以改变皮皮，让皮皮以后好好工作，好好做人。

皮皮哀号："天哪，我后悔了，我想下船，我要是失败了怎么活啊！"

季眠教育他："你别想着靠别人，不能靠自己吗？大不了你在船上找一份工作，洗盘子、扫地，哪样不能活？这么多人，他们肯定也是缺人手的，总有办法的。"

"不可能！"

季眠严肃地说道："你不要有职业歧视。"

皮皮吐槽："无语。你怎么跟老妈子似的啰唆？"

季眠："……"

不过，皮皮说得对，在船上一共有七天，他没有钱，买不了吃的东西，可能真活不了几天。

命运之轮的航线不短，所以中途要停靠两次进行补给，季眠必须抓住这两次停靠的机会逃下船去。

他皱着眉头，思考着自己要怎么赚钱，也不知道傅沉俞能不能给自己介绍一份刷盘子的工作……

他可以一边刷盘子一边逃走的，保证不带走盘子——他是一个有职业操守的人。

"没事，后天晚上就是命运之轮最大的拍卖会，我估计船上有头有脸的大人物都会去宴会厅，咱们俩只要能弄到宴会厅的门票，混进去一定能泡到妹子！"皮皮又满怀希望地说。

季眠："……"

你就这点儿追求，居然还不死心。

皮皮继续说："而且就算泡不到妹子，进去开开眼也行啊。你知道这次拍卖会最大的噱头是什么吗？是'深海之星'！"

季眠听说过"深海之星"，一颗罕见的钻石，价值连城。

"一颗钻石而已。"季眠是不懂这颗钻石有什么珍贵的，能引得这么多人争相追捧，只能说这些人的脑子都有点儿毛病。

皮皮说："那又不是一般的钻石。"

季眠吐槽："怎么了，难道它比别的钻石高贵一些吗？"

皮皮看着他，愣了一下："你没听过'深海之星'的传说啊？"

"没有。"季眠顿了下，问，"钻石还能有什么传说？"

皮皮说："我这个文盲都听说过。传说，当太阳和月亮同时在海面上出现的时候，'深海之星'会打开时空穿越之门……你这是什么表情？"

季眠无力吐槽："你觉得这种传说可信度有多高？"

说到一半，季眠停住了，想想自己就是一名穿越人士。

皮皮说："管他真的假的，反正后天就知道了。"

季眠："为什么是后天？"

皮皮用一种难以置信的眼神看着他："你怎么什么都不知道，就上命运之轮了啊？你的门票是你捡来的吗？"

季眠心中暗道：实不相瞒，我是被绑架上来的。

皮皮说："因为后天是十五日，太阳和月亮会在黄昏的时候同时出现在天空中。

"在黄昏，世界的轮廓变模糊，时空将会在此交错，因此这个时间又被称为逢魔时刻。"

皮皮说得神神道道，原本不信的季眠，差点儿被他忽悠到。

他冷静下来后，想想皮皮说的也并不是全无道理。

对于自己为什么会再一次穿越到《陌路柔情》原著中，季眠现在一点儿头绪都没有，皮皮说的"深海之星"倒是为他提供了一个思路。

他毕竟是一个穿越人士，现在正在找寻回去的方法，为什么不试一试相信皮皮？反正他也没有更好的办法了不是吗？

季眠冷静下来，仔细打听："你说的'深海之星'到底是怎么回事？"

皮皮对这种少见的神话传说还挺感兴趣的，平时也喜欢看一些奇闻逸事，但没想到自己的这个兴趣爱好还有用得上的一天。

他上命运之轮来，主要目的是泡妹子，只是在宣传手册以及网上看到过与"深海之星"相关的新闻。

"我也是听来的。"皮皮努力地回忆着，并且谦虚了一下，"'深海之星'的传说，四百年前就有。听人家说，那时候'深海之星'还不叫'深海之星'，叫魔石。根据有限的资料记载，'深海之星'第一次出现的地方，叫作皮忒厄斯，是一座位于世界尽头的岛屿，地理位置应该是北极。传说中，皮忒厄斯是一个永久寒冷的冰雪国度，白天没有太阳，夜晚也没有月亮和星星，海洋、大地和冰雪，就像融在一起一样。"

季眠一边听一边在内心吐槽：不愧是古早狗血小说，这剧情、这展开……这作者的脑洞还真是够大的。

皮皮看到季眠听得认真，自己也有了一种莫名的自豪感觉，脑海中的回忆渐渐清晰起来，继续说道："皮忒厄斯的统治者是古老的挨门博特贵族，他们的国王与王后有一个小女儿，是皮忒厄斯的珍宝，是他们的太阳与月亮，叫作阿洛芙。阿洛芙在冰雪中玩耍的时候，看见了远远的海平面上升起了一座她从未见过的城市。阿洛芙被城市吸引，看到了另一个与自己一模一样的人。"

季眠听到这里，打断他的话问："两个公主？"

皮皮点了点头："另一个阿洛芙也自称是皮忒厄斯的公主殿下，带领着原来的阿洛芙公主来到了城堡，邀请她留下来做客。在这个国度中，阿洛芙公主看到天上有一个灼热的火球，还有一个清冷的白球。阿洛芙感到非常好奇，就向另一个阿洛芙询问，这两个发光的球是什么东西，为什么这里白昼这么长，而夜晚也那么明亮。"

季眠很有参与感："那两个球是太阳和月亮吗？"

皮皮点了点头："在阿洛芙的国度中，皮忒厄斯是没有太阳和月亮的，只有长达几百天的极夜，和偶尔由神恩赐的白昼。另一个阿洛芙拿出了一颗蓝色的宝石，对阿洛芙公主说，太阳和月亮都由它恩赐，它的名字叫作魔石。阿洛芙对美丽无比的魔石动了贪念之心，在另一个阿洛芙睡着的时候，忍不住将宝石偷到了自己手里。"

季眠问道："然后呢？"

皮皮说："然后神奇的事情发生了。阿洛芙所在的城市消失了，另一个自己也消失了。她醒来的时候，手上只有这颗魔石。阿洛芙利用这颗魔石，让太阳和月亮在皮忒厄斯的国度上升起，为他们带来了光明和温暖。"

季眠摸了摸下巴："听起来好像是一个创世神的故事。"

皮皮说："有点儿，这也是我听来的。"

讲完"深海之星"的传说，皮皮的肚子"咕咕"叫起来，他最后说道："反正就是这样。'深海之星'的传说有好几个版本，我知道的就是这个。所以你知道为什么这场拍卖会吸引这么多人了吧。那些有钱人呐，一般的东西已经无法引起他们的注意了，只有这种神秘的东西，才会让他们感兴趣。"

季眠若有所思，两个公主，两个一模一样的国度，听起来怎么这么像……平行宇宙啊。

古时候的人们对这个世界的了解太少，所以很多事情无法用科学原理解释清楚，于是创作了许多神话故事。

比如这个阿洛芙公主殿下的魔石，看上去就像是虫洞一类的东西，能够连接两个平行宇宙。

季眠是倾向于相信这个结论的。

他明明已经改变了《陌路柔情》的剧情，但是在另一个时空中，《陌路柔情》依旧按照原著的剧情发展。

而季眠就是那个"阿洛芙公主殿下"，不知道是接触了什么东西，也跟阿洛芙一样，踏上了另一个平行世界。

既然他能来，就一定能回去。

季眠在心里给自己打气，打算先回自己的房间里好好思考一下自己接下来要做什么。

起初，季眠莫名其妙地到了这个世界的时候，是有些慌张的。

后来还没等他熟悉这个世界，傅沉俞就把他给抓了回去，到现在为止季眠都没能逃脱大魔王的折磨。

傅沉俞的行为其实误导他了，季眠猛然醒悟，其实他最重要的事情是回到他的世界，而不是从傅沉俞身边逃离。

从一开始，傅沉俞就把他的思路带偏了。因为傅沉俞一直强调想要跟他玩游戏，才导致季眠提心吊胆，只想着逃跑。

可是逃跑之后呢？自己又能找到什么回去的办法？

季眠想到这里，吓得后背出了一身冷汗。

好危险，如果不是皮皮提到了"深海之星"的传说，自己恐怕就要在这边的世界里待一辈子了……

他才不要。

思考了半个小时后，季眠就作出决定——他要混到后天的拍卖晚宴中，不管用什么方法，都要得到那颗"深海之星"。

想通这事之后，季眠又有动力了，即便是面对傅沉俞的折磨，心情也不是太差了。

晚上，傅沉俞果然找到他的房间里来了。

傅沉俞自然得就像是回自己家，坐在桌前，撑着下巴笑盈盈地看着季眠。

季眠现在终于明白厉决说的傅沉俞欠打的笑容是什么样的了。

坏狐狸，一肚子坏水！

傅沉俞关切地问道："你今天没怎么吃东西，是船上的食物不合胃口吗？"

季眠："……"

好想揍他啊！

傅沉俞这家伙，明明知道自己是因为没钱才吃不起东西……

他现在都饿得双眼发黑了好吗？

下一刻，房间门被推开，几个侍应生端着精致的饭菜进门，顿时，小小的房间里充斥着勾人的香气。

季眠的肚子毫不客气地叫了起来，但他还算有骨气，没有表现得太馋，只是看了一眼饭菜，就强行挪开了自己的视线。

侍应生把饭菜摆在桌上，傅沉俞看上去并没有吃饭的欲望，应该是故意来折磨自己的。

季眠内心愤恨地想，既然如此，为什么自己不能吃这些饭菜？

天大地大，吃饭最大，他可不能跟美食过不去。

侍应生刚摆盘完毕，季眠就落落大方地坐在桌前。

傅沉俞愣了一下，季眠已经拿起筷子，慢条斯理地吃了起来。

比不要脸是吧，季眠恶狠狠地嚼着白菜，看谁比得过谁。

季眠反客为主，理直气壮地说道："看着我干什么？吃啊，来都来了，别客气。"

傅沉俞盯着他，然后笑了起来，这次是真的笑得非常肆意，八颗牙齿都露出来了。

季眠吃着菜，嘀咕："有什么好笑的？"

傅沉俞笑够了，才说："你真的很有意思。"

季眠心里骂了他一句。

他就知道傅沉俞在打什么主意，想要看到他有骨气地不吃，又想要看到他最后忍不住，可怜兮兮地求人。

但傅沉俞没想到，之前一直表现得很有骨气的季眠，也会如此"能屈能伸"，让他准备的一系列恶趣味的折磨手段都用不上了。

可是，傅沉俞反而觉得这样的季眠更有意思了。

季眠这一顿饭吃得非常舒心，唯一美中不足的就是傅沉俞一直盯着他。

直到肚子里再也塞不下东西之后，季眠才放下筷子。

傅沉俞见他吃完了，自顾自地去床上躺着休息，问道："你准备好怎么逃走了吗？"

季眠瞥了他一眼，懒得说话。

不知道为什么，这样冷淡的态度，让傅沉俞原本的好心情变差了一些。

季眠休息着，就发现傅沉俞离他越来越近。

警惕心让他直接从床上坐起，傅沉俞却没有做其他事情，只是坐在床边，用一种不怀好意的眼神打量着他。

这让季眠想起一些猫科动物，在人类睡觉的时候，它们就会出现在床边，企图伸出爪子来暗杀人类。

"如果你是来检查我有没有逃跑的，那我可以明确告诉你，没有。今晚我也不打算跑。"季眠开口，"如果你是来折磨我的，那随便。你早点儿结束，让我早点儿睡觉，行吗？"

他已经破罐子破摔了，既然反抗傅沉俞要付出更大的代价，倒不如顺着傅沉俞的意思来。

反正自己现在的终极目标是"深海之星"，拿到它，说不定就能回去了。

他不能在宴会开始之前被傅沉俞给弄死。

"季眠。"傅沉俞忽然叫了他的名字，用一种很认真的口气说，"我改变主意了。"

季眠睁开眼，就听到傅沉俞说道："我觉得你很有意思，不如交个朋友？"

季眠翻身坐起，又好气又好笑，说道："我实话跟你说，我原本不太讨厌你，觉得跟你做朋友不错。"

傅沉俞直勾勾地盯着他。

季眠残忍地开口："但现在这件事永远不会发生。"

"砰"的一声，季眠被蒙住双眼，狠狠地推到了一间密闭的房间内。

他的双手也被简单粗暴地绑在了背后，整个人用力地摔在地上，疼得他倒吸一口冷气。

好吧，刚才他说的话确实把傅沉俞给得罪了。

但是他没想到，傅沉俞的反应居然这么大。

下一秒，大门被打开，傅沉俞走了进来。

就在刚才，季眠把傅沉俞彻底得罪之后，后者几乎是有些愤怒地把季眠给绑了起来。

Fox 大部分时间脸上挂着笑容，让人看不出喜怒哀乐，可是自从遇到季眠之后，这已经是他第二次情绪外露了。

季眠摔在地上，感觉自己的下巴被鞋尖挑了起来。

季眠有点儿无语，是不是《陌路柔情》中的反派都喜欢这么跟人说话？

"我真伤心。"

季眠冷笑一声，心想：还好自己刚才有先见之明地吃了那顿饭，不然现在被折磨的痛苦就是双倍的。

"我不知道怎么又让你伤心了，你的心是玻璃做的吗？"季眠反驳。

傅沉俞笑着给他建议："不要做错误的决定，季眠，也不要挑衅我。"

季眠没说话。

傅沉俞又说道："看来你的脑子还不是很清楚。你就在这里好好地思考一下，等想出了我觉得满意的答案，再来告诉我。"

季眠想开口挑衅一下傅沉俞，但是想到自己现在的处境，果断选择沉默。

等到傅沉俞走后，季眠才慢慢地从地上爬起来，摸索着观察整个房间的情况。

眼睛被黑布遮住了，他要想搞清楚房间的格局，就只能慢慢地摸。

季眠花了两个小时弄明白，他现在所在的房间已经不是之前那个了。

现在的房间非常大，而且是套房，有两扇门没开，他也没摸进去。季眠判断，这里可能是傅沉俞的起居室。

这么一折腾，时间已经很晚了，季眠判断不出外面的情况，只能听到下面有人的吵闹声，但是离得很远。

这种感觉，就像他是在十八楼上面睡觉，听到小区里人来人往的动静。

傅沉俞的房间应该是在高层，他想跳窗逃跑是不可能了。

季眠找到了床，坐在床上疯狂思考起来，不管怎么说，如今自己的生命安全是没问题的。

他想着想着，就有些昏昏欲睡了。

房间内燃着助眠的熏香，加之他也确实累了，确认过自己可能是在傅沉俞的起居室里，并且对方没有要伤害自己的意思之后，季眠倒在大床上缓缓地睡去。

傅沉俞回房间的时候，看见的就是已经熟睡的季眠。

季眠还穿着白天的衣服，因为这几天精神一直高度集中，神情显得有些疲惫。

刚睡醒，季眠意识模糊。

他看着傅沉俞，迷迷糊糊地喊："傅沉俞……"

傅沉俞的手指蜷缩了一下，被这三个字喊得心中一动。

紧接着，傅沉俞的话直接把季眠吓得汗毛竖起，几乎没有任何过渡，就全然清醒了。

傅沉俞说："我记得，我没有告诉过你我的名字吧？"

季眠像一只乍毛的猫，猛地从床上坐起。

但是因为双手被绑在身后，所以他的这一动作直接让他的双臂产生剧痛，身体往后仰倒，在即将跌下去的时候，被傅沉俞拉住。

傅沉俞逼迫他抬头看着自己："那么，兔子先生可以告诉我，你是怎么知道的吗？"

"关你屁事！"季眠真是无话可说了，害怕 Fox 从他的话语中找到什么蛛丝马迹，以至于不怎么说脏话的他都急得爆粗口了。

"撒谎。"傅沉俞说，脸上没什么表情，像是酝酿着一场即将到来的暴风雨。

季眠在愣了一秒之后，开始疯狂地挣扎。

他双手拼命地扭动，混乱之中还真的让他挣掉了绳子，所以下一秒，"啪"的一声，清脆的巴掌声在房间内响起。

傅沉俞的右脸被扇红了一片，头也被打得侧了过去，有些偏长的刘海遮住了他的眼睫，让人看不清他是什么表情。

那巴掌打得也十分用力，傅沉俞愣了两三秒后才转过头来。

季眠知道自己闯了大祸，正好双手也解绑了，二话没说就往门口跑去。

结果他一打开门，门口就是两个保镖，他只跑到门口就被抓了回来。

两个保镖进门看到傅沉俞的模样时，吓得肝胆俱裂，接着再看向季眠时，仿佛在看一个死人。

季眠其实也有点儿后悔，但是打都打了，还能怎么样。

傅沉俞的脸颊还是红的，平时挂着的笑容也荡然无存，表情看上去越发阴郁。

季眠被他盯得双腿发软，心中已经做好了一万个打算，如果傅沉俞真的要杀了他，那他——那他拔腿就跑，大不了跑出去大喊大叫。如果他解决不了现在这个困境，干脆就让整个局面变得更加糟糕，越多人参与进来，他就越有机会逃跑。

但实际上，傅沉俞只是沉默地盯了季眠很久，然后一言不发地走到了门口。

两个保镖吓得大气不敢出，小心翼翼且卑微地低着头，听到了傅沉俞的命令："看住他。少了一根汗毛，就拿你们去喂鱼。"

等待着死亡宣判，紧张到大脑一片空白的季眠内心叫了一声：啊？

两个保镖也震惊了，转头看向季眠，顿时对他肃然起敬。

一直到第二天，傅沉俞都没来找过他。

季眠感到奇怪的同时，也松了一口气。

至少傅沉俞看起来没有要杀了他的意思，而今天晚上，也是"深海之星"拍卖会的开始。

季眠思考了一瞬，想到可能傅沉俞是忙拍卖会去了。虽然傅沉俞明面上是专家的身份，但私底下还是命运之轮的主人，这么大的晚宴要安排，他一定就顾不上自己了。

这么一来，他混进晚宴的机会就来了。

傅沉俞没再捆着他，只是将他关在房间里，一日三餐都有保镖送进来。

季眠已经摸清楚了保镖的换班规律，在下午七点的时候，从房间里逃了出来。他打伤了两名保镖，沿着走廊一直往下跑去。

虽然现在这具身体对付傅沉俞很吃力，但是对付傅沉俞的保镖还是绰绰有余的，他可以靠格斗技巧赢。

季眠飞快地跑下楼，直到看见楼下的游客时，才松了一口气。

他如鱼得水一般混进了游客中，然后一路打听，来到了今晚的拍卖会晚宴厅中，这是命运之轮最大的宴会厅，在皇后大道的尽头，晚宴厅的名字就叫乌托邦的港湾。

季眠趁乱换了一套体面的西装，进入乌托邦的门票是从傅沉俞的房间里偷来的。

傅沉俞不可能无缘无故地在房间里放一张门票，季眠用脚指头想都知道是傅沉俞故意留给自己的。

否则他怎么可能这么轻易地出逃？傅沉俞的恶趣味就体现在这一点上，一直关着他有什么意思？要给他一点儿甜头，然后再看他绝望才最有意思。

在傅沉俞的默许下，季眠有惊无险地进入了乌托邦的拍卖会。

不得不说，这不愧是齐聚了所有上流人士的晚宴厅，光是头顶那盏华美的吊灯就足足有十米长。

整个乌托邦都透露着一股奢靡的气息，让季眠非常不屑。

他长相惹眼，刚进宴会厅没多久就有人上前搭讪，季眠一一婉拒之后，挑了个不怎么起眼的位置坐下。

季眠手心冒汗，心里也有些紧张，毕竟他今天要做的事情，称得上是他正直无比的人生中唯一一件出格的事情：他要偷"深海之星"！

因为钻石的起拍价，根本就不是他这个每个月工资五千二的普通人出得起的。

季眠内心愧疚不已，在忐忑中等待着乌托邦拍卖会的开始。

整个宴会厅容纳了一千多人，厉决和苏珞瑜估计也在其中。有主角在的地方，一定就会有麻烦，他必须精神高度集中。

季眠默默地分析着逃跑路线，尽量让自己的大脑保持清醒。

就在他精神高度集中的时候，突兀的枪声在晚宴大厅中响起。

整个大厅忽然间就从喧闹变得安静，下一秒，人群中爆发出尖叫声。

季眠顿时条件反射地扶住一个因为跑得太急差点儿摔倒的阔太太，安抚道："别跑，当心发生踩踏事故。"

他刚说完这话，宴会厅所有的灯光就灭了，尖叫声戛然而止。

季眠皱起了眉头，不知道为何，觉得这一幕场景格外眼熟。

他思考片刻，忽然想起，这……这不就是《陌路柔情》小说中，前期最大的看点？

因为苏珞瑜，"深海之星"拍卖会上起了冲突，进而演变成了黑帮火并。

苏珞瑜作为主角，自然有厉决跟反派"大佬"救他！而晚宴的拍卖会，也变成了一场混乱。

Y国的黑帮"大佬"直接将错就错，开始勒索在场的所有富豪。

季眠记得，当时黑帮"大佬"似乎抓了一批人做人质，他还没思考出这批人质怎么来的，忽然就感觉黑暗中有人企图袭击自己。

这一刻，他顿时明白人质是怎么来的了，合着是黑帮的人现场乱抓的。

季眠下意识地就要还手，但脑海中又闪过一个闪电般的大胆计划。

他记得，原著中人质所在的位置就在拍卖台上，离"深海之星"很近。

想要还手的动作一顿，季眠假装自己毫无反抗能力，顺势就被一个东南亚长相的彪形大汉抓在手中。

黑暗里，彪形大汉打着手电筒，将季眠准确无比地扔到了展台上——跟展台上另外一百多个人质放在了一起。

季眠谨慎地蹲下身，一言不发，只是眼睛一眨不眨地牢牢盯着一个地方。

而在距离他只有二十米不到的地方，"深海之星"在黑暗中散发着诡异艳丽的蓝色微光。

十分钟不到的时间，乌托邦宴会厅的灯全都亮起。

电力已经恢复，季眠被强光照射得有点儿睁不开眼睛，下意识地把手放在眼前挡了一下，结果被看守的几个高大的外国恐怖分子误以为是反抗的动作，七八个黑洞洞的枪口瞬间对准了他。

季眠摸了摸鼻子，连忙用英文解释，只是灯光刺眼，并不是挑衅的意思。

然后，季眠就隐藏在人质中，慢慢观察周围的情况。

灯开了之后，他总算能看清现在乌托邦宴会厅的全貌了。

大厅里，大部分人东倒西歪，但是看上去没有受伤。

只是许多人的形象不再光鲜靓丽，被带到了一边，分成不同的队伍站好。

季眠的目光又落到了展台上面，有个白皮肤的人，蓝眼睛，鹰钩鼻，西装革履，抽着烟，神态轻松惬意，看样子就是这次恐怖袭击的主谋，《陌路柔情》原著中出现过他的名字，叫作萨里。

没有人受伤就是最好的事情，季眠悄悄地松了一口气。

萨里的几个保镖在人群中搜索了一段时间，然后把苏珞瑜从人群中找了出来。

苏珞瑜的状态并不好，他显得有些疲惫，恶狠狠地瞪着萨里。

萨里看见他，明显兴奋起来。

苏珞瑜用英文和萨里交流，季眠的英语过了六级的，按道理听日常对话是没有问题的，但是苏珞瑜和萨里离他太远了，他支起耳朵，都不知道他们在讲什么。

从表情上来看，苏珞瑜跟萨里的交谈是不愉快的。

因为很快萨里就垮下了脸。

没过一会儿，一个亚裔年轻人说着一口不太标准的中文，传达着萨里的要求："先生们，女生们，我们并没有恶意，刚才在黑暗中我们并没有伤害大家。"

人群中传来窃窃私语声，萨里的人又开了一枪，尖叫声之后，大厅中重回安静的状态。

亚裔年轻人继续说："我们老板只是想向各位借一点儿钱，先生们，女士们，相信你们一定愿意支持我们老板的慈善事业。那么从现在开始，我们的工作人员会依次将口袋拿到各位面前，请大家把身上佩戴的值钱的珠宝首饰都放在口袋中。"

人群中有人松了一口气，有人面露不舍之色。

毕竟这是一场大型的攀比晚宴，不少网红小明星也在其中，更有甚者，花了一大笔钱租借了昂贵的珠宝首饰，这要是一给，那就直接背负起几百万的债务啊。

但不给也不行，袋子都递到自己面前了。

不少富商为了保命，连忙催促自己的情人或者太太将耳环和项链拿下来扔到口袋中。

萨里满意地看着眼前的一幕场景，直到袋子递到一个年轻男人面前，那个男人吓得脸色发白，用不太标准的英语回复道："我……我没有值钱的东西……"

负责人看了他一眼，用英语向萨里重复了一遍，萨里皱起眉头。

年轻人惊恐地瞪大眼睛，然后难以置信地倒在了血泊里。

尖叫声顿时响彻整个大厅，与此同时，枪声再次响起，大厅里又安静下来。

那位带话的亚裔年轻人用手绢擦了擦手："各位，你们也看到了，这就是不支持我们老板的下场。希望大家可以自觉，我们也不想伤害各位。"

出了这样的事情，终于没有人敢耍小聪明，恨不得把自己身上最值钱的东西都交给萨里。

萨里满意地看着这一幕场景，然后把目光落在苏珞瑜身上。

苏珞瑜闭着眼，似乎无法接受眼前发生的事情。

同样，季眠也无法接受。

"萨里先生，"忽然间，乌托邦宴会厅的大门被推开，厉决步伐从容地出现，看到苏珞瑜，眼神沉了下来，"是我的朋友有什么地方做得不对，得罪你了吗？"

跟着厉决进来的还有十几个保镖，瞬间跟萨里的团队对上了。

《陌路柔情》中，厉决的地位当然是非常高的，是在国际上也有一定的知名度人物，一般人多少会有人给他一点儿面子。

萨里见到他，露出了一个似笑非笑的表情，说道："厉老板，好久不见啊。我没见到你的朋友，其中是不是有什么误会？"

厉决看向苏珞瑜，苏珞瑜这时候只能依靠厉决。

"厉决！你让萨里把人都放了！"苏珞瑜急切地开口。

厉决的出现，让不少富商看到了希望，众人把目光投在了他身上。

萨里看着苏珞瑜，似乎不打算放人。

厉决还没开口，萨里的人忽然把苏珞瑜给绑了起来，押着他跪在地上。

而在这个时候，人群中慢条斯理地走出一个男人，温和地说道："萨里先生，我想我们可以好好谈谈。"

季眠微微瞪大眼睛，看着人群中的傅沉俞，心想：他什么时候混到人群里的？

季眠知道傅沉俞的真实身份，自然也知道傅沉俞不可能会是被威胁的人之一。

他是命运之轮的老板，就凭萨里的地位，给他提鞋都不够的。

季眠脑筋一转，猜测傅沉俞一定是觉得很有意思，又在玩什么游戏。

他忍不住心想：熊孩子就是熊孩子，还真把这么多人命当儿戏。

萨里虽然知道 Fox，但是并不知道 Fox 真正的长相，如今只把傅沉俞当作厉决的人，笑道："谈谈，你想怎么谈？"

傅沉俞说道："萨里先生如果只是需要钱的话，何必这么兴师动众？"

萨里哈哈大笑："我不但要钱，还要这个人！"

说罢，他用枪指了指苏珞瑜。

亚裔年轻人低头在萨里的耳边小声说道："老大，他们想拖延时间，等国际刑警来，我们动作得快一点儿。"

萨里脸色一变，给手下使了个眼色。

在众人都没反应过来之前，亚裔年轻人忽然从人群中抢走了一个小女孩。小女孩的母亲尖叫一声，哭喊着晕了过去，小女孩的父亲大吼大叫地上前，挣扎没一会儿，就被萨里打断了腿。

现场所有人大气都不敢出。

厉决的脸色更黑，而傅沉俞表情若有所思。

萨里露出了一个残忍的笑容，让手下把小女孩抱在怀中，说道："我可以放过你们。不过在此之前，我想跟你们玩一个游戏。"

季眠的神情严肃起来，那女孩尖叫着喊着爸爸妈妈，亚裔年轻人给了她一巴掌，让她安静一点儿，季眠默默地捏紧了拳头，咬紧着牙关。

萨里看了苏珞瑜一眼，又看着厉决，微笑着说道："厉老板，别说我不给你面子，我今天就给你一个面子。苏珞瑜和这个小女孩，你选一个，只有一个人能活。"

厉决的眼中瞬间泛出了血丝，萨里似乎还嫌场面不够混乱，瞥了一眼人群，彬彬有礼地说道："或者，你们谁想上来交换这个女孩，都可以。"

一片寂静中，没有一个人敢上前交换人质。

小女孩的母亲晕过去了，父亲也因为失血过多倒在地上，小女孩瞪大眼睛，瑟瑟发抖地看着所有人。

"这是我跟你的事情，萨里，你别伤害无辜的人。"苏珞瑜闭上了双眼。

萨里就跟没听见他说的话一样，说道："我给你们十秒钟的时间，十秒钟之后，如果还没有人愿意交换人质，那我……"

他把玩着枪，慢慢地开始倒数："十、九、八、七——"

"等等。"季眠无奈地叹了一口气，从人群中走出来，"放开那个女孩，我愿意交换做人质。"

他走出来的一瞬间，厉决和傅沉俞都愣住了。

季眠举高双手，示意自己身上没有任何武器。

厉决似乎不敢相信眼前这一幕画面。

他几乎将建京翻遍了都没找到的人，此刻竟然出现在"深海之星"

的拍卖会上。

什么都来不及想，厉决就大喊道："季眠！你疯了！"

季眠置若罔闻，倒是萨里，见到厉决的模样，饶有兴趣地问道："你也认识厉老板？"

季眠避重就轻道："谈不上。"

"季眠！！你给我下来！你——"厉决猛地骂了一句，企图直接上去把季眠给拉下来。

只可惜，季眠根本不给他机会。

厉决还没走上来，季眠就快速地和小女孩做了人质交换。

季眠这么做，除了救出这个小女孩之外，还有一个重要的原因。

那就是小女孩所在的位置是距离"深海之星"最近的，他要找到机会直接拿到"深海之星"！

至于 Fox 和厉决，反正马上就要和他们说再见了，他也不会顾虑什么。

季眠的目光落在"深海之星"上面，眼神都深沉不少。

萨里打量季眠一番，然后看向厉决："厉老板，现在可以选择了吗？"

谁也没有看到，傅沉俞的眼神已经变得阴沉，看着萨里如同看着一个死人。

就在这千钧一发之际，人群中不知道谁尖叫了一声。

巨大的吊灯砸了下来，现场一片狼藉，季眠眼睛一亮，抓住这个机会猛地一个过肩摔，用力地将挟持他的高大保镖砸在了地上。

正趁乱赶上来救季眠的厉决，看到季眠徒手过肩摔一米九的壮汉，瞬间愣住，然后表情因为震惊扭曲了。

季眠压根没有注意到厉决，将保镖撂倒在地之后，直奔向"深海之星"。

可就在这时，萨里反应过来，就地一滚，从地上捡起武器，往季眠的方向瞄准。

季眠闪避之后，苏珞瑜骤然出现在他的眼前，萨里的武器也对准了苏珞瑜。

傅沉俞沉着脸，三步并作两步跨上台阶。

二选一的难题，就这么摆在厉决跟傅沉俞面前。

——季眠跟苏珞瑜，他们只能救一个。

苏珞瑜到底没有季眠这样的身手，面对危险还是惧怕的，忍不住惊恐地喊道："厉决！"

厉决稍一分神后，立即拽住了苏珞瑜的胳膊，将他拉到身边。

这一切，都跟《陌路柔情》中他的死局一模一样。

"深海之星"就在眼前，死亡正在无限逼近他，季眠猛然陷入了无比绝望的情绪中。

哪怕再早一点点，他就可以拿到"深海之星"了。

生命的尽头，季眠终究忍不住掉下一滴眼泪，无助地喊了一声："傅沉俞……"

"嗯。"

熟悉的声音在耳旁响起，季眠猛地被拽到一边，下一秒，萨里手中的武器瞬间被一只大手利索地夺走，接着一声响起，萨里惊恐的表情出现在季眠的眼中——萨里倒下了。

拽他的男人继续把话说完："季眠，我要是再来晚一点儿，你就不在这里了。"

季眠鼻子一酸，眼眶顿时全红。

那人叹息了一声，说："你可真是……让我好找啊。"

偌大的乌托邦宴会厅里，天花板的吊灯因为刚才的枪战直接掉落了下来，同时也将天花板的玻璃完全扯落。

地面上全是透明的玻璃碎片，折射着命运之轮上空瑰丽的场景，光倾泻而下，太阳与月亮同时在海平面上现身。

这一幕壮丽的奇观震撼得大厅内所有人都没回过神来。

就连季眠也愣住了，从保镖手中抢过来的武器已经被傅沉俞拿走，也只有这一点，可以证明他刚才没有幻听。

这个男人，真的是傅沉俞！

准确来说，这个男人是跟他从小一起长大的傅沉俞！

下一秒，季眠就明白傅沉俞是怎么来的了。

月光与阳光交织在一起，交汇的那个点中忽然出现了一个黑影。

季眠抬头望去，只见天花板上的黑影越变越大，惨叫声越来越响。

傅沉俞没有一秒犹豫地拽着季眠往边上走去，看起来还有点儿嫌弃，顺便牢牢地将"深海之星"握在手里。

那个黑影摔下来，季眠才发现是个人。

接着那人摔在地上，痛得倒吸一口冷气，爆发出一句粗口，揉着腰骂骂咧咧地站了起来："傅沉俞，你搞的这东西真的靠谱吗？老子要是找不到季眠——"

熟悉的声音，让季眠一下就分辨出他是谁——除了自己认识的那个"哈士奇"，还能有谁出场的方式如此独特。

季眠突然觉得，这个厉决的性格也变得可爱起来。

傅沉俞讥讽道："我没让你来。"

厉决摔下来，灰头土脸地"呸呸呸"了几声，看到眼前的场景，愣住了。

傅沉俞说的时空穿越还真的存在？

傅沉俞观察了周围一番，脸色微沉。

现场混乱得实在说不上安全，一想到季眠独自一人在这样混乱的环境中生活了这么久，他的表情更显得阴郁。

"深海之星"旁边忽然出现一个男人之后，半空中又凭空出现另一个男人，在场所有人都没回过神来。

厉决吐槽："这是什么鬼地方？"

他往前走了两步，季眠瞳孔缩紧，猛地开口："厉决！趴下！"

大概是对季眠的话有着条件反射般的信任，厉决顿时就趴下了，然后一群人拿着武器出现在他们面前。

厉决惊呆了："傅沉俞，你是不是把我们弄到什么警匪片里来了？"

他连滚带爬，连忙找到一个安全的地方。

结果，他越看这个场景越觉得眼熟，记忆中慢慢浮现早就忘记的场景。

这……这好像是他二十多岁的时候，在游轮上遇险的场景啊。

厉决愣住，不得不说，这段记忆实在是太遥远了，以至于他已经无法完全回忆起全貌。

但是他不会忘记，就是这一次游轮之行，季眠从高高的甲板上坠落至海底，接着成为他长达几十年挥之不去的噩梦。

他……他是又穿越了？

厉决蒙了，不，不，不，不是穿越，他们来之前，傅沉俞就说过可能是平行宇宙。

季眠似乎在睡梦中穿越了。

尽管活了两辈子的厉决，也没见过这么玄幻的事情。

萨里因为傅沉俞的出现，很快败下阵来。

他闭眼前神色还是惊惧的，大概怎么都不明白，为什么眼前会凭空出现一个活人。

而傅沉俞正是抓住这一点，对萨里进行了坚决果断的反击。

傅沉俞迅速冷静下来，带着季眠到了安全的地方。

萨里虽然倒下了，但是他的手下，那位亚裔年轻人还有战斗力。

经历了这样玄幻的事情，他只是愣了几秒，就直接拿着武器朝厉决攻击。

也是这一阵巨响，把愣住的《陌路柔情》原著中的"厉决"、Fox、"苏珞瑜"给唤醒了。

他们跟其他人不一样，其他人只是觉得大变活人非常神奇，但他们眼前大变活人的两位长得跟自己一模一样，这是非常惊悚的场面了。

哪怕是 Fox，此刻都有点儿不淡定了。

刚才人群中的动静是他安排的，在自己的地盘上，还轮不到萨里来撒野。

其实，季眠的死活对他来说无所谓，或许季眠就是自己的玩具，可当看到玩具真的要被人毁灭时，一向冷静的 Fox 也做出了不冷静的决定。

亚裔年轻人眼看到老大倒下了，于是开始疯狂地反扑。

而 Fox 的人就埋伏在人群中，刚才开枪已经暴露了行踪。

那些人慢慢走了出来，跟亚裔年轻人的队伍对峙着。

场面一下就陷入僵持状态。

人质们也不敢乱动。

亚裔年轻人满眼血丝，用力地深呼吸几下，尽量平静地说："厉老板，我们只是想要一些钱而已，你这又是何必？"

看来亚裔年轻人把下面持枪的人都看成"厉决"的人了。

"厉决"自己都不知道这支帮助他们、似友非敌的队伍是谁的，从震惊中回过神："你……"

"要什么钱啊？"他刚说了一个字，另一个厉决忽然开口，"这是你要钱的态度？你别在我面前要什么花招，老子已经提前看过剧情了，你钱一到手我们还有活路吗？"

亚裔年轻人额上青筋暴起："我没跟你说话！"

厉决说道："你刚才不是叫的我？"

亚裔年轻人："……"

谁来告诉他，为什么会出现两个厉决啊！

双方都有枪械，现场反而平静下来，谁也不敢开枪。

比起刚才的紧张，气氛缓和不少，亚裔年轻人崩溃道："厉老板——我是说，随便哪一个厉老板，现在能不能跟我说一下，具体的解决方法是什么？我并不想跟你们拼得你死我活，只想要钱，我想我们可以重新坐下来谈一谈。"

是的，他们是需要坐下来谈一谈。

不管是哪个厉决，甚至傅沉俞和Fox，面对这一幕场景，都需要时间缓冲。

"厉决"沉默片刻，尝试着跟自己这边持枪的人沟通："先别动手。"

Fox轻轻地抚摸了一下无名指上的戒指，那群人不约而同地放下了枪。

"厉决"松了一口气，看来这支队伍不管是谁的，现在看起来应该都是站在他这边的。

亚裔年轻人那边为了表示友好，率先放下了武器。

厉决看着眼前的场景，终于把目光落到了二十多岁的自己身上：黑色的西装，梳得一丝不苟的发型，还有浑身上下散发出来的霸道总裁气质……

厉决忍不住说道："我以前怎么这么'装'？"

"厉决"："……"

"苏珞瑜"嘶哑着嗓音问道："厉决，怎么回事？为什么会有另外一个……一模一样的你还有傅沉俞？"

"厉决"满脸疲惫之色："我不知道。"

而"厉决"身后，Fox的眼神晦暗不明。从刚才到现在，他就没有把目光从季眠身上挪开过。

一个和自己长得一模一样的人，凭空出现在他面前，救走了季眠。

季眠觉得自己算是一个比较坚强乐观的人，但是经历过这几天和Fox斗智斗勇，而且还是身处全然陌生的环境，要说不累肯定是骗人的。

只是因为他心理素质比较好，一直没有气馁，并且总是安慰自己一定能找到回家的路，以至于最后，他把有关"深海之星"这种不靠谱的传说当作回家的希望。

人只有绝望的时候，才会相信神学。

还好，命运没有亏待他。

"深海之星"的传闻居然是真的，一模一样的"阿洛芙公主"，现在就出现在他眼前。

一冷静下来，无数问题就涌入季眠的大脑中。

比如，既然自己的灵魂在这边，那身体呢？他的身体是沉睡着的还是怎样的？

傅沉俞又是怎么过来的？他所在的世界压根没有什么"深海之星"，难道是有什么虫洞吗？

而且，傅沉俞看到了这一切场景，自己又该怎么跟他解释？

说这是《陌路柔情》这本书中的剧情，他只是一个书中的角色？

季眠紧紧地抓着傅沉俞，疯狂地开始寻找理由准备解释这一切存在。

但是，傅沉俞从始至终没有问过他这些事。

这也让季眠松了一口气。

傅沉俞闷声道："对不起，我来晚了。"

"来得刚好呀。"季眠连忙回答，"要是你真的来晚了，我可能就没了。"

他又怕傅沉俞自责，改了个说法："其实我也想过，穿越这种事，只要我在这边死了，是不是就能回去……"

傅沉俞叹气道："不是穿越，是平行宇宙。"

"哦。"季眠心虚道，"对不起啊，傅沉俞，我不是故意消失的，让你担心了。"

"现在不是说话的时候。"傅沉俞冷静地提醒，"季眠，你相信我，我有办法回去。"

"我当然相信你，你可是无所不能的傅沉俞！"季眠见到他，心情好了很多，连说话都很轻松，脸上挂着笑容。

"季眠！""厉决"三步并作两步走了过来。

季眠转过头看过去，从气质上来看，这个应该是那位原著中的霸道总裁"厉决"。

"厉决"脸上有一种劫后余生的喜悦之色："季眠，还好你没事……你过来，让我看一下你有没有受伤。"

季眠没动，"厉决"有些诧异。

而站在不远处的另一个厉决，脸色已经不是一般难看了，干脆捂住脸，不想看自己这副丢人的模样。

眼下，持枪双方都冷静下来，正是谈判的时候。

季眠条理清楚地说道："厉老板，我们之间的事情可以私下解决，现在上千人质都被困在乌托邦宴会厅里，我希望你以大局为重，先解救人质。"

"厉决"愣住。眼前的季眠明明还是熟悉的脸，说出来的话却那么陌生，而且条理太清晰，根本就不像一个智商有问题的人能说出的话。

"厉决"揉了揉眉心："季眠，你听我说，刚才是我不对，我——"

"厉先生，我想你认错人了。"季眠冷漠地回道。

如果说"厉决"不道歉的话，季眠还不会那么生气。

哪怕刚才看到"厉决"先救了苏珞瑜，季眠心里也是没什么感觉的。

毕竟人家才是《陌路柔情》的主角，自己就是为这个故事做垫脚石的，关键时刻牺牲自己，好像就是他的宿命。

可"厉决"就不该这时候假惺惺地道歉。

怎么，刚才他没有选择救自己，现在还想要得到自己的原谅吗？

找什么借口！

况且，真正该原谅他的人，现在也不在这里。

季眠自觉没资格替原主原谅他。

"季眠，你到底在说什么？""厉决"万分不解，"你还在为刚才的事情生气吗？刚才情况紧急，我不是故意不救你的，而且现在你也活着不是吗？你——"

"你说什么呢！"

"厉决"还没说完，就被踹了一脚。

他没有防备，膝盖重重地磕下去，痛得头冒冷汗。

踹他的，正是另一个他，那位突然出现的厉决。

看到一张和自己一模一样的脸，"厉决"的怒火熄灭了，可是另一个厉决火大得不像是要息事宁人的样子。

"你真有脸说这种话，我怎么不知道我年轻的时候这么傻啊？"另一个厉决差点儿跳起来又给他一脚，"你听听你说的是人话吗？什么叫季眠现在还活着？刚才要不是……要不是我们来得及时，老子过来就只能给季眠收尸了！"

"苏珞瑜"忙小跑过来扶起"厉决"。

而此刻，一直观察着这边的情况的 Fox 也沉默地走了过来。

傅沉俞抬起眼皮看了他一眼，Fox 同样以一种打量的目光看着他。

两个人视线短暂交接片刻，都在心里给对方下了结论：这个人，非常讨厌，如果可以，希望下一秒，对方就去死。

季眠看到 Fox，条件反射地警惕起来。

这只坏狐狸简直一肚子坏水，如果他猜得没错，下面那帮持枪的人根本不是"厉决"的队伍，而是 Fox 早就安排在晚宴厅里的。

"季眠。我想你可以先给我们解释一下，现在是什么情况？"Fox 的语气很从容，甚至称得上是温和。

"苏珞瑜"也说道："萨里的同伙只给了我们半个小时的商量时间，我们现在是一根绳上的蚂蚱，有什么事情坦诚相待，可以吗？"

他看了一眼傅沉俞，也看了一眼另一个厉决，显然还没有适应这魔幻事件。

季眠深吸一口气，然后说道："'深海之星'的传说是真的，当太阳和月亮同时升起的时候，时空之门会打开。"

Fox 率先反应过来："也就是说，他是另一个时空中的我？平行宇宙吗？"

季眠："是的。"

"厉决"听得一头雾水，指了指另一个厉决："也就是说，他就是我？"

季眠吐出一口气："大致情况就是这样，所以他们不会伤害你们，也不会在这个时空停留太久。"

Fox忽然开口："那你呢？季眠，你又是什么人？"

"厉决"的目光一下落到了季眠身上："不管怎么样，"厉决"对傅沉俞说，"我还是要感谢你救了季眠。"

傅沉俞挑眉，看着"厉决"伸过来的手，并不打算跟他握手，用那种他常用的、气死人不偿命的刻薄语气说道："不用谢，我救我的朋友是天经地义的，用不着外人来谢。"

阴阳怪气的话，嘲讽的意味十足。

空气凝固了一瞬。

Fox盯着季眠，嘴角挂着凉凉的笑意："季眠，到我这里来，我帮你解开脚铐。"

季眠背后一凉，想起自己还戴着脚铐，顿时炸毛了——这脚铐里搞不好有定时炸弹，他怎么把这件事给忘了！

季眠求助般望向傅沉俞："脚铐里可能有炸弹。"

傅沉俞勾起嘴角，脸上露出了一个与Fox相似的笑容。

"不用过去。"傅沉俞嘲讽道，"脚铐里根本没有炸弹。"

Fox的笑容一滞，季眠看着他，傅沉俞淡定地说："因为'我'没有这个技术，根本做不出来这样的东西。"

Fox："……"

他这下连笑容都挤不出来了。

自己成为自己的敌人，还真的是非常让人，恶心。

气氛一下变得紧张，所有人都被这两只笑得不怀好意的狐狸弄得后背发毛，感觉下一秒，他们就要杀了对方。

季眠开口打破了诡异的气氛："现在也不是讨论这个的时候，先想办法解救人质。"

他说话的条理越清晰，"厉决"就越觉得奇怪，渐渐地，看季眠的眼神不对劲起来。

季眠注意到，松了一口气，心想：还好，《陌路柔情》原著中的主角智商还是在线的，不像自己那个世界的厉决，到现在都没发现自己其实已经换了内里。

或许是经历过原主季眠死亡的场景，自己那个世界的厉决始终不愿意承认季眠已经死了，或者说，不愿意承认他后来遇到的那个季眠是另外一个人。

他坚信是因为他重生回来引起的蝴蝶效应，才导致改变了季眠的人生。

而原著中的"厉决"不一样，没经历过季眠死亡的事，刚才又亲眼看到平行时空这么神奇的事情发生，自然就会联想到，或许眼前的季眠不是之前的季眠。

那，之前的季眠去了哪里？

明明身体还是同一个人的，但是灵魂不是了？

针锋相对之后，换来了片刻的平静。

季眠提议大家心平气和地坐下来想想办法，其实只是在暗示 Fox 想想办法。这里是他的地盘，萨里的人是想要钱还是想要命，还不是 Fox 一个人说了算。

只可惜 Fox 看上去没有一点儿要帮忙的意思。

算了。

季眠转过头去看了一眼萨里他们的人。

折腾了几个小时，众人的精神都高度集中，现在放松下来便尤其疲惫，不少人已经在宴会厅原地吃饭。

季眠小声说道："先给人质弄些饭吃吧。"

"厉决"同意了季眠的提议，找了几个人给人质送饭。

萨里的人只是看了一眼"厉决"的动作，然后默许了。

季眠吃完面包之后，终于有时间问傅沉俞："你怎么过来的啊？"

傅沉俞说道："说来话长，回去慢慢跟你说。"

季眠点头，然后又问："那你们能在这边待多久？"

傅沉俞看了一眼时间："你决定，多长都可以。"

季眠松了一口气。

他还怕回去的时间太赶，解决不了这边人质的事情。

几千人在命运之轮上，而 Fox 又是真的干得出沉船这样的事情来的。

Fox 抬起眼皮问道："你们……高中的时候就认识？"

虽然他没有指名道姓，但显然问的是季眠。

他对另一个自己完全没有好感，而另一个自己同样仇视着他。

季眠心想，两边都是千年的狐狸，他谁也不能得罪，于是问什么答什么。

"幼儿园认识的。"季眠叹了一口气，"我们是邻居。"

"苏珞瑜"诧异地看着季眠："你……"

他终于在记忆的犄角旮旯里翻出了一段回忆："你是那个……那个季眠？"

总裁"厉决"愣了愣："你们认识？"

"苏珞瑜"说道："刚想起来，有点儿印象……小时候我们似乎是在同一个幼儿园读过书。"

不过，"苏珞瑜"还有半句话没说出来，记忆中，季眠似乎是个智力有问题的小孩。

"苏珞瑜"继续问道："那你们是……发小啊？我小时候也跟阿沉上的一个幼儿园。"

季眠摸了摸鼻子："算是吧。我们一个小学，后来是一个初中，也是一个高中的，大学没在一起读。"

"苏珞瑜"惊讶地问道："大学为什么不在一起读了？"

季眠喝了一口水："我读的警校。"

短暂交流过后，现场更安静了。

季眠小声问傅沉俞："你跟我妈说了没啊？我一声不响地消失了，她肯定要担心的。"

傅沉俞回道："说了。"

这一幕画面落到 Fox 的眼中，十分刺眼。

另一个世界的自己，一生都过得顺风顺水，虽然平凡，却十分幸福。

是因为他吗？

Fox 的视线落在季眠的脸上，凭什么，自己却没有遇到季眠呢？

Fox "啧"了一声，眼神沉了下去。

发小吗？

早已被遗忘的过去忽然在 Fox 的回忆中炸开，一幕幕场景呈现在脑海中，那是他充满无边黑暗的过去。

痛苦和绝望的情绪翻滚着，停留在了那一年的除夕夜。

他快死了，可是月亮依旧高悬在夜空中，不会朝他奔来。

而他，也从来没有拥有过月亮。

吃过饭，"厉决"跟萨里的人交涉，同时也同人质这边协调。

双方都同意破财消灾，即便有些人质不同意，此刻也不得不把自己身上值钱的东西拿出来。

毕竟萨里的人都有武器，他们要钱还是要命，一目了然。

季眠松了一口气，看着傅沉俞说："我们走吧。"

去哪里，他自然不用多说。

这边的人质已经被解救了，而萨里的人也得到了钱。

季眠在这个世界耽误得越久，就越害怕 Fox 做出什么疯狂的举动。就凭他跟 Fox 短短几天的交锋，他基本可以猜出 Fox 的性格，心中的不安感越来越强烈。

只可惜，就在他说完这句话之后，走到门口的萨里那伙人忽然瞪大了眼睛。

一阵混乱的声音响起。

季眠瞪大眼睛，等结束，才回过神来。

几乎没有任何怀疑，季眠转过头死死地盯着 Fox。

Fox 站在原地没动，嘴角却慢慢地勾起，月光笼罩在 Fox 的身上，让他看上去有着说不出的华丽感。

他吻了一下戒指，狡黠地眨了眨眼，张开双臂，绅士地说道："伟大的谢幕表演。"

小狐狸弯起了眼睛，十指交叉抵在下巴处，笑盈盈地说："季眠，我好像没有告诉你，你可以离开。"

一瞬间，原本埋伏在人群中持枪的人，瞬间将武器都对准了季眠等人。

现场情况突变,"厉决"跟"苏珞瑜"瞪大了眼睛,一副难以置信的样子。

季眠冷着脸,仿佛早就预料到 Fox 会忽然生事。

而同一个世界的厉决就不用说了,活了这么多年,也是受过 Fox 摧残的,对 Fox 的变态程度了如指掌。

但"厉决"并不知道 Fox 有多疯,同样,"苏珞瑜"也完全不知道自己的发小是个大恶魔。

在他们的印象中,Fox 是心理学专家,是年轻有为的知识分子。

"苏珞瑜"颤抖着声音开口:"怎么回事啊?厉决,这些不是你的人吗?"

"厉决"也脸色一变:"不是。"他停顿了一下,才又说道,"从一开始就不是……不是我在命令他们。"

"很聪明,答对一题。"Fox 慢条斯理地将西装口袋里的银边眼镜拿起来架在鼻梁上,他的模样本来就矜贵无比,如今看起来,还有几分斯文和绅士。

银边眼镜的链子垂在他的脸颊两侧,季眠被 Fox 笑眯眯地盯着,感觉就像被猛兽盯着一样毛骨悚然。

"苏珞瑜"抬头:"傅沉俞,这到底是怎么回事?你怎么——"

Fox 把玩着银链,笑道:"不知道你叫的是我,还是他?"他的目光瞬间落到了傅沉俞身上,"你好像不是很惊讶的样子,看来你非常了解自己。"

季眠紧张地回头看去,傅沉俞沉声道:"我跟你不一样。"

Fox 像是听到什么好笑的事情,笑道:"是吗?你扮演好人的样子真有趣。"

傅沉俞淡淡地说道:"激将法对我没有用。你想要什么。"

"你不是很了解自己吗?你猜猜我想要什么。"

说到这里,两个人不约而同地沉默下来。

倒是"苏珞瑜"紧张地开口:"有没有人能告诉我,这到底是怎么回事?季眠,你知道吗?"

季眠警惕地长话短说:"命运之轮的主人就是傅沉俞,除此之外,他还拥有另一个身份——Fox。"

"苏珞瑜"混律师这行的，跟警界也有着千丝万缕的关系，提起 Fox 这位警界头号麻烦人物，他一点儿也不陌生。

只是苏珞瑜完全没想到，Fox 竟然就在他身边。

"你胡扯的吧……"他喃喃自语。

季眠捏了一下眉心："厉决，你不是想知道谁绑架了……我吗？你手上有他感兴趣的东西，他想要拿我来威胁你，就这么简单。至于后来为什么他对你手上的东西又不感兴趣了，我就不知道了。以他的性格，或者他就是……随便玩玩。总之，我目前得到的消息是，Fox 告诉过我，如果我们之间的游戏失败，大家都会遭殃。"

"他疯了！""厉决"吼道。

"他本来就没正常过。"季眠脱口而出，然后连忙改口，"我是说 Fox！"

"苏珞瑜"脸色惨白地说道："不会的……"

他认识的"傅沉俞"待人处世温和有礼，谦逊无比，怎么可能是眼前这个疯子？

似乎要打破"苏珞瑜"最后的幻想，再一次被囚禁起来的人质们终于爆发了。

一个年轻人终于忍不住撕心裂肺地惨叫起来。

他一边惨叫，一边朝着大门狂奔。

季眠双眼通红地吼道："傅沉俞！你给我住手！"

Fox 慢条斯理地道："停。"

季眠喘着粗气，似乎想要把 Fox 撕成碎片。

Fox 微笑着转向傅沉俞问道："亲爱的另一个我，你还有什么话想对我说的吗？"

傅沉俞看起来并不是很慌，慢条斯理地开口："你知道我有什么跟你不一样的地方吗？"

Fox 没说话，只是看着他，就像看着一个死人。

傅沉俞说得非常欠揍："在遇到绑架案的时候，我会选择报警。"

"什么？""厉决"最先反应过来。他原本以为在茫茫大海中被 Fox 困在命运之轮上，已经毫无生还的可能性。

谁知道……另一个傅沉俞来了这么一句话？

就连季眠，都没想到傅沉俞会用这么……朴实无华但是有效的……一招。

正在这时，天空中传来了直升机飞行的声音。

众人抬头望去，数十架直升机盘旋在空中，狙击手已就位，无数红点落在乌托邦的大厅中。

傅沉俞趁机猛地抓住季眠的胳膊，往安全的地方滚去。

而这个动作，彻底激怒了Fox。

傅沉俞将季眠推到了安全的地方，瞬间跟Fox缠斗在了一起。

枪被他们踢到了一边，如今两个人是赤手空拳地打斗，谁也没有手下留情，都是奔着弄死对方的目的去的。

两个人不管是身手还是力量，都是旗鼓相当的。

季眠被推开后，现场的人才反应过来。

在混乱的场面中，"厉决"大吼了一声："季眠！"

他条件反射地冲到季眠身边，企图保护他，跑到一半就发现自己犯了错误。

之前季眠以迅雷不及掩耳之势踹飞了一个大汉。

季眠转头看着他，猛地一拳砸飞了正要攻击"厉决"的人，怒了："你上来给我添乱干什么！"

"厉决"心说：说出来你可能不信，其实刚才我是想来救你来着……

季眠解决完这边的人，果断地把所有的武器都毁掉了。

当然，他之所以行动这么顺利，也是因为有国际刑警在直升机上，狙击手瞄准了不少敌人，辅助季眠进行人质疏散。

人质疏散到一半，命运之轮上忽然响起了巨大的爆炸声。

傅沉俞一拳砸在Fox的嘴角，面对自己的脸，砸得毫无负担。

Fox的银边眼镜终于碎裂，碎片落在地上，鼻梁上只剩下眼镜框。

季眠质问他："为什么会有爆炸声？"

Fox舔了一下嘴唇："你猜呢？"

"猜个鬼啊！"季眠有点儿崩溃，Fox居然真的在船上放了炸弹。

爆炸声从四面八方传来。

Fox……这个疯子！

直升机已经迫降，不少刑警从直升机上下来，可是要疏散几千人，这点儿警力还是杯水车薪。

混乱中，同一个世界的厉决吼道："这游轮坚持不了多久！船舱已经进水了，游轮在下沉，船头也爆炸了！"他看着傅沉俞说，"我们必须立刻回去。这里有国际刑警会帮助他们，傅沉俞，就是为了季眠，我们也必须马上回去！"

就在这时，Fox出其不意地拽住了季眠，傅沉俞抓住Fox的手臂，Fox侧踢，迫使傅沉俞松开了季眠。

季眠微微一愣，接着就对Fox进行反击，只可惜晚了一步，傅沉俞瞬间身体紧绷："季眠！"

忽然间，命运之轮的甲板以迅雷不及掩耳之势裂开。

"嘎吱嘎吱"的声音就像是死神演奏的亡灵曲，召唤着所有生灵。

季眠感觉眼前的一切景象都开始慢放起来，傅沉俞失控的表情出现在他眼中。

Fox死死抓着他不放手。

凌晨的海面上，这艘号称造价十亿的庞然大物缓缓地裂开，成为两半。

季眠在生命的最后一刻，不知道哪里来的力气，手肘重重地往Fox的脸上撞去。

"你放开我！"季眠挣扎着，两个人不停地坠落，下落的过程中，不知道撞到了什么尖锐的东西，季眠听到Fox闷哼了一声。

直到临近海面的那一刻，季眠感到绝望，眼眶红了。

然后，他的身体忽然停止坠落。

Fox单手抓住了倒下来的桅杆，季眠被他死死地抓着。

"你别妄想我会跟你一起死。"季眠凶狠地说道。

"嗯，知道。"Fox说，"我只想让你多陪我一会儿。"

季眠听完这话，不知道为什么觉得有点儿古怪。

他抬头看向Fox，对方却说："我骗你的。"

季眠心里"咯噔"一下，然后感觉自己被推开。

Fox的力气大得可怕，季眠直接被连推带塞地扔到了一处被硬物砸出来的凹陷地方。

季眠这才发现Fox身上布满大大小小的伤口，难怪他闻到了那么刺鼻的血腥味。

而 Fox 的胸口处是一道致命伤，应该是他发出闷哼的时候被戳的。

"你又想干什么？"季眠警惕地看着他。

Fox 看着他，脸上还是挂着从容的笑容，轻声道："季眠，如果……我是说，如果……"

他的眼睫垂着。

季眠正等待着他说下去，就在这时，船身又剧烈地震动起来。

Fox 抓着的桅杆顿时断裂成两截，而他也再没有力气维持这个动作。

就像画面慢放一样，Fox 诧异地看着自己空荡荡的双手，然后朝着无穷无尽的黑暗中掉落。

季眠茫然的表情，深深地刻在了 Fox 的脑海中。

他身下是万劫不复的深海，海水冰冷刺骨；抬头，是皎洁的月光。

那句没说完的话，随着他一起沉没在深海中。

——季眠，我是说如果……
——如果有来世，我可不可以先遇到你？

我这一生，本来就是不值得的。

他想。

"吱……吱……吱……"

闷热的夏天，烈阳当空，热浪在窗外翻滚，旧式空调外机发出轰鸣声。

他好像从一场深不见底、冰冷刺骨的大梦中醒来。

"傅沉俞！傅沉俞，别躲在家里啦。"

窗户被人用抓知了的杆子轻轻敲响，Fox 似乎才回过神，下意识地摸了摸无名指，上面并没有戒指。

他茫然了一瞬，然后遵循本能推开窗。

滚烫的阳光侵袭了他的卧室。

季眠穿着白色的短袖，短裤也被他挽了几圈，脚下是一双板鞋，戴着随处可见的黄色草帽，鼻尖冒着细小的汗珠，笑容干净地朝他挥了挥手："傅沉俞，下来一起抓知了嘛。"

他的模样不过十三岁，是初中生的样子。

他的身边还有个不到他的腰部的小女孩，脖子上挂着小水壶，"吭哧吭哧"地在地上挖土。

小丫头的腰上还有个玻璃瓶，里面有四五只知了撕心裂肺地叫着。

她仰着头："二哥，你下来的时候给我带根冰棍，我好热啊！"

"傅沉俞，我也要吃！"季眠连忙举手。

Fox看着眼前匪夷所思的场景，身体比他的思维更快，不由自主地动起来。

他找到了客厅里的冰箱，拿了几根冰棍，小心翼翼地走到楼下。

花园里还有一个戴着草帽的男人在忙碌，他一屁股坐下，手上也拿着粘知了的杆子。

"这小区里怎么会有这么多知了。"林建一把草帽捏在手中扇着。

季眠笑盈盈地跑过来，摸着自己的下巴在Fox手中的冰棍间挑来挑去，然后选了自己最喜欢的菠萝味，还有林芸最喜欢的草莓味。

"这个给小芸。"季眠替林芸撕开了包装袋。

"林叔叔，你要吃什么口味的啊？"季眠转头问道，看见Fox手中没有冰棍了，又抬头问，"你怎么没给林叔叔拿啊？"

Fox愣了一下，喃喃自语："忘了。"

林建一摆手，笑着说："我不吃了。你们也吃快点儿，不然你妈回来了，看见你们偷吃冰棍，又要找我算账了。"

"知道了，爸爸！"林芸连忙回答，然后争分夺秒地啃着冰棍。

季眠被林芸做贼心虚的样子给感染了，好像也觉得偷吃冰棍是什么十恶不赦的坏事，连忙扯开包装袋，然后将冰棍递给Fox："傅沉俞，你吃吗？"

"我吃吗？"Fox重复了一遍，然后忽然笑了，"当然，我很喜欢吃冰棍。"

季眠跟着他笑，猫儿一样漂亮的眼睛弯成了月牙："下次吃你喜欢的口味。等一下宁阿姨要做晚饭了，吃多了，晚上我就吃不下。"

Fox"嗯"了一声，季眠像个小话痨："你暑假作业做完了没啊？我还有几道数学题不会，等一下你让我看看你写的……"

季眠有说不完的话，充满期待地问："明天我们一起去图书馆好吗？"

Fox沉默了一瞬，欣然答应："好。"

几个人刚吃完冰棍，宁倩就跟保姆回来了。

林芸还没来得及销毁证据，就被宁倩抓个正着。漂亮温柔的女人佯装生气，对林建一说："你就惯着他们。上回小芸吃多了冰棍，大晚上的得了肠胃炎跑医院，还没吃够教训？"

林建一笑道："偶尔一次，不要紧的，这么热的天，孩子吃点儿没什么。"

宁倩蹲下收拾了林芸滴在领口的糖水，瞧见季眠，笑道："眠眠快进屋休息，让小沉一个人在楼下抓知了。"

季眠擦了把汗："宁阿姨，我帮傅沉俞一起抓。"

林建一也说："三个人抓，动作快些。马上要中考了，小区的知了吵得小沉睡都睡不好，他还怎么专心备战中考？"

宁倩说："我没文化，讲不过你们。你是当官当上瘾了，在家里还打官腔。"

Fox愣愣地看着宁倩，宁倩回过头说道："你热傻了，看妈妈干什么？"

他翕动了一下嘴唇，艰难地开口："妈……"

"嗯？"宁倩边走边自然地回答他，然后把买来的菜都放到厨房里，声音从厨房里传出来，"晚上吃鱼呀。你们抓完知了后就赶紧洗手。"

夕阳西下，季眠终于抓完了知了，足足二十多只，都放进了篮子里。

耳边清静了不少，他拍了拍手，一抹鼻尖："这样你就能好好复习了！"

Fox应了一声，感受着吹拂在脸上的晚风，小区里嬉闹的孩子都回家吃晚饭了，家家户户点起了明亮温馨的灯。

宁倩和保姆忙活了两个多小时的晚饭也出来了，她刚把鱼端上桌，门口就来了人。

季眠放下遥控器，"噔噔噔"地跑去开门，看到林敏芝站在门口，欣喜地喊道："妈妈！"

林敏芝手里还拿着一盒蛋糕，季眠爱吃甜的东西，眼睛一下就亮了起来。

"嫂子来啦？"宁倩比林敏芝小，两家孩子玩得好，她就一直管林敏芝叫嫂子，"怎么还买了蛋糕？哎呀，破费了。"

"小沉过生日，我下午在公司里忙，也没来得及过来。"林敏芝进门。

大人们说话，小孩子就不参与了。

季眠兴高采烈地抱着蛋糕，像煞有介事地放在茶几上。

Fox好奇地看了一眼林敏芝，然后又看着桌上的蛋糕。

季眠已经趴在桌上，就差流口水了："是水果蛋糕，傅沉俞，上面还有草莓。"

他认认真真地数了数有几颗草莓，正儿八经地分配着："这颗最大的给你吃，这个给林叔叔吃，这个是宁阿姨吃，还有小芸吃……我吃……"

Fox问："今天……是我的生日吗？"

"当然！"季眠直起身体，捧着脸，"傅沉俞，你有什么生日愿望吗？"

然后，他猛地补充了一句："啊，不行！现在还不能说，说出来的生日愿望就不灵验了！"

"你们俩嘀嘀咕咕什么呢？赶紧过来吃饭了。"宁倩把饭菜都上齐了。

Fox被季眠推着肩膀坐到了位子上，宁倩笑盈盈地坐在他旁边，饭桌边有他的继父林建一、他妹妹林芸、他最好的朋友季眠，还有林阿姨……

宁倩给三个孩子一人盛了一碗汤，Fox犹豫了一瞬，拿起汤，仿佛是验证什么，喝了一口。

汤不热，也没有味道。

季眠被烫得差点儿把汤吐出来，然后表情扭曲地喝下去，仰着小脸称赞道："宁阿姨做的汤好好喝！"

"看你急的。"林敏芝又好气又好笑，"拿勺子喝呀。看看人家小沉，都没你这么猴急。"

宁倩被季眠逗得直笑，林芸也在一旁奶声奶气地说："眠眠哥哥好像小朋友！"

Fox 的小狐狸眼弯了起来，宁倩给他夹了菜，温柔地说道："多喝鱼汤对记忆力好。汤好喝吗？"

"好喝。"尽管他尝不出任何味道，他还是端着碗一口一口地喝着，直到碗里的汤一点儿也不剩，"妈。"

宁倩回头："怎么了？"

Fox 看着她说："没什么。"他平静地继续说道，"我好想你。"

宁倩在他的脑袋上揉了一把："干吗呀？就一下午没见，我们家小沉也学会说漂亮话哄妈妈了啊？"

晚饭过后，林敏芝买的水果蛋糕被端了上来。

蛋糕最上面的草莓早就被季眠安排得明明白白，他主动请缨地要为 Fox 插蜡烛。

十三根蜡烛被他整整齐齐地插在蛋糕上。

林建一道："我有打火机，我来点吧！"

林芸从宁倩的腿上跳下来，欢天喜地地去关了灯。

客厅里，只有蛋糕上面的烛光在跳跃。

季眠慎重地说："傅沉俞，你现在可以许愿啦！"

Fox 低垂着眼睫，在跳动的火光中，睫毛投影在脸上，有着说不出的安静感。

他抬起头，看见的是宁倩温柔的目光以及季眠雀跃的眼神。

他顿了一下，轻声开口："这是，很好、很值得的一生。"

Fox 吹灭了蜡烛，眼睫颤动，然后合上。

所有的光芒和温暖在这一刻像潮水般退去。

冰冷的海水翻涌而上，吞没了他生命中最后的意识。

"傅沉俞！！"季眠大口大口地喘着气，拼命抱着唯一的支撑点。

命运之轮还在沦陷，季眠的安全位置并没有维持多久，随着船身解体，他也在不停地下落。

季眠一开始还有力气挣扎，后来力竭，往下摔了五六米。

他完全不能判断自己在什么地方，等落到实地上时，勉力站起，被眼前的场景震撼到了。

海平面上，命运之轮断成两截，垂直地快速沉没在大海之中。

唯一万幸的是，傅沉俞警报得早，国际刑警正在有条不紊地营救人质，那些无辜的人乘坐在小船上，劫后余生地抱在一起大哭。

季眠由衷地松了一口气，还好，没有……没有害死那么多人。

"季眠！"

他正发愣时，听到了傅沉俞的声音。

对方的模样看起来不比他好到哪里去，也十分狼狈。

季眠连忙跑到傅沉俞身边，说道："他死了。"

傅沉俞顿了一下，才说道："活该，他还想逍遥法外吗？"

同一个世界的厉决在一旁阴阳怪气地说道："思想觉悟高了啊。"

季眠说道："好了，事情都解决了，这一次我们是真的要回去了。"

黑夜已经过去，黎明正在悄悄来临。

夜空中泛起鱼肚白，太阳缓缓升起，而月亮似乎也没有下落的意思。

"深海之星"在傅沉俞的手上散发着瑰丽的光芒。

随后赶来甲板上的"厉决"和"苏珞瑜"停下脚步，怔怔地看着他们。

甲板上因为直升机降落，掀起了一阵狂风。

下一刻，滚烫的阳光与清冷的月光交汇，"深海之星"光芒大盛，海面上的所有人都见到了奇迹般的一幕场景。

季眠闭上了眼睛。

傅沉俞低声道："睡醒了，一切就结束了。"

季眠的身体无力地瘫软，沉沉地睡了过去。

"深海之星"的光芒越来越亮，傅沉俞踏入光芒中。

同一世界的厉决伸了个懒腰，随后跟着一只脚跨进光芒中。

然后，他听到了声若蚊蚋、有些茫然的呼唤："厉决……"

厉决如遭雷击，仿佛被人死死地定在原地。几秒后，他强迫自己转过头去。

原本应该沉睡的季眠此刻已经醒来，跪坐在地上，表情茫然，双眼纯净如孩子，嘴唇微张，似乎没明白自己睡一觉起来，怎么外面就天翻地覆了？

以他的智力，他还无法思考这么复杂的事情。

于是，他只能看到自己最信任的人——厉决被笼罩在奇怪的光芒中。

季眠表情害怕，小声重复道："厉决……"

季眠现在的表情，是厉决无比熟悉的、以前的季眠的表情。

厉决瞬间疯了一般企图从光芒中走出来。

但"深海之星"的光芒犹如一层透明的玻璃，拦住了厉决走向季眠的脚步。

季眠疑惑地将手指贴在光壁上，胆怯地问："你要去哪儿啊？"

厉决震惊得一句话都无法说出，嘴里尝到了一丝血腥味。

光芒正在一点点地消散，厉决的身影也越来越模糊，他说话的声音碎成了一片一片的："季眠……季眠……对不起……"

月亮沉下，太阳照常升起。

季眠茫然地跪坐在甲板上，面前的光芒瞬间消失。

季眠这一觉睡得很沉，什么梦都没有做。

一觉醒来，他神清气爽，睁开眼，看到的是熟悉的天花板。

那盏素色的北欧风的吊灯是季眠在家具市场千挑万选买的，季眠往下看去，电视机嵌在墙内也是他的想法，还有柜子、门，这个家里的一砖一瓦都是他用心布置的。

原本它们看起来都平凡无奇，但是经历了那么多匪夷所思的事情后，这一刻看到这些生活中很普通的小东西，季眠鼻子很酸，眼眶也很红。

就在他有点儿伤春悲秋的时候，重物落地的声音让他从伤感中回过神来。

季眠连忙下床，走到窗口。

声音是从院子里传来的，季眠往下一看，就看到了傅沉俞跟厉决。

只不过，傅沉俞是站着的，而厉决是坐着的。

并且，显而易见，后者是摔下来的，而且摔得还不轻。

季眠连鞋都来不及穿，就"咚咚咚"地往楼下跑去，直到确认了傅沉俞是个有心跳的"大佬"，悬着的心才彻底平静下来。

他又看向厉决，这才发现厉决的状态非常差。

季眠不知道他回来之后发生了什么事，只能用疑惑的眼神看着傅沉俞。

傅沉俞什么也没说，季眠看着他的表情就知道，有些事情不该问，问了只会让事情变得更难办。

当然，现在让季眠更加在意的是——小区里很多人看过来了啊。

他自己只是意识穿越，傅沉俞把他的身体保护得很好，他穿着睡衣，干干净净的。

但是傅沉俞还有厉决，那真的不能看。

命运之轮爆炸后，他们俩身上有着大大小小不同程度的伤口，衣服也损坏了，脸上还脏兮兮的，说是像乞丐都客气了。

现在他们已经被小区里出来准备跳广场舞的阿姨们盯上了。

阿姨们神色微妙，还有人拿出手机来，像是要报警，有的看着季眠他们这边窃窃私语，让季眠芒刺在背。

"先进屋！"他扶额，"洗个澡，换身衣服。"

等傅沉俞收拾好出来，季眠问："我睡着之后，发生了什么事吗？"

傅沉俞低垂着眼睫看着他："你想听？"

季眠好奇心犯了，点了点头，傅沉俞扯了一下嘴角："那你先解释。"

季眠的脑袋上冒出大大的一个问号。

傅沉俞面无表情地开口："什么叫作'切记远离傅沉俞'？"

季眠的大脑当场一片空白。

这句话他并不陌生，在他刚穿越来的时候，一笔一画地写在纸上的。

他……他不是已经把这本日记给撕了吗？不会漏掉什么东西了吧？

虽然自己再一次穿越进《陌路柔情》的小说中，并且傅沉俞还找过来时，他就做好了准备，可能自己唯一的秘密也守不住了。

但真的等到傅沉俞秋后算账时，季眠的心还是凉了半截。

傅沉俞……看到了纸条？

他看到了多少内容？

自己还在上面写了自己是穿越者啊！

"心虚了？"傅沉俞阴恻恻地问道。

季眠慌张得舌头打结："你……你看到了啊？"

傅沉俞："我要是没看到，还要继续被你蒙在鼓里吗？"

季眠瞠目结舌，心中掀起滔天巨浪，艰难地开口："傅沉俞，你听我说，我……"

傅沉俞凉凉地说："看不出来，你小时候这么讨厌我啊。"

季眠呆愣了一瞬。

傅沉俞那阴阳怪气的声音又响起了："讨厌到写在日记里，时时刻刻提醒自己远离我？"

季眠愣了愣："还有呢？"

他是穿越者的事情呢？傅沉俞难道没看到吗？

还是说，自己上次没撕干净，凑巧被傅沉俞看到了一部分？

季眠的心脏跳得飞快。

还好啊！关键部分被自己撕了，不然都不知道傅沉俞看到那些内容后，自己怎么跟人家解释。

既然都有平行宇宙了，傅沉俞恐怕也能相信穿越的事，可他能接受自己只是在一本书当中吗？

傅沉俞眼神晦暗不明，过了一会儿，才笑道："还有什么内容是我不能看的？"

"没有啊！"季眠立刻否认，"我……我小时候，童言无忌啊。"

他急急忙忙狡辩的模样把傅沉俞给逗笑了。

季眠知道自己被耍了，但是做贼心虚，因此没生气，就嘀咕着："傅沉俞，你够了啊。"

他解释道："而且我小时候没有讨厌你，我不讨厌你的。"

"嗯。信了。"傅沉俞那个吊儿郎当的模样，一点儿也不像是相信的样子。

算了，季眠想，总比傅沉俞知道自己是穿越者好。

唯独这事，绝对不能和傅沉俞坦诚相待。

客房门"咔嚓"一声响，拯救了季眠。

他立刻找借口逃出了卧室，正好看见厉决换好了衣服。

"你好点儿了吗？"厉决开口。

季眠回过神，意识到他在问自己："还行，我只是意识穿越过去，身体没怎么受伤，倒是你跟傅沉俞才是，一会儿去医院检查一下吧。"

厉决问了一个很古怪的问题："你……还记不记得，你身体哪里受伤了？"

季眠摸了摸鼻尖，下意识地回答："好像是……手腕、脚踝，还有后背吧……没有致命伤。"

这时傅沉俞从卧室里出来了，季眠便说道："我送你们去医院吧。"

季眠昏睡的这几天，除了傅沉俞和厉决，其他人并不知道。

傅沉俞替季眠请了假，对林敏芝说出去旅游散心，厉决还是误打误撞发现傅沉俞的行为不对。

他当时以为傅沉俞因为某种自己不可告人的秘密，打算把季眠给解决了。

毕竟厉决是认识 Fox 时期的傅沉俞的，知道这个变态什么事都做得出来。

在医院做了检查，两个人身体情况都还行，问题不大。

为了庆祝这次死里逃生，季眠晚上的时候跟傅沉俞去好好吃了一顿，还喝了点儿酒。

季眠喝晕了就会变成小话痨，他自己喝，不让傅沉俞喝，理由是傅沉俞身上有伤，要保重身体。

季眠喝多了就睡着了，傅沉俞将他扶回房间，然后走到楼下。

院子外，厉决站了很久，似乎在等他。

傅沉俞隔着栅栏和他对视了一眼，没说话，最终是厉决敲了敲门。

"傅沉俞。"他问，"'深海之星'在你这儿吗？"

傅沉俞淡淡地开口："使用过一次之后，要等一百年之后才能用第二次，你拿回去也没用了。"

"我知道。"厉决说道，"我就是想留个念想。"

顿了一下，他苦笑了一声，笑得比哭还难看："说不定我命好，还能活一百年呢？"

傅沉俞想说，你活得了一百年，未必"那个人"也活得了。

不过最后他还是什么都没说，将"深海之星"连盒子一块儿扔给了厉决。

"随便你。"

厉决打开盒子，"深海之星"的光芒已经完全消失，看上去如同一颗普通的钻石。

他看了很久，才将它收起来。

时空穿越这件事，成了一个秘密。

从那天之后，三个人闭口不谈遇到的一切事情。

季眠养了几天伤后，正式回归到岗位上，后来还在处理几个案子时遇到了苏珞瑜。

苏珞瑜年纪轻轻就已经是律师界冉冉升起的新星了，接手过几次大案子，名气越来越响。

两年后，傅沉俞辞了工作，跟几个朋友合作开了个工作室。

林敏芝这几年也退休了，公司全权交给季尧管理。

傅勇在傅沉俞的帮助下，也渐渐融入社会，现在正在儿子的工作室里帮忙。他也不服输，一大把年纪了，还跟着年轻人学编程序，项目也做得有模有样。

林建一自然不必说，已经在建京留了下来。

林希从国外回来之后选择了跟林建一一样的从商道路。

转眼间，林芸也快大学毕业了。

小姑娘像她妈，出落得亭亭玉立，学的是播音主持，打算留在建京，做个主持人。

季眠偶尔打开电视，还能看到林芸播报的天气预报节目。

厉决作为"富二代"，早早就继承家业，如今也做到副总裁这个位置，董事会的人对他没有不服的。

他到南方出差的时候，基本都会来同城找季眠他们吃顿饭。

这些年，他将大把的钱拿来做了公益，一直参与林敏芝"与爱同行"的公益活动。

林敏芝因季眠小时候的事，对残障群体格外关注，而厉决不知道出于什么原因，一声不吭地跟着林敏芝到处跑。

起初媒体报道时，说厉决的行为是有钱人作秀，后来他日复一日地坚持，反而没人再关注他了。

除此之外，他还去了很多地方。

不管是去高山还是大海、森林还是冰川，厉决始终带着"深海之星"。

也有太阳和月亮同时升起的时刻，但"深海之星"寂静地躺在盒子中，暗淡无光。

次数多了，厉决从原本的抱有希望变得麻木不仁。

今年过年的时候，网上传得沸沸扬扬的，说二十一世纪最大的一次日全食最佳观测地点，就位于同城。

正好是接近跨年的时间，警察局也忙得要死，季眠请不出假去欣赏日全食，傅沉俞只好陪着他跑来跑去。

好在没什么大案子，赶在日全食这一天，季眠终于空闲下来，跟傅沉俞跑到同城市中心的大钟下面一起等待着。

原本他们还约了苏珞瑜的，结果人太多，挤着挤着就走散了。

厉决没跟他们在一块儿，作为富豪，他当然要在钟对面的米其林空中花园餐厅中，选择最好的视野，一边喝茶一边观看。

侍应生添了两次茶水，终于到了下午五点。

原本还明亮的天空因为太阳被缓缓遮蔽，变得十分昏暗。

人群中发出惊呼声，众人纷纷举起手机拍摄这壮丽的景观。

日全食景象只有短短的十几秒，结束之后，众人还在惊叹宇宙的魅力。

餐厅里，厉决的手机正在不停地振动，四个人的小群中，季眠正在兴奋地分享自己拍到的日全食照片。

傅沉俞没说话，苏珞瑜倒是一直在附和季眠，还发了自己在律师所拍到的照片。

刚重生的时候，厉决完全没想到，有朝一日，他、季眠、傅沉俞还有苏珞瑜能成为朋友，还能拉个群天天聊天。

所以时间真是个神奇的东西，有时候你觉得有一辈子都过不去的坎，其实只是因为你年纪还小。

时间一长，人长大了，放下的东西多了，年少时的执念似乎就淡了。

傅沉俞偶尔会问他一句，"深海之星"现在是什么情况。

厉决也坦然回答，什么情况都没有。

观看日全食结束之后，厉决拿出"深海之星"看了一眼，毫无动静。

接着，他像是终于认命一般，将"深海之星"放在了桌上。

都结束了，厉决转身朝大门走去，这一次，再也没有带走"深海之星"。

在他走出餐厅大门的那一刻，隔壁桌一个戴着墨镜的小女孩歪着头看着天空。

半晌，那孩子"哇"了一声，用天真童趣的声音说道："妈妈，天上有两个太阳！"

然后，一个温柔的女声响起："另一个不是太阳，是月亮。"

黄昏之时，日月共存。

干净的桌面上，被遗弃的"深海之星"正散发着幽蓝色的光芒，如同奇迹般的星辰。

番外二

"警察同志，事情就是这样的。"

穿着橘红色马甲的环卫工人面对警察时还有些紧张，说："昨天日全食，看的人多，地上垃圾就多。我一大早就上班扫地了，然后就看见他躺在垃圾桶旁边睡觉。我以为他是死人呢，一看还有呼吸，把他叫起来，结果他一句话也不说。"

警察抓到了关键点："一句话也不说？"

环卫工人点头："对，好像是个聋哑人。"

警察转过头望去，那个少年乖乖地坐在警局大厅里，双手放在大腿上，坐姿笔直，不知道年纪多大，看上去二十岁都不到的样子，穿得也算是整洁，估计是在垃圾桶上睡了一晚上，所以上衣有一点点脏。

但他整个人看起来很干净，绝对不像是流浪很久的人。

环卫工人说："我们也没办法，就想着把他带来警察局，你看看，就是这么个情况。"

警察点头："好的，大爷，辛苦你了，你做个笔录就能走。"

环卫工人连忙摆手："不辛苦，不辛苦，你们辛苦。你说，这个娃娃长得这么好看，怎么就不能说话呢……"

大爷一边说一边去做笔录。

警察看向这个年轻人，想和他交流，温和地说道："这位……帅哥，能开口说话吗？"

年轻人小心翼翼地看着他，警察打了个激灵，当时就觉得有点儿不对。

这么干净清澈的眼神，只会出现在小孩的脸上。

眼前的人智力有问题？

这是警察脑海中冒出的第一个想法。

他们也没少遇到一些群众来报案，说因为房间门没有关紧，他们智力有问题的亲人一不小心就走失了。

今年就发生了好几起这样的案子，能找到的都是幸运的，也有些人就这么走丢了，一辈子都找不到了。

警察找了一个女警过来陪同，缓解年轻人的焦虑，果然，当年轻人看到一个较为温柔的女性时，防备的感觉减轻不少。

男警察指了指自己："我们是警察，请你相信我们，我们不会害你。"

年轻人终于有了一些动静，抬眼打量着警察。

警察露出一个十分具有亲和力的笑容："我们会帮助你的。你能开口说话吗？"

年轻人幅度很小地点了点脑袋，有点儿怕的样子。

警察说道："没事，不要紧，我们慢慢来。我问一个问题，你就答一个好吗？"

得到年轻人的允许之后，警察轻声细语地问道："你知道你的名字吗？"

过了好久，年轻人才说："眠眠。"

警察在内心下定论道：反应迟钝，看来智力确实有些问题。

眠眠？没有姓啊……这不好查。

"那你知道自己今年多大吗？"警察又问。

"二十一。"眠眠认认真真地回答。

"知道家住哪里吗？"警察继续问。

眠眠的眼神有点儿茫然，他下意识地摸了一下自己的脖子，原本应该悬挂着项链的地方空空如也。

警察迅速判断：是不是脖子上原本挂着家人的联系方式或者地址？看来，他已经不是第一次走丢了。

"没事，不知道也没关系，我们会帮你找到回家的路的。"警察长舒一口气，继续问，"那你知道你家里有哪些人吗？"

这下眠眠知道了，漂亮的眼睛弯了起来："有哥哥。"

不是说有爸爸妈妈，是说有哥哥？

父母不在吗？

"平时谁照顾你啊？"

眠眠的表情又茫然起来，他双手抓着衣角，像做错了事情，小声道："哥哥。"

"好吧，好吧。"警察暂时不追究这个，问道，"那你哥哥的联系方式，你知道吗？"

眠眠听不懂这句话，紧张地看着警察。

警察连忙说道："没事，没事，听不懂也不要紧，不是每一句话都需要回答的。你不用害怕，没事的，好吗？"

询问了一上午，没问出什么有用的消息，警察只好先去信息科匹配一下年轻人的信息，但同城一共有几千万人，他们只是一个小小的派出所，通过匹配找人，无疑是大海捞针。

中午吃饭的时候，警察出来，发现眠眠已经不坐在凳子上了。

他心里"咯噔"了一下，三步并作两步往外走，发现人站在食堂门口，隔着玻璃傻兮兮地看饭菜。

他饿了？

自己倒是没注意到这点，警察内心有点儿愧疚。

"眠眠，是不是饿了？"警察问。

眠眠收回放在饭菜上的视线，不好意思地点了点头，耳根都红了："看看。"

他可能想表达，自己只是看看别人吃饭，没有要偷的意思。

警察看他的智力水平，大概连个十岁孩子的智商都没达到，想到自己的儿子，心软成了一片。

"走，我带你去吃饭。"

警察在食堂打了一份饭，还要了一瓶温牛奶，给眠眠带去。

眠眠看了一眼饭菜，没急着吃，乖乖地坐着。

警察以为不合他的胃口，问了一句："怎么了？你不喜欢吃这些菜吗？"

眠眠摇头，礼貌地说："要洗手。"

饭前要洗手，他吃饭才不会生病。

警察心想：这也太乖了吧，哪家的小孩养得这么好？

警察带眠眠去洗手，眠眠认认真真地按照医生教的洗手方式洗了一遍，六个步骤都做全了，才擦干净手开始吃饭。

他的胃口还不小，或许是饿得太久了，他将饭菜吃得干干净净。

警察想，大概也是他们家里人教的，让他不要浪费粮食。

这么一看，眠眠在家里应该是很受珍视的，走丢了一晚上，他家里人应该很着急，到处找他才对，没道理现在还没查到报警信息啊？

他一个智力不足的孩子，总不能是从外省过来的吧。

到了下午，派出所忙碌起来，警察要出去处理其他事情，只能把眠眠留在大厅里。

好在眠眠很乖，没事的时候也不闲着，就拿着警察大厅的报纸看，坐得也规规矩矩的，像小朋友一样。

他看了很久，女警发现他没翻页。

走近了女警才知道，眠眠不认识字，只看图片，而且格外喜欢有小汽车的图片。图片看完了，他就翻下一份报纸或者杂志。

如果看到杂志里一些模特的衣服穿得比较少，眠眠还会把自己的眼睛捂住翻页。

女警被他的可爱逗乐了，看他一个人在那儿乖乖地找事情做。

她灵机一动，想起自己包里还有一本给小侄女带的童话书，连忙拿出来递给眠眠："眠眠，杂志看完了可以看这本。"

童话书的名字叫作《狼来了》。

眠眠看到彩色插图，眼睛弯了起来，摸了又摸。

女警忍不住像逗小孩子一样逗他，指着封面上的狼问："眠眠，你知道这是什么动物吗？"

眠眠小声说："狗。"

女警"扑哧"一声笑了出来，纠正他："这是狼。"

眠眠眼里浮现疑惑之色，他将信将疑地点了点头，在自己的脑子的资料库中更新了对这个动物的认知。

这个不是大狗狗，是狼。

警察是不会骗人的。

同城公安局的人来派出所办事，拿点儿资料，来跑腿的人是同城公安局宣传科的实习生，今年刚进公安局上班，走出大厅的时候，看到有个熟悉的身影坐在派出所的床边看书。

实习生脚步一顿，脑子里不由自主地想：季队在这里干什么？

那背影他不会看错，一看就知道是季眠。

只是季队好像没穿警服，还在看什么文件的样子。有什么事情是需要他亲自到派出所来一趟的啊？

实习生因为着急回去完成报告，所以也没仔细想这件事。

反正，刑侦队那边的人办案子总是跑来跑去的。

厉决最后还是拿回了"深海之星"。

他想来想去，还是将"深海之星"还给傅沉俞比较好，毕竟这本来就是傅沉俞的东西。

不过，要让他主动联系傅沉俞，那是一件比登天还难的事情。

厉决思考了一下，还是联系季眠吧。

正好他今天有事要路过同城公安局，这个点季眠应该还在公安局里。

这么想着，厉决直接开车去了同城公安局。

结果不巧的是，季眠似乎不在。

公安局大厅的接待员认识厉决，开口道："季队今天有事出去了，你有什么话要跟他讲的，可以直接告诉我们。"

"我送个东西。"厉决犹豫了一下，还是没把"深海之星"放在公安局。

虽然公安局非常安全，但这毕竟是价值连城的东西呢……弄丢了季眠不得当场把他给揍翻？

"王姐，你们在聊季队啊？"刚才跑腿回来的实习生把资料放在前台，"我刚从白杨街派出所回来，看到季队就在那边办公呢，离这儿不远，十五分钟车程就到了，我估计他现在还没走。"

实习生对厉决说："你不嫌麻烦的话就跑一趟吧。"

厉决有车，当然不嫌麻烦。

"深海之星"在他手里被抛来抛去，完全没有价值连城的钻石的尊贵。

白杨街派出所距离公安局只有十五分钟的车程，就是红绿灯多，加上堵车，厉决花了半小时才到。

季眠不是经常到白杨街这边办事情，所以厉决走进派出所大厅的时候，前台接待的女警不认识他，例行问道："有什么事？"

厉决说："我来找季眠。就你们那个总局刑侦一队的副支队。"

季眠年纪轻轻就坐上了副支队的位置，在同城的警察局内算是一个名人。

女警犹豫了一下，似乎听过这个名字，但是不太了解是谁，说道："请稍等，我帮您联系一下。"

厉决无所事事地站在大厅里，一边看着跳动的电子屏幕，一边用手把玩着"深海之星"的盒子。

然后，他感觉有人用手拍了拍他的背，力气轻飘飘的，像是猫咪抓一样。

厉决下意识地回过头，一张熟悉的脸出现在眼前。

是季眠，没穿警服，穿着睡衣，厉决只觉得有一点儿奇怪，但是并没有多想。

他说道："我刚才还在找你呢。我先把'深海之星'给你，你下班之后拿去给傅沉俞……"

厉决的话没说完，因为这位"季眠"见到他非常高兴，张开双手就朝他扑来了。

厉决猛地推开了他。

依照厉决对季眠的了解，出任务的时候，哪怕一条腿折了都能跑出两条街抓住犯罪嫌疑人。

所以，厉决对"季眠"动手毫不客气，但是也没有用特别大的力气，就朋友间推搡那种感觉。

结果他看见"季眠"直接摔地上去了。

"季眠"抬起头，还用一种茫然的眼神看着厉决。

这又刷新厉决的认知了。

季眠那功夫，打十个他都不在话下吧，怎么还能被自己轻飘飘一推给推倒了？

"你没事吧？"厉决尴尬地笑了一下，"是不是身体不舒服？"

除了季眠生了很严重的病，否则厉决想不出他为什么会变得这么娇弱。

"季眠"迟疑了一瞬，轻轻摇了摇头。

然后，在厉决松了一口气的时候，他又靠了过来，这一次他只是拽着厉决的衣角，有点儿犹豫，乖乖地靠着。

厉决又蒙了！

这又是什么意思啊？

"季眠"看着他，眼神专注，终于，厉决发现了一点儿不对劲。

他的眼神太干净了，像个天真无邪的小孩。

厉决握着"季眠"的肩膀，心里掀起惊涛骇浪。

不……不能吧……

厉决的嗓子干得厉害，他感觉吞咽口水像是在吞刀子。

他深吸一口气，说："你……你先坐下。"

"季眠"很乖，让坐就坐。

这一坐，厉决才发现很多不对劲的地方。

"季眠"太年轻，像个高中刚毕业的学生，一点儿也不像现在的副支队。

他穿着一件家居服，没穿警服，手上也没有前年出任务留下的伤口。

厉决的心脏跳得飞快，像要从胸口跳出来了。

他一阵耳鸣，眼前也一阵一阵地发黑，脑子一片空白。

他哆哆嗦嗦地拿出"深海之星"的盒子，打开来看，"深海之星"黯淡无光，没有任何变化。

厉决的心脏又沉了几分，然后他拿出手机，因为手抖得太厉害，导致手机直接摔在地上，他捡了两次，才捡起来找到季眠的手机号。

他毫不犹豫地打了电话过去。

面前的"季眠"没有拿出手机，电话却通了。

"什么事啊？"电话里响起季眠的声音。

"季眠，你在哪儿？"厉决像被雷劈了一样，愣在原地。

"这几天我休假啊，在家里。你找我有事啊？"季眠问道。

"有。"厉决声音发抖地说道，"我中了一百亿彩票。"

季眠："……"

当季眠真正看到眠眠时，跟厉决一样惊得呆立在原地。

倒是傅沉俞没表现出什么惊讶的样子。

厉决挂断电话之后，果断带着眠眠到了傅沉俞家里。

这件事只有找傅沉俞才能找到是什么原因，毕竟他的智商跟傅沉俞的智商不是一个量级的。

"好像……长得也不是特别像。"季眠盯着眠眠看了半天，得出这个结论。

与此同时，季眠在心里感慨道：这就是《陌路柔情》的那个角色啊。

季眠以为看到眠眠之后，自己或许会有一些微妙的感觉，但真正看到，没什么复杂感觉，倒是有点儿看双胞胎弟弟的感受。

而且，这个眠眠是另一个平行世界的人，能跑到这边来，完全是因为"深海之星"出 bug 了。

季眠还挺好奇的，在那个世界里，大家都好好的吗？因为"深海之星"的 bug，季眠还在那个世界里待过几天，不过仅仅几天而已，就出现了蝴蝶效应，改变了整个剧情走向。

或许这是眠眠出现在这里的主要原因。

厉决到现在为止，人都像飘在天空中，不知所措。

"怎么回事啊？"他像一个复读机，只会重复这句话，"怎么回事啊？傅沉俞，你不是说'深海之星'一百年才能用一次吗？"

傅沉俞说："理论上是的。但程序总会有 bug。"

厉决被这么一提醒，目光忽然变得狰狞起来，盯着桌上的"深海之星"："你的意思是，他还可能再回去？"

"说不准。"傅沉俞似笑非笑，不怀好意地说，"也许下一秒就回去了呢。"

厉决抓起桌上的花瓶，就要砸烂"深海之星"。

傅沉俞凉凉地提醒："钻石的密度比花瓶大。"

"那怎么办？"厉决提高声音，看上去有点儿崩溃，"万一他又回去怎么办？"

厉决无意识地念叨着："万一'深海之星'又出 bug 了怎么办？"

季眠问："你接下来打算怎么办？"

厉决抓着头发："我不知道。"

准确来说，眠眠不是这个世界的人，一个凭空出现的人，带来的麻烦可想而知。

厉决不想给季眠添麻烦，也不想让更多人知道眠眠的存在。

他想带眠眠回建京。

"实在不行，我就不干了，带着他去世界各地玩，随便去哪儿都行。"

厉决长叹了一口气。

季眠看了眠眠一眼，两个人乍一看是一模一样的，但是只要多相处一会儿，就能发现两个人截然不同。

季眠更加张扬一些，这是从小养尊处优娇养出来的自信。

眠眠则乖顺胆小，安安静静的，像一幅漂亮的画。

厉决说到做到，季眠也没太掺和厉决他们的事情。

为了避免出什么意外，"深海之星"还是放在傅沉俞这里。

厉决下了楼，眠眠跟着他，目光一直落在厉决的背影上，有点儿没想明白，今天的厉决为什么怪怪的。

眠眠加快脚步，走到厉决身侧，然后拍了拍他的肩膀。

眠眠正开心，就看到他的手背上砸下了两颗泪珠，然后听到了厉决压抑的嘶哑声音："对不起……眠眠，对不起……我对不起你……我错了……是我不好……"

过了很久，眠眠伸出手在厉决的脑袋上拍了拍，眼睛像月牙一样弯了起来："没关系的。"

眠眠绞尽脑汁，笨拙地安慰道："我记性不好，很快就会忘记的。"

他也不是不知道自己比别人笨一点儿，所以有限的记忆力都拿来记别人的好，忘记别人的不好。

独家番外
美梦成真

天气渐渐炎热起来，傅沉俞的生日也紧随其后。

季眠最近接了个大任务，一忙起来，有十来天都没回家。他刚从省外回来，听队里的同事提起女朋友的生日，才翻出手机一看，傅沉俞的生日也要到了。

最近忙得天翻地覆，季眠竟然把这么大的事情给忘记了。

他这次是跨省抓捕一个犯罪嫌疑人，所涉及的案件性质恶劣，众人穿着便衣在小旅馆里埋伏了两三天，最后又徒步追踪足足有两公里。季眠刚下车，这风尘仆仆的形象不说像个乞丐吧，但也不是能走进商场买礼物的模样。

结果队里的小陈的女朋友今天过生日，礼物没买好，回去怕女朋友生气。

路过一家大型商场，小陈在车里喊了一声："季眠！"

这时候他还没有成为支队长，年纪轻轻，才二十六岁。

"你朋友是不是也要过生日了？要不然一块儿去买礼物？"

小陈这么提议之后，季眠也有点儿心动，抬头一看是侨城大厦，同城目前最大的购物中心，挑选礼物的最佳地点。

"行。"季眠做了决定，"下去看看。"

小陈跟季眠下了车,剩下的人就先回公安局。

小陈只跟女朋友来过几次侨城大厦,不太熟悉买礼物的地方。

季眠刚走进侨城,林敏芝的电话就打过来了。

"眠眠,回家了吗?不是说今天回来的吗?"

"刚到同城。妈,你们先吃饭吧。"

"哎呀,都回来了,妈妈中饭都给你做好了,你回家的时候打个电话给小沉,你们一起过来。"

"我还在侨城这边买东西,打车回去要半个多小时。"

"我让范师傅去接你好了呀。"

范师傅是季眠家里的司机。

"不麻烦范师傅了,我同事也在,我们俩到时候一起打车回去。"

不是季眠不想让范师傅来接他,范师傅开的车是劳斯莱斯,来接他,季眠怕影响不太好。

林敏芝这几年的生意越做越好,不过季眠没跟同事透露过自己家里的情况。

林敏芝也经常出现在本地的报纸上面,同事们不说完全不知道吧,但是一定能认出来。

"你在侨城大厦?"林敏芝突然提了一句。

季眠:"对啊。妈,你要什么东西?我给你带。"

"妈妈能缺什么东西?"林敏芝在那边笑了一声,"前段时间,你哥才收购了侨城的股份。"

季眠:"……"

富婆你好,富婆再见。

季眠无奈地说道:"好吧,哥哥很厉害。"

林敏芝说道:"我是说,你哥今天可能也在侨城,你要是看见他了,跟他一块儿回来啊。"

没等季眠说完,林敏芝就挂了电话。

小陈已经来到了几家装修得时尚现代的奢侈品店门口。

大门口,香水的味道蔓延开来,小陈浮夸地吸了一口,感慨道:"季眠,你闻闻,这就是铜臭味。"

季眠抬头看了一眼几家店,有点儿犹豫:"小陈,要不换一家买吧?"

季眠虽然不了解奢侈品，但这几家店看着怪眼熟的，都是有名的大牌，又在侨城这样一线的商场中，价格不会太低。

"我女朋友就喜欢奢侈品，我攒了好久的钱。"小陈说道，"没事！季眠，你要是买不起这个，我一会儿陪你去其他地方逛。"

季眠看他信誓旦旦，便没意见了。

ICC（品牌名）门口排着队，小陈一走过去，那股自信就消失了，甚至有点儿心虚。

毕竟他是勤俭持家的男人，平时也很少来这种奢侈品店逛。

他俩刚完成任务回来，穿得比较随意，跟门口打扮精致的男男女女有些差距。

小陈转头去看季眠，季眠的神情倒挺自然的，跟逛自己家后花园似的。

店里陆续有人出来之后，穿着制服的男导购放下隔离带，由一个妆容精致的女导购带他们进去挑选东西。

往年，ICC那边的负责人会直接联系季眠，告诉他当季出了什么新款式，问他是否需要。

看见好的，季眠也会留意，预订下来。

所以，他这样直接来ICC门店里挑礼物的机会不多。

小陈来到玻璃柜面前，其中放着精致华美的宝石项链，没有标价。

"你看这条项链怎么样？"小陈指了指中间的项链。

"挺好看的。"季眠点了点头。

不过，比起"深海之星"，这条项链还是显得黯淡多了。

想起自己家里放着的那颗价值连城的钻石，季眠不由得唏嘘。

女导购开始不遗余力地介绍这条项链，最后问了一句："先生您的预算是多少呢？"

小陈犹豫了一下，大约是内心也感受到了项链的昂贵，本来预算是两千，咬咬牙再往上加了一点儿："五千。"

女导购笑容不减，继续说道："先生，这边的项链都是三万到四万元的。"

小陈心中一跳，脸色有些不自然："那我看看其他的吧。"

三四万？这么贵！

小陈咋舌，倒也不是拿不出这么多钱，只是花这些钱只买一条项链，实在是不值得。

结果，ICC 的门店里几乎没有一万以下的东西，墨镜、丝巾都是两三万元，最便宜的手链也是一万多。

女导购陪着他们看了一会儿，发现小陈只看不买，也体贴地没有再介绍商品。

又有新的客户进来了，女导购微笑着说道："先生，您先看看，遇到合适的叫我。"

小陈心中松了一口气，感谢女导购的体贴与识趣，不然再逛下去，他的脸就要红了。

"我真没想到，居然这么贵！"小陈擦了把汗。

季眠："专柜的东西都会比较贵一点儿，要不我们去其他地方再看看？"

小陈心想，自己的存款有预算的都看得肉疼，更别说季眠这个随便被他拉过来，没存款的人。

季眠要走，他连忙赞同。

"好吧。"两个人走到门口，却不想季眠看中了一款手表，就在 ICC 的正中间的玻璃柜里。

那是一块机械表。

ICC 这个牌子做得最好的就是手表，后面衍生出了包、箱和首饰等奢侈品，因为价格昂贵，所以在年轻人中并不太受欢迎，目标客户都是贵妇、名媛等。

原本走出 ICC 店门的季眠，又在小陈疑惑的眼光中绕回来，站在机械表面前。

小陈作为男人，看到这款表眼睛都亮了。

"好看。"小陈感慨了一句，"不过光是看外表就觉得这表很贵。"

这里连墨镜都要卖一万多，这种手表大概要十万吧？

"季眠，看看就行，咱们走吧。"小陈彻底放弃。

季眠像是看入迷了，忽然招手拦住了一个柜姐："你好，这块表有现货吗？"

没想到，他拦住的正好是刚才给他们介绍项链的女导购。

"先生，这款是 ICC 的米娅。"她委婉地提了一下，心中有些犹豫，毕竟这两位客户预算只有五千块钱。

ICC 米娅是今年推出，致敬经典款的新款手表，定价一百万，目前全同城只有他们 ICC 总店才有一块。

"嗯。"季眠好像没听懂女导购委婉的提示，继续问道，"有什么问题吗？"

女导购笑着说道："我们店里是有现货的，您……需要吗？"

"要的。"季眠微微一笑，十分温和地说，"包起来吧。"

小陈拽了一下季眠："季眠，你疯啦！你都不问一下价格。"

他想说：你可不要为了逞一时之快倾家荡产地买表啊！

季眠回道："哦……"

他确实忘了问价格，但，不问也没什么吧。

季眠心想，世界上应该不会有比"深海之星"更值钱的奢侈品了吧。

其实"深海之星"不算奢侈品，那得算古董，还是有神奇力量的古董。

女导购真的有点儿不确定了，因为季眠怎么看也不像是有钱的样子。

但他都让她把表包起来了，也不至于……也不至于要她吧？

女导购仔细想了想，就让他稍等。

因为米娅价格昂贵，所以不一会儿店长就出来了。

小陈已经不能用言语表达自己的震惊心情了。

季眠到底要干什么啊！

"季眠，你真要买啊？"小陈瞪大了眼睛。

"嗯。我觉得它很适合傅沉俞。"

"不是，哥，季眠，适合你也……你也不用买这么贵的礼物吧……"

此时，女导购和店长已经出来，跟季眠面对面站着。

柜姐再一次强调："先生，您好，您确定需要购买这款米娅吗？它的价格是一百万。"

一旁的小陈听到一百万，当场呆住了。

他原本以为，十万季眠就拿不出来了，这下要一百万。

季眠："刷卡吧。"

店长听到这句话，心里有底了。

做他们奢侈品这行的人，看人还是很准的。

季眠虽然穿得十分简单普通，但气质、相貌都上佳，让人看不出深浅。

直到季眠刷完卡，付了一百万之后，走出 ICC 的门店打车的时候，小陈才回过神，用一种见鬼的眼神看着季眠："你刚才……刷了一百万，对吧？"

季眠对新买的礼物爱不释手，已经开始脑补这块手表戴在傅沉俞的手腕上的样子了。

听到小陈的话，他转过头："对。"

"这是手表的价钱吗？！"小陈震惊了。

他吃惊地说道："你居然是个隐藏的'富二代'。"

小陈对于这件事的震惊程度不亚于哥伦布发现新大陆。

傅沉俞过生日前就把手表戴上了。

过生日那天不算热闹，他们在林敏芝家中吃过晚饭之后就回家了。

季眠花了点儿心思布置了一下，用打气筒打了一下午的气球，本来想模仿现在以至于的网红过生日的方法，结果因为没关好窗户，这天风大，气球几乎都被吹没了。以致晚上的时候，他们俩面前就只有一个蛋糕。

傅沉俞忍住笑意，严肃地说道："挺好的。"

季眠的沮丧之意直接写在脸上："什么挺好的啊？傅沉俞，你是不是在阴阳怪气？"

"不敢。"傅沉俞藏着笑意说。

季眠插上蜡烛，关了灯，烛光点点。

房间内除了闪烁的烛光之外，"深海之星"在锦盒里，也悄悄地散发着幽蓝色的光芒。

傅沉俞跟季眠都没注意到这一点，许愿的时候，季眠撑着下巴看着他："傅沉俞，你打算许什么愿望啊？"

想起傅沉俞有点吊儿郎当的性格，季眠连忙强调："你别随便许什么明天早饭吃三明治的愿望。"

正想随便找个愿望敷衍的傅沉俞："……"

说实话，他现在是真的没有任何愿望了，自认人生没有任何遗憾。

如果真的有的话……

傅沉俞的目光落在蜡烛上。

"希望可以早一点儿遇见你。"

在他被抛弃之前遇到季眠。

蜡烛被吹灭。

黑暗中，"深海之星"幽蓝色的光芒闪烁。

季眠清醒之后，忽然感觉自己有点儿冷。

是空调温度开得太低了吗？

季眠下意识地想到这个。

直到他越来越冷，伸手一摸没有摸到被子的时候，才猛地睁开眼睛。

这一睁眼，他吓了一跳。

他压根不在床上！

这是什么地方？

季眠穿着了一套睡衣，夏天的睡衣很薄，无法抵抗寒冷。

而他所在的位置，是一条漆黑的马路，路面坑坑洼洼的，两边都是有些年代感的建筑。

路灯闪烁，季眠忽然觉得这个路灯特别熟悉——他像是想起什么，抬头看去，果然在不远处看到了小时候住过好几年的大院。

季眠愣住。

下一秒，他哭笑不得。

这……他又穿越了？

眼前的场景让他不得不怀疑自己是不是又到了什么奇怪的地方。

有了之前莫名其妙地穿越到《陌路柔情》原著中的世界的经历，季眠似乎对眼前的这一切场景见怪不怪。

他能穿越过来，就能穿越回去，相信傅沉俞发现他不见了之后，一定会来找他。

季眠稍加分析，便猜测到事情的起因。

多半是跟"深海之星"有关，否则他想不到还有什么神秘的力量能让他穿越。

不过，来都来了，季眠叹了一口气，迟早是要回去的，当务之急还是找一个能避寒的地方。

这天气，估计现在已经接近隆冬了。

没过一会儿天上就飘起鹅毛大雪。

祸不单行啊……

季眠"吐槽"了一句，想着先去警察局度过一晚，结果想到自己现在是没身份证、没户口本、没备案的"三无人员"，去了就得被盘问。

他一边想，一边走。

还好，这次穿越过来，他还戴了块手表，正是傅沉俞生日的时候，他买的那块。

时间被调整到了傅沉俞五岁那年的深夜一点钟。

季眠双手搓着手臂企图取暖，却不想还看到居民楼中有和他同病相怜的人。

那是个小孩，瑟瑟发抖地靠在楼道边上，光着脚，衣服穿得很少，因为感应灯坏了，季眠看不清他的脸。

他当然无法坐视不理。

这么点儿大的小孩，冰天雪地坐在外面，父母都不管吗？

季眠加快了脚步，越走近，心里一种莫名的预感越来越强烈。

直到他走到居民楼前，看清楚那个孩子的样貌，整个人如遭雷击，呆立在原地。

这小孩是只有五岁的傅沉俞。

他……他这不是穿越，是重生？回到过去？

大脑空白了片刻，季眠下意识地就做出反应，想要脱了自己的衣服给傅沉俞盖上。

可是他只穿了一套睡衣，脱下来自己就半身赤裸了，他大半夜的不穿衣服，会被当作耍流氓抓进警察局的。

季眠见到傅沉俞虚弱的模样，心如刀割。

他蹲下身，这才发现傅沉俞发着高烧，意识都不太清醒，一双眼睛无神，嘴唇有些干裂，头发也有些长，像是很久都没有人照顾的模样。

深更半夜，卫生所也关了门。

再者季眠的记忆虽然好，但二十多年过去，他早已忘记童年时的卫生所开在什么地方。

当务之急，他还是要把傅沉俞带回家中。

季眠将他抱在怀里，把傅沉俞的两只手都放在心口焐着。

这个时间，是宁倩刚刚离开临县的那年。

他记得傅沉俞提过，宁倩刚走的时候，保姆陈姨还没有来照顾他。

偌大的家里只住着他一个人，他就好像被全世界抛弃了。

季眠不太清楚他是怎么跑到居民楼下面来的，或许是发烧有些神志不清，下意识地出门找卫生所。

想到这里，季眠的心脏如同被一双手狠狠地攥紧。

一个五岁的小孩，半夜出门给自己看病。

季眠此刻对宁倩的做法也不敢苟同了。

好在傅沉俞家中没有关门，留了一条门缝。

季眠熟练地找到了傅沉俞曾经的卧室，不管三七二十一，打开了空调，接着将傅沉俞放进被子里。

傅沉俞明明全身烧得滚烫，却一直喊冷。

季眠拿了一条毛巾，打湿后放在傅沉俞的额头上给他降温。

宁倩没走多久，距离傅勇入狱也就是半年左右的时间，家里的药箱还放着常备药，季眠翻出了退烧药和消炎药，急急忙忙地给傅沉俞喂下。

感受到季眠身上传来的温度，傅沉俞那双好看的眼睛睁开了一条缝。

他模模糊糊地看到有个人影，那人身上传来很好闻的洗衣液味道，让人感觉很温暖。

"妈妈……"

五岁的孩子，哪怕被抛弃了，在最脆弱的时候第一时间还是想到了母亲。

季眠心里难受得厉害，只好轻轻地拍着傅沉俞的被子。

傅沉俞一直抓着他的袖子，拽得紧紧的，不知道用了多大力气，手心都红了，就像是害怕来之不易的温暖再次弃他而去。

季眠这一晚上都没怎么合眼。

因为担心傅沉俞的身体，他几乎坐了一晚上，只有到天亮的时候实在撑不住了，才小睡片刻。

等他再次醒来，是被傅沉俞挣扎的动静给惊醒的。

小孩年纪挺小，力气倒是挺大，没等季眠清醒，就感觉自己被用力地推了一下。

　　他的力气还没上来，身体还是软的，这一下直接摔在地上。

　　接着，一个奶声奶气但是故作凶狠的声音响起："你是谁？你为什么在我家？"

　　季眠揉着头：小白眼狼啊。

　　好歹你给口水喝，再来盘问啊。

　　但是当他吐槽完毕，抬头就看到傅沉俞一副如临大敌的模样，他眼眶通红，身体微微颤抖，静静地靠着墙壁。

　　这一下，季眠什么话都说不出来了。

　　他忽然想起来，自己现在好像是个子高高的成年人。

　　至少在小傅沉俞心中，自己大概是十分具有威慑力的人物。

　　"我……"季眠哑然，脑子转了一圈，立刻说道，"我是你妈妈给你请来的保姆。"

　　傅沉俞压根没信，恶狠狠地说道："保姆都是女的！"

　　季眠："……"

　　五岁的小孩真的这么难骗吗？

　　好吧，季眠叹了一口气，不得不承认，这可是《陌路柔情》中最大的反派，当然要比普通小孩难骗一些。

　　他耐着性子说："世界上也是有男保姆的。"

　　傅沉俞眼中的怀疑少了一分，但他依旧十分警惕，摆明了不相信季眠。

　　季眠穿的这一身衣服也不太让人相信他的话，毕竟谁会穿睡衣来上班？

　　季眠刚想说，睡衣是昨天晚上在他家换的，是傅勇的，结果又想起傅沉俞那强大的记忆力和观察力，别说是傅勇有什么衣服了，就是家里的毛巾稍微挪动一点儿位置，恐怕都会被发现。

　　季眠只好搬出宁倩的名字来，果然，傅沉俞阴郁的眼神亮了一瞬。

　　过了好久，傅沉俞才警惕地问了一句："我妈妈什么时候回来？"

　　季眠心里骤然一酸。

　　短期内，宁倩恐怕回不来了。

　　宁倩这时候刚和林建一在一起，感情建立得还不是很深厚，不可能带前夫的儿子过去住，至少还需要一年时间。

季眠知道这一年，傅沉俞过得很惨。

尘封的记忆忽然被翻出来，那年隆冬的大雪、流言蜚语，就像擦了毒药的利箭，插中了季眠的心脏。

房间内沉默了几分钟，最后被一声"咕咕"的声音打破。

季眠抬头，看到了傅沉俞略显窘迫的小脸，他的耳根都是红的。

季眠忍住笑意，说道："我去给你弄点儿吃的。"

也不知道傅沉俞烧退得怎么样了，身体舒不舒服，他现在是清醒的，肯定不会让季眠靠近。

季眠只好转身去厨房，灶台有被动过的痕迹，看来这几天傅沉俞也试图自己填饱肚子。

他还没灶台高，需要踩着凳子做饭，也不太清楚怎么做饭，只知道把面条放进沸水中，就这么吃水煮白面。

角落里还有一个被啃过两口的生萝卜。

季眠一边收拾灶台，一边感觉自己眼眶发酸。

厨房的食材是够的，没过半小时他就做出了三菜一汤。

傅沉俞这个人小小年纪，心思还挺重，季眠做饭做到一半，发现他藏在外面偷偷地观察自己，眼神十分警惕，手中还抓着羽毛球拍。

"吃饭吧。"季眠叹了一口气。

饭菜的香味在房间里慢慢飘散，傅沉俞情不自禁地咽了一下唾沫。

自从宁倩走后，他已经很长时间没吃过一顿饱饭了。

傅沉俞抬头看了他一眼，冷酷地说道："你先吃！"

怎么，他以为自己会给他下毒吗？

季眠将每一道菜都吃了一口，放下筷子之后，傅沉俞才抱着碗狼吞虎咽起来。

傅沉俞一边吃，一边还抽空盯着季眠，以防他做出什么不轨的举动。

季眠生怕他吃噎着，倒了杯水给他。

傅沉俞喝完水之后，继续沉默地看着他。

季眠对付一个五岁的小孩还不是手到擒来，他也不怕傅沉俞会给他搞什么破坏，于是就在傅沉俞的注视下，简单地把碗洗了，将家里的卫生打扫好了。

半小时后，他坐在沙发上休息。

傅沉俞问道："我妈妈在哪里？"

季眠心道：我就知道！该来的还是来了。

他不忍心伤害傅沉俞，于是拿出早就编好的措辞，温柔地说道："宁阿姨在忙，等她处理好事情，就会回来接你。"

傅沉俞没接他的话，审视了他片刻，丢下一句话："我爸爸的房间里有衣服。"

然后傅沉俞回到自己的房间里，把门反锁起来了。他对陌生人还挺有防备心的。

傅沉俞他们家算是有钱的，这时候也只是在卧室装了空调。客厅和厨房没有空调，刚才他又打开了窗户，只穿了一身睡衣的季眠完全是靠着一身正气在抗寒。

傅勇的衣服比他的要大些，季眠身材不算壮，但有肌肉，有着惊人的爆发力。

他上前敲了敲傅沉俞的门，找了个借口："小沉，把房间门打开行吗？哥哥进去收拾房间。"

屋里没有任何动静。

好吧，虽然知道小时候的傅沉俞就跟个刺猬似的，对他不好他"扎人"，对他好他也"扎人"，但是"大佬"的戒心，还真不是一般人能忍受的。

季眠闲得没事，就从家里放钱的地方找了些钱出来，上菜市场买菜。

他下楼的时候，二楼的窗户开了一条缝。

小傅沉俞就那么眼神复杂地盯着他的背影，直到看不见为止。

晚上季眠回来，傅沉俞已经打开了房间门。

季眠知道这是他无声的妥协。

吃过晚饭之后，他哄着傅沉俞吃完了最后一次感冒药。

瞧见他身上脏兮兮的，季眠想起昨晚就没能给他洗澡，今天是无论如何也要让他洗干净。

傅沉俞高烧时发了一身汗，棉被也得换了。

傅沉俞洗澡的时候还挺不乐意，怎么也不让季眠帮忙。

　　才五岁他就知道羞耻了，季眠想笑，又不好意思笑出声，怕小傅沉俞恼羞成怒，把两个人好不容易建立起来的岌岌可危的信任关系给破坏了。

　　洗过澡后，傅沉俞回到房间里，发现棉被也被换成崭新的了。

　　这两天同城下大雪，南方少见这么大的雪，听说积雪压倒了好多电线杆。

　　临县这几天就总是停电，一到晚上房间就跟冰窖似的。

　　傅沉俞的手脚都被冻出了冻疮，又痒又疼。

　　他坐在干净雪白的棉被上，双手被季眠如珍宝般捧着，一双骨节分明的手细细地替他擦着每一个红肿的伤口。

　　季眠的神情那样专注，眼神温柔。

　　傅沉俞看得愣神片刻，直到季眠抬起头，笑盈盈地看着他问："你老盯着我看干什么？我脸上有东西吗？"

　　他大惊，脸上浮现恼羞成怒的神色。

　　"睡觉吧。"季眠不太能理解小朋友心里的弯弯绕绕，把棉被掀开。

　　傅沉俞爬上床，发现被窝里十分暖和，烫烫的。

　　季眠用热水袋提前焐热被窝了，从宁倩走后，傅沉俞第一次睡到了暖和的被窝。

　　想起宁倩，傅沉俞的表情落寞下来。

　　季眠注意到这个变化，没说什么，只是给他披好了被角。

　　他收回手时，袖子被傅沉俞拽住。

　　只有一只小手在外面，傅沉俞的脸埋在被子里。

　　季眠扯了一下手，他拽得还挺紧。

　　被抛弃的次数多了，小孩也知道害怕。

　　季眠无奈地叹了一口气，坐得离床铺近了一些，打消了要走的念头。

　　这一晚，两个人都没有说话。

　　季眠就这么暂时在傅沉俞家住了下来。

　　他这几天还抽空去看过林敏芝。

　　这是林敏芝最难过的那年。

季眠忍着心痛，用围巾把自己的下半张脸裹得严严实实的，每天都去林敏芝的摊位上买两个煎饼，只为了照顾她的生意。

傅沉俞的幼儿园照常上，季眠就在家顶替了原先的保姆的位置，尽职尽责地照顾着傅沉俞。

不像上一次穿越，季眠没有迫切想要回去的想法。他想，陪着傅沉俞度过最难的这一年，哪怕多一天也好。

季眠担心的事还是发生了。

过年这几天，大院里十分热闹。

季眠是个外来的"保姆"，按道理说应该会引起一阵讨论，只不过他不确定自己是穿越到平行时空，还是回到过去，怕出现蝴蝶效应，季眠向来深居简出，因为有着较强的职业素质，在大院里住了一段时间，竟然都没人发现。

大院一热闹，小孩就多。

傅沉俞习惯性地到汽车站对面站了一会儿。

他很聪明，陌生人和他搭话他从来不开口，只是在期待着每一辆汽车的停靠。

他多希望，下一个从车上下来的人就是宁倩。

季眠知道他有这个习惯，也不忍心阻止。

平时自己都会悄悄地跟在他身后，只是一天没去，傅沉俞回来的时候，身上就布满了伤口。

小孩是跟人打架了，手臂和脸上都是抓痕，还有一些乌青痕迹。

他站在家门口，只是冷冷地看了季眠一眼，又好像回到了他们相遇那天的场景。

季眠拿着药酒，将他的外套脱掉，浑身上下检查了一遍，还好没什么大伤。

他不太想去深究傅沉俞为什么跟别人打架，于是什么都没问。

谁知道，反倒是傅沉俞先开口："你不问我为什么打架吗？"

他年纪小，性格却冷漠。

季眠愣了愣，心想：这样冷酷无情的"大佬"，确实是很多年没见到了。

他的声音温柔地问："你想告诉我吗？"

傅沉俞冷冷地盯着他，重复了他们见面时他问的问题："我妈妈什么时候回来？"

季眠顿了一下："宁阿姨……"

傅沉俞说："她不会回来了，是吗？"

房间里忽然安静下来。

傅沉俞的身体轻微地颤抖着，眼眶很快红了一圈："她不会回来了，对吗？"

季眠轻声问道："是谁告诉你的？"

傅沉俞想说，所有人都知道，宁倩不会回来了。

其实，他自己也知道，这并不难看出来，只是不愿意承认。

那些小孩围着他，骂他是没有人要的野孩子。

季眠突然就知道傅沉俞打架的原因了。

他缓缓将傅沉俞拥入怀中，这一刻，傅沉俞没有抵触他。

"你别听他们胡说。"季眠在他耳边承诺道，"宁阿姨没有不要你，你会有很好的未来。"话音刚落，季眠感觉自己的肩膀变得湿润，这才意识到傅沉俞哭了。

从穿越过来那天至今，季眠头一次听见傅沉俞哭，他先是压抑地小声抽泣，接着是揪着他的衣领号啕大哭。

季眠的心都快碎了。

"傅沉俞，没事了。"他轻轻拍着傅沉俞的后背，一遍一遍地重复道。

这个年很快就要过完，最冷的寒夜已经过去。

傅沉俞哭得双眼通红，季眠揉了一下他的脑袋，指着窗外已经有个花苞的不知名小白花："你看，冬天过去了，春天很快就会来了。"

傅沉俞往窗外看去。

不知名的花苞颤颤巍巍地绽放，树上的花瓣一片一片地飘落，顺着第一缕春风，慢悠悠地朝着大院的空地上飘去。

那花瓣落在一个稚嫩的掌心中，小孩仰着脸，兴奋地说道："妈妈，你看，开花了。"

"是呀，眠眠最喜欢的春天要来啦。"

那是很美好的一天。

还有十五天，他们即将相遇。

季眠再一次醒来时，睁开眼，看到的是熟悉的天花板，自己亲手挑选的吊灯。

——是梦？

季眠蒙了一瞬，想起自己前一秒还在那一年的冬天，怎么这会儿就回来了？

比起上一次穿越的轰轰烈烈，他这一次穿越，就像是做了一个美好的梦。

不过，他真的穿越了吗？

搞不好他真的只是做了一场梦而已……

天还没亮，他还能再睡两个小时。

虽然是梦，但他依旧很高兴。

季眠换了一个舒适的姿势准备睡去，却冷不丁瞥见了床头柜上的手表。

那上面的时期定格在傅沉俞五岁那年。